Benjamin Cors
Krähentage

BENJAMIN CORS

KRÄHEN TAGE

THRILLER

dtv

Von Benjamin Cors
sind bei dtv außerdem erschienen:
Strandgut
Küstenstrich
Gezeitenspiel
Leuchtfeuer
Sturmwand
Schattenland
Flammenmeer

MIX
Papier aus verantwortungsvollen Quellen
FSC® C019821

Originalausgabe 2024

Umschlaggestaltung: wilhelm typo grafisch, Zürich
Umschlagmotiv: Valentino Sani / Trevillion Images
Satz: Fotosatz Amann, Memmingen
Gesetzt aus der Aldus
Druck und Bindung: Druckerei C.H.Beck, Nördlingen
Printed in Germany · ISBN 978-3-423-22055-2

»Die Krähen schrei'n
Und ziehen schwirren Flugs zur Stadt.
Bald wird es schnei'n –
Wohl dem, der jetzt noch – Heimat hat!«

Friedrich Nietzsche

TEIL I

GEBURT

Die Schritte der alten Frau schleiften über den Asphalt. Ihre abgewetzten Schuhe schoben sich durch den Dreck, vorbei an Pfützen, in denen sich die Fassaden der Wohnblöcke spiegelten. Über ihr das Grau des Himmels, aschfahl und leergeweint. Tagelang hatte es auf die Stadt niedergeregnet. Zwischen Schnee und Regen wurde alles zu Schmutz, hier am Rande der Stadt. Wo die Häuser höher waren als die Träume der Menschen.

Den Blick auf den Gehweg gerichtet, schlich sie durch die Kälte, ihr Atem ging leise. Sie durfte nicht stolpern, nicht fallen. Ihr Körper wäre zu schwach, sie würde nicht mehr aufstehen, nicht in diesem Leben. Ihr Mantel war dünn, sie zog die Schultern ein, den grauen Schal fest um sich gewickelt. Der Wind pfiff zwischen den Betonburgen, wo die Kälte sich eingenistet hatte, seit November schon.

Die Frau lief weiter, das rechte Bein leicht nachziehend. Ihr stumpfes graues Haar steckte bis auf wenige Strähnen unter einer Wollmütze. Ihren Einkaufstrolley zerrte sie hinter sich her wie ein erlegtes Tier. An der Endstation der Straßenbahn warteten die ersten Schichtarbeiter.

Und niemand beachtete die alte Frau.

Bald wieder war das rostige Quietschen ihres Trolleys das einzige Geräusch weit und breit. Sie wanderte weiter durch die tote Landschaft, vorbei an einem Sonnenstudio, einem Hundesalon.

Sie schnaufte, als sie die Straße überquerte. Weiter vorne flackerte Licht in einem Hauseingang, ein vergessener Einkaufswagen stand auf einem Parkplatz. Sie blieb stehen, blickte in das schmutzige Antlitz dieses neuen Tages. Atmete ein, spürte die kalte Luft in den Lungen. Sie schloss die Augen, lächelte.

Gestern hatte sie Geburtstag gehabt.

»Guten Morgen, Frau Nowak!«

Sie war vor dem Gebäude mit der Nummer 87 angekommen, ein gesichtsloser Block, der sich über ihr erhob wie eine dunkle Bedrohung. Zwölf Stockwerke, sie wohnte im zweiten, wo die Sonne selten hinkam. Aus den Briefkästen quollen Werbebroschüren, neben der Tür lagen Zigarettenstummel auf dem Boden. Eine junge Frau hielt ihr die Tür auf, sie lächelte, in der Hand hielt sie eine offene Thermoskanne. Der Dampf verlor sich schnell in der Luft.

»Sie sind aber früh unterwegs, Frau Nowak. Soll ich Ihren Trolley hochbringen?«

Die alte Frau hustete in ihren Schal, wandte sich ab, entschuldigend hob sie die Hand.

»Es geht schon … danke.«

»Sind Sie sicher? Sie sollten sich bei dem Wetter etwas Wärmeres anziehen. Wenn Sie möchten, kann ich Ihnen später einen Wintermantel vorbeibringen. Ich habe noch einen von meiner Mutter, die braucht ihn ja jetzt nicht mehr.«

Die junge Frau hatte eine orangefarbene Winterjacke an, die braunen Haare waren zu einem Pferdeschwanz zusammengebunden. Sie trug Ohrenwärmer und Fingerhandschuhe und pustete in die Thermoskanne, um etwas von der warmen Luft abzubekommen. Frisch und aufgeräumt plapperte sie sich in diesen Tag hinein.

Und die alte Frau dachte sich, dass nicht alles so grau war wie die Wohnblöcke um sie herum.

»Vielen Dank, wirklich«, sagte sie mit dünner Stimme. »Aber ich komme zurecht. Sie müssen bestimmt los.« Ihr letzter Satz ging in einem neuerlichen Husten unter.

»Also gut, Frau Nowak. Aber ich komme die Tage mal vorbei, in Ordnung? Ich bring auch Kuchen mit.«

»Das ist sehr nett«, murmelte die alte Frau und schlüpfte durch die Tür. Als sie drinnen auf den Aufzugknopf drückte, blickte die junge Frau auf ihre Uhr und winkte zum Abschied: »Auf Wiedersehen, Frau Nowak.«

Kurz darauf schlossen sich die Fahrstuhltüren. Die Innenseiten waren übersät mit Botschaften, mit Edding auf das Metall gekritzelt oder mit etwas Scharfem hineingekratzt. Obszöne Grüße, eindeutige Aufforderungen ... Sie schloss die Augen, atmete die stickige Luft der Kabine ein und lockerte den Schal. Es ruckelte kurz. Im Spiegel war eine alte Frau zu sehen. Sie hatte etwas Rouge aufgelegt, dazu Lippenstift, um den Hals trug sie ihre Lieblingskette, weiße Perlen mit einem goldenen Verschluss.

Im zweiten Stock war das Licht im Gang defekt, bereits seit einer Woche, sie schlurfte vorbei an den Türen, hinter denen andere Menschen wohnten, mit anderen Leben, aber ähnlichen Aussichten. Direkt neben ihr wohnte seit einem halben Jahr die junge Frau, die sie unten getroffen hatte. Auf dem Klingelschild stand: M. Tschorpik. Marie. Oder Mareike?

Sie schüttelte den Kopf, kramte nach dem Schlüssel in der Außentasche ihres Mantels. Die Kälte, die sie mitgebracht hatte, zog durch die Flure. Sie steckte den Schlüssel ins Schloss, öffnete und zog den Trolley hinter sich über die Schwelle.

Drinnen roch es muffig, aber das machte ihr nichts aus. Für einen kurzen Moment lehnte sie sich an die Innenseite der Wohnungstür, atmete tief ein, während sie den Mantel ablegte und die engen Schuhe auszog.

Sie kicherte.

»Ich habe Brötchen mitgebracht!«, rief sie, und ihre Stimme klang plötzlich kräftiger.

»Und es hat tatsächlich niemand etwas gemerkt.«

Sie bekam keine Antwort, also ging sie die wenigen Schritte in die Küche und stellte ihren Trolley ab. Sie begann leise zu summen, während sie den Kühlschrank öffnete und die Butter herausholte, ein Messer aus der Schublade nahm und die Kaffeemaschine anschaltete.

»Ich habe auch Bohnenkaffee gekauft, richtig guten. Er wird dir schmecken, viel besser als deiner.«

Sie schaltete ein kleines Transistorradio auf der Fensterbank ein, ein Schlager ertönte, und Fröhlichkeit purzelte durch den Raum. Hinter der Scheibe schälte sich der Tag aus der Nacht heraus. Sie summte weiter, macht das Radio wieder aus, sang ein altes Lied, während der Kaffee blubberte und sie die Butter auf den Brötchen verstrich.

»Die Marmelade ist selbst gemacht, aber das weißt du ja.«

Zwei Teller auf einem Tablett, dazu Tassen, die bereits Sprünge hatten, aber auch das machte ihr nichts aus. Zucker, zwei kleine Löffel, der Duft des frisch gebrühten Kaffees stieg ihr in die Nase.

Jetzt, ohne ihren Mantel, ohne die Schuhe, fühlte sie sich besser. Sie streckte sich, dann ging sie mit dem Tablett ins Wohnzimmer zum Couchtisch, strich sich ihren braunen Rock glatt, setzte sich auf die Vorderkante des Sessels und schenkte Kaffee ein.

Eine Tasse für sich.

Und eine Tasse für die alte Frau, die ihr gegenübersaß.

Jede ein Stück Zucker. Sie rührte in beiden Tassen um. Dann nahm sie einen Schluck.

»Ah, der ist wirklich köstlich. Er wärmt die Glieder, du wirst sehen.«

Sie lehnte sich im Sessel zurück und sah sich um. Das Wohnzimmer mit dem Bücherregal, zwei Schneekugeln mit Schneemännern, daneben einige gerahmte Bilder. Die Enkelkinder, drei, sie lebten weit weg. Der Tisch am Fenster, darauf das Kreuzworträtsel und die Lesebrille. Dahinter Gardinen, links daneben der Fernseher, er wurde nur selten benutzt.

Alles war an seinem Platz. So wie es sein sollte.

»Du lebst ein schönes Leben«, sagte sie leise.

Sie bekam keine Antwort.

»Wir leben beide ein schönes Leben.«

Dann beugte sie sich vor und betrachtete den Geburtstagskuchen, der auf dem Couchtisch stand. Er war trocken geworden. Er stand schon seit gestern hier, sie hatte ihn nicht abgedeckt. Sie pickte einige Krümel vom flachen Teller und schob sie sich in den Mund, behutsam, um ihren Lippenstift nicht zu verschmieren.

»Er schmeckt noch immer.«

Sie nahm einen weiteren Schuck Kaffee und runzelte die Stirn.

»Ich habe den Kuchen extra für dich gebacken, du hast ihn kaum angerührt. Und jetzt sagst du kein Wort. Also wirklich, das nenne ich mal undankbar. Und von den frischen Brötchen willst du wahrscheinlich auch nichts.«

Nachdenklich schaute sie Richtung Decke, als sie mit sanfter Stimme weitersprach: »Schokoladenkuchen. Den magst du am liebsten. Ich habe es in einem Brief gelesen, von deiner Tochter. Sie würde dich gern öfter sehen. Aber sie schafft es nicht. Die Arbeit, die Kinder, du weißt schon. Ich habe alle ihre Briefe gelesen, die Postkarten auch. Aber ich fürchte, du bist ihnen egal. Wir beide sind ihnen völlig egal. Das ist die traurige Wahrheit.«

Ihre Stimme war leise, aber sie veränderte sich mit jedem Satz. Sie wurde immer tiefer.

»Weißt du, dort draußen schleichen die Menschen durch ihr Leben. Sie schauen nicht nach links oder rechts, sie blicken in den Spiegel und sehen nur sich selbst. Und sie glauben, dass sie glücklich sind. Aber das sind sie nicht, verstehst du?«

Die alte Frau ihr gegenüber auf dem Sofa trug ebenfalls einen braunen Rock. Und einen beigen Pullover. Ihre Fingernägel waren schlecht lackiert.

So wie ihre.

Die Haare waren grau und kurz, sie trug etwas Rouge auf den Wangen, die Frau auf dem Sofa. Sie war blass, bis auf die Flecken.

Sie sahen sich beide so ähnlich. Als wären sie ... ein und dieselbe Person.

»So, was wollte ich doch noch ... ach ja.«

Sie stand auf, stemmte die Hände in die Hüften und atmete tief ein. Mit festen Schritten ging sie ins Bad und kam mit einem kleinen Spiegel zurück. Sie drehte ihn in der Hand, kurz kam ihr Gesicht darin zum Vorschein, um dann wieder zu verschwinden. Sie lächelte, betrachtete sich, die aufgemalten Falten am Hals und neben den Augen, dann die Nase.

»Gut gemacht, Frau Nowak«, sagte sie leise, dann ging sie zum Sofa und setzte sich neben die andere Frau. Sie legte ihren Kopf auf deren Schulter, genoss für einen Moment die Stille im Raum. Schließlich richtete sie sich auf, reckte ihr Kinn und hielt den Handspiegel vor ihre beiden Gesichter. Zwei alte Frauen, die Haut voller Lebensspuren, die die Zeit in die Körper gemeißelt hatte. Die Haarfarben waren nahezu identisch, ebenso das Make-up, beide trugen einen kleinen Ring am rechten Ohr.

Sie drehte sich zu ihr und gab ihr zärtlich einen Kuss auf die Wange, die kalt war und schlaff.

»Niemand hat etwas gemerkt«, flüsterte sie in ihr Ohr. Sie zupfte ihr einen Fussel vom Rock.

»Sie sind alle so blind, niemand schaut genau hin. Selbst die junge Frau unten an der Tür nicht. Ein bisschen Husten, ein bisschen Wegdrehen … es ist so einfach.«

Sie fuhr der Frau mit dem Finger übers Gesicht, Kuchenkrümel blieben zurück. Dann glitt ihre Hand weiter hinab, zum Hals, zu den Schultern, wieder hoch zu den Haaren, die sie sanft streichelte.

»Es hat sich gelohnt«, sagte sie. »Ich habe es so sehr genossen. Dein Leben. Deine Welt. Du weißt gar nicht, wie gut du es hast. Die Bäckerin hat mir die Tür aufgehalten, kannst du dir das vorstellen? *Tschüss, Frau Nowak*, hat sie mir hinterhergerufen. *Bis morgen*. Niemand schaut genau hin.«

Sie legte den Spiegel auf den Couchtisch und fuhr mit der Hand über ihren eigenen Rock. Dann über den der Frau neben ihr.

»Wie gut, dass du zwei davon im Schrank hattest.«

Schließlich stand sie auf und stellte sich ans Fenster, hinter dem der neue Tag begonnen hatte, trist und müde, so wie die Tage zuvor. Zwischen den Häusern führten Menschen ihre Hunde aus oder umgekehrt. Eine leere Zigarettenpackung wurde vom Wind in ein Gebüsch geweht, sie würde dort liegen bleiben bis in alle Ewigkeit, weil niemand sich hier für irgendetwas interessierte. Und schon gar nicht für eine alte Frau, die Irene Nowak hieß, obwohl sie eine von ihnen war und deshalb genauso unsichtbar wie alle anderen hinter ihren Türen und ihren Balkons.

Aber immerhin, sie führte ein Leben.

Ein Leben, das ihm gehört hatte, für zwei Tage.

Die schönsten zwei Tage seit Langem.

Irene Nowak, geboren in dieser Stadt. Mutter und Großmutter, verwitwet und vergessen am Rande ihres Lebens.

Und er hatte sie zum Leben erweckt.

Langsam zog er sich die Perücke vom Kopf. Dann das Haarnetz darunter. Behutsam nahm er die braunen Kontaktlinsen aus den Augen, das falsche Gebiss aus dem Mund. Er zog den Pullover aus und auch den Rock. Die Strumpfhose zum Schluss. Er spürte, dass die Schminke auf seinem Gesicht trocken und rissig wurde.

Es war Zeit, es zu beenden. Sosehr er es auch bedauerte.

Hinter ihm kippte die alte Frau zur Seite wie eine Schaufensterpuppe. Sie lag auf ihrem Sofa, roch jetzt streng.

»Auf Wiedersehen, Frau Nowak«, sagte er. »Sie hatten ein schönes Leben.«

WAS DU LIEBST, LASS FREI

Die See war unruhig. Ein Rollen ging durchs Wasser, ein Stampfen kam aus der Tiefe empor. Schaumkronen hatten sich gebildet, die ausfransten, dort, wo die Kämme brachen.

Es lag ein Fauchen in der Luft, wenn die Wellen meterhoch an ihm vorbeispritzten. Er hatte gelernt, die Augen zu schließen, während seine Arme im unermüdlichen Rhythmus das Wasser teilten, so lange, bis sie brannten.

Jakob Krogh schwamm in diesem Meer, seit er ein Kind war. Er kannte die Tücken der Strömung, das Zerren an den Beinen. Kraftvoll pflügte er durch das Wasser. Der Neoprenanzug lag eng um seinen Körper, durch die Schwimmbrille sah er den Horizont, wenn er seinen Kopf aus dem Wasser hob und kurz zur Seite legte, um Luft zu holen. Kleine Bläschen tanzten vor seinen Augen, als er wieder eintauchte und die See ihn zurückholte. Er dachte an Mariella, die bestimmt schon auf der Terrasse stand und aufs Meer hinausblickte, in eine Wolldecke gehüllt und mit einer Tasse Tee in der Hand. Filip schlief wahrscheinlich noch. Er lächelte. Vielleicht war sein Sohn auch schon wach und griff jetzt nach Mariellas Hand. Sie beide waren seine Heimat, und dieses Haus am Meer war ihre Trutzburg. Dort zu sein, mit ihnen, war ein Geschenk, und er würde es bewahren, auch wenn er heute fortmusste.

Über ihm segelte eine Küstenseeschwalbe am grauen Himmel. Sein Neoprenanzug verschmolz mit dem dunklen Wasser.

Er holte tief Luft und tauchte hinab in die Tiefe. Er spürte kurz den Luftzug an seinen Füßen, dann umschloss das Wasser ihn vollständig. Er arbeitete sich voran, senkrecht nach unten, mit kräftigen Zügen und geschlossenen Augen. Er merkte, wie das Wasser noch kälter wurde, wie die Tiefe nach ihm griff.

Und dann war er da, wo nichts mehr war. Und wo nichts mehr zählte. Wo alles sich auflöste: Gedanken, Absichten, Ängste und Hoffnungen. Alles wurde eins, graue Unendlichkeit.

Hier war nur er: Jakob Krogh, zweiundvierzig Jahre alt. Am Ende eines langen Jahres, in dem er gekämpft hatte. Mit dem Tod seines Vaters, mit der Schwere seiner Gedanken und dem Verlust seiner Zuversicht. Und erst jetzt, tief unten im Meer, wusste er, dass alles gut werden würde.

Als sein Herz härter pumpte und die Luft knapp wurde, ließ er sich langsam nach oben treiben.

»Ich muss los, kommt ihr?«

Jakob räumte einen Tretroller unter das Vordach und hob den schwarzen Koffer in seinen Wagen. Er schloss die automatische Heckklappe und drehte sich zum Haus. Wolken schoben sich über dem Meer zusammen. Er betrachtete den Giebel, den er im vergangenen Herbst repariert hatte, die zwei Holzstufen hinauf zur Terrasse, die das gesamte Haus umgab. Es lag an einem sanften Hang, inmitten der Dünen, nur wenige Schritte vom Meer entfernt. Das Reetdach hatten sie erneuert, die Fenster waren frisch gestrichen. Er liebte alles an diesem Ort: die Sonne auf dem Parkett, die Schatten der vorbeiziehenden Wolken an den Wänden, wo Mariella Bilder aus der Galerie aufgehängt hatte und Familienfotos.

»Mariella!«

»Wir kommen!«

Sein Sohn war noch im Schlafanzug, er rieb sich müde die Augen. Die dunklen Haare, die er von seiner Mutter geerbt hatte, waren verwuschelt, in der Hand hielt er ein Blatt Papier.

»Du kannst nicht gehen ohne Filips Geschenk«, sagte Mariella, und wie immer war es, als brächten ihre warme Stimme und der Singsang, wenn sie Deutsch sprach, die kalte Luft zum Vibrieren. »Er wollte es unbedingt noch fertig malen.«

Jakob nahm seinen Sohn hoch und fuhr ihm durchs Haar.

»Was hast du für mich, Filip?« Er drückte ihm einen Kuss auf die Wange, sein Sohn sträubte sich.

»Du kratzt, Papa!«

Jakob lachte.

»Ich dachte, wenn er etwas länger ist, dann kratzt er nicht mehr. Sagt zumindest Mama. Dann hat sie mich also angelogen, oder?«

Er streckte seinen linken Arm aus und drückte Mariella an sich, sie war frisch geduscht, roch nach Shampoo.

»Ich mag deinen Bart«, sagte sie und strich ihm zärtlich über die Wange. »Sieh zu, dass du schnell wieder zurückkommst.«

»In zwei Wochen, und danach versuche ich, jedes Wochenende hier zu sein. Aber ich muss erst mal starten, und du weißt …«

»Ich weiß …«, flüsterte sie und sah ihn an. »Ich weiß sehr viel, Polizeioberkommissar Krogh.«

»Aber hoffentlich nicht alles«, sagte er und gab ihr einen Kuss. »Und noch bin ich nur Kommissar.«

»Papperlapapp, sie haben es dir doch schon zugesagt.«

Mariella liebte dieses deutsche Wort, sie verwendete es, wann immer sie konnte.

»Das war vor meiner Auszeit. Komm, wir schauen uns lieber das Bild an, Filip, was ist das? Unser Haus? Bin ich das?«

»Das ist Mama«, sagte sein Sohn. »Und ich spiele da unten am Strand, siehst du?«

»Ja, das sehe ich. Das ist ein schönes Bild.« Jakob betrachtete das gemalte Haus. Braune Linien, ein Schornstein, aus dem es rauchte, sogar ein Vogel war zu sehen, direkt neben der Sonne. Zwei Strichmännchen davor, eine Wasserlinie, vor der Filip sich dargestellt hatte, mit einem eckigen Eimer in der Hand.

Seine ganze Welt auf einem Bild.

»Ich werde es im Büro aufhängen, versprochen. Komm, gib mir auch einen Kuss, ich muss jetzt los.«

»Tschüss, Papa.«

Er blickte seinem Sohn hinterher, als er nach drinnen rannte und ihm kurz darauf durch das Wohnzimmerfenster fröhlich zuwinkte. Dann drückte er Mariella fest an sich.

»Wann fahrt ihr zu deinen Eltern rüber?«

»Vermutlich morgen. Ich will nach Szczecin, wegen der Bilder.«

»Es wird bestimmt ein großer Erfolg. Und ich werde da sein, um mit dir zu feiern.«

Sie blickte ihn ernst an, während er mit den Fingern über ihr Haar strich.

»Versprich nichts, was du nicht halten kannst, Jakob Krogh.« Langsam löste sie sich von ihm und betrachtete ihn.

»Du siehst gut aus. Bereit für einen Neustart.«

»Bin ich auch. Dank dir.«

»Dank uns. Es wird alles gut werden. Und jetzt komm, wir sagen es gemeinsam:

»*Co kochasz, niech darmo.*«

»*Was du liebst, lass frei.*«

»*Jeśli chodzi o powrót, to do Ciebie.*«

»*Kommt es zurück, gehört es dir.*«

»*Na zawsze.*«

»*Für immer.*«

Der Wagen rollte vorbei an kahlen Feldern, an Äckern, über die der Wind fegte. Die Landstraße war kerzengerade, wie ein Strich, der ihn immer weiter fortführte von seinem Haus am Meer. Jakob streckte sich hinter dem Lenkrad, er spürte noch die Anstrengung des Schwimmens. Als er sich kurz im Rückspiegel betrachtete, war er sich mit einem Mal nicht mehr so sicher, ob Mariella recht hatte.

War er bereit, wieder einzusteigen? Die neue Aufgabe würde seine ganze Kraft in Anspruch nehmen, er würde unter Beobachtung stehen und liefern müssen, um keine Zweifel aufkommen zu lassen. Jakob Krogh war wieder im Dienst, in neuer Funktion, aber mit der gleichen Hingabe und Leidenschaft wie vor seiner Auszeit. Das wurde von ihm erwartet. Sie hatten eine neue Einheit gebildet, sie würden ihm die Leitung übertragen, gemeinsam mit einer neuen Kollegin. Die Mittel, die sie bekommen hatten, würden in anderen Abteilungen fehlen, sie würden von Anfang an argwöhnisch beäugt werden, wenn nicht gar behindert. Und selbst die Presse war skeptisch, er hatte die Artikel gelesen.

Er bog ab auf eine größere Straße, Richtung Autobahn. Die Stadt, in der er wieder arbeiten würde, war noch weit entfernt. Dennoch sah er sie deutlich vor sich, ihre Abgründe, in die er tiefer eintauchen würde als je zuvor.

*

Polizeikommissarin Mila Weiss hatte ihren Wagen in der hintersten Ecke des Besucherparkplatzes abgestellt. Regentropfen klatschten auf das Autodach, als würde jemand den Himmel über ihr auswringen.

Sie zog die Nase hoch, ihr blauer Mantel war feucht, und der graue Wollschal lag schlaff um ihren Hals. Für einen Augenblick betrachtete sie den Ausschnitt ihres Gesichts im Rückspiegel, die kurzen braunen Haare, den Schwung ihrer rechten Augenbraue. Die rot geränderten Augen, die Tränen.

»Ach, Scheiße!«

Milas Blick fiel auf die Uhr am Armaturenbrett. In drei Stunden würde die Pressekonferenz beginnen, und sie wollte vorher noch das Team kennenlernen.

Sie kramte in der Handtasche auf dem Beifahrersitz.

»Mist, verdammt, wo ist denn jetzt …«

Schließlich fand sie eine Packung Taschentücher und beseitigte, so gut es ging, die Spuren der Aufregung. Der Besuch war ein kompletter Fehlschlag gewesen, sie hätte es wissen müssen. Ihre Erwartungen waren viel zu hoch gewesen, ihr Plan, gleich beim ersten Mal den Durchbruch zu schaffen, lächerlich.

»Du bist so dumm«, flüsterte sie ihrem Spiegelbild zu. »Aber du wirst lernen. Und weitermachen.«

Das Geräusch vorhin, als die Eisentür ins Schloss gefallen war, hatte wie ein Schlusspunkt geklungen. Sie war durch den Matsch auf dem Parkplatz gerannt und hatte im Auto schreiend auf das Lenkrad eingeprügelt. Aber es war kein Schlusspunkt gewesen. Zu dieser Erkenntnis hatte sie der Wutausbruch immerhin gebracht.

Mila Weiss, siebenunddreißig, erfahrene Ermittlerin mit einer Aufklärungsquote, die sich sehen lassen konnte. Zumindest in Wien war sie sehr erfolgreich gewesen, aber nun war sie hier, zurück in Deutschland. Sie hatte sich auf die Stelle beworben, weil sie die Richtige dafür war. Und auch, weil sie nicht mehr weinen wollte auf diesem Parkplatz und an diesem Ort, der hinter dem geschlossenen Tor lag.

Ihr Handy klingelte. Mila blickte auf das Display.

Sie fuhr sich mit dem Handrücken über die Nase, holte tief Luft und starrte durch die Windschutzscheibe, wo hinter einer kleinen Böschung die Straße lag, die zurück in die Stadt führte. In eine Stadt, die sie noch kaum kannte, in der sie aber leben und arbeiten würde. Weil sie es so gewollt hatte.

»Mila? Hier ist Jakob. Wo erwische ich dich gerade?«

Sie hörte Musik im Hintergrund und Fahrgeräusche, offenbar saß er ebenfalls im Auto. Er hatte erwähnt, dass er mit seiner Familie am Meer wohnte, jetzt fuhr er vermutlich gut gelaunt und voller Tatendrang in die Stadt.

»Guten Morgen«, sagte sie kühl und griff nach dem Kaffeebecher in der Mittelkonsole. »Bist du rechtzeitig da?«

Sie wusste, dass er versuchen würde, das Ignorieren seiner Frage zu deuten. So viel hatte sie während der Telefonate, die sie in den vergangenen Wochen geführt hatten, schon über ihn gelernt. Jakob Krogh war verdammt gut in seinem Job.

»Ich bin extra zeitig losgefahren«, sagte er. Er klang beschwingt und entschlossen.

»Es gibt nicht weit vom Präsidium ein kleines Café«, fuhr er fort. »Eher eine Bar. Das *Charlies*. Wollen wir uns vielleicht da treffen? Ein schneller gemeinsamer Kaffee vor der Pressekonferenz. Wir könnten uns kurz absprechen, was meinst du?«

Mila blickte auf die Uhr, sie wollte noch mal in ihre Wohnung, duschen, sich umziehen. Sich sammeln.

»Ich kann es nicht versprechen. Ich versuche es.«

»Prima. Dann bis später, Mila.«

Sie drückte ihn weg, ohne sich zu verabschieden. Dann fuhr sie rückwärts aus der Parklücke und zur Ausfahrt. Dabei kam die Eisentür wieder in ihr Blickfeld und der Durchgang zum Wachhaus, in dem sie sich vorhin angemeldet hatte.

Die lange Backsteinmauer glitt an ihr vorbei, als sie beschleunigte. Einige Krähen kamen von einem nahe gelegenen Stoppelfeld herbeigeflogen, eine Vogelscheuche, die um diese Jahreszeit ohne Auftrag war, steckte im Boden. Es gab keine Ernte zu schützen, keine hungrigen Vögel zu vertreiben, alles war matschig.

Dazu die feuchte Kälte, die in jede Ritze kroch. Sie drang an die einsamsten Orte vor und auch zu den Menschen, die man für viele Jahre weggesperrt hatte, hinter der schweren Eisentür. Und die dennoch freier waren als die Frau, die sich jetzt eine Zigarette anzündete und sich fragte, wie ihr erster Tag in dieser Stadt wohl verlaufen würde.

*

Das *Charlies* hatte sich nicht verändert. Als Jakob die Glastür aufzog und die Bar betrat, reagierte sein Körper sofort. Auf die Gerüche, das diffuse Licht und auf den Anblick der langen Bar, an deren Ende eine enge Wendeltreppe nach oben in die erste Etage führte, wo es weitere Sitzplätze gab. Eine Welle von Erinnerungen überrollte ihn, er meinte das Lachen seiner Kollegen zu hören, die Trinksprüche und das Fluchen, weil das eigene Blatt mal wieder schlechter war als das der anderen. Wie früher war die Wand zu seiner Linken kahl, der Putz blätterte ab, darunter war der nackte Beton zu erkennen. Seine Sohlen blieben kurz am Boden kleben, offenbar wurde nach wie vor nur jeden zweiten Tag gewischt. Die Panoramascheibe war beschlagen, auf der niedrigen Bank davor lagen zwei Kissen, eine Zeitung, ein Aschenbecher stand darauf. Das Rauchen war auch im *Charlies* längst nicht mehr erlaubt, aber wie kleine Relikte aus einer vergangenen Zeit standen überall Aschenbecher herum.

»Ich bin sofort da!«

Die Stimme kam aus dem Raum hinter der Bar. Langsam ging Jakob an Nierentischen vorbei, an grauen, beigen und roten Stühlen. Ein Bataillon an Spirituosen war hinter der Bar aufgebaut, dazu die Zapfanlage, die Charlie eigens aus Brighton mitgebracht hatte. Hier im *Charlies* waren Geburtstage gefeiert worden, hatten neue Kollegen ihre Feuertaufe durchlebt. Jeder, der hierherkam, trug sein Päckchen. Dinge, die man nicht vergessen konnte, Dinge, die der Job nun mal mit sich brachte.

Das *Charlies* war ein Ort des Trostes, wenige Straßen vom Präsidium entfernt.

Es war seine Heimat gewesen, lange bevor er Mariella kennengelernt hatte.

»Ach nee, wen haben wir denn da?«

Charlie stand in der Tür hinter der Bar, in den Händen einen Pappkarton mit Gläsern. Er stellte ihn ab und wischte sich die Hände an einem Spültuch ab.

»Ich werd verrückt. Wenn das nicht Jakob Krogh ist, der verlorene Sohn. Wenn ich mich recht erinnere, hattest du schon mal fröhlichere Farben an, mein Lieber. Kaffee? Schwarz nehme ich an, wenn ich dich so sehe.«

Jakob blickte in den Spiegel gegenüber. Schwarze Hose, schwarzer Rollkragenpullover, darüber eine dunkelgraue Jacke. Sein Bart zeigte Spuren von Grau.

»Du hast zugenommen, Charlie. Treibst du keinen Sport mehr?«

»Geht dich nichts an, Bulle. Hier, ich habe neue Bohnen, beste Ware, probier den mal.«

Jakob setzte sich auf einen der Barhocker, wischte mit der Hand die Krümel weg und trank einen Schluck.

»Nicht schlecht.«

»Nicht schlecht? Du kannst gleich wieder gehen, mein Lieber. Was machst du überhaupt hier, ich dachte, du schaust den ganzen Tag aufs Meer?«

Jakob zog einen der Aschenbecher zu sich heran, es war nur ein Reflex, denn er rauchte längst nicht mehr. Er betrachtete Charlie, der im speckigen Pullover hinter der Bar stand und Gläser einräumte. Sein Gesicht war etwas aufgedunsen, die Haare waren dünner geworden.

»Siehst ungesund aus, Charlie.«

Der massige Mann rollte mit den Augen.

»Bist du zurückgekommen, um mir eine Predigt zu halten?«

Jakob hob seine Tasse und prostete ihm zu.

»Tut mir leid. Es ist schön, dich zu sehen.«

Der Barbesitzer hob ein halbvolles Wasserglas in seine Richtung und schaltete die Anlage ein. Jakob war nicht zuletzt wegen der Musik so oft hier gewesen. Menschen wie Charlie wussten intuitiv, welcher Song den Raum zum Klingen brachte. So war es damals gewesen, in den lauten Zeiten. Und so war es jetzt, in den leisen.

Days like this. Van Morrison.

Jakob trank seinen Kaffee und sah auf die Uhr. Mila würde hoffentlich nicht mehr lange auf sich warten lassen.

Charlie sah ihn nachdenklich an, bis sie beide lächelten.

»Es tut verdammt gut, dich zu sehen. Komm her, lass dich umarmen.«

Der Barkeeper drückte ihn an sich.

»Ist ja kaum was dran an dir, mein Gott. Wie willst du da mit aller Kraft wieder einsteigen?«

Jakob lachte.

»Also, erzähl schon«, sagte Charlie. »Wie ist es dir ergangen? Was hast du gemacht?«

»Das ist eine verdammt gute Frage, das wüsste ich auch gern. Was hast du eigentlich die ganze Zeit gemacht, Jakob Krogh?«

Jakob erkannte die Stimme sofort. Er drehte sich um und sah zuerst die schweren Bikerboots, die die enge Wendeltreppe herunterkamen. Dann verwaschene Jeans, die der Mann sich gerade zuknöpfte, das Cordhemd und schließlich das Holster, in dem seine Dienstwaffe steckte.

»Da geht man einmal kurz pissen, und wenn man zurückkommt, sitzt die Vergangenheit am Tresen. Machst du mir auch einen Kaffee, Charlie?«

»Kommt sofort.«

Das Lächeln und auch die Selbstsicherheit, mit der Lasse Callsen die Wendeltreppe heruntergekommen war, waren Jakob noch sehr vertraut. Kein Wunder, denn genau wie er kannte Lasse jeden Quadratzentimeter in dieser Bar, er hatte schon auf jedem Stuhl gesessen und war öfter in weiblicher Begleitung als allein aus dem *Charlies* getaumelt.

Er sah aus wie immer, eine Zigarette hinters Ohr geklemmt, die er anzünden würde, sobald er aus der Tür war, ein markantes Gesicht, breite Schultern und ein noch breiteres Grinsen.

»Jakob Krogh. Kaum zu glauben.«

»Lasse Callsen. Wen man nicht alles trifft, und das gleich am ersten Tag.«

»Du hättest dich mal melden können.«

»Habe ich aber nicht. So wie du.«

Jakob erhob sich, um den Kollegen zu begrüßen.

»Mein Gott«, sagte Lasse, jetzt mit leiser Stimme. »Du siehst aus wie einer, der was mitgemacht hat. Und trotzdem, du hättest anrufen können, dann hätten wir eine ordentliche Willkommensparty steigen lassen!«

Sie setzten sich an den Tresen, und Jakob hatte plötzlich das seltsame Gefühl, nie aufgestanden zu sein von diesem Hocker. Er zog die Zigarette hinter Lasses Ohr hervor und drehte sie zwischen den Fingern.

»Ich … es ist in Ordnung, wie es war. Ich hätte es nicht geschafft, von hier aus.«

Lasse nickte.

»Dein Vater, ist er …«

»Er ist gestorben. Er ist dann endlich irgendwann gestorben, und es war gut so. Es war ein langer Weg, wirklich hart. Krebs ist nicht schön. Es war richtig hässlich. Aber am Ende war es gut.«

»Wann ist er gestorben?«

»Im Sommer.«

Lasse holte sich die Zigarette zurück und steckte sie wieder hinters Ohr.

»Ich habe versucht, dich zu erreichen, damals. Aber irgendwie … du bist richtig von der Bildfläche verschwunden. Ich meine, wir wussten alle, dass es schlecht steht um den alten Krogh. Einige von uns kannten ihn ja noch. Gab es keine Trauerfeier oder so was? Ich habe mich erkundigt, niemand im Präsidium wusste etwas.«

Jakob drehte den Aschenbecher in der Hand und machte das Feuerzeug an.

»Er wollte es so«, sagte er, während er die Flamme vor seinen Augen tänzeln ließ.

Lasse streckte sich und blickte auf die Uhr.

»Und jetzt? Ich habe gehört, du sollst die neue Einheit leiten. Ganz schöner Kaltstart, ehrlich gesagt.«

Jakob legte das Feuerzeug zurück auf den Tresen und nickte.

»Aber irgendwann muss ich ja wieder anfangen. So ein Haus am Meer will auch bezahlt werden.«

»Aber gleich so eine Aufgabe, Respekt. Hör zu, ich muss leider los. Lass uns bald wieder treffen, heute Abend vielleicht? Ein paar Bier auf die alten Zeiten, was meinst du?«

»Hört sich gut an. Warte, mein Handy ...«

Während Lasse Charlie zwei Münzen auf den Tresen legte und seine Jacke holte, zog Jakob das Telefon aus der Tasche und lächelte, als er Mariellas Nummer sah. Als er ranging, hörte er Filips Stimme: »Hallo, Papa, ich bin's!«

»Hallo, mein Kleiner. Was gibt's? Wie geht's dir?«

»Gut! Papa, weißt du, wo mein Hase ist?«

»Dein Hase? Den hattest du heute Morgen doch im Arm.«

Jakob schaltete den Lautsprecher ein und legte das Handy auf den Tresen, um einen Schluck Kaffee zu nehmen. Lasse stand jetzt neben ihm und lächelte.

Lasse flüsterte ihm über die Kinderstimme hinweg zu: »Filip? Wie alt ist er jetzt?«

»Vier.«

»Wahnsinn.«

»Papa, ich finde ihn aber nicht.«

»Dann schau mal in der Kiste neben deinem Bett. Vielleicht hast du ihn da wieder reingelegt.«

»Ja!! Da ist er. Danke und tschüss, Papa!«

»Tschüss, Filip!«

»Du musst sie mir beide mal vorstellen, unbedingt«, sagte Lasse.

»Mach ich. Ich habe gehört, du bist gar nicht mehr in der Mord?«

Sein alter Kollege schüttelte den Kopf.

»Wirtschaftskriminalität. Ich wollte mal was anderes machen, die Dinge etwas ruhiger angehen lassen. Und womöglich wird da ein höherer Besoldungsrang frei, ich rechne mir was aus. Mach's gut, sag Bescheid wegen heute Abend. Mann, tut das gut, dich wieder hierzuhaben. Ist alles ein bisschen langweilig geworden ohne dich.«

Jakob steckte sein Handy wieder ein und warf ebenfalls einen Blick auf die Uhr. Es wurde langsam zu spät für einen Kaffee mit Mila.

In diesem Moment war ein kalter Luftzug zu spüren.

»Schöne Frau, kommen Sie nur rein«, hörte er Lasses Stimme. »Dies ist die Heimat der verlorenen und wiedergefundenen Seelen. Ich bin Lasse. Und Sie sind …«

»Ich bin verabredet. Danke.«

Jakob drehte den Kopf und sah, dass Lasse der Frau die Tür aufhielt. Er hatte es sich nicht verkneifen können, sie anzusprechen. Und er konnte es ihm nicht verübeln, denn Mila Weiss war eine attraktive Frau. Sie trug einen blauen Mantel und einen langen grauen Schal, dazu Jeans und weiße Sneaker. Die kurzen Haare hatten das gleiche Braun wie ihre Augen. Sie war sichtlich genervt und schenkte Lasses Avancen keine Beachtung. Während sie ihr Handy aus der Manteltasche fischte und einen Anruf entgegennahm, drehte Lasse sich zu Jakob um und gab ihm ein Zeichen, das man nur auf eine Weise interpretieren konnte. Sein Kollege war schon immer ein Freund der Abwechslung gewesen und vergaß dabei auch gerne mal die Zeit. Jetzt wartete er lässig an die Wand gelehnt darauf, dass die Frau im blauen Mantel ihren Anruf beendete. So schnell würde er nicht aufgeben.

»Hier ist Mila Weiss. Was gibt es?«

Eine längere Pause, in der Mila zuhörte, während ihr Blick zuerst durch den Raum wanderte, dann an Jakob und schließlich an Lasse hängen blieb, der ihr direkt gegenüberstand. Der Polizist griff in seine Innentasche, holte einen Kugelschreiber heraus und kritzelte seine Handynummer auf einen Bierdeckel, den er von einem der Tische geangelt hatte.

Mila hörte immer noch zu, sie unterbrach ihren Gesprächspartner nur mit kurzen Fragen.

»Wie alt?«

»Wie lange ist das her?«

Lasse hielt ihr mit einem Lächeln den Bierdeckel hin, sie nahm ihn und lächelte zurück. Durchaus charmant, fand Jakob. Sie hielt kurz die Hand vor das Telefon und wandte sich an Lasse.

»Könntest du deinen Namen noch hinschreiben? Gern mit Nachnamen. Ich bin Mila. Mila Weiss.«

Sie sprach weiter in ihr Handy, während sie den Bierdeckel erneut entgegennahm und das Geschriebene betrachtete.

»Vielen Dank, liebe Kollegen, wir machen uns auf den Weg. Und noch etwas: Ich bräuchte eine Personenabfrage. Moment, ich habe hier den Namen: Callsen. Lasse mit Vornamen. Ja, ganz genau. Ja, ich weiß, dass er Polizist ist. Genau, den meine ich. Könnten Sie eine Anzeige aufsetzen? Belästigung einer Beamtin. Nein, das ist kein Scherz.«

»Wie bitte, was soll denn …?« Lasse starrte sie an, aber Mila lächelte nur und reichte ihm den Bierdeckel zurück.

»Danke, ich brauche ihn nicht mehr … Alles klar, Kollege, ich werde das dann unterschreiben, wenn ich im Büro bin.«

Jakob musste sich zusammenreißen, um nicht laut loszulachen. Lasse starrte Mila immer noch mit offenem Mund an.

»Was heißt hier ›Belästigung einer Beamtin‹«, zischte er und trat einen Schritt auf sie zu. »Ich kann dir gleich mal zeigen, was Belästigung ist …«

Aber Mila Weiss zuckte nicht zurück, im Gegenteil.

»Ja? Wie würde das aussehen? Sag schon. Ich freue mich drauf, das alles aufzuschreiben. Komm schon, Lasse Callsen. Oder verzieh dich, du wolltest doch gehen, oder?«

Er starrte sie wütend an, ehe er sich an ihr vorbeischob und fluchend durch die Tür verschwand. Mila drehte sich zu Jakob um.

»Wir müssen los.«

Mit diesen Worten begann der erste gemeinsame Tag von Jakob Krogh und Mila Weiss als gemeinsame Leiter der neu gegründeten *Gruppe 4*, der Sondereinheit für komplexe Serienstraftaten.

VERWANDLUNG

Licht an.

Die Glühbirnen knistern. Surrend entsteht ein Kranz aus warmem Licht. Jenseits dieses gleißenden Rahmens ist es dunkel. Kein Lichtstrahl dringt in den Raum. Alle Ritzen sind abgeklebt, der Vorhang zugezogen, weil alles draußen bleiben muss.

Alle Lügen. Und alle Wahrheiten auch.

In der Mitte des Spiegels schält sich ein Gesicht aus der Dunkelheit. Es ist sein Gesicht, auch wenn er noch Mühe hat, es willkommen zu heißen.

Es hat feine Linien, wie mit Tusche gezeichnet. Hohe Wangenknochen, auffällige Wimpern, geschwungene Lippen, die Haut ist blass und weich. Die langen Finger, die ihren Platz auf der Ablage vor dem Spiegel suchen, bewegen sich zart und fließend. Ein schlanker Hals, schmale Schultern, die die Last dieser Welt niemals tragen könnten.

Elias.

Ein Kratzen ist zu hören, hinter ihm, in der Dunkelheit.

Er ist nicht allein. Er war es nie.

Wie oft hatte er vor dem Spiegel gesessen, den Blick ins Unendliche gerichtet, so lange, bis seine Augen brannten? So lange, bis er sich selbst auflöste und nicht mehr wusste, auf welcher Seite sein wahres Ich saß. Saß er womöglich hinter dem Spiegel und blickte auf sich selbst, umgeben von Pinseln und Quasten, von kleinen Tiegeln, von Schminkkästen und Perücken an der Wand?

Das Kratzen hinter ihm wird lauter.

So wie damals.

Er erinnert sich noch an das erste Mal. Plötzlich waren sie da.

Die Vögel.

Schlugen mit dem Schnabel gegen das Holz. Kratzten mit ihren Krallen über das Dach. Tock, tock.

Und irgendwann zeigten sie sich, kamen zu ihm herein. Starrten ihn an aus wässrigen Augen, in denen das Mitleid zu schwimmen schien und auch die Häme.

Böse, dunkle Tiere.

Sie waren seine einzigen Besucher.

Er räuspert sich, sieht seinen Kehlkopf zucken. Die Stimmbänder sind noch belegt, es braucht immer seine Zeit, um Leben abzustreifen, um die Stimme, die ihm so vertraut geworden ist, zum Verstummen zu bringen.

Und um daraus eine neue erwachsen zu lassen.

»Guten Tag.« Er kann sie noch hören. Und spüren. Die alte Frau, die eben noch mit dem Einkaufstrolley durch ihr Viertel schlurfte. Und die ihren Geburtstagskuchen nicht anrühren wollte.

»Ich nehme drei Brötchen, bitte.«

Schwach ist die Stimme und leise. Wie die Stimme eines Menschen, der am Ende seines Lebens angekommen ist.

»Einen schönen Tag noch. Einen … schönen … Tag … noch.«

Es ist ihm wichtig, dieses Abschiednehmen. Das Loslassen eines fremden Körpers, das Abstreifen einer alten Haut. Er weiß: Selbst wenn alles gestorben ist – der Körper, der Geist und auch die Seele –, dann ist da immer noch eine Melodie in seinem Kopf, die sich verwebt mit dem nächsten heiseren Krächzen im Hintergrund. Aber sie muss verstummen, für immer. Platz machen für etwas Neues. Und deshalb spricht er diese letzten Sätze. Bis da nichts mehr ist und er loslassen kann.

Der Vogel bewegt sich, will raus. Aber er lässt ihn nicht. Als er sich umdreht zu ihm, blicken ihn diese Augen wieder an. Wässrig, umrahmt von dunklem Gefieder.

»Mein Name ist Irene Nowak. Ich habe heute Geburtstag.«

Tock, tock.

»Mein Name ist Irene Nowak. Ich habe …«

Der Schnabel hackt gegen den Käfig. Das Schlagen eines Flügels, kraftvoll und bestimmt.

»Mein Name ist Irene Nowak.«

Es ist Zeit für neues Leben.

»Mein Name ist …«

Licht aus.

Die Glühbirnen knistern. Der Spiegel wird von Schwärze verschluckt und mit ihm sein Gesicht, sein Blick, die langen Finger und auch die helle Haut.

Das Bild ausgelöscht. Nur noch die Stimme bleibt.

Eine dunkle, kräftige Männerstimme. Es ist nicht seine eigene. Noch nicht.

»Guten Tag. Mein Name ist Ben Richter.«

Tock, tock.

»Guten Tag. Mein Name ist Ben Richter. Ich studiere Jura im fünften Semester. Ich bin vierundzwanzig Jahre alt. Und ich bekomme bald Besuch.«

WUT

Jakob steuerte seinen Dienstwagen durch den Verkehr, und es kam ihm vor, als würde er durch seine eigenen Erinnerungen fahren: die Fassade des Bahnhofs, der Übergang in Richtung Altstadt, der Kanal und die geschwungene Brücke mit den Laternen. Er nahm die Auffahrt zum Ring. In der Ferne war das hoch aufragende Gebäude der Universität zu sehen, gleich rechts die Flutlichtmasten des Stadions. Er kannte diese Stadt wie seine Westentasche, und doch war es, als müsste er sich vergewissern, dass alles noch an Ort und Stelle war. Der Stadtpark mit der Mühle und dem See, um den er frühmorgens so oft gelaufen war, um den Kopf freizukriegen. Die Stadtmauer, etwas weiter hinten die Shisha-Läden und Studentenkneipen, dann die Bars entlang der Straße, die jetzt breiter wurde, als sie sich dem Stadtrand näherten. Jakob öffnete das Fenster ein wenig und sog die kalte Luft ein, als könnte er so die Eindrücke in sich aufnehmen.

Mila hatte ihren blauen Mantel auf die Rückbank des Wagens geworfen und telefonierte wieder. Sie trug verwaschene Jeans und einen grauen Strickpullover. Er war ihr über die rechte Schulter gerutscht, darunter blitzte ein weißes Shirt hervor. Die Waffe steckte rechts in einem Gürtelholster. Jakob betrachtete sie aus dem Augenwinkel.

Sie sah müde aus. Sie kam ihm vor wie ein Seil, zum Zerreißen gespannt, ihr Blick war hart, ihre Stimme angespannt.

»Nein, es geht nicht anders. Der Kollege Krogh und ich sind unterwegs zu einem Tatort. Ja, das ist unsere Aufgabe, deswegen bin ich geholt worden, Herr Staatsanwalt. Nicht, um

Pressekonferenzen zu geben, ich gehe einfach mal davon aus, dass Sie das besser können als ich.«

Jakob lächelte belustigt.

»Ja, Herr Staatsanwalt, mir ist bewusst, wie wichtig die Pressekonferenz für das Präsidium … natürlich … glauben Sie mir, ich würde es mir auch anders wünschen.«

Sie rollte mit den Augen, als sie zu Jakob hinübersah. Dann runzelte sie kurz die Stirn, lehnte den Kopf ans Fenster und reichte ihm das Handy.

»Sattmann. Er will dich sprechen.«

Er nahm das Telefon und nickte Mila beruhigend zu.

»Hier ist Krogh.«

»Verdammt, Jakob, was soll der Mist? Wir hatten eine Pressekonferenz anberaumt, um deine neue Einheit vorzustellen. In Kürze habe ich hier zehn Journalisten sitzen, sogar das Fernsehen kommt.«

»Es ist nicht meine neue Einheit, ich leite das Team gemeinsam mit Mila. Und wie sie bereits gesagt hat …«

»Ist mir völlig egal, was sie sagt, Jakob. Ich will, dass du mich in solchen Fällen anrufst, nicht sie. Sie ist die Neue, du bist mein Ansprechpartner. Und das mit der Pressekonferenz ist ein großer Mist.«

Dirk Sattmann war seit fünf Jahren leitender Staatsanwalt in der Stadt, ein aufstrebender und ehrgeiziger Beamter, der genau wusste, wo oben und unten war. Der Jakob vor einiger Zeit das Du angeboten hatte, bei einer Gartenparty in seinem Haus, draußen am See. Er war ihm nicht unsympathisch, ein kluger Kopf und jemand, der auch mal über sich selbst lachen konnte. Und gerade deswegen war es in den Folgejahren nicht immer leicht gewesen, die notwendige Distanz zur Staatsanwaltschaft zu halten.

»Hör zu«, sagte Jakob, während er in eine schmale Waldstraße einbog, an deren Ende ihr Ziel lag. »Ich denke, auch dir ist am Erfolg des neuen Teams mehr gelegen als an einer guten ersten Pressekonferenz. Wir sind jetzt gleich in der Siedlung, wir informieren dich, sobald wir mehr wissen. Aber Mila hat recht: Dafür wurde sie geholt. Und ich auch. Es ist der dritte Raubüberfall innerhalb kurzer Zeit, jede Minute zählt, das weißt du genau. Wir haben es hier mit einer Serie zu tun, und genau deshalb gibt es die neue Einheit. Ich glaube nicht, dass ich dich an zurückliegende Fälle erinnern muss, in denen Verbindungen zwischen einzelnen Verbrechen schlicht nicht gesehen wurden. Damit das nicht mehr passiert, sollen wir …«

»Ja, ist ja gut«, unterbrach ihn Sattmann mit einem Knurren. »Aber ich will Ergebnisse sehen. Und zwar schnell.«

Jakob gab Mila das Handy zurück. Sie schwiegen auf der Fahrt durch den Wald. Links und rechts der regennassen Straße verliefen Radwege, eine Bushaltestelle, die hier völlig deplatziert wirkte, kam in Sichtweite. Schatten huschten zwischen den knorrigen Stämmen umher, weil der Wind die Laubkronen durchschüttelte. In der Ferne konnte man die ersten Häuserblöcke der Siedlung erahnen.

»Per du mit dem Staatsanwalt, das macht es bestimmt einfacher.«

Mila hatte den Mantel zu sich nach vorne gezogen und verstaute ihr Handy in einer Innentasche.

»Manchmal kommt man aus bestimmten Sachen nicht mehr raus«, antwortete Jakob. »Sattmann ist schon okay. Klar, er hat vor allem sich selbst im Blick, aber er setzt sich auch für seine Leute ein.«

»Vor allem für dich?«

Jakob atmete tief ein.

»Hör zu, Mila, wir haben es uns beide nicht ausgesucht. Aber ich bin mir sicher, dass wir zwei …«

»Schon gut«, sagte sie und winkte ab. »Lass uns diesen Teil überspringen, wir teilen uns nachher im Präsidium einen Kaffee am Automaten, schwören uns ewige Blutsbrüderschaft, und das Team wird gut arbeiten, wir haben ausgezeichnete Leute ausgesucht. Also du. Das hoffe ich zumindest.«

»Ich habe dir angeboten, dabei zu sein.«

»Ich war in Wien.«

»Das ist richtig, du warst in Wien.«

Als sie aus dem Wald auftauchten, bauten sich vor ihnen die Häuser der Siedlung auf. Graue, eckige Kolosse, bis zu zwölf Stockwerke hoch, vor Jahrzehnten in den harten Boden gerammt. Die Straßen waren verwaist, die Menschen waren entweder bei der Arbeit oder hatten sich zurückgezogen hinter ihre Gardinen und Satellitenschüsseln.

Hinterm Wald war ein Synonym für alles Abgehängte. Für Menschen mit schlecht bezahlten Jobs, ohne echte Perspektiven, aber immerhin mit dem besten Glasfaseranschluss der Stadt. Jakob erinnerte sich an die Werbeplakate für die Siedlung, die mit der Möglichkeit gelockt hatten, digital von zu Hause aus zu arbeiten. Dabei waren die meisten Menschen, die hier lebten, entweder arbeitslos oder sie hatten Jobs, die sie nicht von zu Hause aus erledigen konnten. Sie waren Verkäufer und Handwerker, Busfahrer und Schichtarbeiter: Was diese Leute brauchten, waren bessere Löhne und eine gute Verbindung in die Stadt. Das schnelle Internet half vor allem den Kindern, die stundenlang zockten.

Mila sah aus dem Fenster, an den Fassaden empor und zu den Balkons hinauf, auf denen Getränkekisten standen oder leere Pappkartons, vermutlich von Elektronikmärkten. Schließlich drehte sie sich zu Jakob um.

»Tut mir leid«, sagte sie. »Ich will es hinkriegen, das Ganze hier. Mein Abschied aus Wien war ... schwierig. Jetzt bin ich hier, und ich will es gut machen.«

»Das wirst du, Mila«, sagte er und parkte den Wagen am Fuße

eines Hochhauses. »Wir werden es beide gut machen. Und wenn ich es nicht schaffe … Ich kenne – wie du gerade erfahren hast – den leitenden Staatsanwalt ganz gut. Wenn nichts mehr geht, mache ich so ein Männer-Ding, keine Ahnung, einen Segeltörn oder meinetwegen leihe ich mir einen Bagger und grabe etwas um.«

Sie lachte kurz, dann schaute sie durch das Seitenfenster nach oben.

»Das ist unser erster Fall«, sagte sie. »Wir sollten ihn nicht versauen.« Mit diesen Worten öffnete sie die Tür des Wagens und trat hinaus in die Kälte.

Hausnummer 87 befand sich in einem von drei Blöcken, die am östlichen Rand der Siedlung standen. Eine Bushaltestelle vor der Tür, Müllcontainer, aus denen geplatzte gelbe Säcke hervorlugten, ein Basketballkorb an einer Wand, das Netz war längst herausgeschnitten. Zwölf Stockwerke gestapelte Trostlosigkeit.

Jakob ließ seinen Blick über die Fassade wandern: Gardinen und gekippte Fenster, aus denen der Qualm einer Zigarette oder der neugierige Blick eines Rentners nach draußen drang. Er drehte sich einmal langsam im Kreis, wollte das ganze Bild in sich aufnehmen, bevor sie gleich eintauchen würden ins Innere dieses Ortes.

Mehrere Einsatzfahrzeuge waren auf dem kleinen Parkplatz abgestellt, Beamte in weißen Overalls kamen aus dem Treppenhaus, holten Equipment aus den Autos, ein Fotostativ, Plastikfolien und Boxen, in denen später Beweisstücke verstaut werden würden.

»Jedes Verbrechen hat seine Logistik«, murmelte Jakob, während einer der Männer kurz stehen blieb und sie misstrauisch anstarrte. Er hielt eine Kiste mit weißen Overalls in den Händen.

»Wievielter Stock?«, fragte Mila, ohne sich mit einer morgendlichen Begrüßung aufzuhalten. Der Mann runzelte die Stirn, während hinter ihm zwei Streifenpolizisten aus dem Haus traten und davor stehen blieben.

»Und Sie sind wer?«, fragte der Mann mit der Kiste. Er war kleiner als Jakob, trug eine randlose Brille und eine graue Mütze. Sein Atem dampfte in der kalten Luft.

»Der Brötchenservice«, sagte Mila und hielt ihm ihren Dienstausweis vor die Nase. Jakob tat es ihr gleich.

Der Mann sah kurz auf die Ausweise, dann lächelte er knapp.

»Ah, die neue Einheit. Erster Tag? Na dann, herzlich willkommen in der Stadt, liebe Kollegin. Ich hätte Ihnen lieber einen Blumenstrauß zu Begrüßung überreicht, aber stattdessen«, er deutete mit dem Kinn in Richtung der Eingangstür, »biete ich Ihnen einen First-Class-Tatort, das ist doch auch schon mal was.«

Der Mann wandte sich an Jakob.

»Jakob Krogh. Schon viel gehört, obwohl ich erst seit einem halben Jahr im Präsidium bin. Willkommen. Und auf eine gute Zusammenarbeit. Hier, nehmt euch jeder einen Satz Klamotten, ich nehme doch an, ihr kennt das Prozedere: frischer Tatort, weiße Overalls, Überzieher, Badekappe, das ganze Programm. Ich bin Roland Gerber, KTU-Bereitschaftsdienst. Wir waren vorhin die Ersten hier, nach den Streifenkollegen natürlich. Ist nicht schön dort drinnen, aber ihr werdet es selbst sehen. Ach so: Die Wohnung liegt im zweiten Stock.«

Mila und Jakob nahmen sich jeweils eine Plastiktüte aus der Kiste, rissen sie auf und zogen sich um. Mila musterte die beiden Streifenpolizisten, die neben der Tür standen und sich unterhielten.

»Kollegen?«

Die Beamten unterbrachen ihr Gespräch sofort und blickten Mila fragend an.

»Guten Morgen«, sagte einer der beiden. Er war groß und breitschultrig und hauchte immer wieder in seine Hände, um sie zu wärmen.

»Verdammt kalt immer noch«, sagte er freundlich, nur um schnell zu begreifen, dass Mila nicht an einem Plausch unter Kollegen interessiert war.

»Warum ist das Haus nicht abgesperrt?«, blaffte sie ihn an, während sie sich in den Overall zwängte.

»Wie bitte?«

»Das Haus«, sagte sie genervt. »Dieses hier, vor dem wir stehen. Hier kommen gleich Leute raus, andere kommen rein, wir müssen mit allen reden, wir müssen ihre Personalien aufnehmen, an ihre Türen klopfen. Hat einer was gesehen, etwas gehört …?«

»Werte Kollegin«, unterbrach sie der Polizist. »Machen Sie sich mal keine Sorgen, wir haben alles vorbereitet und …«

Mila zog sich die weiße Haube auf und funkelte den Mann an.

»Vorbereitet, ja? Das freut mich, wirklich. Wir werden der Presse nachher sagen, dass ein Serientäter hier in der Siedlung sein Unwesen treibt, dass er bereits zwei Frauen brutal überfallen hat und dass dort drinnen eine dritte Frau schwer verletzt wurde. Und wenn dann die völlig berechtigte Frage kommt, was wir denn zu tun gedenken, um die Menschen zu schützen, dann werden wir sagen: Keine Sorge, wir haben alles vorbereitet.«

Jakob, jetzt ebenfalls im weißen Overall und die Überzieher für seine Schuhe bereits in der Hand, sah, wie die beiden Streifenkollegen einen Blick tauschten und dann Mila musterten, die mit finsterer Miene vor dem Eingang zum Treppenhaus stand.

»Ich kenne Sie noch gar nicht«, sagte der Jüngere der beiden, der sich bislang im Hintergrund gehalten hatte. Er hatte seine dunkelblaue Wollmütze abgenommen und fuhr sich durch die strubbeligen rötlichen Haare. Er war etwa Anfang dreißig und kam Jakob bekannt vor. Allerdings kamen ihm alle Streifenpolizisten, mit denen er bei der Arbeit zu tun hatte, mehr oder weniger bekannt vor, ohne dass er sich jeden Einzelnen einprägte. Man nickte sich kurz zu während einer Ermittlung am Tatort, man unterhielt sich, wechselte einige unverbindliche Worte, stand nebeneinander an der Essensausgabe der Kantine oder sah sich bei der Abschiedsfeier eines Kollegen. Und er war mehr als ein Jahr fort gewesen, weit weg vom Dienst.

»Sie sind neu in der Stadt«, sagte der Polizist und ging mit einem Lächeln auf Mila zu. »Keine Sorge, wir werden das Gebäude jetzt absperren. Wir wollten warten, bis alles reingetragen wurde, aber das ist ja jetzt der Fall. Hat uns gefreut. Und willkommen zurück, Kollege Krogh.«

Der junge Mann nahm den anderen Streifenbeamten beiseite, der Mila immer noch finster anstarrte.

»Komm schon, Torben, lass gut sein. Es ist kalt, und da drinnen wird es nicht wärmer für die beiden. Viel Erfolg bei den Ermittlungen.«

»Ist das dein normales Vorgehen?«, fragte Jakob, als sie nebeneinander die Treppe hochstiegen und dabei ihre weißen Latexhandschuhe überzogen.

»Was meinst du?«

»Na, du schaffst es innerhalb kürzester Zeit, jede Menge Kollegen von deiner herzlichen Art zu überzeugen. Vorhin im *Charlies*, als Lasse …«

»Er hat mich angebaggert. Ich kenne diese Typen, die denken, sie seien Cowboys, die nur ihr Lasso rausholen müssen, um die dummen Kühe von der Weide zu holen. Ich habe keine Zeit für Wildwest-Spiele.«

»Alles klar, Pocahontas.«

»Lass den Quatsch, Jakob«, zischte sie.

Sie erreichten den zweiten Stock und standen vor einem langen Gang, von dem mehrere Türen abgingen. Da einige Deckenlampen defekt waren, hatte jemand Halogenstrahler aufgestellt, Kollegen der Spurensicherung waren bereits auf der Suche nach Fußabdrücken und anderen Beweisen.

»Hey«, sagte Jakob zu Mila und hob beide Hände. »Ich bin auf deiner Seite. Wir sind ein Team, ich habe nur einen Spaß gemacht.«

»Ist ein super Ort für Späße, wirklich. Zwei überfallene Frauen in den vergangenen zwei Monaten, jetzt die dritte. Alle drei werden brutal geschlagen, gefesselt und gedemütigt. Du weißt ganz genau, dass es nur eine Frage der Zeit ist, bis unser Mann zum Mörder wird. Du siehst es mir also nach, wenn ich ein anderes Mal lache.«

Mila hatte sich ihre Überzieher über die Schuhe gestreift und lief durch den Gang, ohne auf Jakob zu warten. Er beeilte sich, ihr zu folgen. Über ihren Köpfen flackerte eine Deckenlampe, das unregelmäßige Ticken der kaputten Leuchte begleitete sie bis zur offenen Wohnungstür.

Drinnen waren Stimmen zu hören, Kollegen der Spurensicherung schoben sich an ihnen vorbei. Einige erkannten Jakob und nickten ihm freundlich zu.

»Morgen, Krogh. Willkommen zurück.«

»Danke.«

»Du warst lange weg.«

»Jetzt bin ich wieder da.«

Jakob blinzelte, während seine Augen sich an das trübe Licht gewöhnten, Staub tänzelte in den schwachen Lichtstrahlen, die zwischen den Lamellen der Küchenjalousie hindurchdrangen.

Es kam ihm seltsam vor, dass sich die dunklen Monate, die hinter ihm lagen, mit so wenigen Worten treffend zusammenfassen ließen. Er war lange weg gewesen. Jetzt war er wieder da. Ende der Geschichte. Und der Beginn einer neuen, hier, im

Haus mit der Nummer 87, am Rande der Siedlung hinter dem Wald. Sein erster Tatort nach mehr als anderthalb Jahren. Er spürte, wie in seinem Kopf Gedanken und Instinkte ihre Rollen tauschten, wie er eintauchte in sein altes Ich.

Sein Blick wanderte über das Geschirr auf dem Küchentisch, die Brotkrumen, das benutzte Messer. Die Butter in der Schale war weich und gelb, ein Frühstücksei aufgeschlagen, der Dotter längst vertrocknet. Die Flecken an der Tapete im Flur, die kleinen Blutspritzer, die die Spurensicherung mit Filzstift markiert hatte. Ein Handy auf einer Kommode, ein Paar Sneaker auf dem billigen Laminatboden. Eine orangefarbene Winterjacke am Haken an der Tür.

Jakob schloss kurz die Augen, fast meinte er, die Angst des Opfers riechen zu können. Er drehte sich noch mal zur Tür und drückte außen auf die Klingel. Ein schepperndes Geräusch drang durch die Wohnung, die Kollegen zuckten zusammen und drehten sich irritiert zu ihm um. Aus dem Wohnzimmer war eine röhrende Stimme zu hören.

»Auf so eine bescheuerte Idee kann nur einer kommen! Werft ihn sofort aus der Wohnung, das ist ein Tatort und kein Spieleparadies, Krogh!«

Jakob lächelte, als er Milas Stirnrunzeln wahrnahm. Sie war im Gespräch mit einem Kollegen und machte sich Notizen. Er ging an der kleinen Küche vorbei und warf durch die geöffnete Tür einen Blick in das Badezimmer. Der Duschvorhang lag auf dem Boden, die Stange hing diagonal über der Wanne. Der Spiegelschrank war halb aus der Verankerung gerissen, jemand hatte mit roher Gewalt gewütet. Jemand, den sie schnellstmöglich aufspüren mussten, wenn sie nicht gleich zu Beginn ihrer gemeinsamen Arbeit eine herbe Niederlage einstecken wollten.

Dann betrat er das Wohnzimmer. Dort standen ein kleiner Esstisch, ein Sofa und ein Fernseher auf einem Sideboard. In einer Nische befand sich ein Arbeitsplatz mit Laptop. Das Display war zersplittert, mehrere Tasten waren herausgebrochen. Eine Weinflasche hatte einen roten Rand auf dem Teppich unter dem Couchtisch hinterlassen. Bücher waren aus einem Regal gerissen, der Inhalt einer Handtasche lag verstreut auf einem Stuhl und dem Boden.

Einer der vier Männer im Raum stand nun auf, klopfte sich den Staub vom weißen Schutzanzug und reichte Jakob die Hand.

»Kleiner Scherz zum Wiedereinstieg, mein Lieber? Mir ist fast das Herz stehengeblieben beim verdammten Scheppern der Klingel.«

Er drückte die Hand des Mannes, der deutlich größer war als er.

»Hallo Björn.«

»Hallo Jakob, da bist du also wieder. Gut siehst du aus, ein bisschen schmaler geworden, ein bisschen blasser. Offenbar gab es da, wo du warst, zu wenig Licht und zu wenig gutes Essen. Aber das kriegen wir wieder hin. Bist du heute Abend schon verabredet?«

Jakob nickte zwei anderen Männern zu, die in ihren Schutzanzügen Oberflächen nach Fingerabdrücken absuchten.

»Ich treffe Lasse im *Charlies*. Komm gern dazu.«

Björn Thomsen war der Leiter der Gerichtsmedizin, sie hatten gemeinsam bereits einige Ermittlungen entscheidend voranbringen können, hatten Ergebnisse diskutiert, Schlüsse gezogen. Wann immer es seine Zeit zuließ, begab sich Thomsen persönlich zum Tatort, und Jakob war überzeugt, dass die bislang ungeklärten Überfälle auch ihm zu schaffen machten, dass auch er nach Antworten suchte. Zumal die Brutalität des Täters offensichtlich zunahm.

Thomsen war Mitte fünfzig, groß, trug einen weißen, gepflegten Vollbart, was ihm in Verbindung mit dem weißen Schutzanzug die Aura eines weisen Magiers gab. Der Blick aus seinen eisgrauen Augen senkte sich auf Jakob. Er betrachtete ihn eindringlich, seine Hände lagen dabei auf Jakobs Schultern.

Mila war inzwischen zu ihnen getreten, das Wohnzimmer schien durch die Anwesenheit von nun insgesamt sechs Menschen immer weiter zu schrumpfen. Neben Jakob, Thomsen und den beiden anderen Kollegen der Spurensicherung befand sich noch ein weiterer Mann im Raum. Er stand mit dem Rücken zu ihnen am Fenster und telefonierte. Er mochte zwei Meter groß sein, trug eine grüne Bomberjacke, der Schädel war kahlrasiert. Seine Stimme allerdings stand im krassen Gegensatz zu dieser Erscheinung. Sie war sanft und melodisch, mit einem klaren Akzent aus dem hohen Norden.

»Entschuldigung, wenn ich die Wiedersehensparty unterbreche«, sagte Mila, wobei sie den breitschultrigen Mann am Fenster aus dem Augenwinkel musterte. »Ich war im Schlafzimmer, da ist viel Blut. Kann mir jemand sagen, ob es verwertbare Spuren gibt, DNA, Abdrücke, so was?«

Jakob drehte sich zu Mila um und gab Björn Thomsen ein Zeichen.

»Ich stelle euch kurz vor: Mila Weiss, wir leiten gemeinsam die neue Einheit. Mila, das ist Björn Thomsen, Leiter der Gerichtsmedizin.«

Thomsen nickte der neuen Kollegin freundlich zu.

»Herzlich willkommen, ich habe schon viel von Ihnen gehört, Frau Weiss.«

»Mila ist völlig ausreichend, wenn es okay ist. Was genau haben Sie über mich gehört?«

»Beste Absolventin der Polizeischule, insgesamt sieben Jahre in Berlin, erst Streife, dann Mord, Wechsel zu Interpol und die letzten drei Jahre als Verbindungsbeamtin in Wien. Was verschafft uns die Ehre, dass Sie – Entschuldigung: dass du zu uns in diese eher überschaubare Stadt kommst?«

»Man hat mich gefragt. Und ich habe zugesagt.«

Sie lächelte kurz. Jakob hatte das Gefühl, dass die Antwort auf diese Frage einstudiert war. Sie war simpel und überzeugend und doch genauso unvollständig wie der Satz, den er selbst vorhin benutzt hatte. *Ich war weg. Jetzt bin ich wieder da.*

Thomsen deutete mit dem Kinn hinüber zum Schlafzimmer. »Kommt mit, wir können einmal den möglichen Ablauf durchgehen. Aber eines vorweg: Nein, es gibt bisher wenig Verwertbares. Der Kerl ist – bei aller Wut, die ihn offenbar gepackt hat – vorsichtig gewesen. Als wäre er mit dem gleichen Outfit hier reingekommen wie wir gerade.«

Der breitschultrige Mann mit der Bomberjacke telefonierte noch immer.

»Gefunden wurde die Frau von den beiden Streifenkollegen, ihr habt sie sicher unten getroffen.«

»Allerdings«, murmelte Mila, schüttelte aber den Kopf, als Thomsen sie fragend ansah.

»Eine Erklärung lohnt nicht, fahr fort.«

»Mach ich gern. Sie wurden von einer Freundin der jungen Frau angesprochen, nachdem diese weder auf Anrufe noch auf die Türklingel reagiert hatte.«

»Sie hätte sonst wo sein können«, sagte Jakob. »Warum geht die Freundin dann gleich zur Polizei?«

»Weil sie sah, dass die Gardinen in der Wohnung heruntergerissen waren. Die Streifenkollegen haben schließlich den Hausmeister gerufen, und der hat die Tür mit einem Generalschlüssel geöffnet.«

»Haben sie etwas angefasst, die beiden?«

Jakob war, als notierte Mila sich im Kopf bereits den nächsten Fehler der Polizisten, den sie melden würde. Aber Thomsen schüttelte den Kopf.

»Nein, die Kollegen haben sich vorschriftsmäßig verhalten. Latexhandschuhe, außerdem haben sie so wenig wie möglich angefasst und diese wenigen Stellen später auch markiert. Die Freundin ist draußen geblieben, sie hat nichts gesehen. Aber sie steht natürlich unter Schock.«

»Wie ging es dem Opfer zu dem Zeitpunkt?«, fragte Jakob.

»Schlecht. Sie war bewusstlos, zahlreiche äußere Verletzungen. Der Kerl war nicht zimperlich. Sie liegt jetzt auf der Intensivstation. Die Ärzte sagen aber, sie kommt durch. Der Finne telefoniert gerade mit einem von ihnen.«

»Der Finne?«

Thomsen deutet mit dem Daumen über seine Schulter und sah Mila überrascht an.

»Na, dahinten steht er doch. Ich dachte, du und Jakob, ihr leitet das Team gemeinsam?«

Mila funkelte Jakob an.

»Der Finne, ja? Hat der auch einen Namen?«

»Ich stelle euch später vor«, sagte Jakob und hob entschuldigend die Hände. »Wie gesagt, du wolltest bei der Auswahl nicht dabei sein.«

»Und dann stellst du einfach den größten und breitesten Typen ein, den du finden konntest, oder was? Ich wusste gar nicht, dass wir eine Kampftruppe sind!«

»Hey, immer sachte«, unterbrach Thomsen sie. »Das kann ja noch lustig werden mit euch beiden. Wollen wir vielleicht endlich mal den möglichen Tathergang durchgehen?«

Mila nickte. »Die Tür wurde vom Täter also nicht aufgebrochen.«

»Richtig«, bestätigte Thomsen. »Sie muss ihm aufgemacht haben. Offenbar hat unser Mann einfach geklingelt oder geklopft. So wie bei den anderen beiden Frauen auch.«

»Geklopft«, unterbrach ihn Jakob. »Ich habe beim Reinkommen mit einem Kollegen gesprochen. Keiner der direkten Nachbarn hat gestern Abend die Klingel gehört. Deswegen habe ich vorhin den Test gemacht, nicht zum Spaß. Dieses

Scheppern hörst du im ganzen Flur. Nein, der Täter muss geklopft haben.«

Thomsen hob die Hände.

»Gut, dann eben geklopft. Jedenfalls hat sie die Tür geöffnet. Und dann ging es los.«

Mila blickte sich in dem kleinen Flur um und deutete auf ein Plakat, das gegenüber der Wohnungstür hing. Es war die Ankündigung einer Ausstellung in der Kunsthalle der Stadt, flämische Malerei. Das Plakat war halb zerrissen, an der Tapete klebte Blut.

»Er hat sie gegen die Wand gestoßen und sofort zugeschlagen«, murmelte Mila.

»An ihrer rechten Hand befanden sich schwarze Baumwollfäden, vielleicht von einer Sturmhaube«, sagte Thomsen und deutete Richtung Schlafzimmer.

»Er hat sie dort hineingezerrt, direkt aufs Bett, wir haben Blutspuren auf dem Boden und an der Wand gefunden, natürlich auch auf der Bettdecke. Aber nicht im Wohnzimmer oder im Bad, dort muss er anschließend gewesen sein.«

»Offenbar immer noch wütend«, sagte Mila, während sie sich Notizen machte. »Er muss wie ein Berserker durch die Wohnung getobt sein. Warum hat er das getan?«

»Kommt mit«, sagte Thomsen.

Jakob schloss für einen Augenblick die Augen, fast konnte er die Schreie der jungen Frau hören, den keuchenden Atem des Täters. Er hatte sie geschlagen, gleich mehrfach, ihr den Mund zugehalten und sie an die Wand gedrückt. Und mit dem Fuß die Tür zugestoßen.

Als Jakob die Augen öffnete, schien es ihm, als wären das Entsetzen und die Panik, die die junge Frau ergriffen haben mussten, unmittelbar auf ihn übergegangen. Da spürte er, dass sich nichts geändert hatte. Immer noch traf ihn das Böse im Innersten, immer noch schaffte er es nicht, sich im Angesicht von Gewalt einen undurchdringlichen Panzer anzulegen. Und das bedeutete, dass sein Wiedereinstieg doch schwerer werden würde als vermutet. Jedes Verbrechen, jede Tat würde ihn hinab in den Abgrund ziehen. Schwach hörte er jetzt die Stimme seines Vaters.

Du bist zu nah dran, Jakob. Du musst dem Bösen fernbleiben, wenn du es besiegen willst. Es ist nur ein Fall, sonst nichts.

Aber es gab keinen Fall ohne Aufprall, und so würde es auch diesmal sein.

Gemeinsam mit Mila und Thomsen betrat er das kleine Schlafzimmer. Durch die Lamellen der heruntergelassenen Jalousie drang Licht.

Sie standen zu dritt am Bettende und blickten auf das, was von der Nacht geblieben war. Die Überreste einer Tat, die womöglich nur zufällig nicht tödlich geendet hatte.

»Ihr Name ist Maja Tschorpik«, sagte Björn Thomsen.

Es war das erste Mal, dass dieser Name ausgesprochen wurde. Als hätten sie bis zu diesem Punkt vermeiden wollen, der Tat einen Namen, ein Gesicht zu geben.

»Sie ist dreiundzwanzig Jahre alt«, fuhr Thomsen fort. »Ausbildung zur Altenpflege, der Abschluss hängt drüben im Wohnzimmer an der Wand. Sie kommt hier aus der Siedlung, ihr Vater wohnt zwei Straßen weiter.«

»Einmal Siedlung, immer Siedlung«, murmelte Jakob und zwang sich, die grausamen Details der Tat zu betrachten. An den oberen Bettpfosten waren die Reste von Kabelbindern zu sehen, dünne schwarze Stränge, die nutzlos am Holz herabhingen. Mila war links um das Bett herumgelaufen und studierte jetzt ebenfalls die Kabelbinder.

»Wer hat sie abgeschnitten?«

»Die Sanitäter. Sie lag auf dem Bauch. Sie war … er hat ihr die Hose runtergezogen.«

Mila fuhr langsam mit ihrem Finger über das Plastik. Getrocknetes Blut war zu erkennen, Hautfetzen. Die Frau hatte offenbar verzweifelt versucht, sich loszureißen.

»Es ist fast ein Monat vergangen seit der letzten Tat«, sagte Jakob. »Aber wir sehen genau die gleiche Vorgehensweise. Die Frauen machen die Tür auf, ohne zu ahnen, dass sie eine Bestie in ihre Wohnung lassen.«

Langsam ging er im Raum umher, blickte auf den Korbsessel, der zur Seite gekippt auf dem Boden lag, auf die Unterwäsche, die aus der Schublade einer Kommode hervorlugte.

»Er stößt sie in die Wohnung und schließt die Tür hinter sich«, fuhr Mila fort, die neben dem Bett kniete. »Bevor sie schreien können, hat er sie schon zwei-, dreimal geschlagen, er agiert sofort mit roher Gewalt.«

Thomsen deutete auf seinen eigenen Mund.

»Er hat ihr den Mund zugeklebt«, sagte er. »Wir haben den Klebestreifen ins Labor geschickt, aber ich denke nicht, dass darauf die DNA-Spuren des Täters zu finden sind. Der Mistkerl hat Handschuhe getragen, in der Wohnung finden sich überall kleine Partikel, vermutlich glattes Leder.«

Jakob betrachtete das Bett.

»Er prügelt auf sie ein, sie hat überhaupt keine Chance, sich zu wehren, vielleicht ist sie auch schnell bewusstlos. Er wirft sie auf das Bett, fesselt sie, bevor sie richtig versteht, was passiert.«

»Es gibt allerdings keine Anzeichen einer Vergewaltigung«, sagte Thomsen.

Mila richtete sich auf.

»Er fesselt sie ans Bett, aber er vergeht sich nicht an ihnen. Warum nicht?«

Sie blickte Jakob an, der gerade nach dem umgekippten Korbstuhl griff und ihn wieder aufrichtete. Er hatte die Abdrücke der Stuhlbeine auf dem Teppich entdeckt, sie waren noch schwach sichtbar.

»Er hat hier gesessen«, sagte er leise und schaute auf das Bett. »Der Stuhl steht exakt in der Mitte, er hat sich hier hingesetzt und sie beobachtet.«

Für einen Moment meinte er das Wimmern und Flehen des Opfers zu hören, erstickte Laute durch das Klebeband hindurch. Sie hatte geblutet, er konnte es auf dem Kissen sehen, ihr musste Rotz aus der Nase gelaufen sein, sie hatte geweint. Vielleicht hatte er mit ihr gesprochen, sie beschimpft. Vielleicht hatte er auch geschwiegen, sie nur betrachtet. Das war womöglich das Schlimmste: wenn das Böse kam und schwieg.

»Danach hat er die Wohnung verwüstet«, sagte Mila und deutete in Richtung Flur, wo mittlerweile weitere Mitarbeiter der KTU und der Gerichtsmedizin nach Hinweisen suchten. »Entweder hat er etwas gesucht oder …«

»Nein«, unterbrach Jakob und schüttelte den Kopf. »Es sieht nicht danach aus, dass er systematisch durch die Zimmer gegangen ist, er ist … wütend gewesen, voller Hass. Er hat den Spiegelschrank im Bad fast vollständig aus der Verankerung gerissen, die Gardinen im Wohnzimmer sind zerfetzt. Er hat unkontrolliert gewütet.«

Mila nickte.

»Auch das ist ähnlich wie bei den ersten beiden Frauen. In den Akten steht, dass die Wohnungen ein einziges Schlachtfeld waren.«

Mit einem Blick auf seine Armbanduhr sagte Thomsen: »Ich muss los, ihr kriegt dann später alles von mir.«

Kurz darauf standen Mila und Jakob allein im Schlafzimmer. Sie schwiegen, sahen auf das Bett, starrten aus dem Fenster, auf die Kleidung, die der Täter aus dem Schrank gezerrt und im Raum verstreut hatte.

Schließlich holte Mila tief Luft.

»Er wird es wieder tun.«

»Nicht, wenn wir ihn vorher finden. Vielleicht haben wir

Glück, und es gibt doch noch verwertbare Spuren. Oder einer der Nachbarn in den anderen Häusern hat etwas gesehen oder gehört.«

Mila packte ihr Notizbuch ein und sah Jakob an.

»Es wird Zeit, dass ich das Team kennenlerne, meinst du nicht?«

Als sie nach draußen traten, befragten einige Beamten gerade die Anwohner. Das Haus mit der Nummer 87 war nun gesichert, ein älteres Ehepaar musste sich ausweisen, um zurück in die eigene Wohnung zu gelangen. Die Maschinerie der Ermittlungsarbeit war voll im Gange, auch die kleinsten Abläufe griffen nahtlos ineinander. Sie wussten beide, dass sie sich beeilen mussten, weil es bei solchen Fällen immer auch um Schnelligkeit ging.

Und um Aufmerksamkeit.

Die ersten Reporter standen hinter der Absperrung. Ein Kollege aus der Abteilung Öffentlichkeitsarbeit im Präsidium beantwortete geduldig die Fragen, vertröstete Journalisten und verwies immer wieder auf die gerade erst anlaufenden Ermittlungen.

»Wir könnten lancieren, dass unser Täter impotent ist«, sagte Mila mit hartem Tonfall. »Dass er Frauen ans Bett fesselt und sie anschaut. Und dass er seine Verzweiflung über seine defekte Männlichkeit durch brutale Überfälle kompensiert.«

Sie gingen auf Jakobs Wagen zu. Der Kollege in der grünen Bomberjacke lehnte an der Karosserie und rauchte eine Zigarette, den Kopf in den Nacken gelegt, die Augen geschlossen. Er blies Rauch in die kalte Luft, als sie näher kamen. Die Jacke war offen, er trug trotz der frostigen Temperaturen nur ein weißes T-Shirt darunter.

»Und was glaubst du, was dann passieren würde?«, fragte Jakob an Mila gewandt. Er zog seine eigene Jacke zu. »Dann fordern wir ihn in seinem verletzten Stolz noch mehr heraus. Du weißt, dass das schiefgehen kann.«

Mila blickte ihn spöttisch lächelnd von der Seite an.

»Natürlich weiß ich das. Du glaubst doch nicht im Ernst, dass ich so etwas wirklich für sinnvoll halte. Aber es auszusprechen tut trotzdem gut. Wir haben es mit einem kranken Schwein zu tun, einem widerlichen Feigling. Aber keine Sorge, ich werde es für mich behalten. So lange, bis ich es dem Mistkerl direkt ins Gesicht sagen kann. Hallo, kriege ich eine Zigarette?«

Sie hatten den Wagen erreicht. Der Kollege in der Bomberjacke öffnete die Augen und musterte sie. Er hatte eisblaue Pupillen und ein überraschend warmherziges Lächeln, mit dem er Mila bedachte. Ohne etwas zu sagen, holte er die Zigarettenschachtel aus der Hosentasche und gab ihr Feuer. Jakob hatte beschlossen, den ersten Kontakt der beiden nicht durch unnötige Vorreden zu stören. Sein Handy vibrierte in der Jackentasche. Er lächelte, als er Mariellas Nachricht sah.

Gut angekommen? Wir fahren heute Nachmittag zu meinen Eltern. Wir lieben dich!

»Du bist also der, den sie den Finnen nennen?« Mila nahm einen tiefen Zug und sah dem Mann direkt ins Gesicht.

Der reichte ihr jetzt die Hand.

»Ich bin Tuure. Tuure Salo. Natürlich kannst du mich auch einfach ›Der Finne‹ nennen, wie du möchtest.«

Er sprach im typischen Singsang seiner Heimat, und trotz seiner eher bedrohlich wirkenden Erscheinung plauderte er ganz entspannt mit Mila. Anders als Lasse im *Charlies* oder die beiden Streifenpolizisten vor dem Haus.

»Ich nehme Tuure«, sagte Mila lächelnd. »Ich möchte vermeiden, dass sich gleich mehrere Menschen angesprochen fühlen, wenn zufällig andere Finnen in einem Raum sind.«

»Es könnten auch mehrere Tuures in einem Raum sein. Es ist ein sehr geläufiger Name in Finnland.«

»Dann werden wir eine andere Lösung finden müssen. Ich bin Mila. Mila Weiss. Danke für die Zigarette.«

»Gerne, Mila. Ich freue mich auf die Zusammenarbeit. Auf euch beide.«

Er drehte sich um und nickte Jakob zu. »Willkommen zurück im Dienst.«

»Vielen Dank, Tuure. Freut mich, dich an Bord zu haben. Gibt es Neuigkeiten aus dem Krankenhaus?«

Tuure schüttelte den Kopf und schnipste seine Zigarette auf den Beton.

»Sie ist mit Medikamenten ruhiggestellt, noch nicht vernehmungsfähig. Frühestens am Nachmittag, hat man mir gesagt.«

»Okay, ich schlage vor, wir fahren zurück ins Präsidium und stellen unser Team vor. Dann legen wir los. Ist das okay für dich, Mila?«

Sie hatten noch nicht über ihre Zusammenarbeit gesprochen, wussten noch nicht, wie sie miteinander kommunizieren sollten, wer welche Entscheidung treffen konnte, ohne den anderen vor den Kopf zu stoßen. Er selbst war – offensichtlich im Gegensatz zu Mila – eher der diplomatische Typ.

Es war Tuure, der ihnen mit einem pragmatischen Vorschlag zumindest die nächste Entscheidung abnahm.

»Ich bleibe hier und koordiniere die Befragungen«, sagte er. »Ich komme nach, vielleicht ergibt sich ja schon etwas.«

Als sie kurz darauf in den Wagen stiegen und ihren ersten gemeinsamen Tatort verließen, sah Mila an der Fassade empor. Die Jalousien an den Fenstern neben der Wohnung von Maja Tschorpik waren geschlossen. Die direkte Nachbarin des Opfers, Irene Nowak, war anscheinend nicht zu Hause.

Im Seitenspiegel des Wagens tauchte der Finne auf. Zwischen den Häuserblocks wirkte er auf seltsame Art wie ein Anker, ein verlässlicher Ruhepol im Chaos.

»Ich verstehe, warum du ihn ausgewählt hast. Tut mir leid, wenn ich das vorhin infrage gestellt habe. Du hast recht, ich konnte nicht dabei sein und ich wollte es auch nicht.«

Jakob bog in die Hauptstraße der Siedlung ab, kurz darauf tauchte der Wagen in den Wald ein.

»Er ist ein sehr guter Ermittler«, sagte er. »Er denkt schnell und trifft eigene Entscheidungen.«

»Was in unserem System auch zu Problemen führen kann. Ist das der Kollege, von dessen Dienstaufsichtsbeschwerden du mir erzählt hast? Wir können uns so etwas nicht erlauben in unserem Team, Jakob.«

Er drehte sich zu ihr, beschloss dann aber, nicht zu antworten. Alles hatte seine Zeit.

Und so fuhren sie für einige Minuten schweigend durch die Straßen, jeder allein mit seinen Gedanken.

MONSTER

Das Haus lag in einer Sackgasse, in einem der besseren Viertel der Stadt. Es war ein Bungalow, umgeben von dichten Tannen. Der Garten war groß, im hinteren Teil war eine Plane zu erkennen, die etwas verhüllte, vielleicht eine Hollywoodschaukel. Er stellte sich vor, dass es still war im Haus, das Ticken einer Standuhr, vielleicht lief der Fernseher. Hinter der großen, zum Garten hin ausgerichteten Panoramascheibe saß ein Mann am Tisch, vor sich vielleicht eine Tasse.

Herr Paulus, dessen Frau vor drei Jahren gestorben war, lebte allein.

In der Einfahrt neben dem Bungalow stand ein grauer Wagen, der vermutlich seit Jahren nicht mehr benutzt wurde. Nicht, weil Herr Paulus nicht mehr fahren konnte. Sondern weil er nicht wusste, wohin.

Also saß er dort – Alfons Paulus, fünfundachtzig Jahre alt, Abonnementnummer 7315-JP-8 – und wartete. Gleich würde das Telefon klingeln, er würde vielleicht zusammenzucken, dann die Stirn runzeln und sich fragen, wer etwas von ihm wollen könnte.

»Lass dich überraschen«, murmelte Elias und tippte mit dem linken Zeigefinger auf das Touchpad seines Computers. Die Verbindung wurde aufgebaut, er hörte das Freizeichen, während er auf der rechten Seite seines Bildschirms den Bungalow von oben betrachtete.

»Paulus?«

Elias hatte sich schon oft gefragt, warum Menschen, die einen Anruf entgegennahmen, ihren eigenen Nachnamen als

Frage formulierten. Da war immer ein Fragezeichen hinter dem Namen: Schmidt? Müller? Janssen?, immer war da dieses Fragezeichen.

Paulus. Mit Fragezeichen. Und einer Abonnentennummer für ein wöchentliches TV-Magazin.

»Guten Morgen, Herr Paulus, das ist aber nett, dass sie drangehen.«

Elias spielte mit seiner Stimme, sie war warm und herzlich, er hatte sich bereits auf dem Weg zur Arbeit mehrfach geräuspert, im Park hatte er die Nacht aus der Stimme getrieben, sie geglättet, bis sie rund und geschmeidig war. Er mochte es, wenn sich seine Stimme veränderte, ihr Klang, ihre Farbe. Auf der rechten Seite des geteilten Bildschirms war der Bungalow von oben zu sehen. Das Programm, das dies ermöglichte, war für jedermann frei zugänglich. Die Satellitenaufnahmen waren zwar nicht immer besonders aktuell, aber sie gaben den Blick frei auf Dächer, Häuser und Gärten. Er konnte das Leben der anderen von oben betrachten. Durch die Struktur der Gärten, durch die Autos in den gekiesten Einfahrten oder auch durch abgedeckte Hollywoodschaukeln wurden die Menschen für ihn sichtbar. Natürlich waren ihre Gespräche nicht zu hören, ihre Tränen nicht zu sehen, die im Laufe eines Lebens unweigerlich flossen. Ebenso wenig ihr Lachen, ihre Flüche, ihr Stöhnen in den Schlafzimmern, das Geräusch, wenn sie sich nach einem langen Tag auf das Sofa fallen ließen, das Klirren von Eiswürfeln im Glas oder das Aufreißen einer Chipstüte.

Und doch sah und hörte Elias in seinem Kopf all das.

»Wer ist denn da?«

»Mein Name ist Veith Wagner, lieber Herr Paulus, ich rufe von dem Verlag an, bei dem Sie Ihre Fernsehzeitschrift abonniert haben. Ich möchte Sie ungern stören, aber falls es gerade passt, würde ich Ihnen gerne eine spannende Sache erzählen.

Oder müssen Sie gerade weg, Herr Paulus? Dann lasse ich Sie in Ruhe, so eilig ist es auch wieder nicht.«

»Ich … nein, ich muss nicht weg …«

Natürlich musste er nicht weg. Elias klickte sich auf dem Bildschirm die Straße entlang, er sah die anderen Häuser, als er den Ausschnitt veränderte, die hohen Hecken. Er konnte den Pfad hinter den Gärten erkennen, der sich an einem kleinen Bach entlang- und zwischen Bäumen hindurchschlängelte. Er führte auch am großen Garten von Herrn Paulus vorbei.

Es war gut, von diesem Pfad zu wissen.

»Passen Sie auf, Herr Paulus, dann mache ich es trotzdem kurz, Sie haben sicher noch was vor heute. Ich habe mir Ihr Abonnement angeschaut, Sie zahlen ja viel zu viel! Darüber wollte ich Sie informieren. Vielleicht ist das auch in Ordnung für Sie und gar nicht so wichtig. Schließlich sind Sie zufrieden mit unseren Leistungen, das hoffe ich zumindest, oder, Herr Paulus?«

Reden, immer weiterreden. Elias hatte es nicht eilig, weil er nicht unbedingt etwas verkaufen wollte, er hatte sein Soll für diesen Monat schon übererfüllt. Aber er wollte seine Stimme trainieren, sie schleifen und runder machen. Er holte vor jedem Satz etwas Luft, ließ sie durch den Körper fließen und dunkler klingen. Es war sein tägliches Training, er mochte es sehr, und Herr Paulus kam ihm gerade recht.

»Das ist nett, dass Sie mich darauf hinweisen.« Die Stimme des alten Mannes war jetzt weniger misstrauisch. »Es war ja meine Frau, die das Abonnement abgeschlossen hat. Sie ist vor drei Jahren gestorben, müssen Sie wissen.«

»Oh, das tut mir sehr leid. Das wusste ich nicht.«

»Nein, können Sie ja auch nicht.«

Natürlich wusste Elias, dass die Frau gestorben war. Die Meldung war bei ihnen eingegangen, und eigentlich hätte der Verlag, für den er heute auf Kundenfang ging, das Abo sofort beenden müssen. Stattdessen war es stillschweigend auf den Ehemann übergangen, das übliche Vorgehen, ohne dass die Hinterbliebenen informiert wurden. Manchmal meldeten sie sich Wochen später, um zu kündigen, manchmal auch erst nach Jahren. Und meistens gar nicht. Und der Verlag behielt seine toten Kunden und deren Geld.

»Was kann ich denn nun tun, um weniger zu bezahlen?«

Während Elias das Gespräch mit dem alten Mann in die richtigen Bahnen lenkte, blickte er über die Arbeitsplätze der Kollegen hinweg zum Büro seines Chefs. Durch die halb geöffneten Jalousien sah er ihn telefonierend am Fenster stehen, womöglich mit seiner Frau oder mit einem seiner Kumpels, mit denen er zum Fußball ging. Und in den Puff.

Rolf Batschalek, der ihm bei seiner Einstellung erklärt hatte, dass hier alle eine große Familie seien. Was er nicht erwähnt hatte, war, dass er diese Familie ständig kontrollierte. Die siebenunddreißig Mitarbeiter saßen in einem Großraumbüro, sie hatten Wände zwischen sich, die knapp über Kopfhöhe endeten. Batschalek konnte jederzeit ihre Kopfhörer sehen. Sobald sich jemand zu lange wegduckte, bekam er Besuch, weil der Chef den Verdacht hatte, dass sich diese Person ausruhte, anstatt zu arbeiten. Von seinem gläsernen Büro aus befehligte der Chef des Callcenters sie wie seine kleine Privatarmee. Er konnte sich ohne Vorankündigung in jedes Gespräch, das sie führten, einklinken, er konnte ihnen zuhören, ohne dass sie es merkten. Er hatte Kameras installiert, deren Aufnahmen er auf vier Monitoren in seinem Büro jederzeit abrufen konnte – was er auch regelmäßig tat. Elias hatte ihn mehrfach dabei erwischt, wie er in die Ausschnitte junger Kolleginnen zoomte.

»Sie meinen, wenn ich zusätzlich noch das Naturmagazin abonniere, dann spare ich Geld? Was steht denn da so drin, in diesem Magazin? Ich habe Zeit zum Lesen, wissen Sie. Ich lebe allein, seit meine Frau gestorben ist. Das war vor drei Jahren, sagte ich das bereits?«

Sanft fuhr Elias mit dem Cursor über die Konturen des Bungalows. Er stellte sich vor, wie das Schlafzimmer des Mannes aussah, wo im Badezimmer seine Zahnbürste lag, wo sich der Keller befand. Er liebte diese Momente, wenn er mit den Menschen sprach, sie für sich einnahm und gleichzeitig den Ort betrachtete, an dem sie lebten.

Ein prüfender Blick in Richtung seines Chefs ergab, dass Batschalek sein Gespräch beendet hatte und zurück zum Schreibtisch ging. Sofort schloss Elias das Programm, und das Haus in der Sackgasse verschwand von seinem Bildschirm. Nur noch die Kundendatei mit der Nummer 7315-JP-8 war offen, mit den Eckdaten des Abonnements. Elias wusste, dass Batschalek sich ohne Vorwarnung auch auf die Bildschirme schalten konnte. Und wenn er sah, womit Elias sich nebenher beschäftigte, würde das Ärger geben. Es war egal, welches andere Programm außer der Kundendatei des Auftraggebers auf dem Bildschirm zu sehen war: Selbst die schnelle Suche nach einer Busverbindung für die Heimfahrt nach Feierabend konnte Ärger bedeuten.

Nachdem er das Gespräch wenige Minuten später erfolgreich mit einem Abschluss beendet hatte, setzte er das Headset ab und fuhr sich über das Gesicht. Er spürte die trockene Haut, er hatte sich am Morgen nicht die Zeit genommen, sich einzucremen. Der Gedanke an die Kälte und die Feuchtigkeit, die außerhalb des anonymen Bürokomplexes herrschten, ließ ihn frösteln. Auf die Gefahr hin, einen Anschiss von Batschalek zu riskieren, ging er hinüber zur Teeküche, wo er Wasser aufsetzte.

Elias lächelte, als er Luisa sah. Sie stand in der Küche, mit dem Rücken an die Spüle gelehnt und über eine Teetasse in ihrer Hand gebeugt. Eine braune Haarsträhne war ihr ins Gesicht gefallen, behutsam strich sie sie zurück. Sie hatte schöne Hände, lange, schlanke Finger.

»Hallo, Luisa.«

»Hallo, Elias.«

Sie lächelte, sah dabei aber müde aus. Sie war erst seit ein paar Wochen im Team.

»Tut gut, so ein Tee«, sagte sie. Hinter ihr stand Honig auf der Spüle, sie versuchte ihre Stimme zu schonen.

»Viel trinken hilft«, sagte er, weil er nicht wusste, was er sonst sagen sollte.

»Ja, das merke ich. Heute kratzt mein Hals ganz schön. Meine Stimme klingt komisch.«

»Tut sie nicht. Sie ist sehr angenehm.«

Er spürte, dass er rot wurde, verfluchte sich und beugte sich über die Auswahl an Teesorten auf dem Küchentresen.

Luisa lächelte ihn an. Sie trug einen rosafarbenen Rollkragenpullover und eine blaue Stoffhose, um den Hals blitzte ein silbernes Kettchen mit Delfin-Anhänger auf. Wie alle Kollegen hatte sie sich für Winterstiefel entschieden, weil der Boden hier immer kalt war.

»Das hast du sehr nett gesagt.«

Vor Verlegenheit pustete sie auf den dampfenden Tee in der Tasse.

Elias mochte ihre stille Art, die Zerbrechlichkeit, die sie ausstrahlte.

Er hatte so viele Fragen. Aber bevor er dazu kam, auch nur eine zu stellen, sprang auf der anderen Seite des Großraumbüros die Tür zu Batschaleks Büro auf.

»Elias! Komm her!«

Das Wort »bitte« schien in Batschaleks Wortschatz nicht zu existieren, und Gespräche auf Augenhöhe waren ihm fremd. Es gab nur Anweisungen und Befehle, auch Kündigungen gingen ihm leicht über die Lippen. Aber Elias fühlte sich sicher, er war einer der effektivsten Mitarbeiter, weil er am wenigsten mit den anderen redete und auch kaum Pausen machte.

»Los, komm schon!«

Elias nahm seine Teetasse, lächelte Luisa zu und machte sich auf den Weg, vorbei an den Boxen der anderen, aus denen Gesprächsfetzen zu ihm drangen, Angebote und falsche Komplimente. Sie waren ein verlogener Haufen, nutzten die Schwächen der Menschen aus und missbrauchten ihr Vertrauen. Dieser Raum, diese Arbeit, dieses Leben – es machte sie zu Monstern. Und niemand setzte das Headset ab und hörte auf.

Weil Monster nie aufhörten, Monster zu sein.

*

»Frau Weiss, freut mich, Sie endlich persönlich zu treffen. Das nennt man mal einen Kaltstart, nicht wahr? Aber wie auch immer: Willkommen in der Stadt.«

Mila nahm Dirk Sattmanns ausgestreckte Hand und blickte zu ihm auf. Ihr war sofort aufgefallen, dass er am oberen Ende der breiten Treppe vor dem Präsidium auf sie gewartet hatte, so dass er nun auf Jakob und sie herabsehen konnte.

Diese dummen Spielchen, dachte sie und nickte dem leitenden Staatsanwalt mit ihrem charmantesten Lächeln zu.

»Freut mich auch. Und es tut mir leid, dass wir nicht an der Pressekonferenz teilnehmen konnten.« Sie stellte sich neben ihn auf die Stufe, Jakob tat es ihr gleich.

»Ihr Ruf eilt Ihnen voraus, Frau Weiss, und ich bin mir sicher, gemeinsam mit Ihrem Kollegen werden Sie das neue Team gut leiten. Aber ich muss Sie gleich enttäuschen: Die Pressekonferenz konnten wir verschieben. Ich zähle auf Sie, versetzen Sie mich nicht wieder.«

Mila funkelte den Staatsanwalt an, während der seine Sonnenbrille aufsetzte.

»Drei überfallene und gedemütigte Frauen«, sagte sie mit kalter Stimme. »Ich bin mir nicht sicher, ob der Begriff *versetzen* hier wirklich angebracht ist. Wie gesagt, Sie haben mich geholt, um …«

»Ich muss zu einem Termin«, unterbrach Sattmann sofort. »Jakob, euer Team ist oben in den neuen Räumen, macht euch an die Arbeit. Ich will Resultate. Und zwei fokussierte und selbstbewusste Leiter der neuen *Gruppe 4* neben mir auf der Pressekonferenz, die in genau … fünfundfünfzig Minuten beginnt. Wir sehen uns, Frau Weiss.«

Sattmann schritt die Stufen hinab und winkte sich ein Taxi heran.

»Arschloch«, murmelte Jakob.

Mila starrte für einen Moment in den grauen Himmel über ihnen.

»Andere kriegen Blumen am ersten Arbeitstag.«

»Hast du damit gerechnet?«

»Nein, aber umso schöner wäre es gewesen. Vielleicht geht er ja jetzt einen Strauß kaufen und überreicht ihn mir in aller Öffentlichkeit.«

»Und was kriege ich?« Jakob hielt ihr die große Tür des Präsidiums auf.

»Einen selbstgefangenen Hecht. Einen richtig großen.«

Ihre Büros lagen im Dachgeschoss des Präsidiums im vierten Stock. Deswegen hieß die neue Ermittlungseinheit auch *Gruppe 4*. Nicht sehr fantasievoll, aber immerhin besser als »Ermittlungseinheit zur Bekämpfung schwerwiegender und heimtückischer Verbrechen in Verbindung mit seriellen Vorgehensweisen«. Damit wäre man in der Kantine oder im *Charlies* nicht weit gekommen. Allerdings würden sie nun andauernd erklären müssen, dass sie nicht zu viert waren, sondern zu sechst.

Sie hatten den Fahrstuhl genommen, der nur bis in die dritte

Etage fuhr, und standen eingezwängt zwischen Sachbearbeitern und zwei Kolleginnen aus einem anderen Dezernat, die Jakob erkannten und fast zeitgleich sagten: »Willkommen zurück.«

»Vielen Dank.«

»Guten Start mit deinem Team.«

»Nun, es ist nicht wirklich mein …«

Jakob merkte, wie krampfhaft er versuchte, Milas und seine gemeinsame Rolle zu unterstreichen. Und er sah, dass sie schmunzelte. Im Grunde war es überflüssig, das Prinzip der gemeinsamen Leitung wieder und wieder zu erklären. Der verkrustete Polizeiapparat würde früher oder später schon damit klarkommen. Aber was sie dringend brauchten, war Erfolg. Fälle, die sie lösten, schneller und effizienter als andere Ermittlungseinheiten. Erst dann erhielte die *Gruppe 4* ihre Daseinsberechtigung, und die Kollegen würden ihr Misstrauen wegen des Budgets, des abgezogenen Personals und der neuen Räume, die das Team beanspruchte, ablegen.

»Begrüß du sie zuerst«, sagte Mila zu ihm, während sie die Wendeltreppe zum vierten Stock hinaufstiegen. »Dich kennen sie, erklär ihnen, warum es uns gibt.«

»Und du?«

»Ich denke in der Zwischenzeit über unseren Fall nach.«

»Ich gehe davon aus, dass du beim Nachdenken ein freundliches Gesicht machst, ja?«

»Geh einfach davon aus, dass mein Nachdenken uns weiterbringt.«

Sie erreichten einen kleinen Vorraum, in dem sich Kartons stapelten. Verpackte Monitore und Schreibtischlampen standen auf dem Boden. Hinter einer Eichentür hörten sie Musik. Ein schwerer Beat waberte durch die Luft, kurz bevor The Weeknd mit *Take my Breath* seine hohe, magnetische Stimme erklingen ließ.

»Lucy ist jedenfalls schon mal da.«

Jakob öffnete die Tür, die Musik wurde ohrenbetäubend. Mila hielt sich die Ohren zu und ließ ihren Blick durch den hellen, großen Raum wandern. Sie wusste schon jetzt, dass sie sich hier wohlfühlen würde. Wenn nur dieser Lärm nicht wäre.

Die Räumlichkeiten der *Gruppe 4* glichen einem großen Loft, schräg zulaufende bodentiefe Fenster gaben den Blick frei auf die Stadt, den Kirchturm und links davon das hohe Gebäude der Universität. Am Himmel glitten einige Tauben über die Dächer, Großstadthyänen in ihrem Revier. Immer noch mit den Händen auf den Ohren nahm Mila zwei Whiteboards wahr, dazu einen überdimensionalen Stadtplan und eine Karte der Region; beides hing an einer großen Backsteinwand gegenüber der Fensterfront.

»Wo kann man die Musik ausmachen?«, rief Mila gegen den Lärm.

Jakob zuckte mit den Schultern und sah sich um. Sechs Schreibtische waren im Raum verteilt, zwei davon standen etwas abseits weiter hinten.

»Das sind unsere!« Jakob deutete quer durch den Raum, während Milas Blick auf den vier High-End-Boxen in den Ecken lag. Unvorstellbar, dass es dafür eine Kostenstelle im Präsidium gab. Hier musste jemand seine eigenen Vorstellungen verwirklicht haben. Interessant … aber einfach zu laut.

»Herr Sattmann, Schnauze!«

Ohne Vorwarnung brach die Musik ab, als hätte jemand den Stecker gezogen. Mila spürte, wie ihr Körper sich entspannte.

»Geiler Sound, oder? Habe ich heute Nacht installiert, ich muss die Bässe noch besser regeln, aber geht schon gut ab, oder? Wenn ihr Musikwünsche habt, findet ihr an der Wand eine Tafel, einfach hinschreiben. Ich habe die Software des Sprachassistenten auf den Namen ›Herr Sattmann‹ umprogrammiert. Cool, oder? Herr Sattmann spielt alles für euch. Okay, fast alles, ein paar Sachen stehen natürlich auf der roten

Liste. Und Schlager nur einmal die Woche, können wir uns darauf einigen?«

Milas Verwunderung über den großzügigen Raum und den Lärm aus den teuren Boxen war nichts gegen das, was sie beim Anblick der Frau empfand, die gerade den Raum betreten hatte. Sie war schätzungsweise Mitte zwanzig, vielleicht eins fünfundfünfzig klein, trug eine pinke Jogginghose und einen mintgrünen Sweater, auf dem vorne ein weißer Elefant prangte. Die dunklen Haare hatte sie zu einem Zopf gebunden, eine der Strähnen war orange gefärbt. Im linken Nasenflügel steckte ein Piercing. Als sie einen der Tische ansteuerte, leuchteten ihre Turnschuhe bei jedem Schritt neonfarben auf. Dieser wandelnde Regenbogen bildete den absoluten Kontrast zum Grau, das draußen über der Stadt hing.

»Sorry für die Musik, ich wollte die Boxen testen.«

Sie warf eine Fernbedienung auf den Tisch, der offensichtlich ihr Arbeitsplatz war, und kam dann auf sie zu. Mit breitem Lächeln und strahlend weißen Zähnen.

»Mila, darf ich dir Lucy Chang vorstellen. Sie ist vom Dezernat für Cyber-Kriminalität beim LKA zu uns gekommen.«

»Sie haben dort einfach zu schlechte Musik gespielt«, sagte Lucy und reichte Mila die Hand. »Du wirst ab jetzt Nackenschmerzen haben vom ständigen Runtergucken auf mich. Aber mach dir keinen Kopf, da gewöhnt man sich dran. Also bei mir ist es eher das Hochgucken, aber es kommt aufs Gleiche raus.«

Mila nahm ihre Hand.

»Ich weiß, ich sehe aus wie eine kleine Thai-Boxerin«, sagte Lucy. »Die ganze Geschichte kriegst du, wenn wir uns zum ersten Mal gemeinsam betrinken. Auch so eine Sache, die die Typen vom LKA nicht so richtig draufhatten. Du kommst aus Wien zu uns, das muss ein ganz schöner Kulturschock sein. Das hier ist nicht gerade der Nabel der Welt.«

»Das ist Wien auch nicht. Es freut mich, Lucy, ich bin Mila.

Mila Weiss. Wie hast du es geschafft, den Namen des Sprachassistenten zu ändern?«

Lucy zuckte mit den Schultern.

»Ist nicht ganz einfach, aber ein Freund von mir hat es mir gezeigt, er ist ein echt krasser Hacker. Wie gefällt es euch? Ich dachte, ›Herr Sattmann‹ ist ein ganz guter Name, um sich Musik zu wünschen, sich das Wetter ansagen zu lassen oder zur Not auch die Nummer des nächstliegenden Pizzaservice zu erfahren. Er würde sich bestimmt freuen, wenn er wüsste, dass er bei uns für gute Laune und Informationen zuständig ist.«

Jakob warf einen Blick auf seine Armbanduhr. »Okay, genug gelacht, wir haben nicht mehr viel Zeit. Wo sind die anderen beiden?«

»Schon da, Jakob«, erklang eine helle Stimme von der Tür. Als sie sich umdrehten, betraten zwei weitere Kollegen den Raum. Der eine war Kriminalkommissar Ludger Palm, vierundfünfzig. Er hatte dünne blonde Haare, trug einen grauen Anzug, darunter ein gestreiftes Hemd, das über dem Bauch leicht spannte. Seine dunkle Krawatte war perfekt gebunden. Er hatte sich beworben, obwohl er auf der Karriereleiter im Präsidium eigentlich weiter oben hätte stehen können. Ein korrekter Beamter, fleißig und verlässlich. Er hielt einen Träger mit sechs Kaffeebechern in der Hand und nickte Mila zu.

»Frau Weiss, nehme ich an. Willkommen in der Stadt.« Er stellte die Becher auf den großen Holztisch in der Mitte des Raums und reichte Mila die Hand.

»Mila reicht völlig, ich freue mich auf die Zusammenarbeit.«

»Oh … dann … also ich bin das anders gewöhnt … aber gerne. Ich bin Ludger.«

»Nun mach mal einen Schritt zur Seite, Ludger, und lass mich die junge Dame begrüßen«, sagte hinter ihm Frauke Ibsen. Sie war kleiner als Mila, wenn auch nicht so klein wie Lucy. Leicht schnaufend kam sie auf Mila zu und drückte sie überraschend herzlich.

»Mein Gott, an dir ist ja nichts dran, Kindchen! Darum werden wir uns als Erstes kümmern, nicht wahr. Ich bin Frauke, eure Assistentin und Rechercheurin, und ich weiß nicht, wer die Idee hatte, dass wir ins Dachgeschoss ziehen, aber ich werde die Person umbringen! Schaut mich an, ich bin Typ Ostfriesentorte, ich schnaufe schon nach zwei Treppenstufen. Wenn es nach mir geht, könnten wir auch ›Gruppe Erdgeschoss‹ heißen. Komm her, Jakob, schön, dich wiederzusehen!«

Jakob ließ sich ebenfalls von Frauke herzen, sie drückte ihn an ihre Brust und hielt dann eine Tüte vom Bäcker hoch.

»Damit alle bald so aussehen wie ich – hier sind Croissants. Kaffee steht dort, irgendwann kriegen wir auch eine Kaffeemaschine, ich kümmere mich drum. Also, ich freu mich! Ach so, der Finne hat gerade unten geparkt, er müsste gleich hier sein.«

Nachdem sich alle mit den Räumlichkeiten vertraut gemacht hatten, versammelten sie sich um den großen Tisch. Über die Dächer der Stadt hatte sich jetzt eine blasse Mittagssonne geschoben.

»Lasst uns starten«, sagte Jakob. »Ich schlage vor, wir fangen direkt mit dem Fall an. Alles, was das Team betrifft, wie wir zusammenarbeiten, das machen wir später.«

Er warf einen Blick in die Runde, betrachtete seine neuen Kollegen. Ludger Palm, den er wegen seiner Erfahrung geholt hatte und der eine ungeheure Ruhe ausstrahlte. Lucy, das genaue Gegenteil, quirlig, schnell und unkonventionell. Frauke Ibsen, die viel mehr war als eine Assistentin. Sie kannte einfach jeden in der Stadt. Und natürlich Tuure Salo, der vor einigen Wochen plötzlich vor ihm gestanden hatte, am Strand.

»Ich will in deinem Team arbeiten«, hatte er gesagt, ohne ein Wort der Erklärung.

Jakob war gerade aus dem eiskalten Wasser gestiegen. Er kannte Tuure, den alle nur »den Finnen« nannten. Und er kannte seine Einträge in der Personalakte.

Schließlich war da Mila Weiss, die aus Wien gekommen war, um mit ihm gemeinsam die Ermittlungsarbeit in der Stadt zu professionalisieren und um den Druck von einem Präsidium zu nehmen, das die landesweit niedrigste Aufklärungsquote bei Mordfällen hatte.

Und jetzt mussten sie zügig mit der Arbeit beginnen. Denn da draußen lief ein Mann herum, der bereits drei Frauen überfallen und schwer verletzt hatte.

»Wir haben also drei Opfer«, begann er. »Hannah Sandström, siebenunddreißig, war das erste. Ursprünglich aus Malmö, Grundschullehrerin, geschieden, seit zehn Jahren hier in der Stadt. Sie wurde vor etwa sieben Wochen in ihrer Wohnung überfallen, gefesselt und zusammengeschlagen.«

»Aber nicht vergewaltigt«, ergänzte Tuure mit sanfter Stimme, als würde er die Wettervorhersage für die kommenden Tage vorlesen.

»Richtig, nicht vergewaltigt. Aber ans Bett gefesselt und ausgezogen.«

Ludger Palm machte sich Notizen, Lucy hatte ein Bild der Frau auf einen großen Bildschirm an der Wand geworfen. Sie war attraktiv, blond, hatte Lachfalten um die Augen, der Wind wehte ihr Haar ins Gesicht, im Hintergrund war das Meer zu sehen.

»Sie wohnte in der Siedlung und wurde am späten Abend überfallen, sie war gerade von einer Feier nach Hause gekommen.«

Mila, die neben Jakob saß, schaute während seiner Ausführungen aus dem großen Panoramafenster. Offenbar hatte sie mit dem Nachdenken begonnen.

»Ludger, ich schlage vor, dass du dir gemeinsam mit Frauke

diesen ersten Fall anschaust. Wir müssen dort noch mal nachhaken, wo ist etwas übersehen worden? Geht die Zeugenbefragungen durch, studiert die Polizeiberichte. Tuure und Lucy, ihr macht das Gleiche bei Selma Prolavam, dem zweiten Opfer.«

Lucy warf dem Hünen, der am Tischende saß und mit einem Gummiband spielte, einen Blick zu. Er grinste sie an.

»Dann müssen wir uns erst über Musik unterhalten«, sagte er. »Deine ist zu laut.«

»Und deine zu trist. Diese Typen, die traurig mit einer Gitarre vor einer Kerze sitzen und das Leben hassen, das erträgt doch keiner.«

»Ihr werdet euch einigen«, sagte Jakob. »Beide haben laut Protokoll ausgesagt, dass der Täter eine Sturmmaske trug, sie konnten ihn nicht beschreiben. Aber ich will ... also Mila und ich möchten, dass ihr noch mal mit den beiden Frauen sprecht.«

Ludger sah ihn erstaunt an.

»Hannah Sandström ist zurück nach Schweden gezogen«, erklärte er. »Wir haben versucht sie anzurufen, aber bislang ohne Erfolg.«

»Dann ziehst du ihr notfalls hinterher«, schaltete sich Mila knapp in das Gespräch ein. Ludger Palm schien etwas erwidern zu wollen, zuckte dann aber mit den Schultern. Die Aussicht auf eine Dienstreise nach Skandinavien schien ihm nicht ungelegen zu kommen.

»Kommen wir zum dritten Opfer«, sagte Jakob. »Maja Tschorpik. Tuure, du warst eben noch bei den Befragungen, gibt es da etwas Neues?«

Der Finne blätterte suchend in einem kleinen Notizblock.

»Nicht viel. Die direkten Nachbarn haben nichts gehört, sie sagten, sie hätten bereits geschlafen. Niemand hat einen Mann in das Gebäude kommen sehen – aber das muss nichts heißen, die Tür steht häufig offen, auch nachts.«

Tuure sprach mit deutlichem Akzent. Er kam aus Rovaniemi,

wo er als Sohn einer finnischen Mutter und eines deutschen Vaters aufgewachsen war. Wo immer er sich aufhielt, strahlte er diese besondere Aura der Wälder Nordfinnlands aus.

»Wann kriegen wir Ergebnisse aus der Rechtsmedizin?«, fragte Mila in die Runde.

»Im Lauf des Abends«, sagte Frauke Ibsen. »Thomsen hat mir versprochen, sich zu beeilen.«

Jakob dachte nach.

»Keine der Frauen wurde vergewaltigt, aber alle waren nackt und hilflos. Das heißt, wir haben es mit einem Mann zu tun, der den Sex durchaus plant und ihn vermutlich auch will. Aber er kann nicht. Bei Maja Tschorpik hat er sich, wie es aussieht, ans Bettende gesetzt und sie angestarrt, um dann vor Wut die Wohnung zu zerlegen. Haben die Nachbarn das auch nicht gehört?«

Der Finne zuckte mit den Schultern.

»Direkt nebenan wohnt eine alte Frau, aber die war nicht zu Hause. Ich werde noch mal hinfahren.«

Jakob nickte und sah sich um.

»Wir werden diesen Raum hier nach und nach herrichten, ihr habt draußen die Monitore gesehen und alles andere. Versucht, das nebenbei zu machen, wir haben keine Zeit für einen ordentlichen Einzug. Gleich beginnt die Pressekonferenz, wir treffen uns danach hier wieder. Jeder Input zu den Fällen ist willkommen, also macht euch an die Arbeit.«

Mila machte sich mit einem Räuspern bemerkbar. »Ich würde gerne noch etwas sagen. Einfach damit keine Missverständnisse aufkommen, wenn das okay ist.« Sie wirkte ruhig und entschlossen.

Lucy, die bereits aufgestanden war, setzte sich wieder.

»Ich bin mir sicher, dass wir reibungslos zusammenarbeiten werden. Offenbar gibt es hier eine gute Grundstimmung, wir umarmen uns, es gibt Musik und hoffentlich bald auch eine

Kaffeemaschine. Wir haben große Dachfenster, sind mit der erforderlichen Technik ausgestattet, auch wenn die noch draußen im Flur liegt. Aber mir geht es um etwas anderes …«

Alle sahen sie aufmerksam an.

»Ich hatte in Wien von allen Kollegen die höchste Erfolgsquote. Aber nicht, weil ich die Beste bin. Niemand ist der oder die Beste. Sondern weil ich härter gearbeitet habe als die anderen. Härter, länger, unerbittlicher. Ich habe nächtelang Akten gewälzt, ich war Dutzende Male an Tatorten, ich habe stundenlang Verhöre geführt. Und genau das will ich für dieses Team. Ich will, dass wir länger, härter, unnachgiebiger arbeiten als alle anderen. Wir gehen nicht nur die Extrameile, wir durchkämmen die ganze verfluchte Stadt, gern mehrfach, wenn es sein muss. Und ich möchte, dass das alle begreifen: Wir sind hier nicht für die Musik, nicht für den Ausblick oder den Kaffee. Sondern für den Erfolg. Da draußen laufen ein paar verrückte Typen rum, vor denen man zu Recht Angst haben muss. Und glaubt mir, ich habe viele davon gesehen. Das hier wird ein Knochenjob, ich hoffe, das ist allen klar. Ansonsten würde ich vorschlagen, dass jeder, der das nicht möchte, jetzt aufsteht, um sich in diesem Haus einen anderen Job zu suchen.«

Es war still am Tisch, nur das schnalzende Geräusch von Tuures Gummiband war zu hören. Nach einigen Sekunden war es schließlich Lucy, die das Wort ergriff.

»Alles klar. Dann gehe ich mal besser meinen Freund anrufen. Der hatte sich schon auf einen schönen Abend auf der Couch gefreut, bisschen Film gucken, Chips essen, danach ein bisschen vögeln, ganz normaler Feierabend. Wird wohl nix.«

»Eher nicht«, sagte Mila, und Lucy lächelte.

»Er ist eh nicht der Knaller im Bett.«

Frauke Ibsen wurde rot und schnappte nach Luft, Ludger Palm blickte verlegen unter den Tisch.

»Herr Sattmann?«

Mila hatte laut in den Raum hineingesprochen, und das Spracherkennungssystem reagierte sofort.

»Ich höre«, sagte eine dunkle Männerstimme.

»Cello Suite No.1 von Bach.«

»Oh Mann, das geht ja gut los«, maulte Lucy.

Während die anderen langsam aufstanden, blieb Jakob sitzen. Er lauschte der Musik, draußen begann es zu schneien, die Flocken fielen leise und bedeckten allen Schmutz, den diese Stadt hervorbrachte. Aber nur allzu schnell würde der Schnee wieder schmelzen.

»Kommst du, Jakob?«

Mila hielt ihm die Tür auf, und sie gingen die Wendeltreppe hinab.

»Bist du bereit?«

»Und du?«

»Ich habe zuerst gefragt.«

Es war Zeit, ins Licht zu treten. Es war Zeit, dass die *Gruppe 4* die Arbeit aufnahm.

NUR EIN LEBEN

Das Café Faust lag zwischen dem Campus und der Altstadt und war ein beliebter Treffpunkt für Schüler und Studenten. An Tischen und in den Sitzecken saßen sie in Gruppen und diskutierten angeregt, die einen über die Herausforderungen der ersten Semester, die anderen über die Angst vor den bald anstehenden Abiturprüfungen. Milchkaffees und Espressotassen standen auf kniehohen Tischen, ihre Ränder hinterließen Abdrücke auf Heften und Büchern. Mitunter war auch ein erstes Bier zu sehen, bald schon würden die Tassen ganz verschwinden und schweren Gläsern mit Gin Tonic und Rosé-Schorle Platz machen. Immer wieder ging die Tür auf, und Schneeflocken stoben hinein, die sich in der Menge der erhitzten Körper aber gleich verloren. Das Leben pulsierte im Café Faust, ein junges, wildes Leben, jenseits aller Ängste.

Sie waren alle so blind.

Elias nahm einen Schluck aus seiner Tasse. Der Tee war mittlerweile kalt, er saß schon seit über einer Stunde an einem Tisch am Fenster.

»Hey, können wir den Stuhl haben?«

Eine junge Frau war zu ihm getreten.

Er nickte ihr freundlich zu und bekam dafür ein Lächeln zurück. Sie drehte sich noch mal zu ihm um, bevor sie die Gruppe mit ihren Freunden erreichte. Sie hatte braune schulterlange Haare, einige Sommersprossen im Gesicht, ihre Augen waren wach und fröhlich, als sie einer anderen Frau, vermutlich eine Kommilitonin, etwas zuflüsterte.

Elias ahnte, dass es um ihn ging.

Ihm war, als spürte er ihren Atem an seinem Hals, ihr Haar auf seinem Gesicht. Als würde sie sich zu ihm herunterbeugen, während sie jetzt den Stuhl heranzog, um sich zu setzen.

Elias wusste, dass Frauen ihn anziehend fanden, seine dunklen Augen, die schwarzen Haare, seine feinen, wohlgestalteten Glieder. Und er wusste, was er tun musste, um diesen ersten Eindruck noch zu verstärken: ein Buch auf dem Tisch, ein Notizblock und ein Stift. Kein Kaffee, sondern Tee. Er strahlte Ruhe aus, als wäre er jemand, der ganz bei sich war.

Aber das war er nicht.

Im Gegenteil: Er war ganz bei ihnen.

Und er war auch nicht ins Café Faust gekommen, um Frauen kennenzulernen. Er war hier, um zu vergessen.

Batschalek, sein schmieriger Callcenter-Chef, hatte ihm einen Einlauf verpasst, es hatte ihn völlig unvorbereitet getroffen. Elias griff zu der Serviette, die auf dem Tisch lag, und zerknüllte sie. Er atmete langsam aus und versuchte, den Gedanken an die Szene in Batschaleks Büro zu verdrängen.

»Du redest zu viel am Telefon.«

»Wie bitte?«

»Du hast genau gehört, was ich gesagt habe: Du redest zu viel.«

»Ich verstehe nicht …«

»Was gibt es da nicht zu verstehen? Du unterhältst dich, anstatt schnell abzuschließen!«

Elias wusste, dass der eigentliche Grund für den Ausbruch seines Chefs ein ganz anderer war. Wahrscheinlich ein Anruf von oben oder ein weggebrochener Auftrag. Trotzdem hatte ihn die Kritik mit voller Wucht getroffen. Er war klein geworden, hatte nicht gewusst, was er sagen sollte. Es war einfach demütigend gewesen.

»Ich liege mit meinen Abschlüssen im vergangenen Monat

vor allen anderen«, hatte er mit viel zu leiser Stimme entgegnet.

»Ist mir scheißegal«, war Batschaleks Antwort gewesen. »Alle müssen besser werden, auch du. Du hörst zu, bist einfühlsam, was bringt uns das? Die Anzahl deiner Gespräche pro Stunde war diese Woche auffallend gering, trotzdem warst du ständig in der Leitung. Worüber redest du die ganze Zeit mit den Leuten? Tauscht ihr Rezepte aus? Mann, Elias, mach einfach hin!«

Er war rot geworden, hatte auf seine Schnürsenkel geschaut und angefangen zu schwitzen. Sein Blick war an dem Fettfleck auf Batschaleks Krawatte hängen geblieben, die wie immer schlecht gebunden war. Sein grauer Anzug war billig und zu weit, er trug hellblaue Turnschuhe, weil er in Lederschuhen angeblich Schweißfüße bekam.

Sein Chef war nicht nur ein Idiot, sondern auch ein jämmerlicher Typ, der ins Bordell ging und seinen Mitarbeitern auch noch davon erzählte. Er roch schlecht, sprach zu laut und führte sich auf wie ein kleiner Sonnenkönig.

Elias hasste ihn aus tiefstem Herzen. Wieder zerknüllte er die Papierserviette. Vergessen. Er musste vergessen. Deshalb war er nach seiner Schicht hierhergekommen, eingetaucht in die Menge und doch unsichtbar für alle.

Dann hatte er gesehen, dass Ben da war.

Der junge Student kam oft ins Café Faust, aber heute, so schien es Elias, war es Schicksal. Und so hatte er beschlossen, dass die Zeit des Wartens vorbei war.

Ben saß zusammen mit einigen Kommilitonen zwei Tische weiter. Elias konnte ihre Gespräche hören, ihr Lachen und vor allem *seines.* Sie waren zu fünft, zwei weitere Jungs und zwei Mädchen. Vor einigen Wochen war ihm Ben zum ersten Mal aufgefallen. Er hatte sich an einen Tisch in der Nähe gesetzt und so getan, als würde er Musik hören. In Wahrheit hatte er die Runde belauscht, die unbekümmerten Gespräche: über das Studium, die Wochenenden, die Liebe.

Wie unbeschwert und alltäglich ihr Leben war! Als gäbe es keine anderen Sorgen, aber vielleicht war das in diesem Alter so. Er wusste nur, dass es bei ihm nicht so gewesen war. Seine Themen waren schon immer andere gewesen.

Es war vor allem Bens Stimme, die ihn in den Bann gezogen hatte. Sie war warm und auf eine angenehme Weise temperiert, sie machte ihn älter und reifer, als er es vermutlich war. Es war offensichtlich, dass die Mädchen sich für Ben interessierten, einen sportlichen Jurastudenten, wie sich herausstellte, der gern im Mittelpunkt stand. Auch heute lachten und scherzten alle, auf dem Tisch lagen einige Notizblätter, aber tatsächlich waren sie nicht zum Lernen hier. Ben war ungefähr so groß wie er, seine blonden Haare waren leicht gelockt, um den Hals trug er eine Korallenkette. Auch jetzt, im Winter, hatte er nur ein T-Shirt an, auf dessen Rückseite ein Surfbrett mit dem Spruch »Ride on time« aufgedruckt war. Er trug blaue Jeans und weiße Sneaker, auf dem Tisch vor ihm stand ein Bier.

Elias spürte, wie das Bild seines Chefs langsam aus seinem Kopf verschwand. Er entspannte sich, während er die anderen beobachtete. Er sah, wie Ben eines der Mädchen kurz am Arm berührte. Sie hieß Elif, wie er mitbekommen hatte, als sie neulich an der Theke eine Bestellung aufgegeben hatte. Sie war hübsch, und sie wusste es.

Und sie war scharf auf Ben.

Elias steckte sich seine weißen Kopfhörer in die Ohren. Der Klang von Dawn Penns *You don't love me* erfüllte ihn, er sah, wie Ben die schwarzhaarige Elif anlächelte, wie sie ihn berührte, wie sie sich zuprosteten, ihre Blicke über den Rand der Gläser hinweg. Im Kopf probte er Bens Stimme, er hatte dem Klang schon oft gelauscht und ihn studiert.

Er wurde immer ruhiger.

Kurz kam ihm Luisa in den Sinn, aber er verdrängte ihr Bild, ihr Lächeln, die Art, wie sie das Kopfhörerkabel um ihren Finger wickelte.

Eine halbe Stunde später verabschiedeten sich Ben und Elif von den anderen. Sie verließen das Café Faust gemeinsam, kichernd, einander Worte ins Ohr flüsternd.

Ein hübsches Paar, dachte Elias. Er steckte sein Buch in die Tasche und stand ohne Eile auf, um den beiden zu folgen. Niemand sah ihm hinterher, alle waren längst wieder mit sich selbst beschäftigt.

So seid ihr, dachte sich Elias beim Hinausgehen. Ihr bleibt nicht bei der Sache und seht nicht hin. Sonst würdet ihr verstehen.

Und ihr würdet Angst haben.

Die beiden schlenderten an den Geschäften in der Jakobsstraße vorbei, hielten ab und zu an, unterhielten sich, lachten, berührten sich. Irgendwann bogen sie in den Park ein. Die Luft war klar und kalt, zwei Schwäne trieben gelangweilt auf dem See. Es war später Nachmittag, und es wurde langsam dunkel, was Elias beruhigte.

Er kannte sich aus mit der Dunkelheit.

Er stand in sicherer Entfernung im Schutz eines Rhododendron-Busches und lauschte der Musik in seinen Ohren, während er beobachtete, wie sie sich unter einer Platane küssten. Von ihm nahmen sie keinerlei Notiz.

Einige Minuten später erreichten sie einen modernen Wohnblock am Ende des Parks. Elias verfolgte, wie sie das Gebäude umrundeten, um schließlich darin zu verschwinden. Er stellte sich unter einen Baum und blickte hoch zum dritten Stock, zu einer Reihe von Fenstern, von denen er wusste, dass sie zu

Bens Wohnung gehörten. Die wiederum gehörte seinen Eltern. Bei seinem ersten Besuch hatte Elias den Mietvertrag auf dem Wohnzimmertisch gesehen, die geschwungene Unterschrift des Vaters auf dem Dokument. Er war durch die Wohnung gegangen, hatte sich einen Apfel aus der Schale auf dem Tisch genommen und sich auf das graue Sofa gesetzt, in einem Fitness-Magazin geblättert. Anschließend hatte er ein wenig ferngesehen.

In der Wohnung ging jetzt das Licht an, er konnte zwei Schatten sehen, eng beieinander. Er schloss die Augen, in seinem Ohr hörte er das Murmeln der jungen Studentin, durch die Musik hindurch.

Nick Drake. *Northern Sky*.

»Ich will dich.«

»Zieh das aus.«

Ein leichter Wind kam auf, wirbelte die Blätter auf den Kiesweg. Er trat aus dem Schatten des Baumes und ging langsam die wenigen Meter bis zu einer kleinen Kellertreppe an der Seite des Gebäudes. In der Ferne die Lichter der Autos auf der Straße, das Flackern einer Laterne.

Der Schlüssel fuhr sanft in das Schloss. Elias öffnete die schwere Tür und schlüpfte in die Dunkelheit des Fahrradkellers, von wo aus ein langer Gang zum Treppenhaus führte. Langsam ging er die Stufen nach oben. In dritten Stock angekommen, trat er vor die Wohnungstür und schloss die Augen. Schon immer war es sein Gehör gewesen, das ihm geholfen hatte, die Welt da draußen zu verstehen. Es waren vor allem die Geräusche, die er wahrnahm: das Kratzen eines Stuhlbeins auf den Fliesen, das Rattern eines Kinderrollers auf dem rissigen Asphalt vor dem Haus.

Oder wie jetzt das Knarren eines Lattenrosts. Er entfernte seine Kopfhörer, er brauchte jetzt alle seine Sinne.

Sie waren im Schlafzimmer. Es befand sich am Ende eines längeren Flures, den er unbemerkt betreten konnte. Er wusste das, weil er einen Schlüssel hatte. Weil er schon oft hier gewesen war. Meistens, wenn Ben an der Uni war, aber auch, wenn er schlief. Dann hatte er sich in den Türrahmen gestellt, ihn betrachtet, wie er eingerollt in seinem Bett lag, gar nicht der starke junge Mann, der gern die Aufmerksamkeit auf sich zog, vielmehr ein Junge, den die Eroberung einer neuen Welt anstrengte, der Schutz suchte zwischen den Laken.

Behutsam steckte Elias den Schlüssel ins Schloss, leise, Millimeter um Millimeter. Er drückte die Klinke herunter und schob sich, einem Schatten gleich, in die Wohnung. Bens Tasche, seine Sneaker, sein Schlüssel auf dem Küchentisch. Keine Gläser, keine geöffnete Flasche Wein oder ein Bier. Sie hatten keine Zeit verloren, warum auch, wenn alles klar war und alles gesagt?

Er konnte sie hören, aber er wollte es nicht sehen, die Körper, die Lust. Er war nicht deswegen hier. Die junge Studentin interessierte ihn nicht. Er malte sich Bens Begierde aus, wie er sie packte, eroberte, wie sein Herz gegen die Brust schlug, hart und schnell. Elias legte die Hand auf seinen eigenen Brustkorb, und er spürte dieses Herz, das dort hinten schlug, am Ende des Flurs.

Leise ging er ins Bad, betrachtete sich im Spiegel, öffnete den Schrank, nahm sich etwas von der Hautcreme, die Ben benutzte. Langsam trug er sie auf sein Gesicht auf, unter die Augen, und lächelte.

Zurück in der Küche, öffnete er den Kühlschrank, nahm sich einen Joghurt heraus und löffelte ihn genießerisch im Stehen. Dann schlenderte er durch die Wohnung, vermied die knarzenden Stellen auf dem Parkett, die ihm so vertraut waren, als befände er sich in den eigenen vier Wänden.

Er setzte sich auf das Sofa im Wohnzimmer und lehnte sich zurück, den Blick an die Decke gerichtet. Er war ruhig, voller Frieden, er freute sich auf das Leben, das vor ihm lag.

Den Schlüssel während einer Vorlesung aus Bens Rucksack zu entwenden war ein Leichtes gewesen, er hatte ihn einfach einen Tag später im Fundbüro der Uni abgegeben und behauptet, ihn draußen auf der Wiese gefunden zu haben.

Alles war so einfach, wenn man es nur wollte.

Und er wollte.

Deshalb stand er jetzt auf, nahm ein Glas aus der Vitrine und ging damit in die Küche. Vorsichtig füllte er es mit Wasser und gab einige Tropfen aus einer kleinen Ampulle dazu, die er stets bei sich trug.

Dann wartete er kurz, weil er sichergehen wollte, dass Ben es war, der als Erster in die Küche kommen würde. Und tatsächlich hörte er nach einigen Minuten seine Stimme.

»Bin gleich wieder da.«

Rasch stellte Elias das Glas gut sichtbar neben die Spüle, öffnete die Balkontür und trat schnell hinaus in die Kälte. Er schloss die Tür vorsichtig, gerade noch rechtzeitig.

Der Balkon machte einen kleinen Knick, ein perfektes Versteck, ein toter Winkel. Elias rückte sich einen Stuhl zurecht, der hier draußen stand, und setzte sich. Vor seinen Augen verschwammen die Äste der Bäume mit der Dunkelheit, die sie umgab.

Ben war jetzt in der Küche, direkt hinter der Wand.

Und Elias, der auf dem Balkon saß, vor seinen Augen die funkelnde Stadt, lächelte.

*

»Jetzt ist die Zeit für Ihre Fragen, meine Damen und Herren.«

Mila saß neben Jakob auf dem kleinen Podium, das in einem der großen Sitzungssäle des Polizeipräsidiums aufgebaut worden war, flankiert von Dirk Sattmann, dem leitenden Oberstaatsanwalt, sowie Vertretern des Präsidiums. Sie blinzelte gegen das grelle Licht und blickte angespannt in den Saal. Sattmann hatte in den vergangenen zwanzig Minuten einen bemerkenswert selbstzentrierten Vortrag gehalten. Darin hatte er die Vorzüge der jüngsten Umstrukturierung sowie die offensichtlichen Vorteile bei der Verbrechensbekämpfung erläutert und Jakob und sie als »perfekt geeignet« für diese Aufgabe bezeichnet. Und zwar genau in dieser Reihenfolge: erst Jakob, dann sie. Auf lange Sicht würde sie Sattmann das nicht durchgehen lassen.

Aber im Grunde war es ihr gar nicht so wichtig, wie es mit Sattmann oder selbst mit Jakob lief. Sie war nicht wegen der Arbeit in diese Stadt gezogen, sondern aus einem anderen Grund, der hier auf dem Podium keine Rolle spielte. Sie dachte an den Ort hinter der schweren Eisentür, an ihre Tränen, die Wut, mit der sie auf das Lenkrad eingeschlagen hatte. Und daran, wie sie wieder ruhiger geworden war, bis Jakobs Anruf sie vollständig zurückgeholt hatte in die Wirklichkeit ihres ersten Arbeitstages.

»Meine Frage geht an Frau Weiss«, erklang jetzt die Stimme eines Mannes aus dem Plenum. »Warum sind Sie aus Wien gerade hierhergekommen? Wien ist groß, für eine Ermittlerin gibt es da sicher mehr Lorbeeren zu verdienen als hier …«

»Darum geht es nicht.«

Mila spürte die Schärfe in ihrer Stimme, sie hatte den Mann mitten in seiner Frage unterbrochen. Jakob blickte sie irritiert von der Seite an.

»Ich meine nur, es wirkt etwas … überraschend, wenn sie von …«

»Es geht nicht um Lorbeeren«, unterbrach sie den Journalisten erneut und beugte sich nach vorne, um ihn zu fixieren. »Und schon gar nicht um meine. Wir ermitteln in komplexen und oft sehr … düsteren Fällen. Hier oder in Wien, wo auch immer. Es geht immer um die Menschen, denen Schlimmes widerfährt, es geht darum, ihnen zu helfen. Der Rest interessiert mich nicht. Mich interessiert nur, dass jedes Opfer es verdient hat, dass wir so gut wie möglich an der Aufklärung der Tat arbeiten, dass wir Verantwortlichkeiten herausarbeiten, dass wir Täter finden und sie dem Rechtssystem zuführen.«

Der Angesprochene nickte und machte sich Notizen. Bevor der Pressesprecher des Präsidiums einen anderen Journalisten aufrufen konnte, hob der Mann mit einem Lächeln den Kopf.

»Das sind große Worte, Frau Weiss. In Ihrem letzten Fall hat das aber nicht ganz funktioniert, nicht wahr? Ist das vielleicht auch ein Grund, warum Sie nicht mehr in Wien sind?«

Mila spürte, wie ihr heiß wurde, ihre Hände umklammerten die Tischkante. Sie sah aus den Augenwinkeln, wie Sattmann sich zu ihr umdrehte, wie Jakob sich straffte. Sie fluchte innerlich, dass sie diese Frage nicht hatte kommen sehen und nun offensichtlich um eine Antwort rang. Der Journalist, die neuen Kollegen, Jakob – alle bemerkten es.

»Falls Sie den Fall Toblach meinen: Der Täter wurde von uns gefasst und rechtskräftig verurteilt.«

»Der Täter ist das eine«, fuhr der Mann ungeniert fort. »Die Opfer, um die es Ihnen ja angeblich so sehr geht …«

Ein lautes Klirren unterbrach seinen Satz, fluchend sprang Jakob neben ihr auf und blickte auf die Scherben zweier Gläser, die er aus Versehen vom Tisch gewischt hatte, als er sein Tischmikro hatte aktivieren wollen. Alle zuckten zusammen, Sattmann atmete leise aus.

»Tut mir leid«, rief Jakob in den Raum und hob beide Hände. »Falls jetzt die Frage kommt, ob ich mich wirklich für kompetent genug halte, die *Gruppe 4* zu leiten: Für einen Kellnerjob reicht es offenbar nicht, deshalb bin ich zur Polizei gegangen!«

Die Stimmung schlug sofort um, Mila war, als hätte jemand ein schweres Gewicht von ihrer Brust genommen. Der Pressesprecher nutzte die Unterbrechung und rief einen bekannten Zeitungsredakteur auf, der sich an Jakob wandte.

»Herr Krogh, wie wir gehört haben, gab es in der Siedlung erneut einen Überfall. Wie viel Angst müssen die Menschen dort haben? Und wie lautet Ihr Plan, um die Ermittlungen in dem Fall schnell abzuschließen?«

Mila lehnte sich zurück und lauschte Jakobs Ausführungen. Während er über die Aufgaben der neuen Einheit sprach und Zuversicht verströmte, dass sie schnell vorankommen würden, blitzten in ihrem Kopf Bilder auf, die verstörend waren und vertraut zugleich.

Wien. Das eisige Wasser im Becken. Der Schatten über ihr. Ein Deckel, der sich schloss. Das Schreien der Mädchen. Ihre eigene Stimme. Die Verzweiflung.

Und dann die Einsamkeit, in der sie gefangen war, bis heute.

»Ich bin mir sicher, dass ich mit Frau Weiss an meiner Seite ein großartiges Team bilden werde«, sagte Jakob jetzt. »Wir werden hart arbeiten, gut ermitteln, und wir werden unseren Beitrag zur Sicherheit in dieser Stadt leisten.«

»Vielen Dank für Ihre Fragen. Herr Krogh und Frau Weiss, Herr Sattmann, vielen Dank für Ihre Zeit. Allen einen guten und sicheren Tag.«

»Mila, kommst du? Mila?«

Sie würde die Einsamkeit durchbrechen. Sie würde sich befreien aus dem eisigen Wasser. Und genau deshalb war sie hier: Mila Weiss, erfolgreiche Ermittlerin aus Wien. Die Frau, die den Fall Toblach gelöst hatte. Die anschließend hierhergezogen war, weil es da einen Mann gab hinter Mauern und einer eisernen Tür. Einen Mann, von dem sie niemandem erzählen würde, auch Jakob nicht.

Vor allem Jakob nicht.

»Vielen Dank für die Sache mit den Gläsern«, murmelte sie. »War ein Versehen, wirklich. Dumm von mir.«

»Natürlich.«

»Ich kann sehr ungeschickt sein, weißt du? Ich meine, ausgerechnet in einem solchen Augenblick, wo du gerade …«

»Halt die Klappe, Jakob.«

Nach einer kurzen Nachbesprechung mit Dirk Sattmann, in der es vor allem um seine eigene sehr gute Performance gegangen war, standen sie vor den Aufzügen. Mila hatte sich wieder gefangen, sie ärgerte sich über ihr Verhalten während der Pressekonferenz, aber ihre Gedanken kreisten bereits um die Überfälle in der Siedlung, sie sortierte die nächsten Schritte, die sie gleich mit dem Team besprechen würden. Sie spürte so etwas wie Vorfreude, es war Zeit für sie, wieder auf die Jagd zu gehen.

Oben angekommen liefen Jakob und sie in Richtung der Wendeltreppe, die in den vierten Stock führte. In diesem Moment kam Frauke, ihre Assistentin, ihnen entgegen.

»Da seid ihr ja! Wir haben eine Nachricht aus dem Krankenhaus. Maja Tschorpik ist aufgewacht und vernehmungsfähig. Ihr könnt sofort hinfahren!«

*

Elias war glücklich.

Sie saßen zu zweit auf dem Sofa, Ben und er. Eine tiefe Stille hatte sich in ihm ausgebreitet, eine Ruhe, die jede Faser seines Körpers erfasste. Er beugte sich vor, zog den Teebeutel aus der Tasse und wickelte den Faden um einen kleinen Löffel, bevor er beides sorgfältig auf die weiße Unterasse legte. Der Duft des starken Assam-Tees füllte den Raum, er nahm die Tasse und blies etwas Dampf in die Luft, bevor er behutsam einen Schluck nahm. Wärme breitete sich aus. Dieser Tag ließ ihn lächeln, und natürlich Ben, der neben ihm saß. Längst war Batschalek vergessen, dessen klebriger Blick so oft auf Luisa geheftet war und der ihm vorgeworfen hatte, zu viel mit den Kunden zu sprechen und ihnen zuzuhören.

»Als gäbe es das«, sagte er, während er sich zufrieden zurücklehnte, »dass man zu lange zuhört. Man kann nicht lange genug zuhören, nur versteht das eben keiner. Aber du, Ben, du verstehst es, nicht wahr?«

Der Atem des jungen Mannes war ruhig und gleichmäßig, seine Augen geschlossen. Elias hatte Bens Kopf mit einem Kissen fixiert, damit er nicht nach vorn kippte. Die Haare klebten ihm im Gesicht, ein leises Stöhnen war zu vernehmen, seine Augen flackerten unter den geschlossenen Lidern.

»Du bist ein guter Zuhörer, Ben. Kein Wunder, dass die Mädchen sich bei dir wohlfühlen. Und weißt du was? Ich fühle mich auch wohl bei dir. Dein Tee ist übrigens ausgezeichnet.«

Elias hatte die Vorhänge zugezogen und zwei kleine Lampen angeknipst, sie warfen Schatten an die Wand. Der Ton des großen Flachbildschirmfernsehers war gedämpft, eine Nachrichtensprecherin las Belangloses aus aller Welt vor. Elias interessierte sich nicht dafür, weil die Welt, die ihm etwas bedeutete, hier war, in diesem Raum. Ben war bei ihm, sie würden eine gute Zeit haben.

Wieder ein leises Stöhnen. Bens Hände, die Elias mit einem Kabelbinder fixiert hatte, zuckten leicht. Kurz öffneten sich seine Augen, ein Blick voller Unschuld und doch voller Leben. Elias nippte wieder an seinem Tee und lächelte Ben an.

»Keine Sorge, es wird dir gleich besser gehen. Lass dir Zeit, wir können hier den ganzen Abend und die ganze Nacht sitzen. Morgen früh allerdings haben wir eine Vorlesung.«

Es würde noch einige Minuten dauern, bis Ben wieder vollständig zu sich gekommen war. Elias nutzte die Zeit und ging hinüber zum Sideboard, auf dem ein silberner Pokal stand.

»Tennisturnier«, murmelte er. »Was für eine Zeitverschwendung. Aber du bist gut darin. Ich habe deine Schläger im Schrank gesehen, in der großen Tasche. Sie sind teuer, nehme ich an. Vieles ist teuer in deinem Leben.« Er schaute auf die wenigen Bücher neben dem Pokal, es waren Biografien erfolgreicher Sportler und Wirtschaftsbosse.

»Du vertraust dir selbst zu wenig.« Er sah nicht zum Sofa hinüber, er wusste, dass Ben ihn verstand, auch wenn seine Gedanken und seine Angst noch eine zähe Masse bildeten. Aber das würde sich sehr schnell ändern.

Er hatte ihn angezogen, nachdem die Wirkung der K.-o.-Tropfen vollständig eingesetzt hatte. Dunkle Jeans, weißes T-Shirt, dazu ein blauer Kaschmir-Rollkragenpullover. Dunkelblaue Socken und weiße Sneaker vervollständigten das Outfit.

Es waren Sachen aus Bens Schrank, die er bei seinen Besuchen in der Wohnung entdeckt und für gut befunden hatte. Er hatte sie abfotografiert und später für sich die gleichen Klamotten im Internet bestellt.

Der Student war jetzt wieder etwas wacher, er stöhnte und bäumte sich auf, versuchte, die ebenfalls fixierten Beine zu bewegen. Sein Atem drang stoßweise unter dem Klebestreifen hervor, mit dem der Mund verschlossen war. Ben versuchte, gleichmäßig durch die Nase zu atmen, was ihm nur leidlich gelang. Erst nach einer Weile schien sich der junge Mann wieder im Griff zu haben. Er ließ sich im Sofa zurücksinken und starrte in Panik sein Alter Ego an, das nun vor ihm stand.

Elias' Haare waren noch feucht vom Färbemittel, das er vorhin behutsam aufgetragen hatte. Bens Haare waren blond, es hatte etwas gedauert, den richtigen Farbton zu treffen.

»Du ängstigst dich«, sagte er leise, während er um den Couchtisch herumging und sich wieder neben Ben setzte. »Du willst wissen, was ich von dir will. Und du fragst dich, was ich mit deiner kleinen Freundin gemacht habe. Ist es so?«

Ein Zögern, dann ein Nicken.

»Du musst dir keine Sorgen machen. Sie hat sich angezogen und ist gegangen, als sie gemerkt hat, dass du ein wenig … derangiert bist. Ich fürchte, sie war ein bisschen enttäuscht, dass euer Vergnügen so schnell vorbei war. Aber ihre Nummer hast du ja, nicht wahr? Oder besser gesagt: Wir haben sie.«

Beim letzten Satz zuckte Ben zusammen. Sein Blick flackerte, in ihm musste der Wahnsinn toben. Nicht nur aufgrund des Gesagten, sondern auch wegen Elias' Stimme, die sich plötzlich verändert hatte. Sie war dunkler geworden, voller, weicher auch. Es war, als hätte jemand einen Regler heruntergeschoben und die Bässe aufgedreht.

Es war seine eigene Stimme, die der junge Student jetzt hörte.

Elias lächelte, als er die Erkenntnis im Blick seines Opfers wahrnahm.

»Ich habe dir so viel zu erklären, Ben«, sagte er mit seiner neuen Stimme. »Aber sei unbesorgt, wir zwei haben so viel gemeinsam. Wir werden uns gut verstehen in der Zeit, die uns bleibt.«

Während er zufrieden die Wirkung seiner Worte auf den jungen Mann beobachtete, griff Elias hinter sich und holte ein kleines Aufnahmegerät hervor. Er drückte eine Taste und sah Ben an.

»Hallo Papa, ich bin es, Ben«, war jetzt zu hören. »Nein, es ist alles in Ordnung. Ihr müsst euch keine Sorgen machen, ich krieg das alles gut hin, hier in der Stadt.«

In den Augen des Studenten lag blankes Entsetzen. Er selbst hatte diesen Satz vor einigen Wochen gesagt, am Telefon.

Elias wiederholte die Worte, die eben aus dem Aufnahmegerät gekommen waren.

»Hallo Papa, ich bin es, Ben. Nein, es ist alles in Ordnung. Ihr müsst euch keine Sorgen machen, ich krieg das alles gut hin, hier in der Stadt.«

Ben Richter, vierundzwanzig Jahre alt, Jurastudent im fünften Semester, fing an zu zittern.

Für einen Moment blickten sie sich an, zwei Männer, die die gleiche Kleidung trugen und mit der gleichen Stimme sprachen.

Zwei Männer.

Aber nur ein Leben.

NACHBARN

Maja Tschorpik war ein Kind der Siedlung. Aufgewachsen zwischen den Wohnblöcken hinter dem Waldstück, das wie ein natürlicher Grenzzaun ihren Horizont bestimmt hatte. Sie hatte entlang der Fassaden Blumen gepflückt, in den Kellereingängen und Müllschächten der Häuser Verstecken gespielt. Sie hatte Süßigkeiten gestohlen im Kiosk an der Haltestelle und in der Dämmerung eines Sommerabends ihren ersten Kuss erlebt – flüchtig und ohne Nachhall. Sie war mit dem Rad gestürzt, weil sie in die Schienen der Straßenbahn geraten war, und hatte sich dabei den Arm gebrochen. Im Winter, wenn es kalt und glatt geworden war, hatte sie auf dem Balkon den Schneeflocken hinterhergeschaut, wie sie sich auf die Dächer gelegt und alle Geräusche gedämpft hatten, nur nicht die Schreie ihrer Eltern, die sich stritten, so lange, bis es ruhig wurde in der Wohnung, viel zu ruhig.

Sie hatte die Realschule geschafft, war stolz darauf, hatte einen Ausbildungsplatz gefunden und ihr eigenes Leben begonnen, hier, hinter dem Wald, am Rand der Stadt, in ihrer Siedlung. Maja Tschorpik, dreiundzwanzig Jahre alt, ausgebildete Altenpflegerin. Hilfsbereit, fröhlich, immer da für die anderen. Aber als der falsche Mann vor ihrer Tür gestanden hatte und sie selbst Hilfe gebraucht hätte, war niemand für sie da gewesen. Als der Mann endlich fort war und ihr bewusst wurde, dass sie noch lebte, da hatte sie gedacht, dass es keinen Unterschied machte. So oder so: Sie war gestorben in jenem Augenblick. Und auch die beiden Menschen, die jetzt vor ihrem Krankenbett standen, würden daran nichts ändern.

»Frau Tschorpik, haben Sie meine Frage verstanden?«

Mila blickte auf die junge Frau, sie hatte einen Kopfverband, mehrere Hämatome im Gesicht. Ihr rechter Arm lag matt auf dem Laken, eine Kanüle versorgte sie mit Leben in komprimierter Form. Ihr Blick war dumpf und abwesend, sie hatte nur schwach genickt, als sie mit Jakob das Krankenzimmer betreten hatte.

Maja Tschorpik antwortete nicht.

»Können Sie uns sagen, ob Sie etwas erkannt haben? Sie haben die Tür geöffnet, nicht wahr?«

Ein schweres Schlucken war zu hören.

»Da war … ein Kind.«

»Ein Kind?«

Mila sah Jakob überrascht an.

»Was für ein Kind, Frau Tschorpik?«

»Es war … es hat gelacht. Nach seiner Mutter gerufen. Ich kann es noch hören … ›Mama, komm schon!‹, hat es gerufen … ganz fröhlich.«

Mila machte sich Notizen, während Jakob sich im Hintergrund hielt.

»Und was ist dann passiert?«

»Dann hat jemand geklopft. Und ich dachte … das Kind. Aber dann …«

»Lassen Sie sich Zeit, Frau Tschorpik. Es ist alles gut jetzt, Sie sind hier in Sicherheit.«

Mila hatte sich einen Stuhl herangezogen. Der Blick der Frau wurde unruhig, ihre rechte Hand zitterte jetzt. Behutsam legte sie ihre eigene Hand darauf, spürte die Schwäche im Körper von Maja Tschorpik.

»Es ist … es war …«

Jakob gab Mila ein Zeichen und verließ den Raum. Er wusste nur zu gut, dass jeder Mensch Grenzen hatte, rote Linien, die tief im Unterbewusstsein verankert waren. Und dazu gehörte, dass Maja Tschorpik die Verletzungen, die ein Mann ihr zugefügt hatte, nicht vor einem anderen Mann ausbreiten würde.

Er setzte sich auf einen Stuhl im Flur und schloss kurz die Augen. Um ihn herum die Geräusche der Station, das Scheppern eines Servierwagens, der freundliche Gruß einer Krankenschwester im Zimmer nebenan.

Es war immer noch der erste Tag der *Gruppe 4*. Ihr erster Fall. Er holte sein Handy heraus und tippte eine kurze Botschaft an Mariella, die vermutlich längst bei ihren Eltern angekommen war.

»Ich vermisse euch«, flüsterte er leise, dann suchte er die Nummer des Finnen heraus. Tuure war wieder unterwegs in der Siedlung, um bei den laufenden Befragungen der Nachbarn dabei zu sein. Sie suchten ab sofort eine Mutter mit ihrer kleinen Tochter, womöglich hatten sie etwas mitbekommen. Es war ein erster Hinweis, nicht mehr.

»Er trug eine Maske, wie man sie … wie man sie aus dem Fernsehen kennt. So eine Sturmhaube.«

»Es ist okay. Keine Angst, es ist vorbei.« Die Tränen in den Augen der jungen Frau, die Angst, die größer wurde, während sie sich zwang, sich zu erinnern – all das zerriss Mila fast das Herz.

Mit schwacher Stimme erzählte Maja Tschorpik, wie dieser Moment abgelaufen war, die Schläge, die Drohungen. Wie er sie durch den Flur geschleift hatte, an den Haaren, wie sie um sich geschlagen hatte, völlig wirkungslos und irgendwann auch hoffnungslos.

»Er hatte braune Augen«, sagte sie nach einer Weile. »Ganz dunkel waren sie. Und voller Hass.«

»Aber Sie sind stärker als er, Frau Tschorpik. Sie sind viel stärker, verstehen Sie? Sie werden das hinter sich lassen. Glauben Sie daran, es ist wichtig, dass Sie das tun.«

Die junge Frau sah sie mit zitternder Unterlippe unsicher an. Schließlich lächelte sie.

»Ich bin Maja.«

Mila drückte ihre Hand, die reglos auf der Decke lag.

»Und ich bin Mila.«

Von draußen drang Verkehrslärm durch das geöffnete Fenster. Die Luft war kalt und der Himmel grau.

»Wie geht es Frau Nowak?«, fragte Maja nach einer kleinen Pause.

Mila sah sie irritiert an. Sie zog ihre Hand weg und schrieb den Namen auf ihren Block.

»Wer ist Frau Nowak?«

»Meine Nachbarin. Direkt nebenan.« Maja Tschorpik sprach immer leiser, sie war sichtlich erschöpft nach diesem Gespräch.

»Sie ist sehr alt, wissen Sie, ich glaube, sie braucht ein bisschen Hilfe. Ich wollte ihr einen Wintermantel bringen, sie ist ... immer so dünn angezogen.«

Mila versuchte sich daran zu erinnern, was der Finne gesagt hatte. War das die Frau, die nicht aufgemacht hatte und bei der er später noch mal hatte klingeln wollen?

»Wir haben mit Ihrer Nachbarin noch nicht sprechen können. Sie hat nicht aufgemacht. Sie ist wohl verreist.«

Mit scheinbar letzter Kraft schüttelte die junge Frau den Kopf.

»Nein, sie muss da sein. Ich habe sie ... ich bin so müde.«

»Ruhen Sie sich aus«, sagte Mila und deckte sie zu. »Wir schauen nach Frau Nowak. Und wenn Ihnen noch etwas einfällt, melden Sie sich jederzeit, Maja.«

Mila trat hinaus auf den Flur, wo Jakob jetzt am Fenster stand. Es war längst dunkel geworden, ihr erster gemeinsamer Tag hatte das Licht hinter sich gelassen, und doch war er noch lange nicht zu Ende.

»Der Finne ist unterwegs in der Siedlung, Lucy ist als Verstärkung dabei. Ich habe sie darum gebeten, sie soll sich einen Eindruck verschaffen, bevor sie hinter ihren Bildschirmen und in den Datenbanken verschwindet. Aber womöglich sind sie auch schon wieder zurück.«

Mila nickte und ging wortlos an ihm vorbei in Richtung der Aufzüge.

»Immer ein Vergnügen, Frau Weiss«, murmelte Jakob und folgte ihr.

»Er hat braune Augen«, sagte sie schließlich. »Tiefbraune Augen. Mehr hat sie nicht gesehen.«

Jakob nickte und versank für einen Moment in Gedanken.

»Er hat keine Wahl«, murmelte er dann. »Er muss sofort agieren, es ist ein Verlangen, er verliert vollkommen die Kontrolle. Er muss raus, dieser Hass, der Zorn. Aber es bedeutet auch, dass er Fehler macht. Weil er nicht sorgfältig plant, weil er zu schnell handelt.«

»Und früher oder später wird der Fehler so schwerwiegend sein, dass wir ihn kriegen«, sagte Mila, während sie das Krankenhaus verließen.

»Das Problem ist: Darauf können wir nicht warten. Wir müssen schneller sein, ihn vorher kriegen. Fahren wir ins Präsidium? Vielleicht hat das Team in der Zwischenzeit schon neue Hinweise.«

Es war ein mühseliger Start in ihre erste Ermittlung, ein zähes Durchkämpfen auf matschigem Grund. Die rohe Gewalt des Täters, die Tatsache, dass Maja Tschorpik nur mit großem Glück überlebt hatte – beides führte zu einer schon fast greifbaren Ungeduld im Team, einer angespannten Stimmung. Die Befragungen der Nachbarn, die Tuure koordiniert hatte, hatten, noch keine neuen Spuren ergeben, niemand hatte etwas gesehen oder gehört.

Als Mila und Jakob das Büro ihres Teams betraten, waren Lucy Chang – die tatsächlich aus der Siedlung zurück war – und Frauke Ibsen gerade dabei, Steckerleisten und Schreibtischlampen zu verbinden. Zwei Monitore standen noch halb verpackt in einer Ecke.

Jakob setzte sich an seinen Schreibtisch und befestigte die Zeichnung, die Filip ihm zum Abschied gemalt hatte, am Bildschirmrand. Er betrachtete sie, sah Mariella auf der Terrasse stehen, sich selbst, das Haus und das Meer. Er strich mit dem Finger über die zittrige Linie, die Filip mit Buntstift gemalt hatte, und überlegte, ob er sie anrufen sollte. Er würde es später tun, auf dem Weg ins *Charlies*.

Mila hatte sich einen Kaffee gemacht und stand mit dem Becher in der Hand vor der Backsteinwand, an der Frauke alle relevanten Fakten aufgehängt hatte: die Fotos der beiden ersten Opfer und eines von Maja Tschorpik. Der Wohnblock, dazu mehrere Aufnahmen aus dem Schlafzimmer und der Wohnung, in der der Täter randaliert hatte.

»Ich arbeite mich jetzt durch die Datenbanken.« Lucy war neben sie getreten und folgte ihrem Blick. »Mögliche Verhaltensmuster bei älteren Sexualdelikten und Wohnungseinbrüchen, ich suche hier in der Stadt, aber auch auf dem Server des LKA.«

Mila sah sie überrascht von der Seite an.

»Hast du darauf Zugriff?«

»Nein. Habe ich nicht. Also zumindest nicht offiziell. Aber wir können gerne warten, bis ich die ganzen Formulare ausgefüllt habe und bis ihr beide, Jakob und du, auch wirklich jedem erklärt habt, warum so eine kleine durchgeknallte Asiatin die heiligen digitalen Hallen des LKA betreten will.«

Mila nickte nur kurz und nahm einen Schluck Kaffee.

»Lass dich nicht erwischen.«

»Keine Sorge. Ihr habt eine verdammt gute Spezialistin eingestellt, falls dir das entgangen ist.«

Im Hintergrund war die Stimme von Ludger Palm zu hören, der in der Mitte des Raumes aufrecht an seinem Schreibtisch saß und sich fleißig Notizen machte, während er telefonierte. Er sprach Englisch, langsam und deutlich, sein Akzent war überraschend weich.

»Seine Exfrau ist Engländerin«, erklärte Lucy, die Milas Blick richtig deutete. »Oxford, daher auch seine Vorliebe für angemessene Kleidung. Meiner Meinung nach hat er mindestens einen Stock im Arsch, aber ich glaube, er ist ziemlich gut. Das sage ich ihm natürlich nicht.«

»Vergiss nicht, dass wir eine ganze Handvoll verdammt guter Leute eingestellt haben«, sagte Mila mit einem Lächeln. »Aber Vorschusslorbeeren helfen uns jetzt trotzdem herzlich wenig.«

Lucy seufzte.

»Na dann, an die Arbeit.«

Vor ihrem Fenster gingen nach und nach die Lichter in den umliegenden Häusern aus, während immer mehr Fotos, Hinweise und Zitate von Nachbarn die Backsteinwand füllten. Bei einer letzten Besprechung gegen zweiundzwanzig Uhr verteilten sie die Aufgaben für den morgigen Tag. Ludger Palm würde sich weiter mit dem ersten Opfer, Hannah Sandström, beschäftigen. Sie war in ihre schwedische Heimat zurückgekehrt, und bislang war es ihm nicht gelungen, sie zu erreichen.

»Ich meinte das ernst«, sagte Mila noch einmal, während Lucy neben ihr gähnte. »Dann fahr nach Malmö, fordere Unterstützung von den Kollegen an, sprich mit ihr. Alles kann uns helfen.«

Tuure und Lucy kümmerten sich um das zweite Opfer, Selma Prolavam, die noch in der Stadt wohnte und die sie für morgen ins Präsidium gebeten hatten. Parallel würde Lucy Chang nach Verbindungen mit früheren Fällen suchen.

»Die Aufzeichnungen der Überwachungskameras von der Haltestelle«, sagte Jakob. »Haben die etwas ergeben?«

»Sie waren ausgeschaltet«, antwortete der Finne resigniert. »Bereits seit einem Monat, Jugendliche haben sie kaputt geschossen, mit einer – wie sagt ihr? Zwille!«

Nach und nach leerte sich das Büro, Ludger Palmer winkte in die Runde, Jakob schloss sich ihm an und machte sich auf den Weg ins *Charlies*. Der Finne schnappte sich einen dunklen Motorradhelm und gab Lucy ein Zeichen.

»Soll ich dich mitnehmen?«

»Deine Maschine ist mir zu lahm«, antwortete sie, immer noch vertieft in ihre drei Bildschirme, über die Namen, Anzeigen, Ermittlungsakten flimmerten.

»Von wegen, ich häng dich an jeder Ampel ab.«

Lucy winkte dem Finnen hinterher, der mit Frauke Ibsen im Treppenhaus verschwand, und schließlich waren es nur noch Mila und sie, die an ihren Schreibtischen saßen und versuchten, erste Schneisen in ein noch völlig unübersichtliches Dickicht zu schlagen.

»Wartet dein Freund nicht auf dich?«, fragte Mila schließlich in das Tastaturgeklapper hinein.

»Mein Freund? Oh nein, der schläft schon. Ist eher nicht so eine Nachteule, es sei denn, ich biete ihm einen guten Grund, wach zu bleiben. Und du?« Lucy rieb sich die Augen. »Niemand, der auf dich wartet? Keine Liebhaber aus Wien mitgebracht?«

»Einer würde schon reichen«, antwortete Mila und wunderte sich über ihre Offenheit. »Aber nein, niemand, der wartet. Für heute ist es trotzdem genug, oder?«

»Das hier ist seltsam«, murmelte Lucy plötzlich.

»Was meinst du?« Mila streckte sich, schaltete ihren Bildschirm aus und zog ihren Mantel an.

»Ach, vielleicht ist es nichts: Aber der Name Nowak, der kam euch doch heute schon mal unter, oder?«

Mila musste nicht lange überlegen.

»Irene Nowak, die Nachbarin. Eine alte Frau, etwa Anfang achtzig. Tuure war zweimal an ihrer Tür, aber sie war nicht da. Eine Hausbewohnerin meinte, dass sie vielleicht bei ihrer Tochter sei. Er will es morgen überprüfen. Warum fragst du?«

Lucy Chang deutete auf eine Akte, die sie am Bildschirm in einem zweiten Fenster geöffnet hatte.

»Ich habe aus Spaß mal eingegeben, ob in dem Wohnblock Anzeigen erstattet wurden. Und tatsächlich, neben diversen Kleindelikten in den vergangenen Jahren – Ruhestörung, häusliche Gewalt, so was – gibt es auch eine Anzeige von Irene Nowak.«

»Und weswegen?«

»Betrug. Offenbar hat sie einen Telefonbetrug gemeldet und dann auch Anzeige erstattet, nachdem die Kollegen bei ihr waren. Das war vor drei Wochen, steht hier.«

Mila beugte sich über Lucys Schulter und las den Bericht.

»Da geht es um ein Zeitungsabo. Aber es gibt noch keine Ermittlungsergebnisse, natürlich nicht. Ist nicht gerade die oberste Priorität der Kollegen.«

»Was mich wundert, ist das hier.« Lucy deutete auf einen Vermerk, ganz unten im Bericht. Mila begriff sofort.

Irene Nowak bittet um Rückmeldung zur Anzeige. Sie ist zu Hause immer erreichbar.

Mila sah auf die Uhr und zeigte dann auf Lucys Motorradhelm.

»Hast du noch einen zweiten?«

KRÄHEN

Lucy Chang fuhr eine pechschwarze Kawasaki aus der Z-Serie, eine Maschine, die keinen Zweifel aufkommen ließ, wofür sie gedacht war. Und Mila merkte schnell, dass das Motorrad gut zu seiner Fahrerin passte.

»Es ist doch Gefahr im Verzug, oder?«, hatte Lucy gefragt, während sie sich auf die Maschine geschwungen hatte.

»Keine Ahnung. Es ist eher ein komisches Gefühl, dass ausgerechnet in der Wohnung neben unserem Opfer niemand aufmacht, obwohl die alte Frau da sein müsste.«

»Schon gut.« Lucy hatte abgewunken und den Motor aufheulen lassen. »Es ist eindeutig Gefahr im Verzug. Halt dich fest!«

Und nun fuhren sie durch ihre erste Nacht als neue Kolleginnen, die Lichter der Stadt rasten an ihnen vorbei, Ampeln, Leuchtreklamen, flackernde Neonlichter vor Bars und Clubs. Und während sie sich rasch der Stadtgrenze und dem Waldstück näherten, wurde Mila das Gefühl nicht los, dass dort draußen etwas auf sie wartete, auf sie ganz persönlich. Der Fahrtwind brauste an ihrem Helm vorbei, der Motor heulte, wenn Lucy sich in die Kurven legte.

Ja, da war etwas, es setzte sich auf ihre Brust und ließ sie für einen kurzen Moment zurückdenken an ihre Zeit in Wien. An ihren letzten Fall. Der dunkel gewesen war, der ihre Schwachstellen aufgedeckt und sie verwandelt hatte in eine einzige klaffende Wunde.

Der Fall Toblach.

Sie war hierhergekommen, um diese Wunden zu heilen. Um sie zu schließen. Aber das Dunkle würde immer da sein.

Lucys Maschine raste durch die Finsternis des Waldstücks. Die Straßenlaternen waren ausgeschaltet, eine Sparmaßnahme der Stadt. Erst weiter vorne, wo die ersten Wohnblöcke zu erahnen waren, waren matte Lichter am Rande des rissigen Asphalts erkennbar. Mila kam es vor, als würden sie von einem gewaltigen Monster verschlungen. Dann bauten sich die ersten Quader vor ihren Augen auf, Monolithe, in denen nicht mehr viele Fenster erleuchtet waren.

Die Siedlung hatte sich zur Ruhe begeben, in der falschen Annahme, dass der Tag genug Unheil gebracht hatte. Aber es war noch nicht vorbei. Und dieses Gefühl bedrückte Mila auch in dem Moment noch, als sie vor der Nummer 87 zum Stehen kamen.

»Wie kommen wir da rein?«, fragte Lucy, während sie ihren Helm abnahm und Richtung Eingangstür deutete.

»Wenn wir Glück haben, steht sie offen«, murmelte Mila und straffte die Schultern.

Und sie hatten Glück. Tatsächlich wurde die Eingangstür durch einen silbernen Aschenbecher blockiert, den jemand dort platziert hatte. Im Flur roch es leicht modrig, von weiter oben hörten sie das Geräusch eines Fernsehers und das Klirren von Bierflaschen. Offenbar waren im ersten Stock doch noch einige Bewohner wach.

Das Licht im Treppenhaus war defekt, so dass Lucy eine kleine Taschenlampe zückte und ihnen den Weg leuchtete. Als sie im zweiten Stock angekommen waren, vorbei an den Schmierereien an den Wänden und den verdreckten Kinderstiefeln vor einer Wohnungstür, drückte Mila auf den Klingelknopf von Irene Nowak. Niemand öffnete. Der Schein von Lucys Lampe wanderte über den Boden und die Wände.

»Der Überfall gestern Abend«, flüsterte Mila, »der fand nach Angaben von Maja Tschorpik etwa halb zwölf statt. Also ungefähr zur jetzigen Uhrzeit.«

»Ja und?«, fragte Lucy und leuchtete das Türschild an.

»Ganz schön spät für eine Mutter und ein fröhliches Kind. Ich meine, jetzt ist hier alles wie tot. Gestern waren zwei Stimmen zu hören, so hat es uns Maja Tschorpik erzählt: eine Mutter und ihr Kind, sie …«

Lucy hob plötzlich die Hand und unterbrach sie.

»Was ist?«, fragte Mila leise, als Lucy ein Ohr an die Tür drückte. Sie hatte das Licht ihrer Lampe instinktiv ausgeknipst, so dass sie jetzt in fast vollständiger Dunkelheit im Gang standen.

»Warte«, flüsterte sie. »Da ist etwas.«

Für einige Sekunden schwiegen sie, und auch hinter der Tür schien alles zu schweigen, kein Geräusch drang zu ihnen. Als Lucy ihre Taschenlampe wieder anknipste, horchten sie beide auf.

»Was ist das? Es kommt von … von hier unten.«

Lucy kniete sich auf den Boden und hielt ihr Ohr erneut an die Tür. Sie knipste ihre Lampe aus, dann wieder an.

Ein Kratzen hinter der Tür. Ganz leicht, kaum wahrnehmbar.

»Frau Nowak?«, rief sie schließlich, bekam aber keine Antwort.

»Ich würde sagen, jetzt ist endgültig Gefahr im Verzug.«

Während Mila aus der Innentasche ihrer Jacke mehrere kleine Dietriche hervorzauberte, zog Lucy Chang ihre Waffe. In dem Moment, als Mila sich am Schloss zu schaffen machte, wurde das Kratzen hinter der Tür lauter. Etwas schlug gegen den Boden.

»Scheiße, was ist das?«, murmelte sie. Kurz darauf war das einfache Türschloss offen, sie richtete sich auf und zog ebenfalls ihre Waffe.

»Tag eins und wir haben schon unseren Waffen in der Hand«, murmelte sie und sah, wie Lucy lächelte.

»Auf drei.«

Mit den Fingern der linken Hand zählte sie, für Lucy gut sichtbar, dann schob sie die Tür zu Irene Nowaks Wohnung auf. Langsam betrat Mila den kleinen Flur. Die Wohnung war vollkommen dunkel.

»Frau Nowak? Hier ist die Polizei. Wir kommen jetzt rein!«

Lucy betätigte den Lichtschalter, das hilflose Klicken drang durch die Stille. Es blieb dunkel. Sie griff zur Taschenlampe.

»Leuchte mal hier rüber, vielleicht …«

Mila wollte gerade weitergehen, als ein spitzer, ohrenbetäubender Schrei neben ihrem Kopf erklang.

Sie schreckte zusammen und duckte sich gerade noch rechtzeitig. Ein schwarzer Schatten flog auf sie zu und streifte sie schmerzhaft am Hinterkopf. Wieder erklang dieser Schrei.

»Fuck, was ist das!?«

Aber Mila hatte keine Zeit, darüber nachzudenken. Jetzt berührte sie etwas an der Schulter, sie warf sich instinktiv zu Boden.

»Lucy!«

»Was ist das für eine verdammte …«

Der Lichtkegel der Taschenlampe zuckte über die Wände, über den Spiegel, in dem Lucy sich jetzt selbst sah, mit gezückter Waffe. Wieder das Geräusch, ein Flügelschlag im Dunkeln, etwas schoss jetzt auf Lucy zu, blasse Augen, schwarzes Gefieder, ein Schnabel hackte nach ihr, sie schrie auf und ließ die Taschenlampe fallen.

»Nicht rauslassen!«, rief Mila. »Sonst ist er weg!«

»Soll er doch!«, schrie Lucy, aber im gleichen Augenblick sah sie, warum sie den Vogel – denn das war es, ein wild gewordener und verzweifelter dunkler Vogel – nicht wegfliegen lassen durften.

Er hielt etwas Blutiges in seiner linken Kralle.

Wieder ein Flügelschlag, ein dumpfes Geräusch, als das Tier gegen die Wand stieß, wieder ein Schrei, ein Krächzen direkt aus der Hölle. Und dann tat Lucy das einzig Richtige: Sie hielt ihre Waffe jetzt am Lauf, und als das Tier wieder auf sie zuschoss, ließ sie den Knauf auf den Angreifer niedersausen.

Etwas knackte, und der Vogel fiel mit dumpfem Geräusch zu Boden, direkt vor ihre Füße. Das, was er in der Kralle gehalten hatte, rollte über den Teppich. Es blieb nur wenige Zentimeter vor Mila liegen.

Lucy atmete schwer, während sie sich gegen die Wand lehnte.

»Meine Fresse«, keuchte sie. »Was war denn das, bitte?«

Mila atmete langsam aus, während sie sich aufsetzte und ihre Waffe wegsteckte.

»Eine Krähe«, sagte sie. Der dunkle Vogel lag zwischen ihnen, sein Gefieder war struppig, der Brustkorb verschmutzt und mit feuchten, roten Flecken übersät. Das Tier gab keinen Laut mehr von sich, die Augen waren dunkel und matt.

»Ich würde sogar sagen: eine tote Krähe. Glückwunsch, das war ein guter Schlag.«

»Ich habe noch nie ein Tier getötet«, sagte Lucy. »Aber dieses Mistvieh hat es verdient, tut mir leid, das zu sagen.«

Und dann schwiegen sie. Lucy hob ihre Taschenlampe auf und leuchtete auf das Beutestück des Vogels. Sie erkannten sofort, was da vor ihnen lag.

*

Jakob war zu Fuß die wenigen Straßen vom Präsidium zum *Charlies* hinübergelaufen. Mit jedem Meter, den er auf den winterverschmutzten Bürgersteigen zurücklegte, grub er sich tiefer ein in seine Erinnerungen. Er hatte das Gefühl, als sei dieser Abend der eigentliche Neubeginn seines Lebens, der Punkt, den er so lange vor sich hergeschoben hatte. Seine

Schritte hallten in den engen Straßen, die Feuchtigkeit zog bis in die Schuhe. Als er endlich das leuchtende Kneipenschild erreichte, klingelte sein Telefon.

»Schön, dass du anrufst«, sagte er und stellte sich gegenüber der Kneipe in einen Hauseingang. Durch das große Fenster konnte er wenige Gäste sehen, es war schon spät. Aber Lasse würde da sein, wenigstens auf ein Bier. Danach würde Jakob in seine kleine Stadtwohnung gehen und schlafen. Morgen würden die Ermittlungen so richtig anlaufen, und er würde Kraft brauchen.

»Wie geht es dir, hattest du einen guten ersten Tag?« Mariellas Stimme war weich, sie klang müde. Vermutlich hatte sie Filip am Ende eines spannenden Tages bei seinen Großeltern nur schwer ins Bett bekommen.

»Ja, es war gut. Ich glaube, es kann funktionieren mit Mila und dem Team.«

»Das freut mich.«

»Noch haben wir keinen Fall gelöst, darauf wird es ankommen. Aber das ist alles nicht so wichtig, warum bist du noch wach?«

»Ich arbeite für die Ausstellung, da ist so viel zu tun.«

»Es wird alles klappen, du wirst sehen. Und zur Ausstellungseröffnung komme ich natürlich.«

»Es ist ganz schön weit bis hierher.«

»Ich weiß. Aber ich werde da sein.«

»Ich gehe gleich ins Bett. Was machst du noch?«

»Ich trinke noch ein Bier mit Lasse. Erinnerst du dich an Lasse? Ich habe mit ihm zusammengearbeitet.«

Nach einer kurzen Pause sagte Mariella: »Klar, erinnere ich mich. Das ist der Typ, der mich angeflirtet hat, an deinem Geburtstag. So ein bisschen … wie sagt ihr: breitbeinig?«

Jakob lachte und fuhr sich durch seinen dunklen Bart. Vor ihm auf der Straße spiegelte sich der Schriftzug des *Charlies* in einer Pfütze.

»Das trifft es ganz gut. Und Gott sei Dank bist du standhaft geblieben, ich bin mir nicht sicher, ob du an seiner Seite glücklich geworden wärst. Also schlaf gut, ich melde mich morgen mal bei Filip.«

»Komm, wir sagen es noch mal. Ich höre es so gerne.«

Es war das Ende eines neuen Tages. Und der Beginn einer langen Nacht, die gänzlich anders verlaufen würde, als Jakob es sich in diesem Moment vorstellen konnte.

»Co kochasz, niech darmo.«

»Was du liebst, lass frei.«

»Jeśli chodzi o powrót, to do Ciebie.«

»Kommt es zurück, gehört es dir.«

»Na zawsze.«

»Für immer.«

Tatsächlich saß Lasse noch am Tresen und gab ihm ein Zeichen, als er das *Charlies* betrat. Vor ihm lag zu Jakobs Überraschung ein Buch, daneben standen eine Schale mit Nüssen und ein Bier. Er setzte sich und sah sich dabei um. Eine Handvoll Studenten saß in einer Ecke, einer von ihnen bearbeitete den Spielautomaten. Das Geräusch seiner kleinen Siege und großen Niederlagen drang durch den Raum

»Seit wann liest du Bücher?«, begrüßte er Lasse und nahm sich ein paar Nüsse aus der Schale. »Ist das so ein Ding, um endlich mal an gebildete Frauen ranzukommen?«

Lasse klappte das Buch zu:

»Mein lieber Jakob, es hat sich so vieles geändert, während du weg warst. Dein alter Teamkollege liest Bücher, weil er keine Lust hat, nach Hause zu gehen, wo niemand ist. Und von den Kollegen, die du von früher kennst, kommt kaum noch jemand hierher. Alle sind so schrecklich brav geworden, keine Exzesse mehr, keine Feiern. Aber jetzt bist du ja wieder da, mein Lieber. Und du hast gleich einen ersten Fall, was man so hört. Kommt ihr voran?

Charlie stellte Jakob ein Bier hin, und sie prosteten sich zu.

»Auf die alten Zeiten.«

»Und auf neue. Also, erzähl schon.«

»Du weißt genau, dass ich dir nichts sagen kann, Lasse.«

»Ach, komm schon, Jakob. Du stiehlst meine Nüsse, dafür befriedigst du meine Neugierde.«

»Nein, im Ernst. Das hier war lange genug ein Ort, an den wir unsere Arbeit mitgeschleppt haben. Ich will sie gerne draußen lassen. Und es gibt ohnehin kaum etwas zu erzählen.«

Lasse blickte ihn skeptisch an.

»Ich weiß noch nicht, ob der neue Jakob Krogh mir besser gefällt als der alte.«

»Es ist der Gleiche.«

»Kommt mir nicht so vor.«

Sie sahen der Gruppe Studenten hinterher, die gerade die Kneipe verließ.

»Die übernehmen hier bald den Laden«, fluchte Lasse. »Verdammtes Jungvolk, die sind so grün hinter den Ohren. Lernen nur Blödsinn an der Uni und machen hier einen auf Macker.«

Jakob schmunzelte.

»Also ungefähr so wie wir vor zwanzig Jahren. Nur dass du nicht an der Uni warst, was man bis heute merkt.

»Halt die Klappe«, erwiderte Lasse, bevor er ihn mit ernstem Blick ansah.

In der nun fast leeren Bar erschien das Klingeln von Jakobs Handy unnatürlich laut. Es war Milas Nummer. Er hatte kaum abgenommen, da hörte Jakob schon ihre aufgeregte Stimme.

»Jakob? Du musst in die Siedlung kommen, jetzt sofort. Ich habe bereits die Spurensicherung informiert, die Kollegen sind auf dem Weg. Kannst du Ludger und Tuure informieren, sie sollen auch kommen. Frauke brauchen wir erst morgen. «

Jakob nickte Lasse und Charlie zu und zog seine Jacke an.

»Was ist passiert? Und was ist mit Lucy, soll ich sie nicht dazuholen?«

Im Hintergrund hörte er jemanden würgen.

»Dafür ist es zu spät. Die hat hier bereits auf den Teppich gekotzt. Wir sind in der Nachbarwohnung von Maja Tschorpik. Den Rest erzähle ich dir später.«

*

Es war Mitternacht, als Jakob den Wald in Richtung Siedlung durchquerte. Mit hoher Geschwindigkeit hatte er den Wagen über die Straßen gejagt und dabei Ludger Palmer und den Finnen angerufen, die sich beide ebenfalls rasch auf den Weg machten.

Das war der Deal gewesen, den er mit jedem einzelnen Bewerber, der infrage gekommen war, besprochen hatte: Die *Gruppe 4* richtete ihre Arbeitszeiten nicht nach einem Dienstplan, sondern nach der inneren Uhr der Täter, die sie jagen würden. Männer (und Frauen, wobei das erfahrungsgemäß seltener vorkam), die nicht nur ein Verbrechen verübten, sondern in deren Handlungen ein Muster zu erkennen war, das auf eine Serie hindeutete. So wie in diesem Fall, der nun jedoch in eine völlig neue Richtung zu kippen schien.

Handelte es sich überhaupt um einen Fall? Denn wie passten ein grausamer Überfall auf eine junge Frau und eine ermordete alte Dame zusammen? Fakt war, dass ohne den Überfall auf Maja Tschorpik niemand den Leichnam in der Nachbarwohnung gefunden hätte – zumindest nicht so schnell.

Während er über die Zusammenhänge nachdachte, erreichte er den Wohnblock, vor dem sich bereits mehrere Einsatzfahrzeuge befanden, darunter der Kastenwagen der Spurensicherung. Er parkte seinen schwarzen Dienstwagen am Straßenrand, grüßte einige Kollegen und bekam vor dem Treppenhaus einen weißen Stoffoverall gereicht.

»Ist noch nötig, solange wir mit der Wohnung nicht durch sind«, murmelte ein Kollege und zog mit einem Koffer in der Hand los, um den Tatort zu untersuchen. Auf einem Mauersims saß Lucy Chang mit einem Becher Tee in der Hand, sie wirkte blass und starrte auf das Gewusel, das sich zum zweiten Mal an diesem Tag vor diesem Block entfaltete. Neben ihr stand Mila, die sich, nachdem sie Jakob entdeckt hatte, ebenfalls einen Overall griff und ihn begleitete.

»Alles in Ordnung mit ihr?«, fragte er und deutete in Richtung Lucy.

»Wie sich herausgestellt hat, kann unsere neue Kollegin Motorrad fahren wie keine Zweite, sie ist ein Ass am Rechner und nach eigenen Angaben auch im Bett. Sie kann eine Krähe im Flug erschlagen, aber bei dem, was dich gleich erwartet, hat sie schlappgemacht. Sie isst außerdem zu viel Junkfood, ihrem Mageninhalt auf dem Teppich nach zu urteilen.«

Als Jakob den zweiten Stock erreichte, war er über die Ereignisse voll im Bilde. Das gesamte Treppenhaus war ausgeleuchtet, überall standen Scheinwerfer, und Kollegen verstopften die Gänge.

»Björn Thomsen ist kurz vor dir angekommen, er untersucht bereits den Leichnam der Frau.«

In der kleinen Wohnung von Irene Nowak herrschte ebenfalls Gedränge. Der Leiter der Gerichtsmedizin nickte Jakob zu.

»Erster Tag, zweiter Tatort. Ich hoffe, dass es nicht in diesem Rhythmus weitergeht.«

»Hallo Björn. Hör zu, hier ist kaum Platz zum Denken, kannst du deine Leute kurz rausschicken? Zehn Minuten, danke.«

Thomsen zögerte, dann gab er entsprechende Anweisungen. Jakob atmete auf und sah sich im Wohnzimmer um.

Ein Tisch mit vier Stühlen, von denen drei offenbar selten benutzt wurden. Zusammengefaltete Tischdecken und Fernsehzeitungen. Ein Regal mit Fotos: Enkelkinder, ein Garten und eine Rutsche. Ein paar Bücher, eine Vase mit halb vertrockneten Blumen. Mila ließ ihm Zeit, Jakob musste einen Tatort in sich aufnehmen, das hatte sie bereits verstanden.

Eine verschlossene Balkontür, Gardinen, nicht ganz blickdicht. Ein Sessel vor dem Couchtisch, zwei Teller mit Kuchenresten, Kaffeetassen, zwei Gabeln. In der Mitte des Tisches ein vertrockneter Kuchen, halb aufgegessen. Eine Kerze, zu drei Vierteln niedergebrannt.

»Sie hatte vorgestern Geburtstag«, sagte Mila leise. »Ich habe nachgeschaut, ihr Portemonnaie liegt auf einer Anrichte im Flur. Sie wäre vierundachtzig geworden.«

»Ich korrigiere nur ungern, zumal am ersten Tag«, unterbrach Björn Thomsen sie freundlich. »Aber tatsächlich *ist* sie vierundachtzig geworden. Soweit ich das beurteilen kann. Den Leichenflecken zufolge und dem Verwesungszustand nach ist sie seit etwa achtundvierzig Stunden tot. Sie ist auf jeden Fall an ihrem Geburtstag gestorben.«

Die Frau, über die sie sprachen, lag auf dem Sofa. Sie trug einen braunen Rock, darunter blickdichte Strumpfhosen. Ihre Füße steckten in Pantoffeln, einer war ihr vom Fuß gerutscht. Ihre beige Bluse war zerrissen, Jakob konnte darunter die Brust sehen, an mehreren Stellen war die Haut zerfetzt, rohes Fleisch war zu sehen. Auch der linke Arm, der ausgestreckt auf dem Polster lag, war voller Wunden.

Das Schlimmste jedoch war das Gesicht der Frau. Die Lippen waren blutig, in der rechten Wange klaffte ein Loch, und das linke Ohrläppchen fehlte.

Am schlimmsten aber war die rechte Augenhöhle: Sie war leer.

»Das Auge haben wir sichergestellt«, sagte Mila leise. »Die Krähe, die in der Wohnung eingeschlossen war, hat ganze Arbeit geleistet, sie war vermutlich völlig ausgehungert und orientierungslos. Sie hat Lucy und mich regelrecht attackiert. Das Viech liegt dort auf dem Tisch, ich habe die Kollegen gebeten, es noch kurz hierzulassen, damit du es sehen kannst.«

Jakob hatte nur mit halbem Ohr zugehört, er war immer noch geschockt vom Anblick der alten Frau.

Was war das hier für ein Wahnsinn?

»Immerhin, gestorben ist sie relativ friedlich.« Thomsens Stimme klang gedämpft angesichts des Grauens. »Soweit ich das jetzt schon sagen kann, hat sie Baumwollreste im Mundraum. Sie passen zu den Kissen neben ihr.«

»Wer immer das war, hat sie offenbar erstickt. Sie hat vermutlich kaum Gegenwehr geleistet, jedenfalls finde ich keine Anzeichen dafür. Sie ist erst erstickt – dann kam der Vogel.«

Jakob ging zum Tisch hinüber, um die Krähe zu betrachten.

»Kann der Vogel von draußen in die Wohnung gelangt sein?«

Mila schüttelte den Kopf.

»Nein, die Fenster sind zu. Alle Rollos unten, wie in einer Grabkammer. Vermutlich hat das den Vogel noch wilder gemacht.«

»Also hat der Mörder die Krähe mitgebracht? Sie gehörte dazu?«

Die alte Frau war erst Opfer gewesen. Und anschließend Beute.

Sie standen zu dritt um den Tisch und blickten auf den schwarzen Vogel. Ein großes, kräftiges Exemplar, mit scharfen Krallen und einem spitzen Schnabel, der vom Blut rot verfärbt war. Der Hinterkopf war leicht verformt.

»Lucy hat ihn voll erwischt.«

»Was ist das für eine Art Krähe?«, fragte Jakob in den Raum, erhielt aber keine Antwort.

»Frauke soll sich morgen daranmachen, wir müssen alles über das Tier erfahren. Wo kommt es her, warum hat es sich so aggressiv verhalten? Und meinetwegen auch: Wofür stehen Krähen? Also Symbole, Rituale, die sich mit diesem Vogel verbinden lassen.«

Hinter ihnen wurden jetzt Stimmen laut, jemand fluchte, als der Finne sich durch den engen Flur zwängte, in dem die Kollegen der Spurensicherung darauf warteten, mit der Arbeit fortfahren zu können.

»Chef?«

»Ja?«

Die Antwort war zeitgleich aus Milas und Jakobs Mund gekommen, beide drehten sich um und blickten Tuure Salo erwartungsvoll an. Der Finne trug wieder die olivfarbene Bomberjacke, seine Polizeimarke hing an einer Metallkette um den stiernackigen Hals. Kurz nur starrte er die tote Frau an, die leere Augenhöhle, aber er wirkte sofort wieder gefasst.

»Ich glaube, wir haben ein Problem.«

»Inwiefern?«

Diesmal hatte Mila schneller geantwortet, und der Finne blickte in ihre Richtung.

»Die Frau ... ich habe draußen gehört, dass sie vor zwei Tagen gestorben sein soll. Ist das korrekt?«

Björn Thomsen nickte.

»Daran besteht kein Zweifel. Ich kann es nicht auf die Stunde genau sagen, aber sie ist mindestens seit achtundvierzig Stunden tot. Man riecht es ja auch, und ...«

»Aber das kann nicht sein.«

Alle drei runzelten die Stirn.

»Ich habe mit zwei Nachbarn gesprochen. Beide haben unabhängig voneinander ausgesagt, dass sie Irene Nowak gestern noch lebend gesehen haben, als sie vom Einkaufen zurückkam. Mit ihrem ... wie sagt man ... Einkaufstrolley.«

»Das ist unmöglich«, erwiderte Björn Thomsen.

»Aber das haben sie ausgesagt«, beharrte der Finne. »Andere

wollen sie auch gesehen haben. Die Nachbarn haben beobachtet, wie sie sich mit Maja Tschorpik unterhalten hat. Gestern! Nicht vorgestern.«

Für einen kurzen Moment war es still im Wohnzimmer von Irene Nowak, die auf ihrem Sofa lag, aus dem Leben gekippt und einer Krähe überlassen, die ganze Arbeit geleistet hatte.

»Irene Nowak stirbt an ihrem Geburtstag. Und am Tag danach geht sie einkaufen, als wäre nichts passiert?«

Es war Jakob, der es aussprach, obwohl er es genauso wenig verstand wie die anderen. Aber vielleicht war dies die erste Wahrheit, die sie als *Gruppe 4* akzeptieren mussten.

Dass das echte Grauen manchmal erst nach dem Tod begann.

BEN

Die Kälte der Nacht war noch zu spüren, als Ben Richter, Jurastudent im fünften Semester, selbstbewusst das Eingangsportal der Universität durchschritt. Der Hörsaal 101, das Audimax, befand sich in einem Seitentrakt des imposanten grauen Gebäudes. Auf den Rasenflächen lagen vereinzelte Schneereste, die asphaltierten Wege, die zu den anderen Fakultäten führten, waren schmutzig. Die Studierenden, die an diesem frühen Morgen unterwegs waren, hatten ihre Mützen tief ins Gesicht gezogen, Schals um den Hals geschlungen, viele von ihnen trugen Parkas mit Fellkapuzen, hinter denen ihre Gesichter kaum zu erkennen waren.

Genau darauf hatte er gesetzt.

Er selbst trug eine dunkle Winterjacke, dazu einen grauen Schal, der sein Gesicht halb bedeckte. Eine schwarze Strickmütze, die er im Schrank gefunden hatte, komplettierte den Eindruck, dass hier jemand lief, der nur schnell ins Warme gelangen wollte. In der Straßenbahn hatte ihm jemand von Weitem zugewunken, ein junger Mann, ungefähr sein Alter, aber beim Aussteigen an der Uni hatte er so getan, als würde er telefonieren, und dem Kommilitonen zu verstehen gegeben, dass er nachkommen würde. Er durfte es nicht übertreiben.

Es war ohnehin ein riskantes Spiel, hierherzukommen, aber er musste es einfach wagen. Zu verlockend wäre die Belohnung, wenn er wenigstens diese eine Vorlesung schaffte, sich vielleicht sogar einbrachte mit seiner vollen, kräftigen Stimme, sich in die Mensa setzte, den Nervenkitzel ertrug, dass er jederzeit auffliegen konnte.

Er gab immer noch vor zu telefonieren, als er das Gebäude betrat, murmelte Sätze in sein Handy und hielt so eine Kommilitonin auf Abstand, die mit zwei Ordnern und einem Kaffeebecher den Hörsaal betrat. Er lehnte sich an eine Säule, an der Wohnungsgesuche und Partyankündigungen klebten, und sah zu, wie sich das Audimax nach und nach füllte. Schließlich erschien der Dozent, ein grauer Mittfünfziger, hinter dem Pult. Ben entdeckte einen Platz ganz oben in der zweiten Reihe, direkt am Treppenaufgang, steckte sein Handy weg und holte tief Luft.

Volles Risiko.

Maximale Gefahr.

Seine Nerven vibrierten.

Die Kommilitonen in seiner Nähe beachteten ihn nicht weiter, offensichtlich kannten sie ihn nicht. Als der Dozent sein Mikro einschaltete, legte Ben scheinbar routiniert einige Unterlagen auf seinen Klapptisch, dazu einen Stift und das Handy. Alle um ihn herum hatten ihre Handys auf dem Tisch, einige schrieben noch Chatnachrichten oder lasen gelangweilt irgendwelche News.

Die Mütze und den Schal behielt er an. Es war besser, wenn er vorsichtig blieb, wenngleich er Frisur und Haarfarbe nahezu perfekt getroffen hatte und die hohen Wangenknochen und das kantige Kinn durch geschicktes Schminken optimal zur Geltung kamen. Jetzt und hier war er Ben Richter, Jurastudent im fünften Semester und Besucher einer Vorlesung über die rechtlichen Rahmenbedingungen der internationalen Finanzmärkte.

Und er fühlte sich lebendiger denn je.

*

»Abschließend kann ich nur sagen: Wir stehen hier vor einem Rätsel. Einem Rätsel Namens Irene Nowak.« Jakob lehnte an einem Arbeitstisch im Keller der Gerichtsmedizin und fuhr sich müde über das Gesicht, nachdem Thomsen einen kurzen mündlichen Autopsiebericht abgegeben hatte. Der bestätigte im Wesentlichen das, was sie bereits wussten: Die alte Dame war mit einer hohen Dosis K.-o.-Tropfen außer Gefecht gesetzt und anschließend mit einem Kissen erstickt worden. Alles Weitere hatte die Krähe übernommen.

»Den Rest dann später schriftlich, aber im Kern ist es das.«

Jakob war seit seiner Ankunft in der Stadt noch gar nicht in seiner Wohnung gewesen, die er behalten hatte, auch wenn sie lange leer gestanden hatte. Die nächtlichen Ereignisse – das Auffinden der toten Irene Nowak, die Krähe, die Mila und Lucy angegriffen hatte, die Tatsache, dass mehrere Nachbarn Stein und Bein schworen, dass sie die alte Frau nach ihrem Tod draußen auf der Straße gesehen hatten – hatten zur Folge, dass sein Koffer nach wie vor ungeöffnet im Auto lag. Er trug noch die gleichen Klamotten wie gestern, später würde er sich ein neues Hemd anziehen und vielleicht die Duschräume im Präsidium nutzen. Aber für den Moment stand er hier, übermüdet und unrasiert, und er hatte die Befürchtung, dass er sich an diesen Lebensstil würde gewöhnen müssen. Filips Zeichnung von ihnen dreien am Meer, die jetzt an seinem Bildschirm im Büro hing, war das Einzige, was er bislang ausgepackt hatte.

Und vielleicht das Wichtigste.

Mila stand an die Backsteinwand gelehnt und nahm einen Schluck aus dem Pappbecher, den sie in der Hand hielt. Sie überlegte offenbar, schlussfolgerte, sortierte sich.

Ihr Kopf war leicht geneigt.

»Okay, dann müssen wir eben genau dieses Rätsel lösen. Und ehrlich gesagt gibt es dafür nur eine Erklärung.«

»Und die wäre?« Thomsen blickte ein letztes Mal auf den Körper der Frau, bevor er den Leichnam, bis auf den Kopf, mit einem Laken zudeckte, behutsam und voller Respekt. Für ihn war das Leben der Opfer, die auf seinem Tisch lagen, erst in

Frieden beendet, wenn er dem Körper alle Rätsel entlockt hatte. Und noch war es nicht so weit, also behandelte er Irene Nowak, als würde er sie nur zum Schlafen zudecken.

Mila sah Jakob nun direkt an.

»Jemand hat sich als sie ausgegeben. Nach ihrem Tod.«

»Klar, das ist die naheliegendste Schlussfolgerung. Aber sie wurde beim Bäcker gesehen. Und im Treppenhaus. Außerdem wissen wir, dass Maja Tschorpik, die nebenan wohnt, sogar mit ihr gesprochen hat. Sie hat ihr den Wintermantel ihrer Mutter angeboten.«

Er hatte die junge Frau im Krankenhaus angerufen und kurz zu Frau Nowak befragt. Dass sie tot war, hatte er verschwiegen.

»Aber es gibt nur diese eine Möglichkeit. Björn ist sich bezüglich des Todeszeitpunkts sicher ...«

»... zu hundert Prozent«, bestätigte Thomsen.

»... und die Nachbarn sind sich ebenfalls sicher. Mittlerweile hat Tuure noch zwei weitere aufgetrieben, die sie aus dem Fenster gesehen haben. Das sind die Fakten.«

»Aber was ergibt das für einen Sinn?«, fragte Jakob. »Eine alte Frau, die kein Geld hat, die allein und ohne Angehörige in der Siedlung lebt. Warum sie? Warum gibt jemand sich als Irene Nowak aus? Hat sie im Lotto gewonnen, will er den Gewinn an ihrer Stelle einstreichen?«

Mila lächelte.

»Interessanter Gedanke, und weißt du was? Lucy hatte den auch schon, sie überprüft das gerade. Aber ehrlich gesagt halte ich das nicht für eine heiße Spur, wir haben keine Hinweise darauf in der Wohnung gefunden.«

Jakob stand jetzt am Seziertisch und studierte Frau Nowaks Gesicht. Die Falten, die leere Augenhöhle, gereinigt mittlerweile, was den Anblick aber kaum erträglicher machte.

»Was ist mit der Krähe?«, sagte er schließlich. »Hast du die auch untersucht?«

Thomsen nickte und führte sie zu einem Untersuchungstisch weiter hinten im Raum.

»Ich bin kein Tiermediziner«, sagte er, »ich kann euch also keine Details über den Vogel nennen. Aber wir haben jede Menge Fotos gemacht, eure Assistentin hat schon alles.«

Frauke Ibsen hatten sie bei Sonnenaufgang aus dem Bett geklingelt. Sie hatte nicht eine Sekunde gezögert, war sofort ins Büro gekommen und unterstützte nun das Team bei den Recherchen über den Vogel und den Hintergrund von Irene Nowak.

»Aber es gibt etwas, das ich euch zeigen muss. Beziehungsweise zwei Dinge.«

Jakob beugte sich über den Tisch, als Thomsen ein grünes Laken wegzog. Der Vogel lag auf der Seite, kaum mehr als ein Haufen dreckiger, zerzauster Federn. Die Augen waren milchig und ohne Leben, die Schwanzspitze abgeknickt. Getrocknetes Blut klebte am Schnabel. Alles in allem eine bemitleidenswerte Kreatur, längst nicht mehr das kreischende Geschoss, das Mila und Lucy in der Nacht angegriffen hatte.

»Du hast der Krähe Blut abgenommen«, sagte Jakob, als er eine kahle Fläche am Brustkorb samt Einstichstelle entdeckte.

Thomsen nickte und angelte sich einen Ausdruck aus seiner Ablage.

»Tatsächlich ist das, was die tote Krähe uns verrät, fast spannender als das, was am Nachbartisch zu holen war – entschuldigt meine flapsige Sprache, es ist zu früh am Tag.«

»Und gleichzeitig zu spät«, sagte Mila. »Also?«

»Der Vogel ist komplett unterzuckert. Die Blutwerte weisen darauf hin, dass er über einen längeren Zeitraum hinweg nichts gefressen hat. Das gilt auch für den Mageninhalt. Wenn ihr mich fragt, war der Vogel so was wie ein Löwe im antiken Rom kurz vor dem Auftritt im Colosseum. Ausgehungert, bereit, sich auf alles zu stürzen, was ihm in die Quere kommt.«

Jakob und Mila tauschten einen alarmierten Blick.

»Und in der Wohnung war nichts Essbares, das ist den Kollegen bereits aufgefallen. Das Ergebnis sehen wir dann da drüben auf dem Seziertisch.«

Mila nippte nachdenklich an ihrem Kaffee.

»Aber würde sich eine Krähe an einem menschlichen Leichnam vergehen?«

»Wir haben im Gesicht der alten Frau Reste von Tiernahrung gefunden: Obst, Fleischreste, Würmer und dergleichen. Ebenso auf der Brust und den Armen. Das war richtig aufgetragen auf ihrer Haut. Und da ist unser Vogel dann völlig durchgedreht.«

Für einen Moment waren sie still.

»Das ist krank«, sagte Jakob. »Wer tut so etwas?«

»Jedenfalls muss es geplant gewesen sein«, erwiderte Mila, die auch Mühe hatte, ruhig zu bleiben. »Das ist keine Tat, die mal eben so aus dem Affekt heraus passiert. Da hat jemand einen Plan in die Tat umgesetzt.«

Jakob schüttelte fassungslos den Kopf.

»Du hast von einer zweiten Sache erzählt, Björn.«

»Ja, die hätte uns schon vor Ort auffallen können, aber das Papier war pechschwarz und daher kaum zu sehen.«

»Das Papier?«

Der Gerichtsmediziner griff sich eine Pinzette und hob damit einen Zettel aus einer Metallschüssel. Er war kaum größer als ein Bierdeckel.

»Das hier war am linken Bein der Krähe befestigt.«

Er legte das Stück Papier auf den Seziertisch, so dass Jakob und Mila sich ein Bild machen konnten.

»Papier- und Schriftprobe haben wir auf den Weg gebracht.«

Zu erkennen war eine geschwungene Handschrift, sorgfältig ausgeführt, mit weißem Stift auf schwarzem Grund. Eine einfache Botschaft. Jakob hob instinktiv den Blick. Weil es genau so dort stand.

Schaut nach oben!

*

Alles war perfekt gelaufen, bis hierher.

Stolz erfüllte ihn, er war glücklich, fühlte sich lebendig und hätte es am liebsten herausgeschrien.

Ben, oh Ben, dachte er, was bist du für ein Geschenk! Er spürte sein Herz klopfen, als er nach der Vorlesung aufstand, um mit den anderen hinauszugehen. Das Blut rauschte in seinen Ohren, und er wusste, dass er dieses Rauschen sein ganzes Leben lang spüren wollte. Er dachte an den besten Moment, den ihm die vergangene Stunde beschert hatte. Ein Kommilitone war an ihm vorbei zu einem freien Platz weiter unten gelaufen.

»Hi Ben, später in der Mensa?«

»Auf jeden Fall.« Seine Stimme hatte automatisch jenes dunkle Timbre angenommen, das er so lange einstudiert hatte. Daraufhin hatte der junge Mann ihm »Daumen hoch« signalisiert, nicht ahnend, welch großes Kompliment er ihm gemacht hatte.

Er war Ben.

Die Frisur, die markante Stimme, der athletische Oberkörper, den er mithilfe von Mullbinden ausgeformt hatte, der Dreitagebart, aufgemalt auf seiner glatten Haut …

Und dann der Höhepunkt.

»Ah, Ben, dass Sie sich mal melden. Also, was glauben Sie?«

Und er hatte gesprochen, kurz nur, zu einer These über den Finanzmarkt, die er einem der Lehrbücher entnommen hatte. Keine sonderlich kluge Einlassung, aber auch keine falsche. Einige hatten sich zu ihm umgedreht, in den unteren Reihen, wo offenbar seine Clique saß. Aber sie saßen weit weg.

»Vielen Dank, und wer kann das noch ein wenig weiter ausführen?«

Er sprach wie Ben.

Er dachte wie Ben.

Er war Ben.

Und dann hatte er einen Fehler gemacht, der beinahe alles ruiniert hätte. Weil er unvorsichtig gewesen war, zu selbstsicher. Siegestrunken vielleicht. Er hatte seine Jacke angezogen, den Schal fester ums Gesicht gewickelt und war den anderen beim Verlassen des Audimax gefolgt. Aber er hätte schneller sein müssen, hätte vor den anderen gehen müssen, weil es immer noch ein sehr riskantes Spiel war, das er hier spielte.

Und das er jetzt verlor.

»Ben!«

Ihre Stimme drang über die Köpfe der anderen zu ihm. Er war plötzlich umringt von plaudernden jungen Menschen, die froh waren, die neunzigminütige Vorlesung hinter sich gebracht zu haben. Gleich würden sie an den Tischen im großen Foyer Kaffee trinken oder zu einem Seminar oder einem Colloquium weiterziehen.

Aber die junge Frau wollte zu ihm.

Zu Ben.

Er drehte sich kurz um, nur halb, so dass er aus dem Augenwinkel sehen konnte, wer nach ihm rief. Es war Elif, die junge Studentin, die Ben gestern aus dem Café Faust mit nach Hause genommen hatte.

»Hey Ben, warte!«

Sie holte auf, drängelte sich durch die Menge und war jetzt nur noch etwa zwanzig Meter entfernt, schräg hinter ihm. Er spürte, wie sein Herzschlag aussetzte, und verlor wertvolle Sekunden, bis er sich wieder im Griff hatte. Er holte sein Handy hervor, tat so, als würde er einen Anruf entgegennehmen, und bog in einen schmalen Gang ein, fort von den anderen, die sich gegenseitig in Richtung Ausgang schoben. Dann sprintete er los, das Handy immer noch am Ohr, und verlangsamte wieder, nachdem er etwas Vorsprung gewonnen hatte. Er durfte nicht wie ein Flüchtender wirken.

»Ben! Verdammt, warte!«

Elif hatte ihn gesehen und lief ihm jetzt nach.

Sicher wollte sie eine Erklärung für gestern Abend. Sie hatten Sex gehabt, und nachdem er kurz in der Küche gewesen war und einen Schluck Wasser getrunken hatte, war er für einen Moment neben ihr eingeschlafen. Und schließlich hatte er sie gebeten, zu gehen.

Der Gang weitete sich jetzt zu einem kleinen Atrium, wo einige Studenten lernten oder sich unterhielten. Er ging an ihnen vorbei, und gerade als Elif den Raum betrat, öffnete er die Tür zur Herrentoilette und zog sie rasch hinter sich zu.

»Ben!«

Sie würde auf ihn warten, dort draußen. Fluchend betrachtete er sich im Spiegel, er war allein in dem kleinen Vorraum. Er atmete schwer, und gleichzeitig spürte er, wie Enttäuschung in ihm hochstieg. Mit dunklen Augen starrte er sich an, wieder hörte er ihre Stimme von draußen, aber offenbar traute sie sich nicht, zu ihm hereinzukommen.

Er überlegte, ob er sie dafür bestrafen würde. Dafür, dass sie diesen perfekten Moment zerstört hatte, diesen Augenblick, in dem alles geleuchtet hatte. Alle hatten ihn gesehen, ihn wahrgenommen. Und dann war sie aufgetaucht, aus enttäuschter Liebe, aus Zorn über das jähe Ende einer Romanze, warum auch immer.

Ja, sie musste bestraft werden.

Aber nicht jetzt. Jetzt musste er hier weg, so schnell wie möglich.

Und Ben musste hierbleiben.

Er hieb mit der Faust gegen das Glas. Hart und fest.
Einmal.
Zweimal.
Dreimal.
Bis Ben tot war.

Die Brücke

Ludger Palm war noch in der Nacht losgefahren. Er war ins Auto gestiegen, hatte die Adresse der zuständigen Polizeidienststelle in Malmö eingegeben und den Wagen aus der Siedlung hinaus durch den Wald und dann Richtung Autobahn gelenkt. Er wunderte sich selbst, wie unkompliziert und effizient das Gespräch mit Mila verlaufen war, draußen in der Kälte vor dem Wohnblock Nummer 87. Sie beide hatten noch unter dem Eindruck des Tatorts gestanden.

Er hatte Milas Anspannung gespürt und geschwiegen, bis sie schließlich angefangen hatte zu reden. Über die alte Frau im zweiten Stock und über die Krähe, die sie und Lucy angegriffen hatte.

»Was für ein erster Tag«, hatte sie gemurmelt und ihre Zigarette im Dreck ausgetreten. »Ich hoffe, du bereust es nicht jetzt schon, in die *Gruppe 4* gewechselt zu haben.«

Sie hatte ihn angesehen und müde gelächelt. Er mochte ihr Lächeln. Und nein, er bereute gar nichts. Denn Ludger Palm hatte sich vorgenommen, nie wieder etwas zu bereuen, seit seine Frau ihn vor einem halben Jahr verlassen hatte.

»Ich bin hier genau richtig«, hatte er erwidert. »Ich wollte unbedingt etwas … Neues machen.«

»Na ja, etwas Neues haben wir hier tatsächlich.« Mila hatte auf die Uhr gesehen. 04:37 Uhr, tief in der Nacht. Um sie herum arbeiteten Kollegen der Spurensicherung, das Wohnhaus war zum zweiten Mal innerhalb von vierundzwanzig Stunden abgesperrt. Vereinzelt brannte hinter den Fenstern Licht. Frühschicht oder Neugierde, wer wusste das schon so genau.

»Wir werden viel zu tun haben und dürfen keine Zeit verlieren. Deshalb möchte ich, dass du nach Malmö fährst.«

»Klar, ich kann am Vormittag mit dem Zug …«

»Nein, ich meine jetzt. Jetzt sofort. Direkt von hier aus. Wir dürfen keine losen Enden zulassen. Nicht, wenn wir es mit gleich zwei Ermittlungen zu tun haben. Denn genau wie du kann ich mir nicht vorstellen, dass die Überfälle auf die Frauen etwas mit der alten Frau und der Krähe zu tun haben. Aber wir dürfen die Überfälle nicht hintanstellen, der Mann wird wieder zuschlagen. Und die nächste Frau wird nicht so viel Glück haben wie Maja Tschorpik.«

Das war der Moment gewesen, als Ludger Palm etwas gespürt hatte, tief im Innern. Etwas, das er sehr lange nicht mehr empfunden hatte: Jagdfieber.

Also war er losgefahren. Keine Diskussionen, keine Bürokratie, einfach nur Ermittlung. Er hatte die ganze Zeit darauf gewartet, jahrelang über die oftmals so lähmende Verwaltung im Präsidium geflucht. Und hier öffnete sich plötzlich eine Tür, die er nur zu gern sperrangelweit aufstoßen wollte. Er war Richtung Norden gefahren, durch flaches Land, bis zu seiner Rechten der Schimmer des neuen Tages zu sehen war. Er hatte die erste Fähre nach Dänemark genommen, hatte an der Reling gestanden und die Kälte im Gesicht gespürt, sie hatte ihn wachgerüttelt, während unter ihm die Wellen gegen die Außenwand des Schiffes schlugen.

Dann die dänischen Inseln, die Windräder auf Lolland, eine nahezu leere Autobahn, auf der er seine Gedanken sortieren konnte. Er würde Hannah Sandström endlich persönlich befragen, das erste Opfer des brutalen Triebtäters in der Siedlung. Er konnte versuchen, Verbindungen herzustellen zu den anderen beiden Opfern. Er konnte hoffen, dass da etwas war, das er mit nach Hause bringen konnte. Denn eines war ihm vollkommen klar: Er wollte beweisen, dass er in diesem Team richtig war.

Nachdem er es durch den morgendlichen Verkehr im Süden von Kopenhagen geschafft hatte und gerade Richtung Øresund den Flughafen passierte, klingelte sein Handy. Es war eine schwedische Nummer.

»Hier spricht Ludger Palm.«

»Guten Morgen, Herr Palm. Mein Name ist Astrid Bengtsson, von der Polizei in Malmö. Uns wurde gesagt, dass sie unterwegs sind und womöglich Hilfe benötigen.«

Er runzelte die Stirn, dann erinnerte er sich, dass Frauke Ibsen etwas von »Amtshilfe« erzählt hatte, um die sie sich kümmern wolle. Offensichtlich war sie erfolgreich gewesen.

»Es freut mich, dass sie anrufen, Frau Bengtsson. Ja, es ist richtig, wir sind auf der Suche nach einer Hannah Sandström. Sie ist gemeldet in …«

»Keine Sorge, wir wissen, wen sie suchen. Ich habe mich gleich hingesetzt und recherchiert. Es gibt zwar unzählige Hannah Sandströms in Schweden, aber nicht so viele, die Grundschullehrerin in Malmö sind und erst vor einem halben Jahr aus Deutschland in die Stadt gezogen sind.«

»Das sind ja gute Nachrichten. Wo können wir uns treffen? Ich fahre gerade von Dänemark aus auf die Brücke, die ist ja wirklich gewaltig.«

Er hörte sie kurz auflachen, sie hatte eine warme Stimme, und er mochte ihren schwedischen Akzent, wenn sie Englisch sprach.

»All right, dann genießen Sie die Aussicht und kommen Sie in die Fridhemstorget. Es gibt dort ein Café, wir können uns kurz besprechen. Die Schule, an der Hannah Sandström unterrichtet, ist nicht weit entfernt. Bis nachher.«

»So machen wir es, ich freue mich!«

Kurz darauf tat sich die Weite des Belts zwischen Dänemark und Schweden vor ihm auf. Die Brücke führte ihn geradewegs hinein in einen grauen Schleier, Graupel legte sich auf seine Windschutzscheibe. Gewaltige Pfeiler und gespannte Stahlseile schienen aus dem Nichts zu wachsen. Unter sich spürte Ludger das leichte Vibrieren der Konstruktion, als ein Schnellzug unterhalb der Fahrbahn in Richtung Malmö rauschte.

Irgendwo vor ihm lag Schweden. Und vielleicht eine neue Spur, die Licht ins Dunkel bringen würde.

*

Jakob war müde, natürlich. Seit er sich gestern von Filip und Mariella verabschiedet hatte, hatte er quasi nicht geschlafen.

Er stand im Duschraum des Präsidiums und betrachtete sich im Spiegel, während kaltes Wasser über seine Handgelenke floss. Die grauen Strähnen waren eindeutig mehr geworden, auch im Bart. Neben ihm am Haken hing ein frisches Hemd. Er hatte es aus dem Koffer im Auto gefischt, um den Anschein von Kontrolle über sein Leben zu wahren und bei seinem Start ins neue Berufsleben wenigstens optisch eine gute Figur abzugeben. Die vergangenen vierundzwanzig Stunden hatten ihm, Mila und dem Rest des Teams gezeigt, dass vor ihnen keine einfache Aufgabe lag.

Jakob klatschte sich Wasser ins Gesicht. In seinen Ohren rauschte es, er unterdrückte ein Gähnen und streckte sich.

»Genau dafür bist du hier«, sagte er leise und streifte das Hemd über. »Mach einfach nur deine Arbeit.«

Zurück im Großraumbüro unterm Dach stopfte er das alte Hemd in die Schublade seines Schreibtischs und warf einen kurzen Blick auf Filips Zeichnung. Er lächelte und sah, wie Mila ihn von ihrem Platz aus nachdenklich betrachtete.

»Alles in Ordnung?«, fragte er. Auch sie sah müde aus, sie nickte nur stumm.

»Ja, ich habe nur nachgedacht.«

»Über den Fall?«

»Welchen meinst du genau?«

Jakob sah zur Wand im hinteren Teil des Raumes, wo Frauke mehrere Fotos aufgehängt hatte. Fotos von Maja Tschorpiks Wohnung, von ihr selbst. Dann Bilder von Hannah Sandström und Selma Prolavam, den beiden ersten Opfern.

Und natürlich Irene Nowak.

Auch die Krähe war dabei.

Und das, was sie angerichtet hatte.

Dafür, dass die *Gruppe 4* gerade mal einen Tag alt war, hingen zu viele Fotos an der Wand.

»Was hältst du von einem kurzen Frühstück in der Kantine?«, fragte Mila. »Die anderen sind unterwegs, Frauke hat mir den Bericht über die Krähe dagelassen, den können wir auch bei einer Tasse Kaffee studieren.«

Jakob nickte, starrte jedoch weiterhin auf die Bilder, suchte nach Verbindungen. Aber noch konnte er keine Linien ziehen. Nur in einem war er sich sicher.

»Es sind zwei völlig unterschiedliche Verbrechen«, sagte er. »Wir müssen sie voneinander trennen, uns aufteilen. Und mein Gefühl sagt mir, dass das hier uns am meisten Sorgen machen sollte.«

Sein Finger lag auf einem Foto, das die tote Krähe auf der Metallbahre in der Rechtsmedizin zeigte.

»›Schaut nach oben!‹«, murmelte Jakob. Unweigerlich hob er den Blick, sah aber nichts, außer einer einigermaßen akkurat gestrichenen Zimmerdecke.

»Ich schau jetzt nach unten, komm schon«, sagte Mila und stand auf.

In der Kantine war es noch leer, einige Kollegen beendeten ihre Nachtschicht mit einer Tasse Kaffee, an einem der Tische erkannte Jakob Lasse und winkte ihm zu. Sein ehemaliger Kollege und loyaler Mitstreiter im *Charlies* saß mit zwei anderen

Zivilpolizisten an einem Tisch und schaufelte blasses Rührei in sich hinein.

»Milch, aber kein Zucker«, sagte Mila zu Jakob, der gerade eine Münze in den Kaffeeautomaten steckte, und setzte sich.

»Die Liste mit Dingen, die wir voneinander wissen, wächst allmählich.«

»Dann sollten wir auch hier ein bisschen Tempo reinbringen, was meinst du?« Überrascht sah Jakob sie an, während er zwei Pappbecher auf den Tisch stellte.

»Das hört sich fast an wie ein Speed-Dating«, sagte er mit einem Lächeln, das aber schnell verschwand, als er Milas ernsten Gesichtsausdruck sah. Sie schob die Akte mit den Informationen über die Krähe zur Seite und setzte sich aufrecht hin.

»Nenn es, wie du willst. Ich nenne es: Fokus. Wir leiten die *Gruppe 4* gemeinsam, wir haben eine tote Frau, die nach ihrem Ableben noch durch die Siedlung spaziert ist und einkaufen gegangen ist. Und wir haben eine Krähe, die ganz offensichtlich genau das tun sollte, was sie eben getan hat: Fressen.«

Jakob nahm einen Schluck der pechschwarzen Brühe in seinem Becher und verzog das Gesicht.

»Der schmeckt immer noch genauso schlecht wie früher. Okay, wir haben wirklich Druck, das sehe ich genauso. Wir dürfen diesen Fall – oder besser gesagt: die beiden Fälle – nicht in den Sand setzen. Aber was hat das mit Speed-Dating zu tun?«

»Wir werden in den nächsten Tagen sehr wenig Zeit haben, uns näher kennenzulernen. Wir werden uns während der Ermittlungen aufeinander verlassen müssen. Und das geht erfahrungsgemäß am besten, wenn wir viel übereinander wissen. Nicht alles, keine Sorge.«

»In Ordnung«, sagte er. »Warum nicht. Eine schnelle Fragerunde, und dann kümmern wir uns um die Krähe in der Akte, richtig?«

»Fast. Du kümmerst dich. Ich muss mit dem Kerl dahinten reden, wie heißt er noch gleich?«

Überrascht drehte Jakob den Kopf.

»Du meinst Lasse? Willst du dich bei ihm entschuldigen?«

»Entschuldigen? Nein, wirklich nicht. Aber das spielt jetzt keine Rolle. Ich kann seinen Restalkohol bis hier riechen. Fängst du an?«

Jakob nickte und überlegte kurz.

»Okay, dann wollen wir mal. Wie lange haben wir?«

»Fünf Minuten«

»Nicht viel. Mal sehen ... wo wohnst du, hast du schon eine Wohnung?«

»Ich wohne in einer Pension nicht weit von hier. Ich kam noch nicht dazu, mir etwas zu suchen. Lieblingsfarbe?«

»Wie bitte? Klingt ja fast wie auf einem Kindergeburtstag ...«

Mila nahm einen Schluck Kaffee.

»Komm schon, einfach antworten, die Uhr tickt. Lieblingsfarbe.«

Er überlegte kurz.

»Blau. Und deine?«

»Weiß.«

»Wegen deines Namens?«

»Nein, wegen der Farbe. Hast du schon mal jemanden erschossen?«

»Die klassische Frage an einen Polizisten. Nein, habe ich nicht. Und du?«

»Du stellst immer die gleiche Frage zurück.«

»Deine Fragen sind einfach zu gut, also übernehme ich sie. Also, hast du?«

Mila zögerte einen Moment und blickte sich im Raum um, hinüber zu den Kollegen, die sich lautstark unterhielten.

»Ja, habe ich. Ein Mal. Geschossen mehrfach. Aber nur einmal mit Todesfolge.«

»War es Notwehr?«

»Immer nur eine Frage, jetzt bin ich dran. Liebst du deine Familie?«

»Sehr. Also, war es Notwehr?«

Sie lehnte sich zurück und sah ihn direkt an.

»Du verpasst die Chance, möglichst viel über mich herauszufinden.«

»Ich will nur das Wichtigste herausfinden. Erst mal. Ich mag das Spiel.«

»Wer hat gesagt, dass es ein Spiel ist? Nein, es war keine Notwehr. Es war … ich konnte jemanden retten dadurch.«

»Okay.«

Jakob zog die Akte zu sich heran. Aber Mila war noch nicht fertig.

»Warum nimmst du in Kauf, deine Familie so selten zu sehen? Wenn du sie doch so sehr liebst.«

Ihre Frage kam schnell und hart. Jakob wusste, dass er sie beantworten musste.

»Ich versuche, sie so oft es geht zu sehen.«

»*So oft es geht* ist nicht oft.«

Er spürte den wunden Punkt, den sie getroffen hatte.

»Ich bin Polizist, so wie du. Ich bin gut darin. Und Mariella hat auch ihren eigenen Job.«

Er sah, wie sie zögerte, wie sie überlegte, ob sie weiterbohren konnte. Er kam ihr zuvor.

»Wen hast du gerettet?«, fragte er. »Als du jemanden erschossen hast, wen hast du dadurch gerettet?«

Sie atmete langsam aus. Sah ihn an. Und ihm wurde klar, dass er eine Linie überschritten hatten, eine Linie, hinter die er womöglich nicht mehr zurücktreten konnte.

»Ich habe dadurch zwei Mädchen gerettet.«

Sie brauchte einige Sekunden, um sich wieder zu fassen. Und ihre letzte Frage zu stellen.

»Was ist deine größte Angst?«

Das war einfach für ihn.

»Meine Familie zu verlieren.«

Sie nickte langsam und legte den Kopf etwas zur Seite.

»Okay, dann war das unser erstes Speed-Dating. Mal sehen, ob …«

»Ich habe noch eine Frage«, sagte Jakob.

Mila zuckte mit den Schultern.

»Also gut, Bonusfrage. Schieß los.«

»Für wen hast du zuletzt Cello gespielt?«

Mila antwortete zuerst nicht. Ihre Augen füllten sich mit Tränen, sie griff nach dem Becher, starrte auf die Tischplatte.

»Für die beiden Mädchen.«

*

Er war noch immer wütend. In seinem Kopf rauschte es. Er konnte die Dunkelheit, die ihn umgab und die die Wut nur weiter nährte, fast spüren. Zudem hatte er sich an der Hand verletzt, als er durch das kleine Fenster nach draußen geklettert war, um Elif zu entkommen. Sie hatte gerufen und war hartnäckig geblieben.

»Ben? Was soll das, komm raus! Ben!«

Aber Ben musste sterben, in dem Augenblick, in dem er seinen Fehler bemerkt hatte. Er war zu langsam gewesen, hatte seinen Triumph zu sehr genossen, war unvorsichtig geworden. Natürlich war sein Outfit perfekt, die Haarfarbe, die Klamotten. Aber immer nur aus der Distanz. Niemals würde es der direkten Konfrontation mit einer Freundin standhalten. Und genau deshalb hätte er vorsichtiger sein müssen. Elif hatte nicht lockergelassen, sie hatte ihn verfolgt, und nun schmerzte seine Hand. Und doch war dieser Schmerz nichts im Vergleich zu jenem, den er im Innern verspürte. Wenige Minuten nur hatte sein vollkommenes Glück gedauert, jemand anderes zu sein, Ben zu sein. Ein junger Mann in der Blüte seines Lebens, mit Freunden und einem ganz normalen Alltag. Uni, Einkaufen, Lernen, Sport, Partys.

All das, was er nie gehabt hatte.

Und jetzt war er hier, im kalten Stadtpark, und sein Atem verlor sich in der Luft. Er stand auf der geschwungenen Brücke, die über einen kleinen Bach führte, Äste trieben im Wasser. Eine blasse Sonne schien ihm ins Gesicht, er hatte den Reißverschluss von Bens teurer Winterjacke geöffnet und den Schal ausgezogen.

Er atmete schwer, hatte die Augen geschlossen und war konzentriert auf seine eigene Dunkelheit, die ihn fest im Griff hatte.

Er war so dicht dran gewesen. Es hätte alles …

»Elias?«

Die Stimme drang nur schwach zu ihm durch, seine Finger krampften sich um das feuchte Brückengeländer, er spürte sein Herz, das schlug, aber nicht hüpfte, so wie heute Morgen an der Uni. Als er noch Ben gewesen war.

»Elias? Ist alles okay?«

Er blinzelte, zwang sich, in das Hier und Jetzt zurückzukehren, sich von seiner Wut und von den Stimmen der Kinder in seinem Kopf zu lösen, die ihn verhöhnten und die für immer eingebrannt sein würden in seiner Seele.

»Luisa.«

Er krampfte sich weiterhin am Geländer fest, während er sie anlächelte, unsicher, was er tun sollte. Sie trug dunkelblaue Laufhosen und eine rote Sportjacke. Ihre Haare waren zu einem Zopf zusammengebunden, er sah, dass sie angestrengt war, ihr Gesicht war gerötet, aber ihre Augen blitzten. Sie hatte ihre weißen Kopfhörer aus den Ohren gezogen und sah ihn an.

»Ich wäre fast an dir vorbeigelaufen«, sagte sie. »Die Jacke … du hast sonst immer eine andere an.«

Elias wusste nicht, was er antworten sollte, unbeholfen wischte er seine feuchten Handinnenseiten an seiner Hose ab.

»Ich … ach so, ja. Ich habe sie mal gekauft, aber ich trag sie nicht so gerne.«

»Sieht aber super aus. Und teuer.«

Sie lächelte, er sah, dass auch sie unsicher war.

»Hast du deine Haare gefärbt?«, fragte sie plötzlich.

Elias fluchte innerlich, spürte, wie er anfing zu schwitzen. Er hatte zu Hause zwar die Haare wieder in den ursprünglichen Ton gefärbt, war aber nicht sorgfältig genug gewesen. Jetzt stand er vor ihr, mit einigen wenigen blonden Strähnen, mit seiner Wut und seiner Enttäuschung über den Vormittag an der Uni. Und er hatte noch Bens Jacke an.

»Äh … ja, war nur so ein Versuch. Hat aber nicht geklappt.«

Sie betrachtete ihn aufmerksam.

»Ich finde es nicht so schlecht. Es macht dich irgendwie … ach, egal, also: Schön, dich zu sehen.«

Ein Anflug von Röte huschte über ihr Gesicht.

Elias fuhr sich durchs Haar und sah sich um.

»Ja, ähm … warst du Laufen?«

Sie blickte an sich herab und lachte: »Na ja, zumindest habe ich mich fürs Laufen angezogen. Jetzt keuche ich seit einer halben Stunde durch den Park und wollte schnell nach Hause. Wir haben in einer Stunde Dienstbeginn.«

Erschrocken sah Elias auf die teure Armbanduhr, die er am Handgelenk trug. Sie gehörte Ben, natürlich. Und er fluchte, weil er schon wieder unvorsichtig gewesen war. Und weil seine Wut ihn viel zu lange beschäftigt hatte.

»Ach, verdammt, ich habe den Morgen komplett verbummelt«, sagte er.

»Bist du öfter hier im Park?«, fragte sie.

»Ich? Na ja, ab und zu vielleicht. Also ... ja, doch, ich komme hier schon her, zum Nachdenken und so.«

»Nachdenken? Über was denkst du nach?«

Es wurde nicht besser, er fand keinen Boden in diesem Gespräch. Sie lächelte, war nett, zugewandt, sie mochte ihn.

Und er war völlig verloren, wie immer, wenn er mit Menschen sprach und es um ihn selbst ging.

»Ich ... ach, über alles Mögliche. Den Job und so.«

»Na, über den versuche ich so wenig wie möglich nachzudenken«, antwortete sie prompt und deutete in Richtung der Straße.

»Wollen wir vielleicht schnell einen Kaffee trinken, bevor wir zur Arbeit gehen? Dahinten gibt es ein Café, ich wohne nur eine Straße weiter, du könntest dich einfach schon mal hinsetzen, ich dusche schnell und komme nach. Ich ... oh Gott, war das eine blöde Idee? Entschuldige, ich wollte nur ...«

Elias starrte sie entgeistert an, ohne die Kontrolle über seine Überraschung zurückzugewinnen. Er spürte, wie die Dunkelheit sich auflöste, wie sein Herz hüpfte, wie er ruhig und sicher wurde.

Noch nie hatte ihn jemand gefragt, ob er einen Kaffee trinken wollte.

»Nein!« Seine Stimme war zu laut, Luisa zuckte. »Entschuldige, ich bin heute Morgen etwas ... also, nein, ich meine: Ja. Sehr gerne.«

Sie lachte nervös und fügte hinzu: »Ich hoffe, die haben heute auf.«

Und genau damit begann das Problem. Nicht sosehr für Luisa, sondern für Elias. Denn tatsächlich hatte das kleine Café in einer Seitenstraße des Stadtparks geschlossen.

»Ruhetag«, murmelte er und sah sich unschlüssig um.

Luisa biss sich auf die Unterlippe und betrachtete ihn von der Seite.

»Für ein anderes Café ist es zu spät, Batschalek kriegt einen Anfall, wenn wir beide zu spät kommen. Er könnte ja ein Millionengeschäft verpassen, zumindest bei dir. Ich bin eher so eine mittelmäßige Verkäuferin am Telefon.«

»Das stimmt nicht, du bist hervorragend!«

Sie lachte, zitterte aber schon sichtlich.

»Okay, ich muss ins Warme. Und ich habe oben eine Kaffeemaschine, nichts Tolles, aber er schmeckt okay. Ich schlage vor, ich dusche schnell und du machst uns Kaffee. Dann schaffen wir es noch.«

»In Ordnung.«

So einfach. So unkompliziert.

Er hatte viel von Ben gelernt, allein in dieser kurzen Zeit, die sie miteinander verbracht hatten.

Luisa wohnte direkt um die Ecke, im Dachgeschoss eines Mehrfamilienhauses. Sie gab einen Code an der Tür ein, den Elias sich instinktiv merkte, und führte ihn durch das Treppenhaus. Es roch nach Bohnerwachs, Radiomusik war aus einer der Wohnungen zu hören.

»Alle Welt hört jetzt Harry Styles, schon verrückt«, plapperte sie. »Ich habe das Lied jetzt schon ein paarmal zu oft gehört. Was hörst du so?«

Er wusste nicht, was er antworten sollte, denn die Wahrheit war: Er hatte keine Ahnung. Er hatte genauso wenig eine Lieblingsband, wie er ein Lieblingsgericht hatte. Er hatte keine Lieblingsfarbe, auch keinen Ort, an dem er sich besonders wohlfühlte. Keinen Fußballverein, keinen Promi, er hatte auch kein Lieblingstier.

Er dachte an das CD-Regal bei Ben, er hatte es kaum beachtet. Er erinnerte sich nur an die CD-Hülle auf der Anlage.

»Ich mag Nirvana«, sagte er, als sie das oberste Stockwerk erreichten.

»Oh, die sind natürlich auch super«, antwortete Luisa mit

einem kleinen Zittern in der Stimme. Womöglich bereute sie ihre spontane Idee, ihn mit in ihre Wohnung zu nehmen.

Und womöglich lag sie damit viel richtiger, als sie ahnen konnte.

»Na dann, come as you are.« Sie hielt ihm die Tür auf, während er sie irritiert ansah.

»Der Song«, sagte sie verunsichert. »Nirvana?«

Wieder ein Fehler, dachte er. Er musste sich besser vorbereiten, mehr Dinge beachten, vorsichtiger sein.

»Ah, natürlich. Schön hast du es hier.«

»Na ja, es ist vor allem klein. Für den Kaffee steht alles in der Küche. Sorry für das schmutzige Geschirr, ich bin manchmal einfach zu faul. Ich bin sofort wieder da.«

Luisa verschwand in einem kleinen Gang, der offenbar zu ihrem Schlafzimmer führte. Er hörte sie mehrere Schubladen aufziehen, während er die Kaffeemaschine anschaltete.

Sein Blick ging durch die kleine Wohnung, die gemütlich war und in der er sich wohlfühlen könnte. Die Küche war kaum mehr als eine Nische in der Wand, der verbleibende Raum war mit einem kleinen Sofa samt dazugehörigem Beistelltisch möbliert. Auf dem kleinen weißen Schreibtisch in der Ecke entdeckte er einige gerahmte Fotos. Er betrachtete sie eingehend, während hinter ihm die Maschine aufheizte. Eines zeigte ein flache Moorlandschaft mit einem Bauernhaus. Auf einem anderen war eine junge Frau zu sehen, sie war Luisa ähnlich und auf den ersten Blick nur wenige Jahre älter. Dann eine Anhöhe mit einem Baum, im Hintergrund ein dunkles Haus. Auf dem letzten Foto mehrere Mädchen, eines davon Luisa, bei einer Schulabschlussfeier. Sie wirkte fröhlich, ausgelassen. Er beneidete sie.

»Ich wette, Batschalek hat heute das gleiche Hemd an wie gestern. Und stinkt nach Schweiß.«

»Auch so wie gestern.«

Er hörte sie lachen.

»Allerdings.«

Sie war ins Bad gegangen und hatte die Dusche aufgedreht. Und sie hatte nicht abgeschlossen, das hätte er gehört.

»Der Kaffee ist links oben im Küchenschrank!«, rief sie.

Während er das Kaffeepulver in einen Filter schüttete, kroch ein dunkler Gedanke in ihm hoch. Er fand zwei weiße Tassen im Schrank.

»Milch ist im Kühlschrank!«

»Okay.«

Nichts war okay. Gar nichts.

Das merkte er jetzt, als er das gerahmte Bild an der Wand sah. Starr blickte er es an, die Tassen noch in der Hand.

Er atmete langsam ein. Und aus.

Die Krähe sah ihn an.

Es war eine simple Bleistiftzeichnung, mit sanftem Schwung und feiner Linie. Der Vogel war nicht dunkel, sondern rötlich, warm, der Schnabel leicht geöffnet, der Blick dem Betrachter zugewandt.

Er spürte sein Herz klopfen, sein Blut rauschen.

Und er hörte die Kinder, ihre Rufe in seinem Kopf, wie sie spielten und lachten.

Er sollte nicht hier sein.

Langsam stellte er die Tassen auf dem Küchentresen ab, schluckte schwer. Er dachte an Ben.

Die Wut war noch immer da. Auf sich. Auf die anderen.

Er bemerkte gar nicht, dass er jetzt nicht mehr bei der Kaffeemaschine stand, sondern im Flur, nur wenige Meter von der Badezimmertür entfernt. Das Wasser rauschte, vielleicht war es auch das Blut in seinem Kopf, das die Adern flutete, heiß und dampfend.

Langsam, während das Dunkle ihn überspülte, ihn fortriss,

bewegte er sich auf die Tür zu. Er zitterte, atmete schwer, während er versuchte, ruhig zu bleiben.

Aber es war zu spät.

Seine Hand lag jetzt auf der Klinke. Die Tür war nur angelehnt, er konnte die kleine Duschkabine sehen, die Scheibe war beschlagen, so dass er nur Luisas Umrisse erahnen konnte. Es war heiß im Bad, Dampf drang in den Flur.

Er schob die Tür einen Zentimeter weiter auf und sah die Kinder im Nebel spielen. Das Haus. Er hörte die Schritte auf der Treppe und das Scharren der Vögel auf dem Dach.

Er war Irene Nowak. Er war Ben Richter. Und jetzt würde er …

»Elias?«

Er zuckte zusammen, als sie nach ihm rief. Sie hatte ihn noch nicht entdeckt. Er sollte nicht hier sein.

»Elias?«

Luisa öffnete die Tür der Duschkabine und griff nach einem Handtuch. Sie trocknete sich ab, schlang es um ihren Körper und ging in ihr Schlafzimmer, um sich anzuziehen.

»Bist du verschwunden?«, rief sie, als sie schließlich barfuß ins Wohnzimmer kam, während sie ihre Haare trockenrubbelte.

»Hey, ich dachte kurz, du bist gegangen.«

Elias stand mit dem Rücken zu ihr, die Augen geschlossen. Er hatte ihre großen Kopfhörer aufgesetzt, die auf dem Sofa gelegen hatten und die mit einer kleinen Musikanlage verkabelt waren. Er wiegte sich im Takt der Musik. Als sie ihm auf die Schulter tippte, zuckte er zusammen.

»Oh, sorry … es ist nur … ich wollte nur wissen, was du so hörst«, stammelte er.

Sie lächelte ihn an.

»Der Kaffee ist fertig, vielen Dank.« Sie griff nach einer Tasse und nahm behutsam einen ersten Schluck. Elias setzte sich mit seiner Tasse zu ihr aufs Sofa. Für einen Moment sprach keiner von ihnen, sie waren zwei verlegene junge Menschen, die sich sympathisch waren und die in einer kleinen Dachgeschosswohnung Kaffee tranken, während draußen der Regen einsetzte.

Und während Elias noch immer die Klinke der Badezimmertür in seiner Hand spürte, dachte er, dass er das Leben, das Luisa führte, sehr mochte.

*

Die Bokgatan war eine ruhige Straße im Malmöer Viertel Annelund. Alles schien aufgeräumt an diesem Ort, die Bäume und Hecken waren gestutzt, die Bürgersteige sauber, und als ein E-Auto durch die verkehrsberuhigte Straße fuhr, kam Ludger Palm sich vor wie in einem Werbespot.

»Da vorne ist die Grundschule, von der ich dir erzählt habe. Wir sind angemeldet.«

Astrid Bengtsson hatte sich nicht nur als gut vorbereitete Verbindungsbeamtin herausgestellt, sondern vor allem als humorvolle und charmante Frau. Sie war etwas jünger als er, hatte kurze braune Haare, einige Sommersprossen auf den Wangen, vor allem aber ein breites freundliches Lächeln. Sie arbeitete seit fünfundzwanzig Jahren für die Malmöer Polizei.

»Hannah Sandström hat jetzt noch Unterricht, aber die Direktorin will uns einen Raum zur Verfügung stellen und eine Vertretung organisieren. Dort drüben geht es rein.«

Eine Frau in einem beigen Hosenanzug und einer weißen Bluse kam im Foyer der Schule mit festen Schritten auf sie zu und begrüßte sie mit offenem Blick, als sie ihnen die Hand entgegenstreckte.

»Ich bin die Direktorin der Grundschule«, sagte sie auf Englisch. »Willkommen in Malmö, Herr …«

»Palm. Vielen Dank, dass wir so spontan vorbeikommen können, wir wissen das wirklich zu schätzen.«

»Sehr gerne. Frau Bengtsson hat mir am Telefon nicht alles erzählt, nur dass Sie unsere Kollegin im Rahmen einer Ermittlung dringend sprechen müssen?«

Ludger war froh, dass in Schweden alle wie selbstverständlich Englisch sprachen, es erleichterte ihm die Arbeit. Ungern hätte er sich auf die Übersetzungen von Astrid verlassen.

»Wir befragen Frau Sandström nur als Zeugin«, erklärte er. »Sie sagten, Sie hätten einen Raum für uns?«

»Oh ja, natürlich. Folgen Sie mir. Ich gehe Hannah dann holen, sie ist in zehn Minuten ohnehin mit dem Unterricht fertig.«

Kurz darauf saßen die beiden Ermittler in einem Klassenraum, es roch nach Putzmittel, alles war sauber und ganz anders, als Ludger seine eigene Schulzeit in Erinnerung hatte. Er blickte durch ein großes Fenster in den Innenhof, einige kahle Bäume verloren sich auf dem Asphalt, die Blätter schon seit langem fortgeweht. Astrid stellte sich neben ihn, und gemeinsam beobachteten sie einen Hausmeister, der kopfschüttelnd etwas Müll vom Boden aufklaubte.

»Das hier ist das ganz normale Leben«, sagte er leise, er wusste nicht, warum ihm Astrid, die er kaum kannte, schon so vertraut war. »Ein Schulhof, ein Hausmeister, Kinder in Klassenzimmern. Und dann beschließt eine junge Lehrerin, etwas Neues zu wagen, ein anderes Land, der Liebe wegen. Bis jemand an ihre Tür klopft und alles irgendwie …«

»… dunkel wird«, ergänzte Astrid neben ihm leise. »Aber so ist das Leben nun mal, es macht keinen Sinn, zu sehr darüber nachzudenken.«

In diesem Moment klopfte es auch schon.

Ludger Palm erkannte Hannah Sandström sofort, auch wenn die Blutergüsse im Gesicht natürlich längst verschwunden waren. Die Verletzungen nach der Tat waren einer Stille gewichen, die für Ludger fast greifbar war, als die Frau den Raum betrat. Sie war zierlich, dünner als auf den Fotos. Sie trug ein einfaches blaues Kleid, ihre blonden Haare waren zu einem Knoten zusammengesteckt. Zuerst unsicher, dann entschlossen, kam sie durch den Raum auf sie zu. Ludger hatte immer wieder mit Opfern von Verbrechen zu tun gehabt, Frauen, die nach einem Überfall, einer Vergewaltigung oder auch einem Tötungsversuch durch den eigenen Ehemann vor ihm gesessen hatten.

Und für sie alle galt das Gleiche: Es gab ein Davor und ein Danach. Sosehr sie sich auch anstrengten, sosehr sie sich bemühten, das Leben wieder zuzulassen, es gab Narben, die für immer blieben.

»Guten Tag, Frau Sandström«, sagte er. Er reichte ihr nicht die Hand. Er wusste nicht, wie sie auf die Berührung eines Mannes reagieren würde, und er hatte den Eindruck, dass sie ihm dankbar war.

Hannah Sandström räusperte sich und glättete ihr Kleid, sie war nervös und wollte dieses Gespräch ganz offensichtlich schnell hinter sich bringen.

»Ist es in Ordnung, wenn wir Deutsch sprechen?«

»Natürlich«, sagte sie leise, es war fast ein Flüstern.

»Danke, dass wir Sie besuchen dürfen. Wir haben versucht, Sie telefonisch zu erreichen, aber …«

»Ich weiß, es tut mir leid. Ich wollte nicht … ich konnte mir nicht vorstellen …«

»Kein Problem, Frau Sandström, das ist völlig in Ordnung. Aber jetzt sitzen wir ja hier, nur das ist wichtig. Was hatten Sie gerade für eine Klasse?«

»Eine vierte.« Sie war noch immer verschlossen und misstrauisch.

»Ist es eine gute Klasse? Ich meine, ich war selbst kein Vorzeigeschüler. Ich nehme an, solche gibt es auch hier in Malmö?«

»Oh, da liegen Sie völlig richtig. Die gibt es vermutlich überall.«

Sie lächelte und schien sich etwas zu entspannen, während sie zu erzählen begann, von ihrem Alltag, von der Schule und dann auch von der Zeit, als sie aus Deutschland zurückgekommen war. Ludger machte sich Notizen. Es war ein gutes Gespräch. Draußen stürmten währenddessen Kinder in den Innenhof, um ihre Pause auszunutzen. Er stellte weitere Fragen zu Hannah Sandströms Aufenthalt in Deutschland, zu ihrem Leben in der Siedlung, die sie eigentlich gemocht hatte, weil es sie an ihre eigene Kindheit in Malmö erinnerte.

»Sie wissen, dass der Mann erneut eine Frau überfallen hat?«, fragte Ludger nach einigen Minuten. Sie nickte wortlos.

»Deshalb ist es wichtig, dass Sie noch mal sehr genau überlegen, ob es etwas gibt, was den Kollegen weiterhelfen könnte«, sagte Astrid Bengtsson und lächelte ihr ermutigend zu.

»Natürlich … aber ich habe ja bereits alles gesagt …«

»Und das war genau richtig«, beschwichtigte Ludger sie. »Ich würde vorschlagen, ich stelle Ihnen ganz einfache Fragen, und Sie antworten darauf. Denken Sie in Ruhe nach, okay? Wir haben Zeit.«

»Einverstanden. Ich werde es versuchen.«

»Sie machen das ganz hervorragend. Also, ich fange einfach mal an. Was haben Sie gemacht, an dem Abend. Erinnern Sie sich daran?«

Sie schluckte schwer, dann nickte sie.

»Ich habe Arbeiten korrigiert. Mathe, das fiel mir leichter, weil es ja weniger um die deutsche Sprache geht.«

»Wie lange?«

»Bis … etwa bis um elf. Dann habe ich mich umgezogen und war im Bad.«

»Sie haben Zähne geputzt, sich abgeschminkt, etwas in der Art?«

»Ja, genau.«

»Haben Sie Musik gehört dabei? Oder Nachrichten?« Es war keine wichtige Frage, aber er spürte, dass Hannah Sandström sich verkrampfte. Jetzt lächelte sie kurz.

»Ja, ich höre immer Musik im Bad. Ich habe eine kleine Box, auch hier in Malmö.«

»Was hören Sie für Musik?

»Ich habe *The National* gehört. Das weiß ich noch genau. Nach der Nacht konnte ich das Lied ewig nicht mehr hören, aber ich will es mir nicht wegnehmen lassen. *Fireproof* heißt es. Dann habe ich das Kind gehört.«

Ludger hob überrascht den Kopf. Davon hatte im Vernehmungsprotokoll nichts gestanden.

»Ein Kind? Sie meinen ein schreiendes Kind, aus einer Nachbarwohnung?«

Aber die Lehrerin schüttelte den Kopf.

»Nein, da waren keine Kleinkinder in den Wohnungen nebenan, das weiß ich noch. Nein, ein Mädchen, im Treppenhaus. Es hat nach seiner Mutter gerufen.«

»Sie haben damals nichts von einem Kind erzählt«, sagte er behutsam. »Sind Sie sich ganz sicher?«

Sie überlegte kurz, dann nickte sie.

»Ja, ganz sicher. Ich weiß noch, dass ich mich gewundert habe, wegen der Uhrzeit. Also, dass da noch ein Kind unterwegs ist.«

»Wissen Sie noch, was das Kind gerufen hat?«

»Es hat nach seiner Mutter gerufen, deswegen habe ich ja die Tür aufgemacht, als es geklopft hat. Es klang nicht traurig, eher aufgekratzt, ich dachte, dass es sich vielleicht im Stockwerk geirrt hat.«

»Wie alt war das Kind, der Stimme nach?«, fragte Astrid.

»Ich kenne mich ja mit kleinen Kindern aus. Ich würde sagen: nicht älter als acht. Ja, auf keinen Fall älter.«

»Aber da war kein Kind vor der Tür.«

Ludger sprach diesen Satz behutsam aus, aus Angst, dass Hannah Sandström sich wieder verschließen würde.

»Nein, da war kein Kind.«

Kein Kind, sondern ein Mann, der sein Gesicht hinter einer schwarzen Sturmhaube verborgen hatte.

Und dann hatte es begonnen.

Mit stockender Stimme erzählte Hannah Sandström von jener Nacht in der Siedlung, während Ludger und Astrid nur ab und zu vorsichtig nachfragten. Draußen waren die Kinder mittlerweile wieder in ihre Klassen zurückgekehrt, es war still im Innenhof, und über den Dächern von Malmö lag eine bedrückende Schwere. Nur die dünne Stimme der Lehrerin war zu hören, so lange, bis nichts mehr kam.

»Das war sehr tapfer von Ihnen«, sagte er und lächelte die Lehrerin an.

»Wird es Ihnen denn weiterhelfen?«

Ludger zögerte kurz.

»Vielleicht. Vielen Dank jedenfalls für Ihre Offenheit. Sie können mich jederzeit anrufen, wenn Ihnen noch etwas einfällt.«

Er legte seine Karte auf den Tisch und gab Astrid ein Zeichen, während er aufstand. Hannah Sandström schien erleichtert zu sein, ihr Gesicht hatte wieder etwas mehr Farbe.

»Ich habe das Gefühl, es hat mir gutgetan, mit Ihnen zu reden«, sagte sie und nahm die Karte an sich.

»Es freut mich, das zu hören. Vielen Dank für Ihre Zeit und alles Gute.«

»Jetzt habe ich schon zwei Karten von Ihrem Präsidium.«

»Wie meinen Sie das?«

»Na ja, wegen der anderen Sache.«

Astrid Bengtsson sah sie mit fragendem Blick an.

»Welche andere Sache?«, fragte sie.

»Na, wegen der Lärmbelästigung. Nichts Wildes, ich habe ein paarmal bei der Polizei angerufen, weil über mir eine WG war, die wirklich jede Nacht Party gemacht hat. Irgendwann konnte ich nicht mehr, auch die Familie neben mir hat sich beschwert. Aber wir haben die Anzeige dann zurückgezogen, weil die jungen Leute sich entschuldigt haben.«

Ein paar Minuten später stand Ludger draußen neben seinem Wagen, der kalte Wind trieb ihm die Tränen in die Augen. Er hielt seine Hand vors Handy, damit Lucy Chang ihn besser verstand.

»Ja, du hast richtig gehört. Wieder ein Kind, das nach seiner Mutter ruft. Ja, ich weiß, das ist ein verdammt unwahrscheinlicher Zufall!«

Er hörte, wie Lucy sich Notizen machte und Frauke Ibsen etwas zurief.

»Der Mistkerl muss eine Kinderstimme auf Tonband haben! Er lockt damit die Opfer an die Tür. Und schon hat er sie. Also können wir das mit der Mutter und dem Kind vergessen! Die gibt es womöglich gar nicht.«

Als er schließlich auflegte, waren seine Finger tiefgefroren, fluchend setzte er sich in den Wagen.

»Ich sehe schon, du wirst Schweden vermissen!«, lachte Astrid.

»Ich komme erst im Sommer wieder!«, sagte er, und hielt seine Hände vor die Lüftung, aus der aber kaum warme Luft ins Wageninnere drang.

»Also, meinetwegen kannst du auch schon vorher wiederkommen. Es hat Spaß gemacht, Ludger Palm.«

»Die Fähre geht erst in drei Stunden. Ich würde vorher gerne noch etwas essen. Musst du wieder ins Büro?«

Sie lächelte, während sie sich anschnallte.

»Ich bin den ganzen Tag zur Unterstützung eines deutschen

Kollegen abgestellt. Und wenn er Hilfe braucht, ein gutes Restaurant in Malmö zu finden, dann muss er sich auf mich verlassen können, oder?«

KONTAKT

Das Gebäude lag an einem der Kanäle, die zum Hafen führten, nicht weit vom Stadtzentrum entfernt. Schwere Regentropfen klatschten auf das Wasser und die Dächer der Autos auf dem Besucherparkplatz. Jakob betrachtete die kleinen Explosionen auf der Motorhaube, die Pfützen auf dem schmutzigen Asphalt. Er stellte den Motor aus und schaute an der Fassade empor: fünf Stockwerke, eines jener unscheinbaren Gebäude, in dem sich mehrere Unternehmen Büroräume teilen konnten.

»Wollen wir?« Er schnallte sich ab und wandte sich an Mila, die neben ihm saß und ins Leere starrte.

»Ist alles in Ordnung?«

Nur langsam löste sie ihren Blick von dem Wasserfall, der die Windschutzscheibe herunterrann, und drehte den Kopf zu ihm, so dass er ihren müden Blick sehen konnte.

»Soll ich allein hochgehen? Du kannst gerne noch …«

»Nein, es ist okay.«

Jakob beobachtete ein junges Paar, das sich durch den Regen kämpfte.

Mila deutete auf das Bürogebäude.

»Die Abteilung für Wirtschaftskriminalität hat das Callcenter, das im dritten Stock untergebracht ist, seit einigen Monaten im Visier. Und dein Kumpel Lasse war so freundlich, mich davon in Kenntnis zu setzen. Im Gegenzug lasse ich die Anzeige wegen der Belästigung im *Charlies* fallen. Ein guter Deal für beide Seiten.«

»Du hättest die Anzeige tatsächlich auf den Weg gebracht?«, fragte Jakob belustigt.

Mila legte die Hand auf den Türgriff und holte einen zusammenklappbaren Schirm aus ihrer Handtasche. Bevor Jakob etwas sagen konnte, sprang sie hinaus in den prasselnden Regen, spannte den Schirm auf und öffnete ihm keine fünf Sekunden später die Fahrertür.

»Einen kleineren Schirm hast du nicht gefunden?«, fluchte er, als sie dicht aneinandergedrängt in Richtung des Gebäudes rannten.

»Doch, aber ich wollte Nähe aufbauen. Du weißt schon.«

»Da würden mir ein paar andere Dinge einfallen als ein winziger Schirm«, sagte Jakob und flüchtete sich unter das Vordach des Bürogebäudes.

»Ach ja? Welche?« Erwartungsvoll sah Mila ihn an.

»Kaffee. Oder Ermittlungserfolge.«

»Na, dann.«

Eine Glastür vor ihnen öffnete sich, und eine junge Frau winkte sie herein. Sie war klatschnass. Offenbar hatte sie weder einen kleinen noch einen großen Schirm dabeigehabt.

»Kommen Sie, der Regen schafft es sogar unter das Vordach.«

Jakob und Mila überlegten nicht lange und folgten ihr in ein unscheinbares Foyer. Der Empfangstresen in einer Ecke des Raumes war unbesetzt, zwei Fahrstühle befanden sich im hinteren Teil. Auf einem Schild an der Wand waren die Firmennamen angebracht: das Büro einer Versicherung, ein Dentallabor, die Außenstelle der städtischen Verkehrsbetriebe, ein lokaler Radiosender, der auf UKW 97,3 Hits rund um die Uhr versprach.

Im dritten Stock war das Callcenter untergebracht.

»Danke«, sagte Mila, schaute sich um und stellte ihren Schirm aufgespannt auf den Boden vor dem Tresen. »Ich gehe nicht davon aus, dass gleich ein Concierge kommt und uns Besucherkärtchen ausdruckt.«

»Da haben sie recht. Der Pizzadienst stellt seine Lieferung normalerweise hier ab. Ich vermute, dass das der eigentliche Grund für den Tresen ist, ich habe jedenfalls noch nie jemanden dahinter gesehen.«

Jakob folgte der jungen Frau zu den Aufzügen, wo bereits ein Mann wartete. Er hatte feine Gesichtszüge, die Haut war blass. Auch er war offenbar ohne Regenschirm unterwegs gewesen. Seine Haare waren nass, ebenso die dunkelblaue, hochwertige Winterjacke und die Jeans. Die weißen Sneaker waren verdreckt.

Jakob nickte ihm zu.

»Guten Tag«, sagte der Mann, den Jakob auf Ende zwanzig schätzte. Seine Stimme war weich und angenehm. »Ich habe schon gedrückt, die Knöpfe für das jeweilige Stockwerk sind im Aufzug auf der linken Seite.«

Ein Lächeln. Ein freundlicher Blick.

Mila, die nun hinzutrat, sah das Grüppchen prüfend an und fragte etwas skeptisch: »Passen wir da alle rein? Sieht nicht besonders geräumig aus.«

»Immerhin ist er zuverlässig«, antwortete die junge Frau und lachte. »Jedenfalls bin ich noch nie stecken geblieben. Du vielleicht, Elias?«

Der Mann löste seinen Blick nur langsam von Jakob und lächelte dann Mila an.

»Nein, ich auch nicht. Bislang hat er mich immer sicher an mein Ziel gebracht.«

Im gleichen Augenblick ertönte ein leises Signal, und die Fahrstuhltür öffnete sich.

»Nach Ihnen. Wie gesagt, hier links sind die Knöpfe.«

Jakob drückte auf die Drei und schob sich in die enge Kabine. Mila und die beiden anderen folgten ihm.

»Ach, Sie wollen zu uns?«, sagte die junge Frau überrascht. »Arbeiten Sie beide im Callcenter?«

»Na ja, ich bin eigentlich Studentin. Ich muss Geld verdienen, also ist es schon okay. Es gibt bestimmt bessere Sachen. Aber die Bezahlung ist in Ordnung. Und Sie, wollen Sie zu Batschalek?«

»Ist das der Chef?«

Sie nickte.

»Rolf Batschalek, ja. Sie finden ihn bestimmt in seinem Büro, der Glaskasten hinter dem Großraumbüro. Von wo aus er alles im Blick hat.«

»Sie sind von der Polizei.«

Es war keine Frage, die der Mann gestellt hatte, mit seiner weichen Stimme und dem freundlichen Blick, der Jakob auf eine seltsame Art irritierte.

»Sieht man uns das so deutlich an?«, fragte Mila.

Wieder erklang ein schwaches Signal, sie hatten den dritten Stock erreicht, die Türen öffneten sich.

»Ehrlich gesagt, ja. Aber es war auch ein bisschen geraten. Entschuldigung, Sie wollen ja auch raus.«

»Das ist ja spannend, hat er etwas ausgefressen, der Batschalek?«, lachte die junge Frau.

»Nein, es geht nur um eine Befragung.«

Sie betraten ein klassisches Großraumbüro, das in kleinere Verschläge unterteilt war, in denen die Mitarbeiter des Callcenters saßen wie in Bienenwaben. Ein dumpfer Teppich aus Stimmen lag über dem Raum, nicht laut oder aufdringlich, eher ein monotones Grundrauschen. Durch ein Panoramafenster blickte Jakob auf das verregnete, triste Industriegebiet.

»Das Büro ist dort hinten in der Ecke«, sagte die junge Frau und zog ihre Jacke aus. »Mal sehen, wo wir heute sitzen, Elias.«

Der Mann nickte ihnen zu und wollte gerade seiner Kollegin folgen, als Jakob noch etwas einfiel.

»Wie lange arbeiten Sie schon hier?«

Der Mann drehte sich mit einem schüchternen Lächeln um.

Er zuckte mit den Schultern und blickte über die Köpfe seiner Kollegen hinweg zum Büro seines Chefs.

»Lange genug, würde ich sagen.«

Mila war bereits Richtung Glaskasten unterwegs, aber Jakob spürte eine Unruhe in sich, die er nicht erklären konnte. Der Mann war vor ihm stehen geblieben, seine Jacke hielt er jetzt in der Hand, das weiße Hemd saß eng am Körper, er war schmal, aber nicht durchtrainiert.

»Warum arbeiten Sie hier? Sind Sie auch Student?«

»Student? Nein, ich denke, ich arbeite hier, weil ich es gut kann.«

»Telefonieren?«

Wieder ein Lächeln. Aber immer noch dieser Blick, der ruhig auf Jakob lag, abwägend und selbstsicher.

»Ja, vielleicht ist es das, ich weiß nicht. Vielleicht kann ich auch nur gut zuhören. Können Sie gut zuhören, Herr Kommissar?«

Jakob stutzte kurz.

»Ja, ich denke schon«, sagte er schließlich.

Der Mann sah sich nach seiner Kollegin um. Mit der freien Hand fuhr er sich durch die feuchten Haare.

»Dann haben wir beide ja etwas gemeinsam. Wer hätte das gedacht. Ich muss jetzt wirklich an die Arbeit, sonst … aber Sie werden den Chef ja gleich kennenlernen. Es hat mich gefreut, Herr Kommissar.«

»Mich auch, Herr …«

»Brunner. Mein Name ist Elias Brunner.«

*

»Ben?«

Zum mittlerweile dritten Mal klopfte sie an die Tür. Unsicher schaute sie sich im Treppenhaus um, ob einer der Nachbarn womöglich ihr Rufen und Klopfen bemerkte. Aber niemand kam aus seiner Wohnung, es war mitten am Tag, alle waren bei der Arbeit.

»Oh Mann, das nervt.«

Elifs Haare waren nass, sie hatte keinen Regenschirm dabeigehabt, als sie durch den Stadtpark gelaufen war, die großen Bäume hatten ihr kaum Schutz geboten. Ihre beige Daunenjacke war durchnässt, ebenso wie ihre Jeans, sie fror leicht und verfluchte sich bereits für die Idee, hierhergekommen zu sein.

Aber noch mehr verfluchte sie sich dafür, dass sie einfach Bens Schlüssel hatte mitgehen lassen. So etwas hatte sie noch nie getan. Aber sie hatte sich ihm nahe fühlen wollen, auch in dem Moment, als er sie gestern gebeten hatte zu gehen, weil ihm wahnsinnig schlecht sei. Sie wollte Ben, sie schätzte keine schnellen Abenteuer, und sie hatte sich zuvor wochenlang um ihn bemüht.

Sie blickte auf den Schlüssel in ihrer Hand, er war an einem silbernen Tennisschläger befestigt und glänzte im grellen Licht des Treppenhauses. Sie zögerte noch einen Moment und fragte sich, ob das eigentlich schon als Hausfriedensbruch zählte.

»Ach, was soll's. Jetzt bin ich schon mal hier.«

Sie wollte gerade den Schlüssel ins Schloss stecken, als ein Geräusch sie innehalten ließ. Es war ganz schwach, doch ihre Hand zuckte zurück. War Ben doch da und wollte nicht aufmachen? Sie runzelte die Stirn und legte ein Ohr an die Tür.

Da war es wieder, leise, aber deutlich.

Ein Kratzen.

»Ben? Ich komm jetzt rein!«

Elifs Herz klopfte bis zum Hals, ihre Hand zitterte, sie war noch nie besonders mutig gewesen, hatte sich oft hinter anderen versteckt, die größer waren. Aber sie fror, ihre Jacke war durch den Regen tonnenschwer geworden, und sie spürte noch immer Bens Körper an ihrem, seine Hände auf ihrer Haut.

Der Schlüssel drehte sich. Sie schob die Tür einen Spaltbreit auf.

»Ben?«

Da war wieder das Kratzen, dann ein undefinierbares anderes Geräusch.

In dem kleinen Flur war kaum etwas zu erkennen. Und es blieb dunkel, denn der Lichtschalter funktionierte nicht.

»Verdammt, was ist denn …«

Elif konnte ihre eigene Hand kaum erkennen. Offenbar waren sämtliche Rollläden in der Wohnung heruntergelassen, kein Licht drang durch die Lamellen. Sie stieß gegen ein Paar Schuhe, tastete nach der Wand, ihre Hand berührte ein Poster. Sie erinnerte sich an ein Filmplakat, Ben war ein echter Fan, er hatte ihr von Christopher Nolan erzählt, und sie wollte sich jeden Film mit ihm anschauen.

Wieder ein Geräusch. Ein Scharren.

»Ben?«

Die Tür zum Treppenhaus war hinter ihr ins Schloss gefallen, jetzt war Elif von völliger Schwärze umgeben, die sich beklemmend auf ihre Brust legte. Als sie fluchend das Handy endlich aus ihrer Handtasche gekramt hatte, gelang es ihr nach schier endlosen Sekunden, die Taschenlampe zu aktivieren. Der Schein fiel auf den Boden, auf das Sideboard neben der Tür. Eines der Bilder, das in einem kleinen Rahmen darauf gestanden hatte, war zu Boden gefallen, Glassplitter lagen auf dem kleinen Teppich.

Elif hatte Angst. Sie überlegte, wieder zurück ins Treppenhaus zu gehen, aber dann atmete sie einmal langsam aus und ging vorsichtig an den Scherben vorbei in Richtung Wohnzimmer.

Es war jetzt totenstill.

Nur ihr eigener Atem war zu hören, während der grelle Lichtstrahl ihres Handys über die Wände kroch. Da war der

Esstisch, die Stühle drum herum. Bens Tennistasche stand in einer Ecke. Die offene Küche war aufgeräumt, auf dem Tresen lag ein Sportmagazin.

Wieder Glasscherben auf dem Boden, mehrere Bilder, die aus dem Rahmen gesprungen waren. Seine Pokale waren umgestoßen, sie lagen auf dem Boden verstreut, von einigen waren große Stücke abgeplatzt.

»Was zum Teufel …?«

Die junge Frau stand jetzt mitten im Wohnzimmer, schwach zeichneten sich die Umrisse des Fernsehers ab, daneben einige Bücher. Es roch muffig, sie hielt sich die Hand vor die Nase.

Und dann hörte sie es.

Ein Krächzen.

Direkt hinter sich, dort, wo das Sofa sein musste, in der Dunkelheit des Raumes.

Sie drehte sich langsam um und hielt dabei unbewusst den Atem an. Sie spürte, wie ihr etwas den Rücken emporkroch, bis zum Nacken, wie es über ihre Schultern kam, ihre Brust hinabwanderte, bis es ihr Herz erreichte, mit kaltem, gierigem Griff.

Es war reine Angst.

Der Vogel saß auf dem Couchtisch, wie ein Wächter in der Nacht. Er hatte schwarzes, struppiges Gefieder, die Augen reflektierten, als der Lichtstrahl von Elifs Handy sie traf.

Es war eine Krähe, die dort saß, als würde sie hierhergehören, abwartend und lauernd. Erst auf den zweiten Blick erkannte Elif, dass die Spitze ihres Schnabels blutrot war. Und direkt daneben lag … es sah aus wie ein zerhacktes Stück Fleisch.

Panik stieg in ihr auf, ein Wimmern drang aus ihrem Mund. Der Schlüssel, der noch immer in ihrer linken Hand lag, fiel zu Boden. Der Lichtstrahl ihres Handys flackerte kurz, wanderte über den Kopf der Krähe hinweg zum Sofa.

Und entriss der Dunkelheit etwas, das lieber im Verborgenen

geblieben wäre. Etwas, das Elif nie mehr würde vergessen können. Etwas, das sie ihr Leben lang begleiten würde.

Aus den Schatten schälte sich ein Umriss. Eine Gestalt, die längst nichts mehr gemein hatte mit einem lebenden Menschen. Eine Fratze, die dort auf sie wartete, weil ausgerechnet sie es gewesen war, die diesen Ort als Erste betreten hatte.

Sie hörte das Krächzen nicht mehr, auch nicht das Scharren der Krallen auf dem Glastisch.

Sie sah nur Ben.

Leicht zusammengesackt und mit nacktem Oberkörper saß er auf dem Sofa, übersät mit kleinen und großen Wunden, aus denen das Blut bis auf das Polster gesickert war. Seine Haut glänzte, als hätte jemand sie mit etwas eingerieben. Als sie näher kam, konnte sie einige kleinere Würmer erkennen, Reste von Vogelfutter, das als eine Art Paste auf seinen Körper aufgetragen war.

An seinem Hals war das Blut getrocknet, die Hände lagen auf seinem Schoß, der Kopf war nach hinten gekippt. Er starrte nach oben, seine Augen waren weit geöffnet, aber ohne jedes Leben. Auch der Kopf war blutüberströmt, Teile der Oberlippe fehlten.

Jetzt begann das Zittern, sie spürte ihre Beine nicht mehr, dafür die Übelkeit, die in ihr aufstieg. Und dennoch konnte sie nicht anders, sie leuchtete in sein Gesicht, auf seine Haare, die Ohren und dann wieder auf seine Augen. Unwillkürlich folgte sie seinem letzten Blick mit dem Strahl der Taschenlampe in Richtung Decke. Und sie sah das, was auch Ben in seinem letzten Augenblick gesehen haben musste. Die letzte Botschaft.

Die Schrift war weich und voller Schwünge, geschrieben mit roter Farbe.

Schaut nach oben!

Übelkeit überflutete sie, Panik auch, sie wollte schreien, das Entsetzen herausschreien, doch es kam kein Laut aus ihrem Mund …

Stattdessen ein leises Krächzen.

Hinter ihr.

Und plötzlich nahm sie aus den Augenwinkeln eine Bewegung wahr. Links von ihr auf dem Esstisch. Und auch von rechts, direkt am Fenster. Mit zitternder Hand leuchtete sie in den Raum.

Es war nicht nur eine Krähe.

Zwei weitere Vögel hockten direkt vor ihr auf dem Boden. Das Gefieder glänzte schwarz, und doch erkannte sie getrocknetes Blut, einer der Vögel hatte eine klaffende Wunde an der linken Seite. Eine weitere Krähe saß auf dem Bücherregal und blickte auf sie herab. In ihren Krallen hielt sie ein Stück Fleisch.

Und da begriff Elif, dass sie in der Hölle gelandet war.

*

Mila atmete hörbar aus, als sie gemeinsam mit Jakob das Bürogebäude verließ und in die Feuchtigkeit hinaustrat. Der Asphalt auf dem Parkplatz war durchtränkt, riesige Pfützen hatten sich gebildet. Sie starrte in den grauen Himmel und sog die kalte Luft ein.

»Alles in Ordnung?«

Jakob war neben sie getreten, schlug den Kragen seines Mantels hoch und sah sie neugierig an.

»Schau mich nicht so an wie ein Bulle, der gleich mit einem Verhör beginnt. Dieser Rolf Batschalek ist ein widerlicher Typ, richtig klebrig. Ich habe das Gefühl, mich waschen zu müssen.«

Er lächelte.

»Es ist 12:37 Uhr an einem völlig missratenen Tag im Januar,

Hauptkommissar Jakob Krogh, Leiter der *Gruppe 4*. Ich beginne mit dem Verhör der Zeugin: Weiss, Mila, geboren am …«

»Ich warne dich.«

»Frau Weiss, können Sie uns etwas erzählen über die vergangenen Minuten?«

»Ungern.«

»Dafür habe ich vollstes Verständnis, ich würde Sie dennoch bitten, sich zum Hergang der Ereignisse zu äußern, Frau Weiss.«

Sie konnte nicht anders, ein Lächeln schob sich auf ihr Gesicht.

»Darf ich während des Verhörs rauchen?«

Sie sah, wie Jakob eine Augenbraue hochzog.

»Ja, ich rauche zu viel. Mein Gott, erzähl mir nicht, dass du so ein Gesundheitsfanatiker bist, der morgens schwimmen geht, womöglich noch bevor die Sonne aufgeht.«

Sie kramte bereits in ihrer Handtasche, hielt aber inne, als sie Jakobs Gesichtsausdruck sah.

»Oh nein, dein Ernst? Vor Sonnenaufgang? Bist du verrückt?«

Sie zog eine zerknautschte Packung heraus und zündete sich eine Zigarette an.

»Frau Weiss, können wir dann vielleicht wieder zum Thema …«

»Auf keinen Fall. Ich will den Kerl aus meinem Kopf kriegen. Widerlich. Ich hatte das Gefühl, dass seine Hände die ganze Zeit auf mir liegen. Bah! Was für ein ekliger Typ.«

Tatsächlich bereitete ihr die Erinnerung an das Gespräch mit dem Leiter des Callcenters fast schon körperliches Unbehagen. Rolf Batschalek hatte keine Gelegenheit ausgelassen, sein Interesse an ihr mit Blicken und Gesten zu verdeutlichen, während sie ihn befragt hatten.

»Da schickt die Polizei aber das Schönste, was sie im Aufgebot hat. Und alles nur für mich. Ich muss ein glücklicher Mann sein.«

So hatte es begonnen. Und während er ihnen Kaffee serviert hatte, war er ihr näher gekommen als nötig – und sie hatte gelächelt, immer nur gelächelt.

Jakob nickte.

»Ich hatte schon überlegt, wann du ihn ohne Vorwarnung an die Wand drückst und die Handschellen anlegst. Ich jedenfalls hätte dich nicht daran gehindert.«

Mila zog an ihrer Zigarette und ließ ihre Blicke über den Parkplatz schweifen.

»Du hast ihn auch nicht in die Schranken verwiesen. Vielleicht hätte ein Wort von Mann zu Mann gereicht, damit er …«

»Hätte es nicht. Und das weißt du. Typen wie ihm ist es völlig egal, wenn jemand sie durchschaut, die ziehen das durch, dieses ganze Machtgehabe, die Körperlichkeit, die Anspielungen. Er ist jämmerlich. Aber wir haben eine alte Frau, die tot auf ihrem Sofa lag, gequält von einer Krähe. Und nur das zählt, so leid es mir tut. Glaub mir, wenn die Zeit gekommen ist, kommen wir hierher zurück. Und dann schauen wir uns gemeinsam mit den Kollegen der Wirtschaftskriminalität an, was er eigentlich den ganzen Tag so macht, vor seinen Bildschirmen. Aber bis dahin verfolgen wir die einzige Spur, die wir haben.«

Als er fertig war, zog Mila erneut an ihrer Zigarette und trat sie auf dem nassen Asphalt aus.

»So machen wir es, Kollege Krogh. Ganz genau so. Das Problem ist nur: Diese Spur, von der du sprichst: Sie endet hier.«

Sie hatten Rolf Batschalek eine knappe Stunde befragt, in seinem Büro hinter den geschossenen Jalousien. Er hatte ihnen erklärt, dass die Anzeige gegen sein Callcenter ein Missverständnis gewesen sei, er hatte ihnen beschrieben, wie die »ganz wunderbaren Menschen hier« arbeiteten, nämlich äußerst sensibel und ohne jeglichen Druck auf die Kunden auszuüben, und sie hatten ihm kein Wort geglaubt. Sie hatten Dienstpläne vorgezeigt und ein Mustergespräch vorgespielt bekommen.

Und weiter waren sie nicht gekommen, weil sie Lasse und den Kollegen der Wirtschaftskriminalität versprochen hatten, auf keinen Fall durchsickern zu lassen, dass gegen das Callcenter bereits intensiv ermittelt wurde und dass es in absehbarer Zeit eine Razzia geben könnte.

»Alles Mist«, fluchte Mila.

Als Jakobs Handy klingelte, entfernte er sich ein paar Schritte.

»Hey Mariella«, hörte sie ihn mit weicher Stimme sagen. »Wie geht's euch? Wie läuft es mit der Ausstellung?«

An der Fassade des Bürogebäudes, das sie gerade verlassen hatte, nahm Mila hinter einem der Fenster im dritten Stock eine Bewegung wahr, einen Schatten. Bestimmt glotzte dieser blöde Callcenter-Aufschneider ihr bis auf den Parkplatz hinterher.

»Ja, ich werde bestimmt dabei sein, ich hab's euch versprochen. Nein, das kriege ich hin.«

Jakobs Stimme wurde von einem vorbeifahrenden Kleintransporter verschluckt, der das Pfützenwasser durch die Luft schleuderte. Erst jetzt erkannte sie das blasse Gesicht der Person, die zu ihr heruntersah. Es war der junge Mann aus dem Aufzug.

Ohne zu wissen warum, hob sie die Hand. Ein Winken, ein Abschiedsgruß. Wie war noch mal sein Name gewesen?

Elias. Elias Brunner.

Aber der Schatten bewegte sich nicht. Er stand dort nur und blickte auf sie herab.

Es begann wieder zu regnen.

Und der Schatten verschwand.

»Wollen wir los? Wem winkst du?«

Mila schüttelte den Kopf.

»Niemandem. Komm, lass uns fahren.«

Sie wollte gerade in den Wagen steigen, als ihr Handy klingelte. Es war Frauke Ibsen, und sie war sichtlich aufgeregt.

»Mila, wo seid ihr gerade?«

»Was ist los, Frauke? Wir sind beim Callcenter, wir kommen gerade raus und wollen zu euch …«

»Es gab eine Meldung von den Kollegen im Innenstadtrevier. Eine junge Frau, die die 110 angerufen hat und panisch um Hilfe ruft.«

Mila hatte den Lautsprecher ihres Handys eingeschaltet und gab Jakob ein Zeichen, zuzuhören.

»Und was hat das mit uns zu tun?«, fragte sie.

Fraukes Antwort ließ sie beide für eine Sekunde erstarren.

»Die Frau sagt, sie sei in einer völlig abgedunkelten Wohnung. Und sie werde von Krähen angegriffen.«

Es schien Mila, als würde um sie herum alles verschwimmen, das Grau des Himmels, die Fassade vor ihr, sogar die schweren Tropfen, die auf das Wagendach fielen.

Konnte das sein? Konnte dieser Wahnsinn weitergehen? Blitzartig tauchten die Bilder von der alten Frau in ihrem Kopf auf, wie sie auf dem Sofa gelegen hatte, zur Seite gekippt.

Mehr Beute als Mensch.

»Es ist ein Mehrfamilienhaus am Stadtpark«, hörte sie Frauke sagen. Dann das Zufallen einer Autotür.

Jakob war bereits eingestiegen.

»Das ist bei mir um die Ecke«, sagte er wenig später, als er über den Ring jagte und einen Lastwagen rechts überholte. »Ich habe dort eine kleine Wohnung gemietet, für meine Arbeit hier in der Stadt. Allerdings nicht am Stadtpark, das kann ich mir nicht leisten. Aber ich kenne das Gebäude, es wurde vor ein paar Jahren saniert, die Wohnungspreise waren unglaublich hoch.«

Kurz vor der Ausfahrt in Richtung Innenstadt bildete sich

ein Stau, so dass er das Blaulicht auf das Dach setzte und kurzentschlossen den Seitenstreifen nutzte. Sie schossen an mehreren Autos vorbei, er schlängelte den Wagen durch eine Baustelle und nahm kurz darauf die Abfahrt.

Neben ihm musste Mila sich festhalten, während sie in ihr Handy sprach.

»Es ist mir völlig egal, dass Sie das Gefühl haben, da jetzt reingehen zu müssen. Sie bleiben draußen, hören Sie? Wir sind in drei Minuten da, und wenn bis dahin einer von Ihnen die Wohnung betritt, dann zerre ich Sie wegen mehrerer Dienstvergehen zur internen Ermittlung.«

Sie lauschte kurz einer Antwort und beendete dann das Gespräch mit einer klaren Ansage.

»Die junge Frau hat sich im Badezimmer eingeschlossen, sie sagt selbst, dass sie nicht schwer verletzt ist. Also ist sie außer Gefahr. Und vermutlich ist die Wohnung ein Tatort, und wenn Sie den vor uns betreten, schließe ich von außen ab und lass Sie allein mit den Vögeln.«

Dann legte sie auf.

»Du wirst noch Kollegin des Jahres«, sagte Jakob und lenkte den Wagen über eine rote Ampel. Aber er spürte, dass weder ihm noch ihr nach Späßen oder einer launigen Unterhaltung war. Wenn sich ihre Vermutung bewahrheitete, dann würden sie in der Wohnung Schlimmes vorfinden. Und dann wäre endgültig klar, dass die *Gruppe 4* mitten in einem wirklich grausamen Fall steckte.

Wenig später erreichten sie eine ruhige Sackgasse, an deren Ende der Stadtpark begann. Große Platanen waren zu sehen, weiter hinten liefen zwei Jogger über den Kiesweg in Richtung See. Die benachbarten Häuser und Wohnblöcke waren ähnlich neu wie jenes, vor dem Jakob jetzt hielt.

Die Kollegen warteten bereits.

Drei Einsatzfahrzeuge standen im Wendehammer, dazu ein

Rettungswagen. Als Jakob und Mila aus dem Wagen stiegen, kam ihnen einer der Polizisten entgegen und begrüßte sie.

»Das ging tatsächlich schnell«, sagte er und warf Mila einen etwas argwöhnischen Blick zu. Offenbar hatte er sich die Frau, die ihn am Telefon so zurechtgestutzt hatte, anders vorgestellt. Doch Mila lächelte den Polizisten nur freundlich an.

»Danke fürs Warten. Welcher Stock?«

»Dritter. Die Wohnung geht nach hinten raus. Wir haben Kontakt zu der Frau, eine Kollegin spricht mit ihr am Telefon. Sie ist immer noch sehr aufgewühlt. Uns ist noch nicht klar, was da oben genau passiert ist. Aber jetzt seid ihr ja da ...«

Er sprach nicht weiter, sie alle wussten, was das bedeutete: dass sie dort oben etwas Schlimmes zu erwarten hatten.

»Sagen Sie der Kollegin, sie soll weiter mit der Frau reden«, erklärte Jakob und holte zwei Schutzwesten aus dem Kofferraum. Er warf Mila ihre zu und sagte mit einem Blick auf das moderne Mehrfamilienhaus: »Wir gehen rein.«

Als sie kurz darauf über das Treppenhaus nach oben eilten, hörten sie schon bald die Rufe einer Frau. Schwach erst, dann lauter, als sie den dritten Stock erreichten. Einige Wohnungstüren auf dem Gang hatten sich geöffnet, neugierige Blicke folgten ihnen bis zu der Tür, hinter der jetzt die Schreie zu hören waren.

»Gehen Sie zurück in Ihre Wohnungen«, rief Jakob. »Es gibt hier nichts zu sehen.«

Die Rufe wurden lauter, verzweifelter.

»Hilfe!!! Helfen Sie mir!!!«

»Hier ist die Polizei!«, rief Jakob. »Können Sie die Tür öffnen??«

»Hilfe!«

In der Stimme lag pure Verzweiflung.

»Die Tür hat ein Sicherheitsschloss«, sagte Mila nach einem kurzen Blick. »Die kriegen wir so schnell nicht aufgetreten.«

»Über den Balkon?«

Jakob schüttelte den Kopf, während er den Türrahmen musterte. Im Gang hinter ihnen hielten sich die alarmierten Polizisten bereit.

»Die Rollläden sind komplett unten«, sagte einer von ihnen. »Das dauert auch.«

»Okay, das reicht, geh zurück ...«

»Mila, was willst du ...«

»Ich sagte, geh zurück.«

Sie zückte ihre Waffe und stellte sich seitlich neben die Tür und rief: »Treten Sie von der Tür zurück, wir kommen jetzt rein.«

Zwei Schüsse peitschten durch das Stockwerk. Holz splitterte, und im nächsten Moment trat Mila mit aller Kraft gegen die Tür. Vergeblich, noch hielt der Rahmen.

»Lass mich.«

Das Schloss war sichtlich beschädigt, und Jakob hoffte, dass seine Kraft ausreichen würde. Mit einem kräftigen Tritt zielte er direkt neben das Schloss. Einmal, zweimal, das Holz knirschte, die Tür bog sich in den Angeln.

»Jetzt.«

Mit voller Kraft trat er die Tür auf.

»Hallo! Ich bin im Bad!«

Sie brauchten beide einen Moment, um sich zu orientieren. Die Wohnung war stockdunkel, nur das Licht vom Gang draußen fiel in den Flur, in dem sie jetzt standen.

Mila drückte auf den Lichtschalter, aber nichts passierte.

Ein leises Krächzen war plötzlich zu hören. Das Geräusch von Krallen auf dem Parkett.

»Das kann nicht wahr sein«, hörte Jakob sie flüsterten. »Nicht schon wieder.«

Genau dort, wo sich das Licht aus dem Gang verlor, erschien tatsächlich eine Krähe. Unaufgeregt, ohne Hast lief sie über das Parkett und blieb vor ihnen stehen.

»Was, bitte …«

Mila richtete ihre Waffe auf den Vogel, aber der machte keine Anstalten, sie anzugreifen. Sein Gefieder war struppig und ohne Glanz, die Augen gräulich schimmernd. Als die Krähe kurz ihre Flügel bewegte, sah sie den rötlich braunen Fleck.

Wieder erklang ein Krächzen.

»Es sind mehrere.«

Die Krähe schien sie zu betrachten. Schließlich drehte sie sich um und trippelte über das Parkett zurück in die Dunkelheit. Sie verschwand, als hätte es sie nie gegeben. Für einen Augenblick verharrten Mila und Jakob mit gezogenen Waffen. Dann holte sie ein erneuter Schrei zurück in die Wirklichkeit.

»Hallo!!! Sind Sie da?«

Mila war die Erste, die den seltsamen Anblick des Vogels abschüttelte.

»Hier ist die Polizei, wir sind in der Wohnung.«

»Ich bin im Bad! Ich habe mich eingeschlossen, es ist … oh Gott, es ist schrecklich.«

»Sind sie verletzt?«, fragte Jakob.

»Nein. Ich weiß nicht, da ist Blut, aber … helfen Sie mir, kann ich jetzt rauskommen? Sind die Vögel weg?«

»Bleiben Sie dort drinnen, öffnen Sie nicht die Tür, bevor ich wieder bei Ihnen bin, hören Sie?«

»Gehen Sie nicht weg!« Die Stimme hinter der Tür war noch immer voller Panik.

»Wie ist Ihr Name?«

»Mein Name? Ich … Elif, mein Name ist Elif.«

»Gut, Elif. Ich komme Sie sofort holen, es dauert nur einen kurzen Moment.«

»Ja, ist gut, bitte beeilen Sie sich.«

Jakob verließ die Wohnung, einer der Polizisten vor der Tür reichte ihm eine Stabtaschenlampe.

Begleitet von deren Lichtkegel und mit gezogener Waffe untersuchte er gemeinsam mit Mila die Wohnung.

»Riechst du das? Das ist abscheulich.«

Mila hatte ihren Schal vor den Mund gezogen, auch Jakob nahm jetzt den Gestank wahr. Der Schein seiner Taschenlampe fiel in den Raum vor ihnen. Da war ein Esstisch, und frischer Vogelkot war zu sehen.

Wieder ein Krächzen.

»Wenn die uns angreifen, müssen wir sofort raus«, sagte Mila neben ihm. »Gegen die Viecher hat man keine Chance. Warum machen die das überhaupt, so was ist doch völlig unnormal.«

»Es ist verdammt dunkel«, flüsterte Jakob. »Als hätte jemand die Fenster abgeklebt.«

Der Lichtkegel wanderte weiter, bis zu einem Sofa.

Und dann sahen sie ihn.

Auf dem Sofa saß ein junger Mann. Blaue Jeans, ein weißes T-Shirt, das an manchen Stellen aufgerissen war. Rohes Fleisch blitzte darunter hervor. Als Jakob das Licht am Körper hochwandern ließ, drehte sich Mila kurz weg. Die Lippen fehlten beide, eine der Wangen war aufgeschlitzt. Das linke Ohr war fast vollständig weg.

Es war ein grauenhafter Anblick, aber Jakob zwang sich, hinzusehen, sich alles einzuprägen: das Grauen, den Schrecken. Diesen Moment, der sie nicht mehr loslassen würde in den kommenden Wochen.

»Die Augen sind noch da«, flüsterte Mila.

Der Kopf des jungen Mannes war nach hinten gekippt, seine Augen blickten starr an die Decke, die jedoch in völliger Dunkelheit lag. Einem Impuls folgend richtete Jakob den Strahl seiner Taschenlampe auf die Wand hinter dem Sofa. Der Schein wanderte nach oben, dem Blick des jungen Mannes folgend.

Bis die Decke sichtbar wurde, direkt über ihm.

Buchstaben schälten sich aus der Dunkelheit. Blutrote Lettern auf weißem Grund.

Diesmal brauchte es keinen Zettel, befestigt an der Kralle einer Krähe. Diesmal stand es direkt über ihnen. Und sie begriffen sofort, dass alles, was auf diesen Moment folgen würde, größer sein würde. Und schlimmer

Es war die gleiche Botschaft. Die Wirkung jedoch war eine völlig andere. Womöglich, weil der Tote auf dem Sofa genau das tat, was über ihm an der Decke stand.

Schaut nach oben!

GEWINNER

Keine Luft zum Atmen, die Fenster ließen sich nicht öffnen. Die Hand auf der Scheibe, dahinter die Tropfen, die sich ihren Weg bahnten, an der Fassade hinunter, nicht in geraden Linien, sondern nach links und rechts ausbrechend. Es war windig, an einem Fahnenmast flatterte ein Stück Stoff, Blau und Weiß, das Logo einer Versicherung. Als sei dies ein unbekannter Planet, fremdes Territorium, auf dem eine erste Fahne irgendetwas bedeutete. Als sei dies der Mond.

Ein kleiner Schritt für ihn, aber ein großer für die Menschheit.

Oder eher umgekehrt.

Was für die Menschen nichts bedeutete, weil es ihnen als selbstverständlich galt, das zählte umso mehr für ihn. Ein normaler Tag im Leben, mit Gesprächen und Kontakten. Und vor allem: mit Rollen. Der Sohn. Der Vater. Der Arbeitskollege. Der Nachbar hinter dem Gartenzaun. Der Student. Die alte Frau in der Hochhaussiedlung. Sie wurden gegrüßt. Sie wurden erkannt.

Sie hatten ein Leben. Ein schönes Leben.

Er hingegen hatte immer nur die …

»Mitkommen.«

Elias zuckte zusammen, er hatte Batschalek nicht kommen hören. Er stand plötzlich hinter ihm, wie ein Geist aufgetaucht aus seiner Höhle mit den heruntergelassenen Jalousien. Er atmete schwer, auf seinem beigen Hemd war ein Kaffeefleck zu sehen, in seinem Mundwinkel klebten die Reste eines Croissants. Batschalek schwitzte, er schwitzte immer, sein Händedruck war klebrig, seine Blicke ebenso.

»Habe ich dich erschreckt? Wo warst du in Gedanken, während du raus auf dieses Mistwetter guckst? Häh? Was guckst du mich so an?«

»Entschuldigung … nein, ich … Ich habe mich nur kurz … ich fühle mich heute nicht so … meine Stimme …«

»Was ist mit deiner Stimme?«

»Sie ist heute … rau … also, ich bin etwas erkältet, und da …«

»Genug rumgestottert. Mitkommen, habe ich gesagt.«

Elias ärgerte sich über sich selbst und lief Batschalek hinterher wie ein ungezogenes Kind seinem strengen Vater. Er spürte eine tief sitzende Wut in sich aufsteigen. Einige Kollegen sahen ihm hinterher, ab und zu bekam er ein aufmunterndes Lächeln, ansonsten war jeder hier froh, nicht selbst ins Büro zitiert zu werden. Zumal es sehr selten vorkam, dass Batschalek aus seinem Verschlag herauskam, von wo aus er seine Welt kontrollieren konnte.

»Mach die Tür zu. Setz dich.«

Befehle, die der Chef des Callcenters bellte, bevor er sich mit einem zufriedenen Stöhnen auf seinen Bürostuhl warf. Endlich wieder auf sicherem Terrain, hier war er der König. Draußen, bei seinen Truppen, roch es nach Arbeit und hart verdientem Geld, dort hatte er nichts verloren.

Batschalek griff in eine Tüte mit Halspastillen und warf Elias eine zu.

»Hier, für deine Stimme.«

Ein Leckerli für den Hund, nichts anderes war es. Elias nahm es trotzdem, einfach, weil er nicht wusste, was er sonst hätte tun sollen.

»Du hast gesehen, dass die Bullen da waren?«

Elias nickte.

»Du hast mit ihnen gesprochen. Haben sie irgendwas gesagt?«

Jetzt schüttelte er den Kopf. Elias wusste, dass der Chef keine langatmigen Erklärungen wollte.

»Sie müssen doch irgendwas gesagt haben. Ihr seid im Aufzug zusammen hochgekommen, die beiden und ... ihr zwei.«

Ihr zwei. Langsam begriff Elias, worauf das hier hinauslaufen würde, und es machte ihn noch unsicherer.

»Sie haben nicht gesagt, warum sie hier waren. Sie wollten den Weg zu deinem Büro wissen, den habe ich ihnen gezeigt.«

Batschalek stierte ihn an.

»Aber ihr habt noch geredet. Über was?«

»Geredet? Nein, wir haben ... ich meine ...«

»Stottre nicht rum, ich will wissen, über was ihr gesprochen habt, der Bulle und du!«

»Warum, ich habe nur ...«

»Mann, Brunner! Die ermitteln gegen uns! Verstehst du das? Weil die Scheißzentrale mir so einen Druck macht und ich viel zu gut zu euch bin, musste ich ein paar Dinge unter der Hand machen! Und jetzt schau nicht so blöd. Du weißt genau, wovon ich rede!«

Natürlich wusste Elias das, aber er fühlte sich trotzdem unwohl bei diesem Gespräch, begann zu schwitzen. Er wollte raus hier, aber Batschalek starrte ihn weiter an, bohrte seinen Blick tiefer in ihn hinein. .

»Ja, ich weiß schon ... die Kunden, die längst ...«

»Ja, die längst tot sind! Oder weggezogen! Oder gekündigt haben! Und die trotzdem von euch angerufen werden und denen ihr ab und zu Abos vertickt oder Gutscheine oder Reisen oder was auch immer. Und, stört das jemanden? Wer tot ist, ist tot, dem ist doch egal, wenn von seinem Konto noch was abgeht. Also, was wollte dieser Bulle von dir? Hast du geplaudert?«

Elias wurde immer unsicherer. Er nestelte an seinem Kragen, sein Headset, das er noch immer um den Hals trug, störte ihn.

»Nein! Ich habe ... auf keinen Fall würde ich ...«

»So ein Quatsch! Jeder von euch Versagern würde mich verpfeifen, wenn er könnte. Aber ihr braucht mich, verstehst du das? Ohne mich gibt's keine Kohle am Monatsende, also macht ihr alle schön mit.«

»Kann ich jetzt gehen?«

Aber Batschalek war noch nicht fertig.

»Ich habe mir deine Zahlen angesehen. Du laberst zu viel rum, hörst du? Habe ich dir neulich schon gesagt. Und zu deiner angeblichen Erfolgsquote: Wenn ich deine Abschlüsse in Relation zur Dauer deiner Telefonate setze, dann sieht das schon wieder ganz anders aus. Dann wird aus dem feinen Herrn Brunner nämlich ein echter Loser! Hörst du, Elias? Ein Loser!«

»Ich … das stimmt nicht, ich …«

Batschalek redete immer weiter, Elias konzentrierte sich auf den Kehlkopf des Mannes, der auf und ab hüpfte, er hörte der Stimme zu, einer Stimme, die einen Tick zu hoch war, die er üben könnte, wenn er ihn endlich in Ruhe lassen würde. Er betrachtete den Haaransatz, die ersten grauen Strähnen, den schwammigen Oberkörper, die große Hand, die jetzt nach einem halb aufgegessenen Sandwich griff.

Batschalek redete immer weiter.

Und Elias lächelte plötzlich. Weil er etwas gefunden hatte, an dem er sich festhalten konnte.

»Ein Loser, glaub mir! Und ich wette, du hast die kleine Schlampe noch nicht ins Bett gekriegt, habe ich recht? Dabei steht sie auf dich, ich hab's gesehen. Wie sie dich anschaut, die musst du nur noch pflücken, wie eine reife Frucht. Aber nicht mal das kriegst du hin, du bist echt ein Schwächling, Elias!«

»Rede nicht so von ihr!«

Aus einem Impuls heraus war er aufgestanden. Er hatte das Kabel seines Headsets um seine rechte Hand geschlungen, er spannte es, ließ wieder locker, dann spannte er es wieder an. Er könnte ihn jetzt hier in seinem Büro …

Sein Chef hob beide Hände.

»Endlich mal ein bisschen Gegenwehr! Schon gut, krieg dich wieder ein.«

Elias starrte ihn an, sein Puls raste, sein Brustkorb hob und senkte sich.

»Raus mit dir. Hörst du? Verschwinde.«

Und da begriff Elias, dass alles im Leben einen Sinn hatte. Und dass es für jeden Menschen eine Rolle gab. Es lag nur an einem selbst, diese auch auszufüllen.

Und genau das würde er tun.

Langsam trat er einen Schritt zurück und atmete aus. Klar denken, er musste wieder klar denken.

Und er wusste auch, wie ihm das gelingen würde.

»Verschwinde jetzt, bevor ich dich entlasse. Und sieh zu, dass du mehr verkaufst und dabei weniger rumlaberst. Ich will Zahlen sehen. Das nächste Mal, wenn ich deine dämliche Visage sehe, will ich ein Gewinnerlächeln sehen!«

Das wirst du, dachte Elias. Genau das wirst du.

Als er die Tür von Batschaleks Glaskasten öffnete und hinaus in das Großraumbüro trat, klang in seinen Ohren die Stimme des Chefs nach, der vor sich hin murmelte. »Wo hab ich denn jetzt meinen dämlichen Hausschlüssel hingelegt? Der war doch vorhin noch hier.«

Mit seiner typischen Batschalek-Stimme, die er einstudieren würde, immer und immer wieder, so schnell wie möglich. Weil er keine Zeit mehr zu verlieren hatte.

Als Elias an Luisas Verschlag vorbeikam, lächelte sie ihn an. Und er lächelte zurück, so wie nur ein Gewinner lächeln konnte.

UNTER DER ERDE

Für einen Moment war es still. Nur das mechanische Grundrauschen des Videoprojektors war zu hören, den Frauke Ibsen auf die Schnelle in einem Elektronikladen um die Ecke gekauft hatte, weil der einzige, den sie im Präsidium hatte auftreiben können, kaputt war. Sie hatte den kleinen Kasten mit Lucys Hilfe in Gang gesetzt, damit er etwas an die Wand warf, das eigentlich zu schrecklich war, um es jemandem zu zeigen.

Niemand sagte ein Wort. Sogar Lucy, die sonst immer fröhlich plapperte und wahlweise von ihrem Liebesleben oder ihren IT-Künsten erzählte, war verstummt. Schon nach den ersten beiden Aufnahmen. Jakob hatte die Bilder aus der Rechtsmedizin auf seinem Laptop abgespeichert. Von dort fanden sie via Projektor ihren Weg auf die weiße Leinwand, die sie am Nachmittag direkt vor der Backsteinwand an der Decke ihres Großraumbüros installiert hatten.

Krähen. Bisswunden. Fleischstücke auf dem Parkett.

Eine leere Augenhöhle.

Es gab keinen Grund, etwas zu sagen, und niemand schien das Bedürfnis zu haben, die Bilder zu kommentieren. Eine alte Frau in einer Hochhaussiedlung am Rande der Stadt. Und ein Student aus gutem Hause in seiner Wohnung am Stadtpark.

Schließlich war es Ludger Palm, der vor einer halben Stunde von seiner Fahrt nach Malmö zurückgekehrt war, der sich räusperte und deutlich schockiert in die Runde blickte.

»Woran sind die beiden tatsächlich gestorben?«, fragte er leise.

Mila schluckte, auch sie musste sich noch sortieren, obwohl

sie live an beiden Tatorten gewesen war. Aber hier im Büro, auf der riesigen Leinwand, schien ihr alles noch realer. Noch fürchterlicher.

»Irene Nowak wurde mit einem Kissen erstickt, es lag neben ihr auf dem Sofa. Bei dem Studenten haben wir keine Stoffreste gefunden, aber auch er wurde erstickt. Wir müssen davon ausgehen, dass der Täter – oder die Täterin, zum jetzigen Zeitpunkt können wir nichts ausschließen – ihm Mund und Nase mit der Hand zugehalten hat. Es gibt aber keinerlei Fingerabdrücke. Nur ein schwarzer Abrieb am Kinn, vermutlich Lederhandschuhe. Da ist das Labor noch dran.«

»Ganz schön widerlich, das alles.« Offenbar hatte Lucy sich gesammelt, sie drehte sich zu Jakob um, der auf seinem Laptop herumtippte. Auf der weißen Leinwand waren jetzt drei Krähen zu sehen, die sich mit einer toten Artgenossin beschäftigten.

»Die junge Studentin, die Ben Richter gefunden hat, hat offenbar eine der Krähen erwischt, mit ihrer Handtasche. Sie hat dann panisch nach ihr getreten, bevor sie sich ins Bad flüchten konnte.«

»Aber mal im Ernst, greifen Krähen wirklich Menschen an?«

Jakob schüttelte den Kopf und sah Frauke Ibsen an.

»Nein, also … nicht wirklich. Ehrlich gesagt gibt es keine Berichte von Krähen, die Menschen angreifen. Das ist eher was für Hitchcock-Filme.«

»Und doch haben sie es getan, ich war selbst dabei«, sagte Mila. »Lucy und ich wurden ganz klar von diesem schwarzen Viech attackiert. Und die junge Studentin auch, gleich von mehreren.«

»Aber Jakob und du nicht!«, erwiderte Frauke. »Obwohl ihr die Tür aufgebrochen und dabei einen Riesenlärm veranstaltet habt.«

»Und woran könnte das liegen?«, fragte Tuure Salo. Der Finne hatte bislang geschwiegen, einen Zahnstocher zwischen den Zähnen und eine Zigarette hinter dem linken Ohr.

Frauke blätterte in einigen Unterlagen und deutete dann auf die Krähen auf der Leinwand.

»Okay, ich mache es kurz. Aber womöglich ist es wichtig. Was ihr da seht, sind Krähen, und zwar Kolkraben. Da steckt der Begriff Rabe drin, aber es sind Krähen.«

»Warum nennt man sie dann so?«, fragte der Finne. »Bei uns heißen sie gleich, Krähen und Raben. Wir nennen sie *varis*.«

»Mach weiter, Frauke«, sagte Mila knapp.

»Okay, also ... ich habe mich mit einem Vogelexperten unterhalten, er kennt sich mit den heimischen Arten bestens aus. Denn genau das ist der Kolkrabe: hier heimisch. Er ist die größte Krähenart, normalerweise kräftig und stark.«

»Das deckt sich mit den Aussagen der Gerichtsmedizin über den ersten Vogel, der bei Irene Nowak war.«

Frauke nickte.

»Kolkraben sind Allesfresser, Früchte genauso wie kleine Würmer oder auch mal Vogeleier. Sie sind also nicht sehr wählerisch. Auch Aas fressen sie. Aber der Experte war sehr verwundert, als ich ihm von den Angriffen erzählte. Er meinte, es sei äußerst ungewöhnlich, und eigentlich könne es dafür nur zwei Gründe geben, die aber beide zusammenkommen müssten.«

»Und welche wären das?«, fragte Mila neugierig.

»Panik. Und Hunger. Wir müssen davon ausgehen, dass unser Täter die Vögel systematisch aushungert, bevor er sie in der Dunkelheit aussetzt. Und dann gibt es für sie kein Halten mehr.«

Die Gruppe blickte nachdenklich auf die abgebildeten Krähen. Tatsächlich waren es drei sehr mitgenommene Tiere, die da mit spitzem Schnabel ihre Artgenossin bearbeiteten.

So wie sie es zuvor mit dem jungen Studenten gemacht hatten.

»Kolkraben sehen wie alle Krähen im Dunkeln nicht besser als wir. In beiden Wohnungen war es komplett dunkel, da kann man auch als Vogel schon mal panisch werden.«

»Aber wie sind sie denn dort hingekommen? Ich meine, der Täter marschiert doch nicht einfach mit einem Vogelkäfig durch die Straßen, oder?«, bemerkte Lucy.

»Nein, aber vielleicht durch einen Keller.«

Es war die basslastige Stimme des Finnen, die sich in die Diskussion einmischte. Überrascht drehten sich alle zu ihm um. Schließlich schob er einen USB-Stick über den Tisch zu Jakob.

»Ich habe mir diese Gedanken auch gemacht«, sagte er. »Ich meine, da sind überall Leute unterwegs, draußen auf der Straße, an den Fenstern. Und unser Mann – sorry, Mila, ich gehe von einem Mann aus – läuft mit Krähen oder Raben oder was auch immer zu seinen Opfern?«

»Du warst heute mehrere Stunden unterwegs«, sagte sie zum Finnen. »Ich habe versucht, dich zu erreichen.«

Er nickte und gab Jakob ein Zeichen, den Stick zu benutzen.

»Ich war unter der Erde«, sagte er. »Da ist der Empfang nicht immer gut.«

»Unter der Erde?«

»Die Siedlung«, erklärte der Finne. »Die Wohnblocks sind unter der Erde miteinander verbunden. Im Keller gibt es Gänge, die unter der Straße entlangführen. Man hat das damals gemacht, um mehr Kellerräume nutzen zu können. Oder besser gesagt: verkaufen zu können. Denn einige Bewohner brauchen keinen Keller, andere wollen einen sehr großen. Deshalb die Verbindungen.«

»Ja, und? Was willst du uns damit sagen?«, fragte Ludger Palm, sichtlich genervt von der Geheimnistuerei des Finnen. Jakob wusste, dass der stets korrekte Ludger nicht begeistert gewesen war über die Nachricht, dass Tuure Salo in die *Gruppe 4* kommen würde. Der Finne, der zwei interne Ermittlungen an der Backe gehabt hatte, wegen körperlicher Gewalt gegen Tatverdächtige.

»Ich will gar nichts sagen«, erklärte Tuure, während er seinen Zahnstocher herausnahm. »Ich will etwas zeigen.«

Auf der Leinwand erschien jetzt das Bild eines Kellerverschlags. Durch die Holzlatten hindurch konnte man einen kleineren Raum mit einem Regal darin sehen.

»Ist das ein Vogelkäfig?«

Jakob klickte ein Bild weiter, die Tür des Verschlags war jetzt offen, und tatsächlich stand in der Ecke ein Käfig. Weißer Vogelkot war überall zu sehen, ebenso schwarze Federn.

»Ich nehme an, die Tür war nicht abgeschlossen?«, bemerkte Mila.

»Natürlich«, antwortete der Finne und sah ihr mit unschuldiger Miene in die Augen.

»Aber es sieht so aus, als hätte jemand das Schloss aufgebrochen«, bohrte Mila weiter und überlegte, ob sie Tuure Salo vor der Gruppe offen kritisieren sollte. Doch sie verwarf den Gedanken wieder. Sie hatten jetzt keine Zeit für derlei Spielchen.

»Ich habe diesen Raum im benachbarten Wohnblock entdeckt, in der hintersten Ecke des Kellers. Dort lag überall Staub, da kommt also sonst niemand hin. Außer unserem Mann. Und ich kann euch sagen, es stank dort wirklich gewaltig. Und ja, selbstverständlich habe ich die Spurensicherung informiert.«

Jakob klickte weiter.

Das Regal, der Boden, der Käfig. Alles vermutlich in tiefster Dunkelheit, denn die Glühbirne an der Kellerdecke war aus der Fassung gedreht. Nichts sollte die Tiere davon abhalten, die zwei Dinge zu entwickeln, die der Täter brauchte: Panik. Und unstillbaren Hunger.

»Wie lange hat er den Vogel darin gehalten?«, fragte Lucy leise.

Tuure schüttelte den Kopf.

»Das weiß ich nicht. Die arme Kreatur hatte nichts zu fressen, ich habe nur Wasser gefunden, so ein Tropfsystem, das regelmäßig Wasser zuführt. Jakob, klick mal weiter.«

Wieder ein Verschlag, diesmal etwas größer. Regale, einige vermoderte Kisten, daneben standen vier Käfige auf dem Boden.

»Wo ist das?«, fragte Jakob, aber er hatte bereits eine Ahnung.

»Im Haus, in dem ihr Ben Richter gefunden habt«, antwortete der Finne. »Ich musste nicht lange suchen im Keller, es war ein abgeschlossener Raum, auch ganz abgelegen. Die Wände sind aus massivem Stein, da hört man nichts.«

Sie blickten wie gebannt auf die Aufnahmen, die Tuure gemacht hatte. Wieder ein pechschwarzer Raum, Exkremente und Federn, das Fenster unterhalb der Decke war mit schwarzer Folie zugeklebt.

»Auch hier hat es ganz schön gestunken.«

»Wem gehört dieser Raum?«, fragte Jakob Tuure.

»Niemandem offenbar. Der Hausverwaltung, und die nutzt ihn nicht. Unser Mann konnte die Krähen dort unbemerkt unterbringen. Sie standen ihm unmittelbar zur Verfügung, als er seinen Plan umsetzte.«

Jakob zuckte zusammen, als er das Wort »Plan« hörte. Aber der Finne hatte recht. Genau damit hatten sie es zu tun: mit einem Mann, der einen Plan hatte.

*

»Jetzt ist Zeit für Ihre Fragen, meine Damen und Herren!«

Auf dem Podium saß Jakob Krogh, daneben Mila Weiss.

Beide leiteten die neu geformte Einheit, die »Straftaten mit seriellem Charakter« aufklären sollten, so jedenfalls erklärte es der Sprecher aus dem Off, der für einen regionalen Nachrichtenkanal die Pressekonferenz kommentierte.

»Meine Frage geht an Frau Weiss«, erklang jetzt die Stimme eines Mannes aus dem Publikum. »Warum sind Sie aus Wien gerade hierhergekommen? Wien ist groß, für eine Ermittlerin gibt es da sicher mehr Lorbeeren zu verdienen als hier …«

Elias spulte die Aufnahme vor, die Antwort, die die neue Ermittlerin geben würde, war ihm nicht so wichtig. Ihre Unsicherheit, ihr offensichtliches Unbehagen angesichts ihres Versagens in einem zurückliegenden Fall – all das war nicht der Grund, warum er sich die Aufnahme seit zwei Tagen wieder und wieder angesehen hatte.

Ein lautes Klirren tönte aus dem Fernseher, er musste grinsen, als er sah, wie Jakob auf dem Podium absichtlich zwei Gläser umstieß, um seine Kollegin aus der Situation zu befreien.

»Nicht schlecht gemacht, lieber Jakob.«

»Tut mir sehr leid«, hörte er Jakob auf der Aufnahme sagen. »Falls jetzt die Frage kommt, ob ich mich wirklich für kompetent genug halte, die *Gruppe 4* zu leiten: Für einen Kellnerjob reicht es offenbar nicht, deshalb bin ich zur Polizei gegangen!«

Elias richtete sich auf seinem Stuhl auf, schloss kurz die Augen und wiederholte den Satz, leise, fast flüsternd.

»Für einen Kellnerjob reicht es offenbar nicht, deshalb bin ich zur Polizei gegangen.«

Etwas tiefer, Jakob hatte eine angenehme, dunkle Stimme, sie war angeraut, sie kratzte etwas.

»Für einen Kellnerjob reicht es offenbar nicht, deshalb bin ich zur Polizei gegangen.«

So war es besser. Nicht perfekt, aber das musste auch nicht sein. Es war nur eine Übung.

Elias stoppte die Aufnahme und rutschte näher an den Bildschirm heran, der auf dem Schreibtisch stand. Das Bild war jetzt eingefroren, er sah Jakob, der lächelnd zu den Journalisten schaute. Der dunkle Bart, die kurzen Haare, die schmale, aber dennoch sportliche Figur. Die kräftigen Oberarme.

»Du machst viel Sport, Jakob Krogh«, flüsterte er. »Schwimmst du? Oh ja, das kann ich mir gut vorstellen. Du wohnst am Meer, haben sie gesagt. Schwimmst du im Meer? Während deine Frau auf dich wartet? Und dein Sohn?«

Es war nicht sonderlich schwer gewesen, mehr über den Mann herauszufinden, der ihm bereits vor einigen Wochen in der Zeitung aufgefallen war.

Neuer Superermittler soll kranke Täter jagen.

Klassischer Fall von Boulevard-Überschrift. Beleidigend für beide Seiten, den angeblichen Superermittler und die angeblich kranken Täter.

Der Zeitungsausschnitt klebte über dem Bildschirm an der Wand. Ein Bild von Jakob Krogh, dem Polizisten, der am Meer wohnte.

Und niemand sah das, was Elias sah.

Das Dunkle. Das Verborgene.

»Was ist dein Geheimnis, Jakob Krogh?«

Eine kleine Recherche hatte sehr schnell die Adresse ergeben, außerdem zwei Namen: Mariella. Und Filip. Sie kam aus Polen und arbeitete als Kunstkuratorin für eine Stiftung in Stettin. Ihr gemeinsamer Sohn war jetzt etwa vier Jahre alt.

Elias klickte die Aufnahme der Pressekonferenz weg und öffnete auf dem Computerbildschirm das Kartenprogramm.

Er hatte das Haus zu seinen Favoriten hinzugefügt und betrachtete es jetzt von oben. Das Reetdach verschmolz fast mit den sandigen Dünen, nur ein schwarzes Auto auf dem Grundstück war deutlicher zu erkennen. Ein schmaler Pfad führte hinab zu einem einsamen Strand. Auf einer Terrasse an der Meerseite des Hauses waren einige Korbsessel zu erkennen.

»Ein schönes Haus, Jakob«, flüsterte Elias und fuhr mit dem Finger den Weg vom Strand bis zum Haus nach.

»Du führst wirklich ein schönes Leben.«

*

»Was ist das für eine Riesenscheiße! Kannst du mir das mal erklären, Jakob?«

Dirk Sattmann hatte sich zu ihnen umgedreht, nachdem er Milas und seinen Ausführungen gelauscht hatte. Die Krähen, der tote Student, schließlich die Informationen, dass der Täter die Vögel erst ausgehungert und dann in einem Kellerverlies in der Nähe der Opfer gehalten hatte. Der Staatsanwalt tigerte durch sein geräumiges Büro und blickte sie zornig an.

»Wisst ihr eigentlich, was das bedeutet? Dass hier ein Verrückter rumläuft, der seine Taten lange im Voraus plant. Der seine Opfer auf grausame Weise von Raben …«

»Krähen«, unterbrach ihn Mila.

»Meinetwegen. Also dann eben von Krähen bearbeiten lässt, die im Keller gehalten werden wie alte Fahrräder oder Winterreifen. Und was macht unsere tolle neue Einheit? Das ist doch die Frage, die alle sich stellen werden? Die *Gruppe 4* ist da, um Typen wie den zu schnappen, aber wie es aussieht, haben wir keine einzige Spur! Oder sehe ich das falsch?«

Sattmann blieb stehen und schenkte sich aus einer Karaffe ein Glas Wasser ein. Er nahm einen großen Schluck, ohne den anderen etwas anzubieten. Dann stutzte er und sah Jakob an.

»Okay, vergessen wir das kurz. Was mir einfällt, wenn der Kerl diese Raben …«

»Krähen«, sagte Mila.

»Verdammt, im Bericht steht Kolkraben! Was denn jetzt?«

»Der Kolkrabe ist eine Krähenart«, sagte sie mit ruhiger Stimme.

»Ist ja auch egal. Jedenfalls, wenn dieser Verrückte also seine Krähen in den beiden Kellern gehalten hat, dann ... wie lange waren die Vögel da drin?«

»Das wissen wir nicht genau. Ersten Schätzungen nach mindestens zwei Wochen.«

»Zwei Wochen! Das ist unfassbar. Aber das würde ja bedeuten, dass er ...«

»Die Taten seit Längerem geplant hat, ja«, ergänzte Mila, immer noch mit ruhigem Tonfall. Sie wollte Sattmann nicht weiter reizen, er war ohnehin kurz davor, sie vor die Tür zu setzen.

»Wir suchen gerade nach Verbindungen zwischen den beiden Opfern«, erklärte Jakob. »Wir suchen auch nach Fällen, in denen Krähen eine Rolle gespielt haben, oder meinetwegen auch Raben oder Vögel im Allgemeinen. Da ist Lucy dran, wenn es etwas gibt, wird sie es finden.«

»Das ist nicht viel. Was ist mir dieser Botschaft: *Schaut nach oben!* Gibt es da Erkenntnisse?«

»Auch das ist nicht einfach«, antwortete ihm Mila. »Wir müssen ...«

»Nichts ist einfach, Frau Weiss, ich dachte, das hätten Sie bereits verstanden! Sie wollten doch so eine prima Ermittlungsquote mitbringen aus Wien, wo ist die denn jetzt?«

Mila spürte, wie sie wütend wurde.

»Entschuldigung, ich weiß nicht wirklich, was das jetzt hier zu suchen hat. Ich bin seit wenigen Tagen bei der Arbeit, genau wie Jakob, wir haben ...«

»Was Sie haben, Frau Weiss, sind zwei Leichen! Auf widerlichste Weise von Raben verunstaltet ...«

»Krähen«, sagte Jakob.

»Das ist mir scheißegal!« Sattmann knallte sein Glas auf den Schreibtisch und starrte sie an. Der Staatsanwalt hatte offenbar eine Menge Druck. Es gab Gerüchte, dass es um seine Ehe nicht zum Besten stand, in der Kantine machte der Name einer jungen Anwaltsgehilfin die Runde. Sicher trug das nicht gerade dazu bei, dass Dirk Sattmann gelassen die Ermittlungsergebnisse abwarten konnte.

»Komm schon, Dirk, du musst uns vertrauen«, sprach Jakob beruhigend auf ihn ein. »Wir arbeiten wirklich rund um die Uhr, wir werden den Kerl kriegen.«

Sattmann wirkte müde, als er weitersprach. »Warum macht jemand so etwas, Jakob? Ich meine, das ist eine wirklich widerliche Inszenierung, dazu die Botschaft. Warum?«

Mila versuchte nun auch, die Wogen wieder zu glätten.

»Wir müssen herausfinden, was es mit den Krähen auf sich hat, welche Beziehung der Täter zu ihnen hat. Wir sprechen mit Vogelzüchtern, suchen nach Kolonien in der Umgebung, die gibt es nämlich. Irgendwo muss er sie ja herhaben, bevor er sie aushungert und dann in einem dunklen Raum mit einer Leiche zurücklässt. Und wir haben einen weiteren Anhaltspunkt.«

Sattmann blickte sie überrascht an.

»Welchen?«

»Es gibt noch eine Besonderheit. Etwas, das der Täter auch schon bei Irene Nowak gemacht hat.«

»Moment, ich kann euch nicht folgen. Was denn?«

Mila sah kurz zu Jakob, der ihr zunickte.

»Wir konnten mit der jungen Studentin sprechen, die den toten Ben Richter in seiner Wohnung gefunden hat und panikartig ins Bad geflüchtet ist. Sie hat einen Schock, aber ansonsten ist ihr nicht viel passiert.«

»Kommt zum Punkt!«, blaffte Sattmann sie an.

»Sie hat Ben noch am Morgen bei einer Vorlesung gesehen, an der Universität.«

»Ja, und?«

»Zu diesem Zeitpunkt muss der echte Ben Richter bereits

seit mehr als zwölf Stunden tot gewesen sein. Das jedenfalls wird im Obduktionsbericht stehen.«

»Dann hat die Frau sich eben geirrt«, erwiderte der leitende Staatsanwalt und sah nervös auf die Uhr. »Ich muss auch gleich los.«

»Sie schwört aber, dass sie ihn gesehen hat. Zwei Kommilitonen können es bestätigen. Offenbar ist Ben – oder wer auch immer es war – vor ihr geflohen.«

»Okay, und was bedeutet das?«

»Es bedeutet, dass unser Täter seine Opfer umbringt und sich dann für sie ausgibt.«

»Das würde man doch merken!«

»Ich glaube nicht.«

Mila holte ein Blatt aus ihrer Tasche und hielt es Sattmann hin. Sattmann studierte aufmerksam die Aufnahme, die sie von der Haustechnik der Universität erhalten hatten.

»Das ist …«

»Die Uhrzeit steht links oben«, erklärte Mila.

»Das sehe ich. Aber das ist unmöglich, das ist wirklich …«

»Unser Opfer. Zumindest auf den ersten Blick. Und vielleicht auch auf den zweiten. Aber er kann es nicht sein.«

»Was ist das bloß für eine Riesenscheiße? Aber warum sollte er das tun? Das ist doch krank.«

Jakob schüttelte den Kopf.

»Aber wir müssen das dennoch annehmen, auch wenn wir es jetzt noch nicht verstehen. Es ist ein Mann, der seine Opfer tötet und sich dann für sie ausgibt, zumindest für einen kurzen Moment. Warum er das tut, das wissen wir nicht, wir müssen es herausfinden.«

»Dann tut das. Und ich will Ergebnisse«. Dirk Sattmann wirkte erschöpft, und wenn Jakob es sich recht überlegte, dann ging es ihm genauso. Er musste dringend duschen und für einen Moment zur Ruhe kommen, sie waren nun schon den dritten Tag in Folge von einer Katastrophe in die nächste geraten. Auch Mila sah müde aus, als sie beide kurze Zeit später zu ihren Wagen auf dem Parkplatz des Präsidiums gingen. Mittlerweile war es längst dunkel geworden, der graue Tag war einer weiteren Nacht gewichen, von der sie nicht wussten, welche neuen Abgründe sie bieten würde.

Als Mila den Kofferraum öffnete, gab er den Blick frei auf einen dunkel glänzenden Cellokasten.

»Spielst du eigentlich noch regelmäßig?«, fragte Jakob, während er nach seinem Schlüssel kramte. Es hatte ihn von Beginn an fasziniert, dass sie eine Vergangenheit als Cellistin hatte, er hatte es in ihrem Lebenslauf gesehen. Offenbar war dies kein Thema, über das sie gerne sprach. Mila war ihm bereits mehrfach ausgewichen, als er sie danach fragen wollte.

Und so war es auch diesmal.

Sie blickte auf den Kasten und schloss dann den Kofferraum.

»Nein«, sagte sie knapp. »Nur ab und zu. Und du, was machst du heute Abend?«

Sie standen schweigend vor ihren Wagen und blickten auf das Präsidium, das in den beiden vergangenen Tagen ihr ganzes Leben gewesen war.

»Duschen. Koffer auspacken. Mariella anrufen. Und dann schlafen. In der Hoffnung, dass ich nicht von Krähen träume.«

»Oder von Raben.«

Sie mussten beide lachen beim Gedanken an den verwirrten Dirk Sattmann.

»Gute Nacht, Jakob. Morgen wird ein besserer Tag.«

»Hoffentlich.«

Und während sie beide getrennt in die Nacht fuhren und Jakob den Song *The Ghost that we knew* aus einer Playlist wählte, fielen Schneeflocken auf den Parkplatz und auf das Dach des Präsidiums. Und im vierten Stock brannte noch Licht unter einem der Dachfenster in den Räumen der *Gruppe 4*.

VERWANDLUNG (II)

Licht an.

Die Dunkelheit beenden. Die Schatten zurückdrängen. Auf ein Neues.

Elias betrachtet sein Gegenüber, er sieht die dunklen Augen. Für einen Moment stellt er sich vor, es seien nur Löcher, hinter ihm liegt alles im Dunkeln.

Aber es ist ohnehin nichts hinter ihm, das zu sehen sich lohnen würde. Er erwidert seinen eigenen strengen Blick, durchbohrt sich, sucht alles ab, tastet sich voran, bis er erkennt, dass da nur Leere ist. Er kann sie spüren, er wird es immer spüren können, sein ganzes Leben. Weil er in ihr geboren worden ist und weil sie ihn nie wieder freigegeben hat.

Manchmal kann er das Holz am Hinterkopf noch spüren und an den Schulterblättern, seine Finger, die nach den Wunden im Mund tasten, von dem abgesplitterten Holz, das er sich manchmal in den Mund gesteckt hat vor Langeweile. Er hat es gekaut, bis es ein zäher Klumpen war, ein Brei aus Spucke und Fichtenholz, er hat die Kugel hinuntergeschluckt und auf den Schmerz in seinem Bauch gewartet. Und wenn er schließlich gekommen ist, dann hat er geweint.

Vor Freude, überhaupt etwas zu spüren.

Er denkt kurz an Ben: nur noch eine verblasste Erinnerung. Er hat jeden Moment genossen, alles hat sich richtig angefühlt, die Vorbereitung, das Aufeinandertreffen, die gemeinsamen Momente in seiner Wohnung.

Die Gespräche, die er mit ihm geführt hat.

Vor allem aber der Morgen danach.

Elias lächelt, er sieht, dass seine Augen feucht sind vor Rührung. Er ist wieder er selbst, aber für einen kurzen Moment ist da wieder die Erregung.

Und das Leben.

Niemals wird er seinen Besuch an der Universität vergessen, es ist sein bisher bester Auftritt gewesen, ein Meisterwerk. Gesehen von so vielen Menschen, mitten unter ihnen, er hat gesprochen und teilgenommen an ihrem Leben.

Er ist Ben gewesen, für die Dauer einer ganzen Ewigkeit.

»Danke«, murmelt er jetzt, und er spürt dabei die Träne, die an seiner Wange hinabläuft.

Natürlich ist der Moment zu kurz gewesen, weil Elif ihm hinterhergelaufen ist. Das dumme Ding, beinahe hat sie alles verdorben. Er hat sie später zu Bens Haus gehen sehen und sich gefreut, sich gedacht, dass es für alles im Leben eine Strafe gibt. Den Anblick ihres toten Freundes würde sie so schnell nicht vergessen. Und den der Krähen auch nicht. Er hofft, dass die Vögel zuvor ganze Arbeit geleistet haben.

»Was glaubst du, haben sie ihren Hunger gestillt?«, fragt er in die Dunkelheit. Ein Scharren ist die einzige Antwort, ein einzelner Flügelschlag gegen das Gitter.

Aber nun ist es an der Zeit, voranzugehen.

Die Leere muss gefüllt werden.

Er sieht sich an, berührt seinen Hals, den Kehlkopf, massiert seinen Nacken. Und betrachtet dabei die Perücken, die seitlich des Spiegels auf glänzenden Plastikköpfen stecken, bereit, von ihm benutzt zu werden.

»Mein Name ist Ben Richter. Ich studiere Jura im fünften Semester.«

Die Stimme ist noch rau und voller Volumen. Er muss sie jetzt höher stimmen, deutlich höher, und mehr durch die Nase sprechen.

Es ist nicht einfach. Aber er hat Zeit.

»Mein Name ist Ben Richter. Ich studiere Jura …«

Wie oft hat er sich Namen ausgedacht. Sie ausgesprochen, in der Dunkelheit und auch im matten Licht des Tages, wenn die Sonne aufgegangen ist und einige wenige Strahlen durch das Gebälk gefallen sind. Wenn er durch die Ritzen geschaut hat, hinaus auf die Felder, wenn er ihre Schatten gesehen hat und die ihrer Eltern und Großeltern, dann hat er sich ihre Namen ausgedacht und ihre Zukunft.

»Ich bin Alexander Müller, ich bin Lehrer am Gymnasium in der Stadt.«

»Ich bin Clara Knecht, ich lerne Geige am Konservatorium.«

»Ich bin Martha Droste, dieser Hof gehörte schon meinen Urgroßeltern.«

Jeder Mensch mit einer anderen Stimme, jedes Leben mit einem anderen Timbre. Und er hat sich vorgestellt, wie es wäre, sie zu sein.

Und dieser Gedanke hat ihn nie wieder verlassen.

»Ich bin Ben Richter. Ich studiere …«

Und als die Vögel gekommen sind, da hat sich alles geändert.

Elias starrt auf die Bilder, die vor ihm ausgebreitet sind.

Das Haus. Der Garten. Den Blick ins Wohnzimmer.

»Ich bin Ben Richter.«

Die Stimme verlässt ihn, wird schwächer.

Ein Leben verblasst. Und ein neues tritt hervor.

Er hat einen Plan, er muss sich an ihn halten, wenn er es beenden will. Aber manchmal ist es gut, einen Umweg zu nehmen. Weil sich eine Gelegenheit bietet. Oder weil das Herz schlägt, schnell und hart, wenn er an das denkt, was sich ihm anbietet.

Ein weiteres Meisterwerk.

Vor der Vollendung.

»Ich bin …«

Er greift nach einer Perücke, sie ist dunkelblond und schwer, er wird sie kämmen müssen und die Richtung der Haare verändern. Aber es wird gehen.

Sehr gut sogar.

Er setzt sie auf, fährt sich durch die Haare, plustert kurz seine Backen auf.

Und lächelt.

Licht an.

Die Dunkelheit beenden. Hervortreten aus einem Leben, das nie existiert hat und das nicht mal imstande ist, Schatten zu werfen.

Ein neues kann beginnen. Eines, das es wert ist, gelebt zu werden, und sei es nur für einen Tag. Das Leben eines Menschen, der nicht gut ist und schon gar nicht liebenswert. Aber es ist egal, das hat er gelernt. Die Leere muss gefüllt werden, das ist das Wichtigste.

»Für jeden, der lacht, gibt es einen, der weint.«

Seine Stimme ist jetzt schon fast auf der richtigen Höhe. Er richtet sich auf, streckt den Brustkorb heraus. Plusterte sich auf.

Er wird ein Gebiss brauchen. Und Plateauschuhe, um größer zu wirken.

Aber das wird kein Problem sein.

»Für jeden, der stirbt, gibt es einen, der lebt.«

Es wird dauern, bis er die Stimme richtig trifft. Bis alles passt, die Höhe, das Kurzatmige, das Herrische.

»So ist das Leben. So ist der Tod.«

Hinter ihm schält sich ein graues Augenpaar aus der Dunkelheit. Der Vogel steckt seinen Kopf durch die Gitter und legt den Kopf zur Seite.

»Geduld«, flüstert Elias jetzt. »Wir haben Zeit.«

Und für einen Moment sehen sie sich an. Er, der Mann aus dem Nichts. Und die Krähe, die Hunger hat.

Noch.

Er räuspert sich, lächelt und spürt, dass er so weit ist.

Bereit für ein neues Leben.

»Mein Name ist Rolf Batschalek. Ich leite ein Callcenter. Und du bist ein Loser, Elias Brunner. Und du wirst es immer sein.«

TEIL II

VIER WOCHEN SPÄTER

KRÄHEN (II)

Die Luft war feucht an diesem Morgen und voller Kälte. Die schweren Äste der Fichten hingen bis auf den Boden hinab, Reste von Schnee waren zu sehen in den tiefen Mulden unter den Bäumen, wo die Sonne kaum hinkam. Sie schien ohnehin selten, jetzt im Februar.

Milchiges Licht lag zwischen den Gräben, die das Land hier durchzogen, wie schwarze Adern. Ab und an war ein Auerhahn zu hören, ein Rascheln im Gebüsch, wenn ein Reh aufgescheucht davonstob. Ansonsten waren da nur sein Atem und das schmatzende Geräusch seiner Gummistiefel. Selbst der Hund schien die Stille an diesem Morgen nicht stören zu wollen, lautlos lief er neben ihm, sein Fell dunkel und glatt. Beide hinterließen sie Spuren auf dem morastigen Boden. Zu ihrer Linken wurden die Bäume jetzt lichter und gaben den Blick frei auf ein weites Feld.

»Ruhig jetzt.«

Alexander Fehbruck wusste, dass sein Hund keine Probleme machen würde. Schon oft war der Labrador mit ihm hier draußen gewesen. Egal ob Schnee auf den Feldern lag oder flirrende Hitze, ob über ihnen die Blätter von den Bäumen regneten oder die ersten Triebe durch den Boden stießen: Seit vielen Jahren schon kamen sie hierher. Sie kannten die Abkürzungen durch das Dickicht, die Stellen, an denen sie sich im Unterholz verstecken konnten, mit bester Sicht auf die Felder.

»Komm, wir gehen dort drüben hin, da können wir uns auf die Steine setzen.«

Schwer baumelte das Fernglas an seinem Hals, aber auch

daran hatte sich der Ornithologe gewöhnt, er spürte es kaum. In den zahlreichen Taschen seiner Jacke hatte er Notizbücher und Karten des Naturschutzgebiets verstaut, dazu Stifte und seit einigen Monaten auch ein kleines Tablet, auf dem er direkt seine Daten eintragen konnte.

Er hatte sich erst dagegen gewehrt, aber mittlerweile erkannte er die Vorzüge der modernen Technik. Sie sparte ihm Zeit, so einfach war das.

»Komm, wir besuchen die Krähen«, hatte er dem Hund vor einer Stunde zugerufen und seinen Rucksack mit der Thermoskanne und den Broten in den Kofferraum geworfen. Heute waren es Krähen, in anderen Monaten Zugvögel, Kraniche etwa, die zu Tausenden hier Rast machten, mit ihren silbernen Hälsen und dem schimmernden Gefieder. Manchmal waren es so viele dort draußen, dass er das Gefühl hatte, an einem glitzernden See zu sitzen.

Dann wieder waren es Stare, vereinzelt auch Bussarde. Insgesamt gab es mehrere Dutzend Vogelarten in dieser Gegend.

Und Alexander Fehbruck war für alle da.

Die Krähen bildeten da keine Ausnahme.

»Es sind viele heute Morgen«, flüsterte er dem Hund zu, der sich sichtlich gelangweilt zu seinen Füßen niederließ. »Es gibt mehrere Gruppen, siehst du? Sie hocken zusammen, als würden sie einen Familienrat abhalten.«

Fehbruck ließ seinen Blick durch das Fernglas über die Felder gleiten. Schwarze Punkte auf der feuchten Erde, weitere in den angrenzenden Bäumen. Während er sie grob zählte und sich im Kopf Notizen machte, schraubte er mit geübtem Griff mit einer Hand die Thermoskanne auf, die er zwischen seine Schenkel geklemmt hatte.

Das Knacken eines Zweiges hinter ihm ließ ihn zusammenzucken.

»Mein Gott, es ist so still, da erschreckt man sich bei jedem Geräusch im Wald.«

Auch der Hund hatte den Kopf gehoben und spähte durch das Dickicht in das Innere des Waldes. Als ein weiteres Knacken erklang, richtete er sich auf.

»Was riechst du?«, flüsterte Fehbruck. »Ist es ein Reh? Ein Wildschwein? Lass die schön in Ruhe, wir sind für die Vögel da. Der alte Claussen macht uns sonst die Hölle heiß.«

Mehr als einmal hatte der Revierjäger ihn ermahnt, den Hund an die Leine zu nehmen, wenn sie durch den Wald hierherkamen. Aber Fehbruck hatte noch nie erlebt, dass sein Hund nicht auf ihn hörte, und so ließ er ihn weiter frei laufen.

Wieder ein Knacken.

Der Hund knurrte.

Er stellte seine Thermoskanne auf den moosigen Untergrund und stand auf, versuchte, durch das dichte Gebüsch zu spähen, konnte aber nichts erkennen.

Erneut schlug der Hund an.

»Hey!«, rief der Ornithologe mit lauter Stimme. »Hey!«

Für den Fall, dass ein Wildschwein sich ihnen näherte, wollte er sich bemerkbar machen. Meistens reichte das schon, damit zu aufdringliche Kameraden von sich aus Reißaus nahmen.

Aber hinter den Büschen blieb es still. Er ging einige Schritte in die Richtung, aus der das Geräusch gekommen war, sah aber nichts. Als er sich umdrehte, hatte sich der Hund wieder hingelegt.

Was auch immer es gewesen war, es war fort.

Er wollte gerade in seinen Rucksack greifen und eines der Brote herausholen, als sein Blick hinaus auf die Felder ging. Er stutzte plötzlich und hob das Fernglas wieder an.

»Was machen die da?«, murmelte er. Etwa ein Dutzend Krähen hatte sich auf einem Fleck niedergelassen, einige der Vögel plusterten sich auf, andere flogen hoch, nur um wieder an der gleichen Stelle zu landen. Als er sein Fernglas nach links schwenkte, konnte er beobachten, dass dort Ähnliches geschah.

»Irgendetwas ist da los«, sagte er zu seinem Hund, der sich aber lieber mit dem Duft beschäftigen wollte, der aus dem Rucksack drang. Dann entdeckte Alexander Fehbruck, dass an den Stellen, an denen die Krähen sich versammelt hatte, etwas lag. Es war nicht sonderlich groß, nur ein kleiner dunkler Fleck auf der Linse seines Fernglases.

»Was ist das?«, murmelte er. Er schwenkte nach rechts, zu der anderen Gruppe von Krähen. Immer wieder flatterten die Tiere auf, dann gruppierten sie sich erneut, einige pickten an etwas herum, trippelten nach hinten, wieder nach vorne, alles war in Bewegung.

Auch hier lag etwas auf dem Boden, zwischen den Krähen.

Plötzlich knackte es wieder im Unterholz hinter ihm.

Er wirbelte herum, auch der Hund hatte seinen Kopf in Richtung Wald gedreht, er konnte sehen, wie die Nackenhaare des Tieres sich aufstellten.

Fehbruck merkte, dass er leicht schwitzte, seine Handflächen waren feucht.

»Ganz ruhig«, sagte er zu seinem Hund. Gemeinsam standen sie in der Kälte des Morgens und starrten in den Wald hinein.

Aber auch diesmal war da nichts.

Langsam drehte sich der Ornithologe wieder um, setzte sein Fernglas an und ließ seinen Blick wieder über das Feld schweifen.

Es wurden immer mehr Krähen, die sich an den beiden Stellen versammelten. Als er eine Bewegung am Rande seines Sichtfeldes wahrnahm, schwenkte er das Fernglas über das flache Land hinweg. In der Ferne konnte er vereinzelte Birken erkennen, ihre Äste waren kahl.

Zu ihren Füßen hatten sich ebenfalls mehrere Krähen versammelt, auch hier konnte er viel Bewegung erkennen.

Und dann wusste er, was dort draußen war, auf dem Feld, auf dem Boden, inmitten seines Reviers. Er hatte es schon einmal erlebt, vor einigen Monaten. Und es wieder vergessen.

Oder verdrängt.

»Nicht schon wieder«, sagte er, bevor er sich zu seinem Hund umdrehte.

»Komm mit.«

Gemeinsam liefen sie hinaus auf das Feld, fort vom Wald. Sofort wurde der Wind stärker, weil die Bäume keinen Schutz mehr boten, schwere Erdklumpen blieben an seinen Gummistiefeln hängen, als er über die tiefen Ackerfurchen stolperte.

Als sie hundert Meter weit gekommen waren, flogen die ersten Krähen davon, zeternd, mit ihrem typischen heiseren Gekrächze. Noch nie zuvor war er einfach losmarschiert, noch nie hatte er sich den Vögeln, egal welche Art, so rücksichtslos genähert.

Aber heute war es ihm egal, er fuchtelte mit den Armen, scheuchte sie auf, schrie sie an, so laut, dass auch der Hund anfing zu bellen, woraufhin noch mehr Krähen davonstoben, dunklen Wolken gleich.

Nur einige wenige Vögel waren nicht gewillt, ihren Platz zu verlassen. Sie blickten ihn an, als er näher kam, sie ignorierten sein Geschrei, das jetzt noch lauter war, weil er sonst nicht wusste, wohin mit seiner Wut.

Und seinem Entsetzen.

Als er keine zwanzig Meter mehr entfernt war, sah er es. Er verlangsamte seinen Schritt, verstummte, sah die Tiere, die ihn aus ihren matten Augen scheinbar vorwurfsvoll anblickten, weil dies hier sein Revier war und er sich um sie zu kümmern hatte.

Um jeden einzelnen Vogel.

In ihrer Mitte, mit verrenktem Gefieder, lag eine Krähe.

Die Krallen standen in einem unnatürlichen Winkel in die Luft, die dunklen Federn waren zum Teil ausgerissen, darunter war das Fleisch zu sehen, an dem sich die Fliegen und die Maden bereits gütlich taten. Fehbruck spürte, wie der Hund sich an seine Beine drückte.

Die Krähen um ihn herum bewegten sich nicht. Wie dunkle Wächter, die ihren Platz nicht verließen angesichts dessen, was in ihrer Mitte lag.

Dort, wo einmal der Kopf der Krähe gewesen war, klaffte jetzt eine Wunde, Ungeziefer bevölkerte den fleischigen Rand, weiße, gallertartige Masse quoll hervor. Es war ein sauberer Schnitt, mit dem der Kopf abgetrennt worden war, das konnte er sofort sehen. Und so würde es auch bei den beiden anderen Tieren sein. Er wusste es, weil es schon einmal geschehen war.

Vor zwei Monaten, kurz vor Weihnachten. Da hatte er am Rand des Pfades durch die Moore eine Krähe gefunden, sie war bereits halb verwest gewesen. Und er hatte sich gefragt, welches Tier einen Kopf wohl so akkurat abtrennen konnte. Dann hatte er eine weitere gefunden und geflucht, weil er es für einen Jungenstreich gehalten hatte, eine bescheuerte Mutprobe. Keiner hatte mehr Respekt vor den Tieren, selbst Krähen wurden immer öfter Opfer von Steinwürfen, Schüssen aus einer Zwille oder von selbstgebauten Tierfallen. Der Jugend war langweilig hier draußen auf dem Land, er hatte früher auch so manchen Blödsinn angestellt.

Aber es waren keine Streiche gewesen, das wusste er jetzt. Jemand hatte der Krähe den Kopf abgeschlagen, mit einem Beil vielleicht. Der Vogel war bei vollem Bewusstsein geköpft worden, mit einem einzigen sauberen Schlag.

»Wer macht so etwas?«, murmelte er.

Er zuckte zusammen, als der Hund plötzlich bellte. Einmal. Zweimal.

Dann knurrte er.

»Was ist denn, was hast du?«

Zuerst dachte er, der Hund würde die Vögel anbellen, weil sie sich nicht fortbewegten. Aber der Hund hatte den Kopf in Richtung Waldrand gedreht. Und knurrte wieder.

Unter den Fichten, über das weite Fed hinweg gut sichtbar, stand ein Mann. Er trug eine grüne Tarnjacke und dunkle Hosen, seine Füße steckten in schwarzen Gummistiefeln. Trotz der Entfernung meinte er eine auffallend blasse Haut und dunkle Haare zu erkennen. Auf dem Rücken trug er einen Rucksack.

Der Mann starrte zu ihnen herüber, ohne jegliche Regung.

Und Alexander Fehbruck wusste nicht, in was er da hineingeraten war. Der tote Vogel zu seinen Füßen. Weiter hinten mindestens zwei weitere, denen ohne ersichtlichen Grund der Kopf abgehackt worden war.

Wieder knurrte der Hund, er scharrte jetzt leicht mit den Pfoten in der Erde.

Fehbruck beugte sich zu ihm und tätschelte ihn.

»Ist gut, mein Alter. Wir gehen zu dem Kerl rüber und stellen ihn zur Rede. Wir …«

Aber als der Ornithologe sich wieder aufgerichtet hatte und zum Wald blickte, war der Mann verschwunden. Und für einen Moment überlegte er, ob die Gestalt überhaupt da gewesen war, so flüchtig erschien sie ihm bereits jetzt.

Er sah wieder auf den Boden und auf die Krähe, die dort lag. Und er fragte sich, wer wohl hierherkam, fernab der Städte und der Dörfer, um Krähen den Kopf abzuhacken.

Und was dieser Mensch wohl mit seiner Beute anstellen würde.

PUZZLE

»Hey! Verdammt, bleib hier, du Idiot!«

Lucy Chang machte einen Satz nach vorne, aber sie wusste sofort, dass sie den Typen nicht mehr zu fassen bekommen würde. Eben noch hatte er sie und den Finnen nachdenklich, fast schüchtern angeschaut, als sie in der Tür standen.

Das offene Fenster hatte Lucy zu spät gesehen, ein transparenter Vorhang flatterte im Wind. Er war einfach gesprungen und hatte den Stoff halb von der Stange gerissen. Jetzt kämpfte sie damit, zerrte ihn sich vom Kopf, und es dauerte einige Sekunden, bis sie endlich freie Sicht nach draußen hatte.

»Scheiße! Den schnappe ich mir, diesen Dreckskerl!«

»Ich gehe vorne rum!«

Tuure Salo stürmte aus dem Zimmer, in dem der junge Mann wohnte. Er riss die Wohnungstür der Studenten-WG auf und stürmte die Treppe hinunter.

»Was ist denn hier los? Verdammt, Scheißbullen, ihr könnt doch nicht einfach ... hey! Das zahlt ihr alles!«

Eine junge Frau war aus einem der Zimmer gekommen, sie war barfuß und trug nur einen blauen Slip und ein T-Shirt, ihr Pony war rosa gefärbt.

»Ist sowieso Zeit zum Aufstehen!«, blaffte Lucy sie an und schwang sich aus dem Fenster. Offenbar war der Flüchtige die drei Meter in die Tiefe gesprungen, auf eines der Garagendächer, auf dem er jetzt weiterlief in Richtung des Einkaufszentrums am Ende er Straße.

»Was für eine Scheiße!«

Lucy stieß sich vom Fensterbrett ab. Sie landete hart auf den

Füßen und rollte sich gekonnt zur Seite ab. Als sie mit dem Fuß umknickte, biss sie die Zähne zusammen und rappelte sich auf.

»Polizei! Stehen bleiben!«

Der junge Mann blickte sich nicht um. Er war keine achtzig Meter vor ihr, sie sah, wie er kurz zögerte, mit einem Sprung die Lücke zwischen zwei Garagen überwand und weiterrannte. Lucy verzichtete darauf, ihre Waffe zu ziehen, und sprintete los.

Sie hätten Verstärkung anfordern können. Vermutlich sogar müssen. Aber als sie und der Finne vor einer guten halben Stunde im Büro mit offenem Mund auf den Bildschirm gestarrt hatten, war ihnen nur ein Wort in den Sinn gekommen.

»Bingo!«

Fünf Minuten später hatte sie auf ihrer Kawasaki gesessen und war durch die Stadt gerauscht, der Finne auf seiner Maschine dicht hinter ihr. Natürlich hätten sie Jakob und Mila informieren müssen, sie hatten es sogar versucht. Zumindest bei Mila, aber die war nicht an ihr Handy gegangen. Und Jakob war bei seiner Familie am Meer, es war Sonntag und das Polizeipräsidium verwaist. Nur ein Streit mit ihrem Freund hatte Lucy am frühen Morgen ins Büro getrieben, wo sie den Finnen angetroffen hatte.

»Um ein bisschen Ruhe zu haben«, hatte er müde gemurmelt. Tuure wohnte mit seinem Bruder in einer kleinen Wohnung in der Altstadt, wo viele Freunde ein und aus gingen. Er hatte laut geschnarcht, bevor sie ihn geweckt hatte.

»Ich glaube, ich habe ihn.«

Brandon Falk, sechsundzwanzig Jahre, Austauschstudent aus Wisconsin. Er hatte in der WG gewohnt, gegen deren Bewohner Hannah Sandström, das erste Opfer der brutalen Überfälle, Anzeige wegen Lärmbelästigung erstattet hatte. Allerdings war er als Täter nicht infrage gekommen, weil er zu dem Zeitpunkt auf Heimatbesuch in den USA gewesen war.

Das hatten sie zumindest angenommen. Bis heute Morgen.

Denn erst jetzt hatten die Kollegen in den Staaten ihre Anfrage bearbeitet, die Lucy damals als reine Routineüberprüfung in Auftrag gegeben hatte. Brandon Falk war gar nicht nach Hause geflogen. Aber damit nicht genug: Gegen ihn war in Wisconsin zweimal wegen Körperverletzung ermittelt worden.

Und jetzt rannte Lucy über die Garagendächer im Viertel und fluchte, dass sie keine Verstärkung angefordert hatte.

Das hier durfte nicht schiefgehen, sonst würden sie einen Riesenärger bekommen.

»Hey, bleib stehen!«

Keine fünfzig Meter vor ihr sprang der junge Mann auf einen Müllcontainer und von dort auf den Bordstein. Die Sonne schob sich über den Waldrand, Lucy wurde geblendet, sie hielt sich die Hand vor die Augen und suchte nach Tuure.

»Wo bist du, Scheiß-Finne!«, murmelte sie, dann holte sie Luft, tat es dem Flüchtigen gleich und sprang über die Lücke zwischen den beiden Garagendächern. Der Amerikaner vor ihr stolperte auf der Straße, fiel hin und rappelte sich auf. Dabei verlor er deutlich an Vorsprung.

»Du bist völlig unsportlich mein Lieber, ich krieg dich, bevor du bis drei zählen kannst.«

Der Verfolgte befand sich mittlerweile auf Höhe des Supermarktes, wo ein Lieferwagen parkte. Ein Mann lud Pappkartons aus.

»Hey, pass doch auf! Hey! Was willst du …«

Der Amerikaner hatte den Lieferanten aus vollem Lauf zur Seite gestoßen, er drehte sich zu Lucy um, die am Boden rasch zu ihm aufgeschlossen hatte. Nach kurzem Zögern verschwand er durch eine offene Tür, die vermutlich zur Lagerhalle des Supermarkts führte.

»Hey, da ist geschlossen. Komm sofort zurück!«, rief der Mann, der nun ein wenig hilflos zwischen seinen Kartons am Boden lag.

»Bleiben sie draußen!«, rief Lucy ihm zu. »Polizei! Bleiben sie einfach hier hinter dem Wagen.«

Sie zog ihre Waffe, holte tief Luft und warf von der Seite einen schnellen Blick in den Raum. Es war dunkel.

»Wohin geht es da?«

»Ein Lagerraum.«

»Und von dort?«

»In den Supermarkt.«

»Ist was im Angebot?«

»Hä? Wie meinen sie …«

»Das war ein Scherz. Bleiben Sie liegen.«

Lucy betrat mit gezogener Waffe den Hintereingang und blickte sich um.

»Polizei! Komm raus, Versteckspielen ist sinnlos!«

Statt einer Antwort hörte sie nur schnelle Schritte und kurz darauf einen gedämpften Schrei und das Geklapper von Konservendosen.

»Du bist so eine Pfeife«, murmelte sie und stürmte durch eine weitere Tür, die sie direkt in den Getränkebereich des Supermarkts brachte. Von dort gingen mehrere Gänge ab. Sie tastete mit der Hand nach einem Lichtschalter, fand ihn und kniff die Augen zusammen, als kurz darauf unzählige Neonröhren an der Decke zum Leben erwachten.

»Ganz schön anstrengend so viel Sport am Morgen, oder?«, rief sie. »Was hältst du davon, wenn wir einfach aufhören und reden?«

»Fuck you, bitch!«

»Hör zu, wir haben nur ein paar Fragen, okay? Es gibt keinen Grund zu verschwinden, es ist wirklich nur … Scheiße!«

In letzter Sekunde hechtete Lucy zur Seite, weg von dem Regal, das gerade nach vorn kippte, wobei sich Dosen, Glasbehälter und Ketchupflaschen mit einem Riesengetöse auf den Boden ergossen.

»Jetzt reicht's wirklich!«, schrie sie und sprang auf. »Schluss jetzt! Stehen bleiben!«

Lucy sah, wie der Mann über den Hauptgang Richtung Ausgang rannte und an den Kassen vorbei durch die geöffnete Eingangstür nach draußen verschwand. Offenbar hatte der Besitzer sie bei seinem Eintreffen aufgeschlossen.

»Verdammt!«

Sie sprintete ihm hinterher und sah endlich den Finnen, der über die Straße auf sie zurannte. Er hatte seine Waffe gezogen und blieb etwa zwanzig Meter vor dem Amerikaner stehen.

»Stehen bleiben, Polizei!«

Lucy trat ebenfalls mit gezogener Waffe aus dem Supermarkt. Der junge Mann blickte sich panisch um.

Langsam hob er die Hände.

»So ist es gut! Höher die Hände!«

»Wir haben ihn«, murmelte Lucy. Sie spürte, wie das Adrenalin noch immer durch ihren Körper rauschte. »Wir haben das Schwein wirklich.«

Es würde der erste Erfolg für die *Gruppe 4* werden, nachdem es in den vergangenen Wochen so viel Kritik gegeben hatte. Die Stimmung im Team war immer schlechter geworden, Mila und Jakob hatten den Druck erhöht, der leitende Staatsanwalt hatte mehr als einmal im Büro gestanden und herumgebrüllt. Keine Fortschritte bei den Überfällen und keine wirkliche Spur bei den Krähenmorden – es sah nicht gut aus mit ihrer Erfolgsquote.

Aber das würde sich jetzt ändern. Und plötzlich war Lucy sehr froh, dass sie keine Verstärkung angefordert hatten. Sie und Tuure hatten allein …

»Hey!«

Brandon Falk hatte es sich anders überlegt. Abrupt drehte er sich nach links zum Weg und rannte davon. Eine lange Kette von Einkaufswagen versperrte ihr die Sicht, Lucy fluchte und stürmte hinterher. Der junge Mann verschwand hinter der Ecke des Gebäudes und …

… sie hörte zuerst das Geräusch von quietschenden Reifen. Eine Vollbremsung, dann ein Aufprall. Dumpf.

Und noch bevor sie und Tuure um die Ecke des Supermarkts bogen, wusste sie, dass nichts von dem, was sie sich gerade ausgemalt hatte, eintreffen würde.

*

Die schwere Eisentür fiel mit einem satten, endgültig klingenden Geräusch hinter ihr ins Schloss. Mila sog die kalte Luft ein, die sie draußen erwartete, als sei sie in der vergangenen halben Stunde unter Wasser gewesen. Sie gierte förmlich nach Sauerstoff. Vor ihr lag der Parkplatz, ihr Wagen stand wie beim letzten Mal in der hintersten Reihe. Fernab der Mauer und der Wachtürme, etwa hundert Meter von dem Eisentor entfernt, durch das sie eben nach draußen getreten war.

Das Cello trug sie auf dem Rücken, der Kasten drückte auf ihre Schultern.

»Bis zum nächsten Mal, Frau Weiss.« Die Stimme kam scheppernd aus der Fernsprechanlage neben der Tür. »Einen schönen Tag noch.«

Ein schöner Tag. Sie wäre bereit, darauf zu verzichten, im Gegenzug für eine Idee, wie es weitergehen sollte. Sie atmete beim Gehen tief ein. Sie war ungeduldig, zornig, hatte ihn angebrüllt, aber er hatte nur gelächelt und geschwiegen, natürlich. Sie war kurz davor gewesen, ihn ins Gesicht zu schlagen, als er sie angeblickt hatte, um dann mit seiner unnatürlich hohen Stimme zu ihr zu sprechen. Der gleiche Satz wie beim letzten Mal. Der gleiche Dialekt, unverkennbar, sie bekam noch hier draußen eine Gänsehaut davon.

Die Stadt war etwas freundlicher geworden in den vergangenen Tagen, hatte das Grau abgelegt und die ersten Farben gezeigt. Es war noch immer ungemütlich, aber sie spürte, dass sich etwas regte, langsam wieder erwachte. Schmunzelnd dachte sie an den Mann, der sie vor zwei Wochen in einem Café angesprochen hatte, einfach so. Sie war erst genervt gewesen und dann doch belustigt, weil er charmant war und sie zum Lachen gebracht hatte. Leonard war Journalist im Kulturressort der örtlichen Tageszeitung, er war warmherzig, neugierig und sensibel genug, sie zu nichts zu drängen. Und doch wusste sie: Dies war nicht die Zeit für eine echte Beziehung. Und der Grund dafür saß hinter diesen Mauern und hinter der schweren Eisentür, von der sie sich jetzt entfernte.

*

Zur gleichen Zeit stand Jakob auf dem kleinen Balkon seiner Stadtwohnung und blickte hinab auf die Straße. In der Hand hielt er eine Teetasse, der Dampf verlor sich in der kalten Luft. Er war vor einer halben Stunde zurückgekommen, früher als geplant. Aber er hatte schon während seines Besuchs in Stettin anlässlich Mariellas Ausstellungseröffnung gemerkt, wie sehr ihn die beiden Krähenmorde beschäftigten. Er schlief unruhig, seit Wochen schon, war müde und gereizt. Und da er in Gedanken sowieso woanders war, konnte er auch nicht richtig für seine Familie da sein. Es machte ihn verrückt: Sie hatten keine Spur. Es gab nicht den kleinsten Hinweis auf den Mann, der seine Opfer offenbar ausspähte, der sich ihnen näherte, um dann in eine andere Rolle zu schlüpfen, in deren Leben.

Es musste etwas geben, das tief in dieser Person verankert war, einen Abgrund oder eine Leere, die er zu füllen versuchte.

Jakob nahm vorsichtig einen Schluck Tee und dachte an die beiden Menschen, deren Leben so brutal beendet worden war. Die alte Dame in der Siedlung, die die letzten Jahre allein in ihrer Wohnung verbracht hatte, nahezu unbemerkt von ihrer Umgebung. Und der Student, jung, beliebt, mitten im Leben. Seine Wohnung lag nicht weit von hier, er konnte die Bäume des Stadtparks in einiger Entfernung sehen.

Was hatten die beiden gemeinsam? Sie hatten alles auf den Kopf gestellt, die Biografien der beiden durchforstet – aber da war nichts. Es schienen zwei wahllos herausgegriffene Opfer zu sein. Das würde die weiteren Ermittlungen umso schwieriger machen.

Hinter ihm klangen leise Klaviertöne aus der Anlage im Wohnzimmer, Ludovic Einaudis *Seven Days Walking*. Er dachte kurz an Mila, die den Kopf leicht zur Seite neigte, wenn sie nachdachte.

»Streng dich an, Jakob«, murmelte er. »Wenn es keine Verbindung gibt, was bedeutet das?«

Eine Krähe flog durch die Straße. Sie landete auf dem Bürgersteig und pickte nach Müll im Rinnstein.

»Keiner sieht die alte Frau«, murmelte er. »Alle sehen den jungen Studenten.«

Er sah die Krähe an.

»Du steigerst dich«, sagte er leise. »Irene Nowak war einfach. Der Student war schwieriger.«

Es war eine erste Ahnung, doch er spürte, dass er auf dem richtigen Weg war. Die alte Frau war kaum ein Risiko, keine Familie in unmittelbarer Nähe, keine Freunde, die Nachbarn ignorant. Ein Besuch beim Bäcker, ein Spaziergang durch die Siedlung. Sie wurde gesehen, aber nicht beachtet. Wenn nicht rein zufällig in der Nachbarwohnung Maja Tschorpik überfallen worden wäre, dann wäre die alte Frau womöglich erst Wochen später gefunden worden.

Gemeinsam mit einer verhungerten Krähe.

Vielleicht war genau das der Plan gewesen?

»Und dann Ben Richter«, sagte Jakob laut zu sich selbst, wie er es oft tat, wenn er einen Fall für sich sortieren musste. Die Krähe trippelte über den Bürgersteig.

»Ben ist sehr riskant. Du gehst sogar in eine Vorlesung, du sprichst dort, du wirst gesehen. Es ist … das nächste Level.«

Und was das bedeutete, war glasklar: Es würde eine weitere Stufe geben. Mindestens. Aber darin lag womöglich eine Erklärung: Es gab keine Verbindung zwischen den beiden Opfern. Es musste auch keine geben. Die alte Frau war ein Versuch gewesen, der erste Schritt. Der bis auf die zu frühe Entdeckung der Leiche wunderbar geklappt hatte.

Danach Ben.

»Wie bist du auf ihn gekommen?«, murmelte er. »Komm schon, ich will es wissen. Hast du ihn zufällig getroffen? Aber dafür passt alles zu gut, er war ideal für deinen nächsten Schritt. Und das Haus hatte einen Keller für deine verfluchten Krähen.«

Er kam nicht weiter, und deshalb tat er das, was er in solchen Fällen stets getan hatte: Er wechselte den Ort.

Rasch stellte er seine Tasse in der Küche ab, schloss die Balkontür und zog sich um. Keine fünf Minuten später trat er auf die Straße und lief mit gleichmäßigen Schritten in Richtung Stadtpark. Üblicherweise hätte er seine Kopfhörer mitgenommen, aber jetzt wollte er nur die kalte Luft in sich aufsaugen, den Kopf freibekommen, in der Hoffnung, dass ein guter Gedanke dabei herauskommen würde.

Sein Atem war ruhig, er war ein geübter Läufer, auch das Schwimmen hatte seine Kondition verbessert. Als er den Park erreichte, beschleunigte er das Tempo und drehte drei Runden um den angrenzenden See. Schließlich erreichte er einen kleinen Durchgang zwischen den Bäumen, der in die Sackgasse führte, in der Ben Richter gewohnt hatte. Er wusste nicht, ob er absichtlich dorthin gelaufen war oder ob seine Füße ihm unbewusst den Weg gewiesen hatten, es war auch egal.

»Hallo, Jakob.«

Ein Polizeifotograf, den er von früher kannte, räumte gerade sein Equipment in einen dunklen Kombi, der vor dem Gebäude geparkt war.

»Na, da habt ihr ja ganz schön was vor die Füße gelegt bekommen. Seltsamer Fall, oder? Ich habe oben die letzten Fotos gemacht von der Wohnung. Genug für heute.«

Er schloss seinen Kofferraum. Jakob versuchte, sich an den Namen des Kollegen zu erinnern. Er fiel ihm nicht ein.

»Ist oben noch offen?«, fragte er spontan und blickte auf den Wohnkomplex.

Der Fotograf nickte.

»Ja, ich wollte gerade hoch und …«

»Ich geh noch mal rein«, sagte Jakob und nickte ihm zu. »Ich zieh die Tür zu, wenn ich gehe.«

»Super, danke dir. Dann bin ich jetzt weg. Hat mich gefreut, Jakob.«

»Ja, mich auch.«

Wenig später betrat Jakob im dritten Stock die Wohnung von Ben Richter. Und sofort war das Gefühl wieder da, die Anspannung und auch das Entsetzen. Er atmete tief ein und ging dann durch jeden einzelnen Raum, auf der Suche nach irgendetwas, das ihm helfen könnte.

Aber da war nichts.

Auf dem Balkon standen drei Müllsäcke, die letzten Überbleibsel einer hastigen Wohnungsräumung. Er öffnete die Tür und trat hinaus. Ben Richter hatte einen fantastischen Blick auf den Park gehabt, durch die Bäume hindurch war die Stadtkirche zu sehen. Jakob beugte sich über die Säcke. Er sah eine Kehrschaufel, mehrere Bücher, Putzlappen und ein Paar Flipflops.

Was suchte er? Was hoffte er zu finden in den Überbleibseln eines Lebens? Er durchwühlte kurz die Säcke, fand jedoch nichts

Interessantes. Schließlich griff er nach einem Lifestyle-Magazin, kehrte zurück in die Wohnung und setzte sich dem Sofa gegenüber auf einen Stuhl. Er saß dort für einige Minuten, mit geschlossenen Augen. Hatten sie sich unterhalten, der Täter und sein Opfer? Hatte Ben sofort gewusst, dass er sterben würde? Hatte er sich gewehrt? Sie hatten keine Kampfspuren in der Wohnung bemerkt, was aber leicht zu erklären war bei der Menge an K.-o.-Tropfen, die sie im Blut des jungen Mannes gefunden hatten.

Jakob beschloss, später ins Präsidium zu fahren und noch mal alles durchzugehen. Sie mussten etwas übersehen haben.

Er blätterte in dem Magazin. Sein Blick blieb an der Rückseite hängen. Der Aufkleber hatte sich fast vollständig gelöst, die Schrift darauf war kaum noch zu erkennen. Vermutlich weil das Magazin schon seit Tagen draußen auf dem Balkon im Müllsack gelegen hatte. Er nahm es in die Hand und strich den Aufkleber glatt.

Da war der Name: Ben Richter. Und seine Adresse.

Ein zweites Puzzlestück schob sich plötzlich in seine Gedanken. Er atmete langsam aus.

»Sieh mal einer an.«

Am unteren Rand des Aufklebers stand eine Abonummer. Ben Richter hatte ein Magazin abonniert.

Jakob griff in die Tasche seiner Trainingsjacke und holte sein Handy heraus. Es war ausgeschaltet.

»Mist!«

Der Akku war leer, womöglich schon seit mehreren Stunden, er hatte nicht darauf geachtet, als er vom Meer aus zurück in die Stadt gefahren war. Er sah sich in der Wohnung um, stand auf und zog mehrere Schubladen auf, bis er schließlich ein Ladekabel fand. Unruhig ging er auf den Balkon hinaus, blickte über den Stadtpark, wartete auf das Wiedererwachen seines Handys, während seine Finger auf der Brüstung trommelten.

Ein Signalton erlöste ihn nach kurzer Zeit.

Zehn Anrufe in Abwesenheit.

»Scheiße«, murmelte er. Sechsmal Lucy Chang. Dreimal Dirk Sattmann. Und zuletzt Mila.

Irgendetwas musste passiert sein, aber das musste noch kurz warten. Vorher wollte er etwas überprüfen.

Bereits nach dem ersten Freizeichen hob jemand ab.

»Mein Name ist Jakob Krogh, von der Polizei. Ich bräuchte dringend eine Information bezüglich eines Abonnements … ja, ich warte …«

Es dauerte zwei Minuten, bis er die richtige Person dranhatte.

»Ich weiß, dass Sie mir keine Auskünfte zu Ihren Kunden geben dürfen, solange ich keinen amtlichen Beschluss habe. Aber darum geht es nicht, ich habe eine viel einfachere Frage, aber sie ist wichtig.«

Zwei Minuten später warf Jakob die Tür von Ben Richters Wohnung hinter sich zu und eilte das Treppenhaus hinunter. Nun hatte er schon zwei Puzzleteile gefunden.

Sie waren nicht sonderlich groß. Aber sie waren da.

SPUREN

Eine halbe Stunde später saß die *Gruppe 4* geschlossen am großen Konferenztisch, mit gesenkten Köpfen und in den Ohren die Flüche des leitenden Staatsanwalts. Dirk Sattmann war ebenfalls aus seinem freien Sonntag gerissen worden, was er hasste, weil er ohnehin nur sehr wenig Freizeit hatte. Er war auf seinem Segelboot gewesen, mit zwei Freunden, die Angeln waren eingepackt, die Thermoskannen mit Kaffee und Glühwein ebenfalls. Der Winterausflug über die Kanäle und den Fluss hinab bis zur Mündung ins Meer hatte Tradition, und es war klar, wer für das Brechen dieser Tradition geradestehen musste.

Lucy Chang kaute auf ihrer Unterlippe, während der Finne aus dem Fenster starrte, seine großen Hände regungslos auf der Tischplatte.

»Vier Wochen!«, brüllte Sattmann jetzt, während er durch den Raum tigerte und mit den Händen abwechselnd durch die Luft und durch sein Haar fuhr. »Vor vier Wochen haben wir hier angefangen, ihr habt alles bekommen, was es braucht. Gute Leute – vielmehr: angeblich gute Leute –, dazu alle Freiheiten bei der Ermittlung. Ihr solltet einfach nur professionell arbeiten, verdammt! Meint ihr, da draußen warten sie nicht darauf, dass ihr scheitert? Es wurden Mittel verschoben, Stellen umverteilt, Budgets gekürzt, nur damit ihr hier sitzen könnt in eurem verdammten Loft oder Dachbüro oder wie auch immer ihr es nennt! Und was macht ihr? Kriegt nichts gebacken! Und dann ist der erste Tatverdächtige tot, weil die zwei Klugscheißer hier auf alle Regeln der Polizeiarbeit pfeifen! Verdammt, seid ihr bescheuert?!«

»Dirk …«, versuchte Jakob einzuhaken, aber er ahnte, dass es dafür zu früh war. Der Druck musste erst mal raus.

»Ich will nichts hören, Jakob! Gar nichts!« Ein Stapel Zeitungen landete auf dem Boden, als Sattmann mit der Hand wütend ein Sideboard leerfegte. »Glaubt ihr, wir sind hier in so einer beschissenen Serie, wo die Ermittler machen können, was sie wollen? Mal eben in die Siedlung fahren und einen Verdächtigen hochgehen lassen, das klingt super, oder? Am besten, ohne auch nur einen einzigen Vorgesetzten darüber zu informieren, völlig überflüssig, warum auch? Wir fahren da hin, buchten den ein und feiern uns alle. War das Ihr Gedanke, Frau Chang? Wenn ja, dann war das ein wirklich beschissener Gedanke, das ist Ihnen hoffentlich klar! Und was Sie betrifft, Kollege Salo, das freut mich, dass sie mal wieder Mist bauen, wirklich! Es ist erst ein halbes Jahr her, oder? Anzeige wegen Körperverletzung und übermäßiger Gewaltanwendung im Dienst. Da geht doch noch mehr, oder? Natürlich geht da mehr! Jetzt ist ein junger Mann gestorben, weil Sie ihn ohne jegliche Unterstützung und Rückendeckung mal eben vor einen Laster gejagt haben, wie klingt das für Sie?«

»Tuure war überhaupt nicht …«

»Natürlich nicht, Frau Chang! Er war gar nicht vor Ort, genau wie Sie, wollen Sie mir das sagen? Hä? Dass alles nur ein blöder Zufall war, dass die *Gruppe 4* richtig gute Arbeit geleistet hat? Na, dann mal los, ich bin sehr gespannt auf ihre Argumente.«

»Dirk, es reicht jetzt, wir haben verstanden.«

Jakob war aufgestanden und blickte den Staatsanwalt an, der sich immer mehr in Rage redete. Er konnte Dirk Sattmann verstehen, das hier war ein riesengroßer Mist, alles war schiefgelaufen, und sie hatten nichts auf der Habenseite.

»Ich verstehe den Ärger, wir …«

»Ach, du verstehst den Ärger? Das ist aber schön, Jakob.

Dann können wir uns ja alle einen Kaffee machen und weiterarbeiten, als sei nichts gewesen.«

»Du weißt genau, dass wir das nicht tun. Es gibt Regeln und klare Absprachen, die gelten für alle, die im Außeneinsatz sind, ob sie zur *Gruppe 4* gehören, zur Sitte oder wohin auch immer. Und wenn dieses Team dagegen verstoßen hat – was der Fall ist –, dann liegt die Verantwortung bei Mila und mir. Tuure und Lucy sind hervorragende Ermittler, sie sind auf die Spur des Amerikaners gestoßen, haben versucht, uns zu erreichen, und haben dann gehandelt. Genau das erwarten wir. Dass sie keine Unterstützung angefordert haben, war allerdings ein gravierender Fehler, wir werden das intern besprechen.«

»Aber könnte mal jemand erwähnen, dass wir einen echten Durchbruch erzielt haben?« Lucy Chang schaute empört in die Runde. »Ich meine, hier reden alle von Fehlern und was für ein Mist das war, okay, aber immerhin …«

»Lucy. Halt die Klappe.«

Es war Milas Stimme, die den aufkommenden Protest der jungen Kollegin verstummen ließ. Jakob wusste inzwischen, dass Lucy Mila vertraute, die beiden hatten sich trotz aller Gegensätze gefunden und arbeiteten gut zusammen. Er warf einen Blick auf den Finnen, der weiterhin stumm aus dem Fenster starrte.

Dirk Sattmann musterte die Runde und sah dann auf seine Uhr. Langsam verebbte sein Zorn.

»Es ist richtig, dass ihr euch vor euer Team stellt«, sagte er jetzt. »Aber das eigentliche Problem ist, dass ihr euch mit dieser Aktion einen echten Bärendienst erwiesen habt.«

Jakob schaute Mila an, die müde wirkte und verzagt. Wo war sie gewesen, als Lucy versucht hatte, sie zu erreichen? Sie hatte etwas von *kein Netz* gemurmelt.

»Ihr müsst endlich liefern!«, fuhr Sattmann fort. »Es sind mehr als vier Wochen vergangen, wir haben keine echte Spur bei den Krähenmorden. Und ob der Amerikaner wirklich der Mann ist, der die drei Frauen im Viertel überfallen hat, müssen wir auch erst noch beweisen. Es reicht nicht, dass er drüben in den Staaten vorbestraft war und sein Alibi geplatzt ist. Denn leider (er warf einen strafenden Blick auf Lucy und den Finnen) können wir ihn nicht mehr vernehmen! Also bringt mir so schnell wie möglich Beweise, dass er es war, ansonsten kriegen wir wirklich Ärger miteinander. Ist das bei euch angekommen?«

»Ist angekommen.«

Es war Ludger Palm, der zum ersten Mal in dieser Sitzung etwas sagte. Er blickte Sattmann an und straffte sich: »Wir kriegen das hin.«

»Wie bitte? Was soll das heißen: Wir kriegen das hin? Es geht hier nicht um ein Auto, das liegengeblieben ist, oder um ein verstopftes Abflussrohr, kapiert ihr das? Es geht hier um …«

»Es geht um Serienstraftaten.«

Ludger Palm funkelte den Staatsanwalt an, der nur mühsam seinen nächsten Wutausbruch unterdrückte und den ansonsten so ruhigen und eher unscheinbaren Ermittler anstarrte. Jakob musste kurz lächeln. Ludger Palm tat die Arbeit in dieser Gruppe offensichtlich gut.

»Es sind Serienstraftaten, Herr Staatsanwalt. Und genau dafür sind wir da. Wir sind keine Zauberer, wir sind auch nur Polizisten. Aber verdammt gute, auch wenn es im Moment vielleicht nicht so aussieht. Aber Lucy Chang und Tuure Salo machen einen richtig guten Job, genau wie jeder andere hier. Wir liefern noch zu wenig, das ist richtig. Aber das hier ist kein Fußballspiel, bei dem man zur Pause möglichst klar führen muss. Es geht hier um saubere Ermittlungsarbeit, um Zusammenhänge, die wir erkennen müssen. Wir werden aus diesen Fehlern lernen, sie werden nicht mehr vorkommen. Ich für meinen Teil würde jetzt gern weiterarbeiten, weil ich mir sicher bin, dass wir erfolgreich sein werden. Und was die Krähenmorde betrifft, doch, da haben wir eine Spur, und ich werde ihr heute nachgehen. Es ist kurz vor zwölf Uhr mittags, ich denke, wir sollten jetzt weitermachen, das erwarten Sie ja zu Recht von uns.«

Für einen Moment war es still am Tisch. Mila, die neben dem Kollegen saß, drückte spontan seine Hand. Es war, so würde sie später immer wieder sagen, ein wichtiger Moment in der noch jungen Geschichte dieser Gruppe, und sie würde sich noch lange daran erinnern.

»Also gut«, sagte Dirk Sattmann. »Ich will in den nächsten Tagen Ergebnisse haben, sonst kriegt ihr alle Ärger mit mir. Aber dann richtig, verlasst euch drauf.«

Als er den Raum verließ, saßen sie für einen Moment stumm am Tisch. Bis Mila schließlich aufstand und an die weiße Tafel ging, die sie an einer der Wände befestigt hatten. Sie nahm sich einen Marker und begann die Aufgaben, die sie sich vor Dirk Sattmanns Besuch vorgenommen hatten, aufzuschreiben.

»Okay, dann lasst uns loslegen. Denn bei allem, was unser werter Herr Staatsanwalt so von sich gegeben hat … in einem hat er recht: Wir müssen besser werden, schneller arbeiten, endlich Ergebnisse erzielen. Deshalb werden wir uns konkrete Ziele für die nächsten zwei Tage vornehmen. Übermorgen sollten wir ein sehr gutes Stück weitergekommen sein. Frauke, mit dir fangen wir an.«

Überrascht hob die Teamassistentin den Kopf. Es war nicht zu übersehen, dass die vergangenen Minuten bei ihr Spuren hinterlassen hatten, und Jakob wusste warum: Niemand war so froh wie Frauke, Teil dieses Teams sein zu dürfen. Viele Jahre hatte sie in verschiedenen Abteilungen des Präsidiums vor allem Kaffee gekocht und Akten aus dem Archiv nach oben gebracht. Als Jakob sie gefragt hatte, ob sie sich der *Gruppe 4* anschließen wolle, hatte sie geweint. Und nach Sattmanns Auftritt fürchtete sie, dass diese Zeit schneller vorbei sein könnte, als sie gedacht hatte.

Genau deshalb war sie jetzt die Richtige: Sie würde alles geben, damit das Team Erfolg hatte.

»Was soll ich tun?«, fragte sie Mila.

»Du bleibst bei den Überfällen. Ich will, dass du alles herausfindest, was mit dem Amerikaner Brandon Falk zu tun hat. Wo war er tatsächlich in der Tatnacht, wie sicher können wir sein, dass er der Täter ist? Du bist für diesen Punkt verantwortlich, verstanden? Wir müssen so schnell wie möglich wissen, ob er unser Mann ist oder nicht. Lucy unterstützt dich, was Datenbanken und Informationen aus dem Netz betrifft.«

Erschrocken ob ihrer Verantwortung nickte Frauke heftig und blickte zu Lucy, die ihr zulächelte.

»Frauenpower, Sister, das kriegen wir hin! Und ich sag dir: Er ist es.«

Mila schrieb den nächsten Namen an die Tafel.

»Solange der Amerikaner als der Überfalltäter gilt, bleiben die Krähenmorde unsere oberste Priorität. Ludger, du gehst deiner Spur nach. Erklär es kurz den anderen, damit alle auf dem Stand sind.

Ludger Palmer blickte in die Runde. »Es gibt einen Ornithologen, ich kenne ihn aus einer früheren Ermittlung. Damals wurde ein Kind vermisst, und wir haben mit Suchhunden die Gegend gecheckt. Er hat uns sehr geholfen, weil er die betreffende Gegend wie seine Westentasche kannte. Er hat mich heute Morgen angerufen, weil er sich an mich erinnert hat. Und mir von den Vögeln erzählt.«

»Den Vögeln?«, fragte Lucy.

»Den Krähen.«

Für einen kurzen Moment war es still.

»Mach's nicht so spannend, alter Mann!« Lucy hatte sich

nach vorne gebeugt, eine große pinke Kaugummiblase vor dem Gesicht.

Ludger holte tief Luft.

»Er hat heute Morgen drei tote Krähen auf einem Feld gefunden. Was erst mal nichts Besonders ist. Folgendes aber schon: Allen Vögeln fehlte der Kopf.«

Lucy bearbeitete ungeduldig ihren Kaugummi.

»Ja, und? Ein Fuchs, ein Hund, keine Ahnung, diese Waldtiere sind doch unberechenbar, die beißen schon mal …«

»Die Köpfe waren fein säuberlich abgetrennt. Der Mann meinte am Telefon, es müsse ein Beil gewesen sein, eine Axt, so was. Jedenfalls kein Tier. Er geht davon aus, dass da draußen jemand ist, der Krähen einfängt und ihnen den Kopf abschlägt. Und zwar während sie noch leben.«

Nach einer kurzen Pause fuhr er fort: »Es sind nicht die ersten Krähen, die er gefunden hat. Bereits vor einigen Wochen sind ihm zwei tote Vögel aufgefallen, er hat es erst für einen dummen Streich gehalten.«

»Das könnte es doch auch sein«, sagte der Finne ruhig.

Ludger schüttelte den Kopf.

»Er hat einen Mann gesehen. Nur von Weitem, er stand plötzlich am Waldrand, unter den Bäumen.«

»Kann er den Mann näher beschreiben?«

Ludger zuckte mit den Schultern.

»Viel kann er dazu nicht sagen. Aber ich fahre gleich raus zu ihm. Es ist etwas mehr als eine Stunde bis dorthin. Mal schauen, ob es etwas mit unserem Fall zu tun hat. Aber möglich ist es.«

»Jedenfalls ist es eine vielversprechende Spur«, sagte Mila und sah den Finnen an. »Du fährst mit, ich möchte, dass ihr zu zweit seid.«

Tuure nickte und sah seinen Kollegen prüfend an.

»Du bist falsch angezogen für eine Landpartie.«

Ludger sah an sich herunter, auf seinen grauen Anzug und seine glänzenden Lederschuhe.

»Da hast du vermutlich recht. Ich habe andere Sachen im Auto.«

»Es gibt noch eine weitere Spur. Eine Verbindung zwischen den beiden Opfern, die Jakob heute Vormittag entdeckt hat«, sagte Mila, als sie die beiden Namen und die entsprechende Aufgabe an der Tafel vermerkt hatte.

Die anderen schauten ihn gespannt an, und Jakob hatte das Gefühl, dass sie allmählich etwas festeren Boden unter den Füßen hatten. Noch war es nur ein Gefühl und keine Gewissheit, aber es war mehr als noch vor wenigen Stunden.

Er stand auf und stellte sich an die Wand, an der mehrere Fotos befestigt waren. Auch das Callcenter war darauf zu sehen, neben dem Leichnam von Irene Nowak.

»Wir wissen, dass das erste Opfer – Irene Nowak – ein paar Wochen zuvor Anzeige erstattet hat gegen dieses Callcenter hier. Mila und ich waren da, haben aber nicht viel herausfinden können. Gegen das Callcenter ermittelt unsere Abteilung für Wirtschaftskriminalität, aber auch die sind noch nicht sonderlich weit. Was ich jetzt aber weiß: Dieses Callcenter steht auch in Verbindung mit unserem zweiten Opfer: Ben Richter. Es ist eine sehr schwache Verbindung, aber immerhin.«

Lucys Kaugummiblase platzte mit einem Knall.

»Ben hatte ein Lifestyle-Magazin abonniert. Und zuständig für die Akquise von Neukunden hier in der Region ist – ebendieses Callcenter. Das bedeutet, dass wir endlich etwas haben, das die beiden Opfer verbindet. Zugegeben, es ist noch nicht sonderlich viel, aber genug, um dem Unternehmen noch mal einen Besuch abzustatten. Mila und ich werden hinfahren und uns eine Liste aller Mitarbeiter geben lassen, außerdem die Namen derer, die mit Irene Nowak und Ben Richter telefoniert haben.«

»Okay, das ist wirklich nicht viel«, entfuhr es Lucy. Sie klang enttäuscht, und er konnte sie verstehen. Aber mehr hatten sie nicht, jedenfalls noch nicht.

»Wir brauchen alles über das Callcenter, Lucy. Du sollst Frauke unterstützen, aber setz dich zusätzlich mit den Kollegen der Wirtschaftskriminalität hin, durchwühle alle Datenbanken. Und sobald wir Namen von Mitarbeitern haben, füttern wir dich damit. Das ist viel Arbeit, aber du wirst klug genug sein, dich gerade jetzt nicht zu beschweren.«

»Natürlich nicht«, erwiderte Lucy zerknirscht. »Und wenn ihr wollt, hacke ich mich auch in deren System, ich krieg das schon hin.«

»Nein, kriegst du nicht«, sagte Mila streng.

»Klar, krieg ich das hin«, erwiderte Lucy schnippisch. »Ist gar nicht schwer, ich wette, die haben keine …«

»Lucy, du wirst nichts dergleichen tun«, warnte Jakob. »Wir haben genug Mist gebaut für einen Tag.«

»Ist ja gut. Aber wenn wir es doch mal brauchen …«

»Lucy!«

Es war Frauke, die mit der Faust auf den Tisch gehauen hatte, zur Überraschung aller. Mit dunklem Blick funkelte sie Lucy an.

»Wenn Mila und Jakob sagen, dass du es lässt, dann lässt du es. Die beiden müssen sich auf uns verlassen können, wir haben wirklich keine Zeit für solche Sachen. Und Jakob hat recht: Unser Kontingent an Bockmist ist derzeit wirklich aufgebraucht. Also, wir zwei setzen uns jetzt dahinten an meinen Schreibtisch und beginnen mit der Arbeit.«

Jakob lächelte dankbar und nickte der Assistentin zu. Dann wandte er sich an das restliche Team.

»Da ist noch etwas. Mila und ich reden gleich noch mit jemandem, der uns bei den Krähenmorden unterstützen wird. Wir haben dem Staatsanwalt schon vor unserem Start mitgeteilt, dass wir einen Fallanalysten bauchen, jemanden, der Täterprofile erstellt. Bislang war niemand frei, was für eine Abteilung wie unsere gelinde gesagt … schwierig ist. Aber Mila und ich haben noch mal Druck gemacht, und so wie es aussieht bekommen wir zumindest ein bisschen Unterstützung.«

»Wer ist es?«, fragte Ludger an Jakob gewandt. Der räusperte sich kurz.

»Bender.«

»Wie bitte?«

»Das ist nicht dein Ernst!«

Ludger und Lucy sahen ernsthaft entsetzt aus. Er hob die Hände und versuchte sie zu beschwichtigen.

»Hey, wir können jede Unterstützung brauchen. Und jemanden, der für uns Täterprofile erstellt, das ist eminent wichtig. Ich weiß, Bender ist nicht einfach, er …«

»Nicht einfach? Er ist ein Arschloch!«

»Lucy, reiß dich zusammen!«

Wieder war es Frauke, die ihre junge Kollegin in ihre Schranken verwies. Aber auch sie schien nicht begeistert.

»Max Bender ist seit einem Jahr in Rente«, stellte Ludger Palm sachlich fest. »Und ich kenne niemanden im Präsidium, der darüber nicht heilfroh war. Er ist ein echtes Ekel, nur von sich selbst überzeugt, er hat es sich wirklich mit allen …«

»Das ist egal.«

Mila brachte die erregten Kollegen zum Verstummen.

»Jakob und ich werden uns nachher mit ihm treffen, er wird uns beraten und helfen. Oder habt ihr eine bessere Idee? Das ist hier kein Wunschkonzert, wir haben einen Job zu erledigen, und wenn ich das mal kurz anmerken darf: Den machen wir gerade nicht wirklich gut. Und damit ist dieser Punkt beendet. Danke.«

Einige Minuten später saßen Jakob und Mila allein am Besprechungstisch und sahen aus dem großen Fenster über die Dächer der Stadt. Der Himmel war milchig, die Wolken hatten sich ineinander verhakt.

»Kein leichter Tag«, sagte Jakob. »Ist bei dir alles in Ordnung?«

Mila nahm einen Schluck aus ihrer Kaffeetasse.

»Sehe ich so beschissen aus?«

Er lächelte.

»Nein. Aber die Lebensfreude springt dir auch nicht gerade aus dem Gesicht.«

»Manchmal ist es besser, nicht so genau hinzuschauen. Aber danke, bei mir ist alles in Ordnung. Und bei dir? Immerhin hattest du heute noch frei und wolltest bei Mariella und Filip sein.«

»Ich komm nicht zur Ruhe«, erklärte er nach kurzem Schweigen. »Mir kommt es vor, als würden diese verdammten Krähen die ganze Zeit durch meinen Kopf fliegen.«

»Das kenne ich. Ging mir auch oft so. Aber langsam kommen wir voran. Wir haben erste Anhaltspunkte, das ist schon ein guter Ansatz.«

»Da bin ich mir nicht so sicher.«

Jakob wusste selbst nicht, warum er so negativ war. Aber er wurde das Gefühl nicht los, dass sie es mit einem mehr als gerissenen Täter zu tun hatten. Einem Schatten, der ihnen weit voraus war, der irgendwo in der Dunkelheit saß und sie belächelte, weil sie weiterhin im Dunkeln tappten. Und der womöglich schon dabei war, sein nächstes Opfer zu suchen.

Das nächste Level zu erreichen.

»Erzählst du mir, was in Wien wirklich passiert ist?«, fragte Jakob nach einer kurzen Pause.

Überrascht drehte sie sich zu ihm. Sie wirkte müde, ihre Gesichtszüge waren hart.

»Was soll ich da erzählen? Es ist ein abgeschlossener Fall, ich habe ihn hinter mir gelassen.«

»Du bist eine schlechte Lügnerin, Mila.«

»Ist das so?« Das Thema war ihr sichtlich unangenehm, er konnte förmlich sehen, wie sie sich verschloss.

»Du bist doch diejenige, die gesagt hat, dass wir alles übereinander wissen sollten, um gut zusammenzuarbeiten. Ich finde, da hast du völlig recht.«

Sie schwieg kurz, biss sich auf die Lippe, legte den Kopf leicht zur Seite.

»Da ist nicht viel zu erzählen«, sagte sie schließlich. »Der Fall Toblach ist Vergangenheit. Unsere Krähenmorde sind die Gegenwart, darauf sollten wir uns konzentrieren. Lass uns weitermachen.«

Er wollte schon einen neuen Einwand vorbringen, beschloss dann aber, es vorerst dabei bewenden zu lassen.

»Wie war Mariellas Ausstellung?« Mila wollte offenbar das Thema wechseln. Jakob sortierte bereits die Unterlagen auf dem Tisch und räumte seine Kaffeetasse weg

»Du hast erzählt, dass sie schon seit Monaten daran arbeitet. Hat alles funktioniert?«

Ihm wurde warm, als er an das Wochenende zu Hause und dann in Stettin dachte.

»Ja, es war großartig. Wenn es nicht so weit wäre, würde ich sagen, du musst es unbedingt mal sehen. Sie hat es wirklich geschafft, Ausstellungsstücke von mehr als fünfzig renommierten Künstlerinnen und Künstlern aus Deutschland und Polen zusammenzubringen. Eine echte Herkulesaufgabe.«

»Das freut mich. Auch, dass du ein bisschen abschalten konntest. Und ja, vielleicht fahre ich wirklich mal hin.«

»Mach das. Ich gehe schon mal runter, ich will noch zur Wirtschaftskriminalität. Wir treffen uns in der Kantine mit Max Bender.«

»Dann komme ich da gleich hin.«

Während Jakob das enge Treppenhaus hinunter in den dritten

Stock des Präsidiums ging, setzte sich Mila an ihren Rechner. Sie öffnete das Browserfenster und tippte »Ausstellung« und »Stettin« in die Suchmaske. Kurz darauf öffnete sich die offizielle Seite einer internationalen Kunstausstellung. Sie würde das ganze Jahr über zu sehen sein, und Mila dachte darüber nach, tatsächlich einen Ausflug nach Polen zu machen, wenn das hier alles vorbei wäre.

Sie klickte auf eine Bildergalerie der Eröffnung und betrachtete die ausgestellten Gemälde und die Installationen. Jakob hatte nicht übertrieben, die Anzahl der Werke war beeindruckend. Sie klickte weiter. Lange Stuhlreihen, Prominente in der ersten Reihe. Es mussten an die fünfhundert Gäste sein. Diejenigen im Hintergrund mussten stehen, offenbar waren die Stühle ausgegangen.

»Hey, da ist ja Jakob.«

Sie lächelte, als sie ihren Kollegen, halb hinter einer Säule verborgen, erkannte. Sein Blick war auf die Bühne gerichtet, er hielt ein Glas in der Hand. Mila überlegte, ob sie ihm das Bild ausdrucken sollte, als sie plötzlich innehielt. Sie runzelte die Stirn und beugte sich vor.

Irgendetwas störte sie, etwas stimmte nicht an dem Bild. Sie wusste zuerst nicht, was es war, sie betrachtete die Aufnahme genauer, das Publikum, die Kunstwerke im Hintergrund. Jakob hinter der Säule. Fotografen vor der Bühne.

Die Frau am Mikrofon.

Für einige Sekunden blickte sie auf das Bild, bis sie sah, was sie irritierte. Schließlich aber schüttelte sie den Kopf. Sie hatte jetzt keine Zeit dafür, sie würde Jakob später danach fragen.

FAMILIE

Elias hatte das Fenster geöffnet, der Fahrtwind trug den Geruch von feuchter Erde zu ihm herein. Er hielt das Lenkrad mit der rechten Hand, sein linker Arm hing aus dem Seitenfenster, die Finger trommelten im Rhythmus des Radiosongs. Er hatte eine Sonnenbrille aufgesetzt, zwischen den Platanen am Rande der Allee wechselten sich Licht und Schatten ab. Der alte graue Volvo lag ruhig auf der Straße, die sich in einem weiten Bogen durch die Landschaft wand. Er beschleunigte und drehte das Radio lauter, summte die Melodie mit und spürte, wie seine Zuversicht wuchs.

Er griff zum Rückspiegel, drehte ihn so, dass er sich selbst sehen konnte. Er sah müde aus, was kein Wunder war. Die vergangenen Nächte waren kurz gewesen, wie immer an diesem Punkt der Vorbereitung. Das Warten, bis es stockdunkel war, bis im Haus wirklich eine vollkommene Ruhe eingekehrt war. Wenn er es betrat, war es bereits weit nach Mitternacht. Einmal war er kurz eingenickt auf dem Sofa, was nicht weiter schlimm gewesen war, aber natürlich hatte es ihn geärgert, das durfte ihm einfach nicht passieren. Schließlich hatte er den Ärger lächelnd beiseitegewischt und die Sache als weiteren Beleg für seine Unantastbarkeit gewertet.

Er war vollkommen sicher.

Elias fuhr absichtlich langsam durch ein Dorf. Weil er Zeit hatte und weil er in die Fenster der Bewohner sehen wollte. Dort, wo keine Gardinen hingen oder sie etwas zur Seite gezogen waren, sah er geblümte Tapeten, aus geöffneten Fenstern hing Bettwäsche. Wäscheleinen im Garten und Hunde, die ihn ankläfften, als er vorbeirollte. Freundlich nickte er einem Briefträger zu und einer älteren Frau, die vor ihm die Straße überquerte.

Überall Leben.

Auch wenn sie ihn zurückgrüßten, wenn sie ihm zunickten, mit misstrauischem Blick, weil sie den Wagen hier noch nie gesehen hatten: Sie würden ihn vergessen, schon nach wenigen Augenblicken. So war es immer schon gewesen: Die Menschen sahen ihn nicht wirklich, nahmen ihn nicht wahr, und falls doch, dann löschten sie ihn innerhalb weniger Momente aus ihren Erinnerungen.

Er war ein Gast in ihrer Welt.

Ein Gast in ihrem Leben.

Aber niemand von ihnen wusste, wie lange er wirklich bleiben würde.

Als er das Dorf verließ, beschleunigte er den Wagen wieder. Er liebte diesen Moment, wenn alle Arbeit getan, wenn alles vorbereitet war und sein Herz zu schwingen schien angesichts eines neuen Lebens, das sich ankündigte, das sich herausschälte aus der Leere und aus der grauen Einsamkeit.

Elias legte seine Hand auf die Tasche, die auf dem Beifahrersitz lag. Zärtlich fuhren seine Finger über den Stoff, er spürte den Inhalt, nahm die Formen wahr und die spitzen Stellen. Etwas Feuchtigkeit war ausgetreten, es war nicht schlimm. Alles, was zählte, war, dass er nicht allein war. Und dieser Gedanke machte ihn so glücklich, dass er laut mitsang, während er den Wagen über eine Anhöhe steuerte, in Richtung Autobahn, in Richtung Stadt und in Richtung eines wunderbaren Tages, der endlich das bringen würde, was er sich so sehr wünschte.

*

»Hier, Ihr Kaffee.«

»Danke. Zucker wäre nett gewesen. Geht aber auch so.«

»Ich dachte, man wird milde, wenn man endlich in Ruhestand geht.«

Jakob schaute Max Bender an, der ihm am Tisch in einer ruhigen Ecke der Kantine übellaunig gegenübersaß. Der Mann hatte ganz offensichtlich schlecht geschlafen, er war unrasiert, und seine weißen Bartstoppeln ließen ihn noch mehr wie einen Mann wirken, der auf diesen Tag keine Lust hatte.

Dabei wusste Jakob, dass genau das Gegenteil der Fall war. Max Bender war seit einem halben Jahr im Ruhestand, und die Wahrheit war: Er langweilte sich zu Tode.

»Reden Sie nicht so einen Stuss, Krogh. Wer in Ruhestand geht, wird nicht milde, sondern einfach nur alt. Was nichts Schlechtes sein muss, ich wollte nicht jung sein in diesen Zeiten, lauter Wahnsinnige da draußen.«

»Und dann noch die Menschen außerhalb des Präsidiums.«

»Ha, der war nicht schlecht. Also, wo ist die Neue? Pünktlichkeit ist auch so eine Tugend, die von euch ignoriert wird, oder?«

»Sie ist gleich da. Und sie heißt Mila Weiss.«

»Meinetwegen. Vielen Dank für die Unterlagen übrigens.«

Jakob lächelte in sich hinein. Das erste freundliche Wort von Bender, seitdem er ihn hier in der Kantine getroffen hatte. Sie hatten sich kurz über die schwierige Situation der Polizei ausgetauscht, das mangelnde Vertrauen der Bevölkerung und die finanziellen Löcher samt Personalknappheit. Die üblichen Themen, wenn sich zwei Polizisten trafen. Nur dass der eine offiziell gar nicht mehr im Dienst war.

Aber sie brauchten ihn. Und deshalb würde Jakob über vieles hinweghören. Er hoffte, dass Mila dies auch gelingen würde, wobei er große Zweifel hatte.

»Interessanter Fall«, brummelte Bender, nachdem er einen

ersten Schluck seines Kaffees genommen hatte. »Immer wieder was Neues. Krähen, die sich an einer Leiche abarbeiten. Ich wusste gar nicht, dass diese Biester so etwas tun.«

»Tun sie eigentlich auch nicht«, erklärte ihm Jakob. »Aber unser Mann hungert sie vorher völlig aus, sie sind orientierungslos und panisch, wenn er sie in den Wohnungen aussetzt. Und er trägt seinen Opfern Vogelfutter und Würmer auf die Haut auf. Das Ergebnis sieht man auf den Aufnahmen hier.«

Bender nickte langsam und ließ seinen Blick über die Akten gleiten, die er vor sich ausgebreitet hatte. Schließlich stöhnte er und griff sich mit schmerzverzerrtem Blick an den Rücken.

»Immer noch das Rückgrat?«, fragte Jakob. Bender schwitzte leicht.

»So sieht's aus. Der Mistkerl hat mich zum Krüppel geschossen, und ich muss damit leben. Und zwar allein, wie Sie sicher wissen.«

»Ja, habe ich gehört. Tut mir leid.«

»Lassen Sie Ihr Mitleid stecken, Krogh. Mir wird nur schlecht von der Heuchelei.«

Bender griff an die Seite und löste die Bremsen seines Rollstuhls, in dem er seit drei Jahren saß. Er fuhr ein Stück zurück und streckte seinen Rücken. Jeder im Präsidium kannte seine Geschichte: Er hatte bei einer Razzia eine Kugel abbekommen, durch eine geschlossene Wohnungstür hindurch. Gerade hatte er sich umgedreht, um das Kommando zum Stürmen zu geben, als die Kugel zwei Millimeter unterhalb seiner Schutzweste in den Körper eingedrungen war. Die Weste war ihm zu klein gewesen, aber eine andere hatte es zu diesem Zeitpunkt nicht gegeben. Ein Umstand, dem er wenigstens eine ordentliche Entschädigung durch die Polizeiversicherung verdankte. Mehr aber auch nicht.

Max Bender hatte monatelang im Krankenhaus gelegen, hatte sich durch die Reha gekämpft, nur um sich irgendwann eingestehen zu müssen, dass er nie mehr allein würde laufen können. Genauso wenig würde er in den Polizeidienst zurückkehren können, zumindest nicht in den Außendienst, den er so sehr geliebt hatte.

Nach einem halben Jahr war er im Rollstuhl nach Hause zurückgekehrt. Weitere sieben Monate später war seine Frau an Krebs gestorben, und er war mit neunundfünfzig Jahren zum Witwer geworden. Er hatte dann beschlossen, sich als Fallanalyst weiterzubilden, als jemand, der vom Schreibtisch aus Täterprofile erstellte und die Kollegen so unterstützte.

Aber Max Bender wurde noch etwas: unausstehlich. Es verging keine Minute, ohne dass er sein gesamtes Umfeld wissen ließ, wie schlecht die Welt war, wie übel ihm mitgespielt wurde und wie inkompetent alle waren.

Jakob hatte sich sämtliche Geschichten angehört, die Verzweiflung der Ermittlerteams, die Berichte über Schimpftiraden und wüste Ausfälligkeiten, er kannte junge Kollegen, die sich angesichts von Benders Verhalten überlegt hatten, sich versetzen zu lassen. Erst als der Mann vor einem halben Jahr in Rente gegangen war, war Ruhe eingekehrt auf den Gängen des Präsidiums.

Und jetzt war er wieder zurück, und das aus einem einzigen Grund: Max Bender war verdammt gut in dem, was er tat. Seine Beobachtungen hatten so manchem Team zum Durchbruch verholfen, er saß nächtelang zu Hause in seinem Arbeitszimmer und sichtete stapelweise Unterlagen, er las sich in alles ein, kannte selbst das Kleingedruckte auswendig. Dabei sah er vor allem zwei Dinge: auch die unauffälligsten Besonderheiten in den Verhaltensmustern der Täter sowie jeden noch so winzigen Hinweis auf schlampige Ermittlungsarbeit seitens der Kollegen.

Und jetzt würde er die *Gruppe 4* unterstützen. Weil Jakob und Mila das Gefühl hatten, dass sie etwas übersahen. Und genau das durfte ihnen nicht passieren.

»Ah, da bist du ja. Kaffee?«

»Nein, danke. Guten Morgen, Max Bender, nehme ich an. Ich bin Mila Weiss.«

Sie streckte Bender die Hand hin, die dieser ignorierte. Stattdessen sah er zur Uhr an der Wand.

»Wir hatten zwölf gesagt.«

Mila runzelte kurz die Stirn, setzte sich dann und lächelte.

»Falsch. Sie hatten zwölf Uhr gesagt.«

»Was auf das Gleiche hinausläuft.«

»Und zwar auf was?«

»Dass Sie zu spät sind.«

Jakob überlegte, ob es wirklich so eine gute Idee gewesen war, Bender zurückzuholen. Mila hatte einen starken Charakter, sie würde sich mit dem Mann im Rollstuhl sofort anlegen.

Aber vorerst blieb sie ruhig.

»Das ist richtig. Genauso richtig ist aber auch, dass es für einen alten Mann ohne Termine völlig egal ist, wenn er warten muss. Ich gehe davon aus, dass Ihr Rehatermin am Vormitttag war, die sind immer am Vormittag. Und da ich nicht davon ausgehe, dass sie Mitglied in einem Canastaclub oder einer Skatgruppe sind, würde ich sagen: Wir haben alle Zeit der Welt.«

Max Benders Augen wurden zu Schlitzen, er musterte Mila. Er trug einen dunklen Marinepullover und graue Hosen, seine Hände lagen jetzt auf den Bremsen seines Rollstuhls. Jakob rechnete fest damit, dass er sie lösen würde, um sich dann von ihnen zu verabschieden.

Aber er irrte sich.

»Warum sollte ich nicht Canasta spielen?«, fragte er ruhig.

»Weil Sie immer gewinnen würden«, antwortete Mila. Sie legte einen Block und einen Stift auf den Tisch. »Und dann würde Ihnen schnell langweilig werden. Das wiederum hassen Sie, Ihnen ist ohnehin zu oft langweilig. Dann doch lieber in den Akten eines aktuellen Falls rumwühlen, den die Kollegen einem zuschicken, oder? Das hat auch den angenehmen Nebeneffekt, dass es das eigene Ego befriedigt. Also, wollen wir anfangen? Wir brauchen Ihre Hilfe, Herr Bender.«

Für einen kurzen Moment war es still am Tisch. Der Mann im Rollstuhl löste die Bremsen – und schob sich dichter an den Tisch heran. Mit einem Lächeln reichte er Mila seine Hand.

»Auf eine gute Zusammenarbeit, Frau Weiss. Ich habe schon viel von Ihnen gehört. Nicht so viel Schlechtes, wie Sie von mir. Aber auch nicht nur Gutes.«

Mila ergriff seine Hand, dann deutete sie auf die Unterlagen.

»So wie es aussieht, geht es hierbei auch mehr um Schlechtes als um Gutes. Was ist Ihnen aufgefallen?«

»Einiges. Und das Wichtigste will ich gleich zu Beginn loswerden: Sie haben recht damit, dass ich mehr als genug Zeit habe. Aber eines kann ich Ihnen versichern. Sie beide: Sie haben gar keine Zeit. Sie müssen sich beeilen. Denn der Mann, den Sie suchen, ist schon längst an seinem nächsten Opfer dran.«

*

Der Kies knirschte unter den Reifen, als Elias auf den Parkplatz eines Landgasthofs am Rande der Schnellstraße einbog. Jetzt, im Februar, stand nur ein Wagen vor dem Eingang, obwohl Mittagszeit war. Aber hier, fern der Stadt, war grundsätzlich nicht viel los, und so sah auch das Restaurant aus: wie etwas in Vergessenheit Geratenes. Einige Schindeln waren vom Moos verfärbt, Putz bröckelte an einer Ecke des Hauses von der Fassade. Die Büsche seitlich des Eingangs waren struppig, zwischen den Steinplatten waren die Reste von schlecht beseitigtem Unkraut zu sehen. Elias fuhr langsam an dem Gebäude vorbei, er wusste nicht recht, warum er eigentlich hier war, es war ein Impuls gewesen. Vielleicht auch, um sich abzulenken. Einige Kilometer zuvor hatte er eine junge Frau in ihrem Kleinwagen überholt, er hatte sie angelächelt, einfach so, weil die Sonne geschienen und die Musik ihn beflügelt hatte.

Krampfhaft an ihr Lenkrad geklammert, hatte sie den Wagen neben sich auf der Überholspurt gar nicht bemerkt. So als wäre Elias unsichtbar.

Und vielleicht war er das auch. Vielleicht wurde alles, was er anfasste, so wie er: unsichtbar. Ohne Bedeutung für andere.

Wie früher.

Und auch die Vögel hatten ihn im Stich gelassen.

Seine rechte Hand zitterte, als er den Wagen unter einem Baum parkte, etwas weiter entfernt vom Eingang des Gasthofs.

Er atmete jetzt zu schnell. Er musste sich beruhigen. Er musste die junge Frau in dem Wagen vergessen, sie war wie alle anderen, es war nicht schlimm, er war es gewöhnt.

Aber nicht heute. Heute war sein Tag.

Er würde ein neues Leben beginnen.

Ein Meisterwerk schaffen, eines, mit dem er selbst nicht gerechnet hatte. Es würde eine Generalprobe werden, ein Vorspiel zu dem, was folgen würde.

Durch die großen Fenster des Restaurants konnte er eine vierköpfige Familie sehen. Eine glückliche, perfekte Familie. Neben der Frau saß ein kleiner Junge, gegenüber ein etwas älteres Mädchen im rosafarbenen Kleid, den Kopf auf die linke Hand gestützt. Daneben der Vater im karierten, kurzärmligen Hemd, Brille, schmale Schultern und …

Elias stutzte.

… er sah aus wie er.

Nicht vollkommen gleich natürlich, aber der Mann war ebenfalls eher schmächtig, und seine dunklen Haare fielen ihm leicht ins Gesicht. Wie die Kinder wohl hießen?

Klara? Oder Mathilda? Und ihr Bruder? Fynn vielleicht,

viele Jungen hießen Fynn derzeit, manche auch Leo. Nein, Fynn.

Elias drehte den Rückspiegel zur Seite, bis der Wagen der Familie in sein Blickfeld kam. Es war ein dunkelblauer Kombi, durch die Heckscheibe konnte er Taschen und Jacken erkennen.

Der Mann, der aussah wie er, hieß vielleicht Lutz. Oder Thomas.

»Vielleicht sollte ich dich einfach fragen«, flüsterte Elias, und er spürte, wie seine rechte Hand etwas weniger zitterte. »Das würde mir gefallen. Und wenn dein Name mir gefällt, dann könnten wir uns näher kennenlernen. Ich bin mir sicher, dass du ein sehr schönes Leben führst.«

Er wollte gerade den Blick wieder der Familie zuwenden, als er sah, dass die Wagentür des Kombis hinten links nicht richtig geschlossen war. Vermutlich hatte eines der Kinder sie nicht richtig zugeworfen.

Elias lächelte.

*

»Es gibt eine weit verbreitete These über Serientäter. Also natürlich gibt es mehrere Thesen, aber die eine ist sicher die bekannteste.«

Max Bender hatte die Akten etwas zur Seite geschoben und sah Jakob und Mila an. Immer wieder flackerte sein Blick, und Jakob fragte sich, wie viel Schmerzmittel er wohl nahm. Immerhin hatte er sie in den vergangenen Minuten ruhig durch den Fall geführt und rekapituliert, mit wem sie es hier zu tun hatten: mit einem Mann, der seine Opfer aussuchte, ihr Leben unter die Lupe nahm und sie dann minutiös geplant und offenbar ohne große Gewaltanwendung handlungsunfähig machte. Sowohl bei Irene Nowak als auch bei Ben Richter war eine starke Dosis K.-o.-Tropfen nachgewiesen worden, aufgenommen über die Mundschleimhaut. Beide waren erstickt worden, mit einem Kissen beziehungsweise einer Decke.

»Er tötet sie auf geradezu sanfte Weise, ist euch das aufgefallen?«, fragte Bender. »Das steht im krassen Gegensatz zu dem, was er die Krähen anrichten lässt. Aber dazu kommen wir später.«

Jakob kam sich vor wie ein Schüler, dem man gleich erläutern würde, warum er eine schlechte Arbeit geschrieben hatte.

»Die These über Serientäter lautet: Die Ursache liegt immer in der Kindheit. Irgendein Trauma, ein Erlebnis. Oft ist es Missbrauch, durch den Vater, die Mutter, über Jahre hinweg. Daran zerbricht ein Mensch in jungen Jahren. Er entwickelt – bewusst oder unbewusst – Hass gegenüber der Welt und seinen Mitmenschen. Und irgendwann bricht es aus ihm heraus. Er verarbeitet seine eigenen Verletzungen, indem er nach dem immer gleichen Muster anderen Verletzungen zufügt.«

»Und was daran ist aus Ihrer Sicht verkehrt?«

Max Benders Mund verzog sich zu einem Lächeln, als Mila ihm die Frage stellte.

»Sehr gut, Frau Weiss, Sie merken sehr schnell, worauf ich hinauswill. Sie haben recht, ich halte diese These zumindest sehr oft für unbrauchbar – besonders an diesem Punkt der Ermittlung. Denn die Wahrheit ist doch: Wir haben im Moment keine Ahnung, warum jemand zwei Menschen tötet, für kurze Zeit in ihr Leben schlüpft und sie dann mit einer oder mehreren Krähen zurücklässt. So ehrlich müssen wir sein. Wir wissen es nicht. Aber das Gute ist: Wir müssen es vielleicht auch gar nicht wissen.«

»Was wir müssen, ist, ihn stoppen«, sagte Mila.

»Korrekt. Und deshalb würde ich unseren Blick gern auf etwas anderes lenken.«

Jakob bemerkte sofort, dass Bender »unseren Blick« gesagt hatte. Offenbar gab es etwas an diesem Fall, das den ehemaligen Kollegen so sehr interessierte, dass er bereit war, mit ihnen zusammenzuarbeiten.

Bender beugte sich vor, Jakob konnte das Leder des Rollstuhlsitzes knarzen hören.

»Das Interessante ist doch: Es gibt keine Verbindung zwischen den beiden Opfern. Okay, beide haben lose Kontakt zu einem Callcenter, über ein Abonnement. Aber sonst gibt es erst mal keine offensichtliche Verbindung.«

»Aber es muss eine geben«, insistierte Jakob und deutete auf die Unterlagen. »Irgendwo da drin …«

»Schwachsinn!« Bender unterbrach ihn harsch.

»Glauben Sie mir, ich habe die vergangenen drei Nächte ohne Unterbrechung über diesen Akten gesessen. Was meinen Sie, warum ich so scheiße aussehe? Ich habe nicht geschlafen, nicht gegessen, nicht getrunken, zumindest kein Wasser. Ich habe meinen Schreibtisch nicht verlassen, und wenn, dann nur, um meine Blase zu leeren. Nein, es gibt keine Verbindung. Beziehungsweise keine, die man als solche bezeichnen würde.«

Jakob sah Bender skeptisch an.

»Was wollen Sie damit sagen?«

»Ich will damit sagen, dass die beiden Opfer nichts vereint. Außer der kleinste gemeinsame Nenner: ihr Leben. Sie haben beide ein Leben geführt.«

Jetzt war es Mila, die den Mann im Rollstuhl irritiert ansah.

»Das verstehe ich nicht.«

»Weil sie zu kompliziert denken, Frau Weiss. Kein Wunder, sie sind eine Frau, für sie ist es kaum möglich, einfach zu denken.«

»Vorsicht.«

»Ich meine das als Kompliment, sie sind zu klug, um draufzukommen. Der liebe Herr Krogh könnte es schon eher, er ist einfach gestrickt.

Wie auch immer, Sie müssen in diesem Fall nur Folgendes

akzeptieren: Das Einzige, was zählt, ist das Leben. Jeder führt ein Leben, die alte Frau, der Student, Sie, Frau Weiss, und Sie, Herr Krogh, auch.«

»Aber wir führen völlig unterschiedliche Leben«, erwiderte Jakob, immer noch skeptisch.

»Umso besser!«, rief Bender laut aus. »Und umso spannender für unseren Mann! Denn das bedeutet: Um ihn herum existieren unzählige Möglichkeiten! Milliarden von Leben, es ist wie ein Universum voller Chancen. Wobei ich mir sicher bin, dass er die ›Zielpersonen‹ nicht als Opfer ansieht.«

»Sondern als was?«

Zu ihrer Enttäuschung zuckte Bender mit den Schultern.

»Keine Ahnung, das müssten Sie ihn selbst fragen. Aber die Art, wie er sie umbringt, die Tatsache, dass er ihr Leben weiterführt: Ich glaube nicht, dass er sie aus Hass tötet.«

Mila und Jakob wechselten einen Blick.

»Aber warum? Warum tötet jemand einen anderen Menschen, um sein Leben zu führen? Er weiß, dass das unmöglich ist. Er darf dabei auch keinem begegnen, sonst würde er auffliegen.«

Wieder schüttelte Bender den Kopf.

»Er begegnet Menschen, andauernd. Denken sie an Maja Tschorpik – die dachte, sie würde wirklich mit Irene Nowak sprechen, im Treppenhaus. Denken Sie an den Professor in der Universität – der dachte wirklich, dass es der echte Ben Richter ist, der sich in seiner Vorlesung gemeldet hat.«

»Aber wie macht er das? Haben wir es hier mit einem Verwandlungskünstler zu tun?«

Max Bender schloss kurz die Augen, offenbar wurde er erneut von seinem Rücken geplagt.

»Schon möglich. Ich glaube aber, wir haben es vor allem mit jemandem zu tun, der das schon sehr lange tut. Zumindest in der Theorie hat er sich viele Jahre darauf vorbereitet.«

Jakob überflog die Unterlagen.

»Aber warum? Warum macht er das? Warum will er die Leben der anderen?«

Es war Mila, die eine Antwort auf diese Frage hatte. Und Benders Reaktion zeigte, dass sie richtiglag.

»Weil er selbst keines hat. Oder hatte. Zumindest keines, das er als solches bezeichnen würde.«

»Genau so sehe ich das auch«, sagte Max Bender leise. Sie schwiegen für einen Moment, bis Jakob die Frage stellte, die die gesamte *Gruppe 4* beschäftigte.

»Aber wenn er unzählige Opfer direkt vor der Nase hat, wenn es kein Muster gibt und keine Verbindung: Wie können wir ihn dann kriegen?«

Max Bender drehte seine Handflächen nach oben und hob die Schultern.

»Der Mann ist kein Profi. Niemand ist das. Er macht Fehler. Und er hat auch schon welche gemacht. Denn die Leichen seiner Opfer wurden viel früher gefunden, als er es beabsichtigt hat. Und an der Uni ist er deutlich zu weit gegangen, da hat er ein zu großes Risiko auf sich genommen. Und um ein Haar wäre er aufgeflogen. Aber da ist noch etwas.«

Jakob und Mila sahen Bender gespannt an.

»Wir können davon ausgehen, dass er alles sehr sorgfältig plant. Er sucht seine Opfer aus, beobachtet sie, er probt ihre Mimik, die Stimme, er kauft ihre Kleidung oder hat sie zumindest irgendwo parat. Dann erst schlägt er zu. Es ist wie eine Aufführung, die er plant, möglichst detailgenau. Aber davon abgesehen dürfen wir eines nicht vergessen. Er ist ein geistig kranker Mann, psychisch komplett neben der Spur. Und sosehr er sich in seiner Planungsphase offenbar im Griff hat: Es kann genauso passieren, dass er von einem Moment auf den nächsten die Kontrolle verliert. Dass er plötzlich diesem Drang nachgeben muss, sich ein anderes Leben zu nehmen, weil in seinem eigenen gerade etwas gründlich schiefläuft. Manchmal reichen Kleinigkeiten: eine Begegnung, die anders verläuft, eine Kränkung, ein harsches Wort. Ich glaube, er leidet am meisten darunter, dass er in seinem eigenen Leben nicht beachtet wird. Und weil er das nicht ändern kann oder meint, es nicht ändern zu können, nimmt er sich einfach ein anderes Leben. Und in dem wird er dann gesehen.«

Jakob atmete aus, er hatte das Gefühl, dass er in den vergangenen Minuten die Luft angehalten hatte.

»Dann haben Sie vermutlich absolut recht mit Ihrer ersten Einschätzung: Wir haben keine Zeit zu verlieren. Er kann jederzeit wieder zuschlagen. Oder er hat es bereits getan …«

*

Das Polster fühlte sich weich an. Sein Kopf lehnte am Sitz, Elias hatte die Augen geschlossen. Die Finger seiner rechten Hand fuhren über das Spielzeug, das zwischen den Sitzen lag, ein Kopfhörer, ein halber Keks.

Es roch nach Leben.

Und alles vermischte sich. Der Geruch kalten Kaffees aus dem Becher in der Mittelkonsole, Gummibärchen, die warm geworden waren, im Seitenfach. Es war stickig, vier Menschen in einem Wagen, eng beieinander. Sie waren vielleicht auf dem Rückweg von einer Familienfeier, er sah die Rechnung eines Hotels auf der Ablage, eine Bonbonpackung mit einer Grußbotschaft.

»Danke, dass ihr da wart!« Karamellbonbons, sie würden zu Hause vergessen werden, in einer Schublade verschwinden, und das Leben würde weitergehen. Schule für die Kinder, die Eltern würden ins Büro fahren, morgen schon.

Elias nahm die Eindrücke in sich auf, er spürte, wie er geflutet wurde von diesen fremden Leben, die ihm jetzt schon so vertraut schienen. Er stellte sich vor, wie es wäre, mit ihnen zu fahren, zwischen den Kindern zu sitzen, Lieder zu singen, die mahnenden Worte des Vaters, ein bisschen leiser zu sein, ein Stau, sie hätten doch abfahren sollen. Der Sohn wollte noch einen Keks, die Tochter ein anderes Lied, und der Vater …

Elias öffnete die Augen und sah zum Restaurant hinüber. Die Familie saß noch dort, niemand achtete auf ihn. Keiner sah, wie er jetzt ein Halsbonbon aus einer Packung nahm und es auf seine Zunge legte. Es schmeckte nach Anis. Er nahm es aus dem Mund und legte es zurück in die Packung.

Der Vater … der so aussah wie er.

Nein, er musste gar nicht auf der Rückbank fahren, eingequetscht in der Mitte. Er könnte es doch sein, der fuhr, die Frau würde ihn anlächeln, ihre Hand auf seinen Oberschenkel legen.

Für einen kurzen Moment blitzte wieder die junge Frau auf, die er überholt hatte. Die Schlampe hatte ihn nicht mal angesehen, dabei hatte er nur freundlich sein wollen.

Er hatte jetzt den halben Keks in der Hand, zerbröselte ihn, seine Hand ballte sich zur Faust. Sein Blick fiel wieder auf die Hotelrechnung. Mit dem Namen des Kunden darauf.

»Du heißt also Konrad?«, flüsterte Elias und lächelte. »Hallo Konrad.«

Gerade noch rechtzeitig sah er, dass die Familie aufgestanden war. In einer fließenden Bewegung öffnete er die Tür, schlüpfte aus dem Wagen und verschwand hinter einer Ecke des Landgasthofs. Er hätte keine Sekunde später handeln dürfen, schon wieder war es sehr knapp gewesen, zu knapp. Er durfte nicht die Kontrolle verlieren, nicht jetzt. Denn es lag doch so etwas Schönes vor ihm – etwas Großes.

»Wo habe ich die denn …«, hörte Elias jetzt die Stimme der Frau, als die Familie nach draußen trat.

»Na, dann geh ich doch noch mal schnell um die Ecke, bis du sie findest«, sagte der Familienvater.

Elias verschwand rasch durch die Tür ins Innere des Landgasthofs. Muffige Luft empfing ihn, die nach Bratwurst und fettigen Pommes roch. Er folgte einem Schild und fand kurz darauf die Herrentoilette.

Sein Herz klopfte wild, er schwitzte unter den Achseln. Und gleichzeitig war da eine tiefsitzende Vorfreude. Er wusste, dass es ein Fehler war, er wusste, dass er sich an seinen Plan halten sollte. Als er das kühle Wasser an den Handgelenken spürte, schien es ihn kurz zu beruhigen.

Bis Konrad kam.

Die Tür ging auf, und der Mann trat ein, leise pfeifend. Im Spiegel betrachtete Elias ihn. Er war in der Tat ideal, hatte ungefähr die gleiche Größe, die gleiche Haarfarbe, schmächtige Schultern. Es war richtig. Er würde mit seiner Familie weiterfahren, er würde heute zu Hause die Koffer auspacken.

Als Konrad.

Der ihn nicht mal anschaute, als er an ihm vorbei zum Pissoir ging. Er beachtete ihn nicht, es war, als wäre Elias nicht im Raum. Auch für diesen Mann war er: ein Nichts.

Er war unsichtbar.

Elias merkte, wie sein Blick sich verdunkelte. Wie alles in ihm finster wurde. Und das einzige Geräusch, das er noch hörte, das Rauschen seines eigenen Blutes war. Das, und das Krächzen der Krähen.

*

»Aber warum die Krähen?«

Jakob sah Max Bender an, der mit einem letzten Schluck seine Kaffeetasse leerte.

»Ja, das ist eine gute Frage. Sie passen nicht ins Bild, nicht wahr? Ich habe lange darüber nachgedacht.«

Mila blickte auf die Uhr, sie mussten gleich los. Sie und Jakob waren in einer halben Stunde mit Rolf Batschalek, dem schmierigen Chef, in seinem Büro verabredet.

»Er betäubt seine Opfer«, sagte sie. »Er tut ihnen nicht weh, außer dass er sie fesselt.«

»Das ist eher Selbstschutz«, ergänzte Bender. »Aber sie haben recht, er geht sehr behutsam mit ihnen um. Bis hin zum eigentlichen Tötungsdelikt. Er wartet, bis sie erneut wegdämmern, dann erstickt er sie. Sie können sich überhaupt nicht wehren.«

»Es hat wirklich beinahe etwas Sanftes«, bemerkte Jakob. »Die Krähen hingegen sind … der reinste Horror, ehrlich gesagt. Die Opfer werden angefressen, Augen werden herausgepult, das volle Programm. Es passt nicht zusammen.«

Bender war ein Stück nach hinten gerollt. Er betrachtete sie.

»Nein, das tut es nicht. Und genau da liegt wieder die Lösung. Zumindest denke ich das, ich kann mich natürlich täuschen … ich denke aber, es soll gar nicht zusammenpassen.«

»Was meinen Sie damit?«

»Unser Mann übernimmt für kurze Zeit das Leben seiner Opfer, er gibt sich draußen als sie aus, auf der Straße, an der Uni, mitten im Leben. Was mit dem Leben passiert, das er zurücklässt, interessiert ihn dann nicht mehr. Er führt sie ja weiter, so würde ich es interpretieren. Für ihn haben die beiden Menschen, die er zurückgelassen hat, nicht nur keinen Wert mehr, sie existieren einfach nicht mehr. Vorher schon, er hat sie ja beobachtet und sie dann kopiert. Aber während er ihre Leben führt – da hören sie für ihn auf zu existieren. Vorher ist er sorgsam mit ihnen umgegangen, danach aber ist ihm alles egal.«

Mila nickte nachdenklich.

»Aber dann könnte er sie auch einfach loswerden oder auf dem Sofa verfaulen lassen. Warum die Krähen?«

Max Bender verzog das Gesicht.

»Ich muss Schluss machen, mein Körper bringt mich um.

Aber gut, ich werde Ihnen zum Schluss auch dazu eine These mitgeben. Aber wie gesagt, es ist nur eine These, auch ich kann mich irren.«

»Wobei das natürlich so gut wie nie vorkommt«, entfuhr es Mila mit ironischem Unterton.

»So ist es. Sie gefallen mir immer besser, Frau Weiss. Also: Ich denke, die Krähen werden aus einem ganz anderen Grund dort zurückgelassen. Denn sonst würde es wirklich überhaupt keinen Sinn ergeben, unser Mann will seine Opfer ja nicht entstellen, sie sind ihm schlicht egal.«

»Und das heißt was, konkret.«

»Es könnte bedeuten, dass dieser zweite Schritt so etwas wie eine … Strafe ist.«

»Und wer soll bestraft werden?« Jakob runzelte die Stirn. Mehr noch, als er die Antwort hörte, die Bender ihnen gab.

»Ich denke, die Krähen sollen bestraft werden.«

*

»Papa, komm endlich!«

Als der Ruf des Mädchens zu Elias durchdrang, war Konrad schon mit einigen schnellen Schritten in Richtung Tür unterwegs. Er hatte den Moment verpasst. Der Familienvater bemerkte weder den finsteren Blick, den Elias ihm hinterherwarf, noch den schweren Seifenspender aus Metall, den er hinter seinem Rücken verborgen hatte, bereit, damit zuzuschlagen. Die Tür fiel zu, und Elias hörte nur noch seinen eigenen Atem, spürte, wie sein Herz gegen die Brust trommelte. Für einen Augenblick musste er sich hinsetzen, auf die kalten Fliesen.

So knapp.

Es wäre ein großer Fehler gewesen, eine Dummheit, die ihn alles hätte kosten können.

»Beinahe, Konrad«, flüsterte er.

Er legte den Hinterkopf an die Fliesen und stellte sich vor, was der Mann gleich vorfinden würde, draußen auf dem Parkplatz. Er würde seine Frau sehen, die die beiden Kinder fest umarmte, sie weinten, alle drei. Und der Vater würde nichts verstehen, der Junge würde immer noch schreien und das Mädchen auch, und seine Frau würde zum Auto zeigen. Er würde sich vergewissern, dass es ihnen gut ging, dann würde er nachschauen, hinter dem Fahrersitz, wo das Mädchen saß.

Und erst würde er nichts sehen.

Und nachfragen. Und schreien, weil sie keine Ruhe gaben.

Und dann würde es ihn einholen.

Das ganze Grauen.

Elias öffnete die Augen, er war jetzt ruhiger. Er würde aufstehen und weiterfahren, sie würden ihn nicht beachten, sie würden ihn vergessen, so wie ihn alle vergaßen.

Stattdessen würden sie sich für immer an das erinnern, was er ihnen zurückgelassen hatte: den fein säuberlich abgetrennten Kopf einer Krähe, aufgesteckt auf ein kleines rotes Spielzeugauto.

SCHAUT NACH OBEN!

»Herr Sattmann?«

»Ich höre.«

»Spiel *Empire State of Mind.*«

Lucy saß an ihrem Schreibtisch, schaute aber am Bildschirm vorbei auf die Dächer der Stadt. Alles erschien ihr trist und grau, es kam ihr vor, als würden selbst die Tauben an diesem fürchterlichen Tag mit lahmen Flügeln auf den Giebeln und den Fernsehantennen sitzen, kraftlos und ausgelaugt, so wie sie selbst. Dabei hatte alles so gut begonnen, sie und der Finne hatten den Mann ausfindig gemacht, der aller Wahrscheinlichkeit nach die drei Frauen in ihren Wohnungen überfallen hatte. Als sie bemerkt hatten, dass er in den USA wegen Gewalt gegen Frauen vorbestraft war und zudem kein Alibi hatte, hatten sie ihn sofort aufgesucht – und dann war er ihnen vor einen Lastwagen gelaufen. Und der gesamte Tag war eine einzige Verteidigung gewesen, ein Wegducken angesichts der Vorwürfe, die auf sie einprasselten.

»Herr Sattmann, lauter bitte«, und sofort füllte Alicia Keys den Raum mit ihrer Stimme.

Hinter ihr öffnete sich die Tür zum Großraumbüro. Frauke, die immer schnaufte, wenn sie die Treppe in den vierten Stock hochgelaufen war, war daran immer leicht zu erkennen.

»Och, Lucy! Nicht schon wieder so laut!«

Es war jedes Mal das Gleiche, sie war die Einzige mit einem guten Musikgeschmack in dieser Einheit. Und Frauke reihte sich ganz hinten ein. Mehrmals hatte sie versucht, bei Herrn Sattmann Hans Albers zu bestellen. Aber das hatte Lucy zum Glück mit einem geschickten IT-Trick zu verhindern gewusst.

»Mädchen, es gibt so wunderbare Musik, warum suchst du dir immer die lauteste aus? Mein Gott, ist das Rap-Musik? Du machst dir noch die Ohren kaputt. Herr Sattmann, Ruhe!«

Die Musik erstarb.

»Hey, Lucy, was ist los? Du siehst ja ganz unglücklich aus, du bist doch sonst immer …«

Aber Lucy winkte ab und deutete stattdessen auf den großen Besprechungstisch.

»Schau selbst, dann muss ich es nicht erklären.«

Mit gerunzelter Stirn ging Frauke zum Tisch und nahm sich das Blatt Papier, das dort etwas verloren herumlag. Sie nahm ihre rote Lesebrille aus den Haaren und rückte sie auf der Nase zurecht.

»Vorgang 7639 … blabla … in Sachen Falk, Brandon … amerikanischer Staatsbürger.«

Sie las noch etwas weiter, bis sie zu der entscheidenden Stelle kam. Und sie verstand sofort.

»So ein Mist«, murmelte sie.

»Allerdings«, sagte Lucy. »Die Antwort vom LKA, leider einen Tag zu spät.«

»Das gibt's doch nicht. Das bedeutet ja …«

»Dass der Mann, der uns vor den Lastwagen gelaufen ist, leider doch nicht unser Täter ist. Weil er nämlich an besagtem Abend bei einer Drogenfahndung aufgeflogen ist. Allerdings wurde das nicht offiziell gemacht, weil man einen Deal mit ihm eingehen wollte. Tja, Pech gehabt, jetzt ist der Typ tot, und ich bin am Arsch.«

»Hat Sattmann schon davon erfahren?«, fragte Frauke. »Der platzt dann bestimmt jede Minute hier rein.«

»Keine Ahnung. Ich werde gleich Mila und Jakob informieren, dann können die sich mit Sattmann rumprügeln. Am Ende aber wird es auf Tuure und mich zurückfallen. Schau mich noch mal genau an, es könnte sein, dass ich demnächst nicht mehr hier sitze, sondern als Sicherheitskraft auf dem Jahrmarkt arbeite.«

Frauke lächelte: »Das macht sich bestimmt gut: Die gerade mal eins fünfundfünfzig große Lucy Chang, die beim Hau-den-Lukas den Jungs klarmacht, wo der Hammer hängt.« Dann aber schüttelte sie den Kopf und sagte entschlossen: »Okay, das bedeutet aber auch, dass der Auftrag, den wir beide von unseren Chefs bekommen haben, hinfällig ist. Pass auf, wir machen es so: Ich rufe Jakob an und sage ihm, was Sache ist. Und dass wir beide an einer anderen Spur dran sind.«

»An welcher anderen Spur«, fragte Lucy fast verzweifelt.

»Das weiß ich nicht. Wir sagen einfach, wir haben in den Akten etwas entdeckt, wir gehen der Sache nach und melden uns, jetzt ist es gerade schlecht. Die beiden haben sowieso keine Zeit, die sind viel zu sehr mit den Krähenmorden beschäftigt.«

»Zu Recht«, seufzte Lucy. »Wäre ich auch gern. Stattdessen kriege ich auf meiner Seite des Spielfelds nichts gebacken.«

»Warte ab«, munterte Frauke sie auf. »Ich rufe jetzt Jakob an, sie müssen es nun mal erfahren. Ich sage, du bist gerade unten im Archiv. Und dann mache ich uns Kaffee, und wir arbeiten uns komplett durch die drei Überfälle, alles noch mal ganz von vorn. Irgendwo muss doch etwas sein. Wir werden dieses Schwein schon finden.«

Lucy zögerte einen Augenblick, dann aber sah sie die Entschlossenheit in Fraukes Blick und fügte sich.

»Herr Sattmann? Spiel was von Beyoncé. Wir brauchen Power.«

»Och Lucy, echt jetzt? Wo ich mich doch so für dich einsetze, können wir da nicht …«

»Frauke: Ich vertraue dir. Wir kriegen das Schwein. Aber dein Musikgeschmack ist leider indiskutabel, sorry.«

Und während kurz darauf *Halo* durch den Raum hallte und Frauke zum Telefonhörer griff, spürte Lucy, wie etwas Zuversicht zurückkam. Ja, sie hatte einen furchtbaren Fehler gemacht. Und ein Mann war gestorben.

Aber jetzt war es endlich Zeit, dass das Blatt sich wendete.

*

Mila hatte den Kopf an die Scheibe gelehnt und kurz die Augen geöffnet. Sie hörte das Geräusch der Tankanlage und Jakobs Schritte, die sich vom Wagen entfernten. Neben ihr rauschte der Verkehr über die Schnellstraße, die meisten Autos hatten ihre Scheinwerfer eingeschaltet, weil der Februar noch ziemlich trüb war. Bereits jetzt, am frühen Nachmittag, erschien es ihr, als würde der Tag sich eilig verabschieden wollen. Sie gähnte und entdeckte Jakob telefonierend am Kaffeeautomaten der Tankstelle. Er war ein attraktiver Mann, sie mochte seinen Bart, auch wenn sie die Vermutung beschlich, dass er hoffte, sich darunter vor der Welt ein bisschen besser verbergen zu können.

Sie hatte mehrfach versucht, mit ihm über seinen Vater zu sprechen, aber er hatte dieses Thema stets abgeblockt. Sie spürte seine Trauer, kannte das Gefühl des Verlusts. Aber trotz alldem war er ein guter Polizist, ein sehr guter. Und er schaffte es sogar, sie ab und zu zum Lachen zu bringen, selbst an diesen dunklen Tagen, an denen sie mittlerweile das Gefühl hatte, dass jede Krähe, die sie auf einem Feld entdeckte, ein Vorzeichen war für etwas durch und durch Schlechtes.

Ihr Handy vibrierte, sie lächelte, als sie Leonards Nachricht sah.

Sehen wir uns heute Abend?

»Sehr gerne«, flüsterte sie und meinte es auch. Und doch schrieb sie etwas anderes.

Würde gerne, kann ich noch nicht sagen.

Die Antwort kam sofort.

Okay.

»Scheiße«, fluchte sie. Nicht nur, dass diese Stadt sich seit ihrer Ankunft hinter einem Schleier aus Grau versteckte und dass die Krähenmorde ihr jeden Raum zum Atmen nahmen – auch der erste Mann, der sich für sie interessierte, würde demnächst wieder weg sein, wenn sie nicht aufpasste.

»Hör zu«, fing sie deshalb sofort an, als Jakob die Tür öffnete und ihr einen Kaffeebecher reichte. »Ich muss heute Abend …«

»Wir haben ein Problem«, unterbrach Jakob und setzte sich mit finsterem Blick neben sie.

»Was ist passiert?«

Er schnallte sich an und blickte starr durch die Windschutzscheibe.

»Der Amerikaner. Er war es nicht.«

Mila, die gerade einen Schluck Kaffee nehmen wollte, hielt mitten in der Bewegung inne.

»Er kann Maja Tschorpik nicht überfallen haben. Eine Information der Kollegen vom LKA bestätigt das. Die haben offenbar vorgehabt, ihn auf die Payroll zu nehmen, er ist ihnen an besagtem Abend ins Netz gegangen. Bei einer Drogenrazzia. Es gab wohl ein Kommunikationsproblem, jedenfalls kam diese Information leider ein paar Stunden zu spät bei uns an. Frauke hat es mir gerade gesagt.«

»Wieso Frauke? Was ist mit Lucy, die soll sich selbst …«

Aber Jakob winkte ab.

»Das ist doch jetzt egal. Frauke schützt sie eben, das ehrt sie. Sie sagt, Lucy ist an etwas dran, sie wollen sich schnellstmöglich melden. Vermutlich ist es ein Bluff, um uns zu beruhigen.«

»Scheiße.«

»Du würdest es genauso machen.«

Für einen Moment schwiegen sie.

»Wir brauchen ganz dringend etwas Handfestes«, sagte sie schließlich. »Dein lieber Dirk wird Lucy und Tuure im schlimmsten Fall versetzen. Die beiden haben einen Unschuldigen in den Tod gejagt – so wird er es formulieren. Und wenn nicht er, dann die Presse. Das ist eine Riesenscheiße, das wird uns enorm schaden.«

»Natürlich«, erwiderte Jakob, »und genau deshalb brauchen wir Erfolge. Aber du wolltest mir eben was sagen … was musst du heute Abend?«

Mila dachte kurz an eine heiße Wanne, an eine Pizza zu zweit auf dem Sofa und an das, was danach kommen würde.

»Nichts«, sagte sie. »Hat sich erledigt.«

*

Zur gleichen Zeit standen Ludger Palm und Tuure Salo auf einem Feld, umgeben von Matsch und zahlreichen Krähen. Hier, am Fundort der massakrierten Vögel, hatten sie sich mit Alexander Fehbruck, dem zuständigen Ornithologen für dieses Naturschutzgebiet, verabredet. Fast schien es den beiden Ermittlern, als seien die Vögel absichtlich in ihrer Nähe auf dem Acker gelandet, weil sie hofften, dass diese beiden Menschen den brutalen Tod ihrer Artgenossen aufklären würden.

»Zumindest gibt es genug andere«, sagte der Finne mit seinem trocknen Humor, während er argwöhnisch die Krähen beobachtete. Fehbrucks Labrador blinzelte die beiden Polizisten an.

»Der Bestand ist durch diese grausame Tat natürlich nicht gefährdet, und dennoch muss die Frage erlaubt sein, welches Monster so etwas tut! Wir müssen um jeden Preis verhindern, dass das wieder passiert! Die Krähen sind ein wichtiger Bestandteil des ökologischen Gleichgewichts. Wir haben es hier ganz offensichtlich mit einem Feind dieses Ökosystems zu tun …«

»Haben Sie den Mann erkannt?«, unterbrach ihn Ludger. »Könnten Sie ihn beschreiben?«

Der Ornithologe sah ihn an und fasste sich wieder.

»Entschuldigen Sie meinen Ausbruch, es regt mich einfach auf, wenn es um die Vögel geht. Bei Menschen passiert mir das nicht so oft. Aber nein, ich kann ihn nicht beschreiben, er war, wie gesagt, weit entfernt. Er stand dahinten, am Waldrand.«

Ludger machte sich Notizen, während der Finne den Boden untersuchte.

»Ist Ihnen irgendetwas an dem Fremden aufgefallen?«, fragte Ludger ohne viel Hoffnung. Fehbruck warf seinem Hund ein Stück Trockenfleisch zu.

»Er hatte dunkle Sachen an, dunkle Haare, blasse Haut. Eine Kapuze, vielleicht von einer Regenjacke, einen Rucksack. Und Gummistiefel, so wie ich.«

Ludger überlegte kurz.

»Dann war er vermutlich schon mal hier draußen, zumindest war er passend angezogen.«

Fehbruck nickte.

»Ja, es gibt immer wieder Wanderer, die haben falsche Schuhe an. Hier braucht man mindestens knöchelhohe, sonst läuft einem das Wasser rein. Nicht weit von hier beginnt die Moorlandschaft, das spürt man auf diesem Feld auch schon. Es kann passieren, dass man zentimetertief in den Boden sinkt, und wenn man rauswill, ist der Schuh weg. Ja, ich würde sagen, der Mann war richtig angezogen.«

Tuure schritt den Bereich rund um die tote Krähe ab. »Es hat geregnet in der Zwischenzeit«, bemerkte er. »Hier finden sich keine Spuren mehr.«

»Was macht man denn bitte mit abgeschnittenen Krähenköpfen?«, fragte der Ornithologe verzweifelt. »Ich meine, wir stopfen selbst Tiere aus, aber das hier ist doch etwas ganz anderes. Das ist doch pure Barbarei.«

Ludger blickte nachdenklich über das Feld und zu den Krähen.

»Und das sind alles Kolkraben?«

Für einen kurzen Moment hellte sich das Gesicht des Mannes auf.

»Ja, wundervolle Tiere, nicht wahr? Kolkraben sind gesellige Vögel, früher waren hier und in den umliegenden Dörfern noch viel mehr. Sie sind fast so etwas wie das Wahrzeichen dieses Gebiets. Auch wenn Krähen traditionell von den Menschen nicht sehr geliebt werden – wir versuchen, ihnen hier ein kleines Paradies zu bieten, fernab der Luftgewehre oder Steinschleudern, mit denen so mancher Jagd auf sie macht.«

»Ist das da drüben ein Weg«?«, fragte der Finne in die eingetretene Stille hinein.

Er deutete auf eine Stelle unter den Bäumen.

»Ja, das ist einer von vielen, die das Naturschutzgebiet durchziehen. Ich habe mir auch schon Gedanken darüber gemacht, von wo der Mann gekommen sein könnte!

Ludger klappte seinen Notizblock zu und betrachtete die Krähen in ihrer Nähe nachdenklich.

Er hatte sich mehr von diesem Treffen erhofft, eine Spur, einen Hinweis.

»Die anderen Krähen habe ich vor einigen Wochen unweit von hier gefunden, ich kann Ihnen die Stellen zeigen, auf dem Rückweg.«

Ludger nickte, aber Tuures Blick lag noch immer auf dem Weg, der unter den Bäumen verschwand. Schließlich zog er ebenfalls einen Block samt Stift hervor und reichte beides dem Ornithologen.

»Der nächste Parkplatz, wo ist der? Zeichnen Sie mir den Weg dorthin auf, möglichst genau, bitte. Als Startpunkt dieser Weg dort.«

Der Mann überlegte kurz, dann griff er nach dem Block.

»Das wird dann wohl der Parkplatz in der Senke sein, das sind gut zwei Kilometer. Aber er ist einfach zu finden.«

Der Finne sah zu Ludger.

»Geh du zurück zu unserem Ausgangspunkt an der Schutzhütte und schau dir unterwegs die anderen Stellen an. Ich nehme den Weg durch die Moore zu diesem Parkplatz. Vielleicht finde ich da etwas. Du holst mich dann mit dem Wagen dort ab, ja?«

Kurz darauf stapfte Ludger mit dem Ornithologen und dessen Hund auf den westlichen Rand des Naturschutzgebietes zu. Es war still, nur ab und an stob ein Vogel aus dem Gebüsch. Das Schmatzen ihrer Gummistiefel begleitete sie zurück in die Zivilisation. Ludger fror, er hatte in seinem Kofferraum zwar Gummistiefel, aber nur eine dünne Jacke vorgefunden. Die hatte er übergeworfen, darunter trug er seinen Anzug. Der Finne hatte ihn belustigt gemustert, aber in der Eile hatte es keine anderen Optionen gegeben.

Sie mussten dringend einen Durchbruch erzielen, und Ludger hatte sich gewünscht, dass dieser Ort ihnen etwas würde erzählen können. Natürlich konnten die abgetrennten Krähenköpfe einen völlig anderen Hintergrund haben. Eine Mutprobe, ein Tierquäler, ein Kleinejungenstreich.

Aber Ludger hatte dennoch das Gefühl, dass sie hier richtig waren, dass das einsame Gebiet eine Rolle spielte in dieser Geschichte.

»Und Sie leben ganz allein hier draußen?«, fragte er Fehbruck. Vor ihnen, auf einer kleinen Anhöhe, war jetzt eine grün gestrichene Hütte zu sehen, an der sie geparkt hatten.

»Oh nein«, antwortete der Ornithologe. »Das da vorne ist nur eine Schutzhütte. Ich wohne eigentlich in einem Dorf, zehn Kilometer von hier, mit meiner Mutter. Ich pflege sie, müssen Sie wissen, sie ist nicht mehr die Jüngste. Ab und an schlafe ich in der Hütte, wenn ich ganz früh rauswill, so wie heute. Dann komme ich bereits am Vorabend. Meine Vorgänger haben tatsächlich die meiste Zeit hier verbracht, aber das ist mir dann doch zu einsam auf Dauer. Auch wenn ich ganz gern allein bin.«

»Kann ich gut verstehen, es ist wunderschön hier draußen.«

»Warten Sie nur, bis der Frühling kommt und sich die Natur wieder öffnet. Die Farben kommen zurück, einige seltene Vogelarten auch. Moment, hier biegen wir kurz ab, da drüben habe ich damals zwei Köpfe gefunden.«

Eine Viertelstunde später erreichten sie die Schutzhütte, an der Ludger den Dienstwagen geparkt hatte.

»Es war sehr gut, dass Sie angerufen haben«, sagte Ludger und streckte seinen Rücken durch.

»Und warum genau, sagten Sie, interessieren Sie sich für die Krähenköpfe? Wurden noch weitere gefunden?«

»Das kann ich Ihnen leider nicht sagen. Aber es hat uns geholfen. Können Sie mir bitte noch beschreiben, wie ich am schnellsten zu meinem Kollegen komme?«

»Ja, natürlich. Ich … warten Sie, ich hole eine Karte, es ist nicht ganz einfach. Oder wollen Sie vielleicht mit reinkommen, hier draußen wird es langsam ungemütlich. Ich kann Ihnen auch gern noch einen Tee anbieten.«

»Das ist nett, aber wir müssen dann … Entschuldigung, das muss mein Kollege sein.«

Ludger nahm sein Handy aus der Jackentasche, während der Ornithologe in der Hütte verschwand.

»Tuure? Bist du schon dort, du musst ja wirklich schnell gewesen sein, wir sind hier gerade …«

»Ich habe etwas gefunden.«

»Was denn?«

»Reifenabdrücke. Sie sind gut zu sehen, hier hat ein Wagen unter einem Baum geparkt, die Spuren der Hinterreifen sind noch im Boden. Aber es kommt noch besser: Es muss ein altes Fahrzeug sein, es hat Öl verloren. Und unter dem Baum sind

Lacksplitter auf dem Boden. Vermutlich hat der Fahrer kräftige Äste gestreift, hier ist alles zugewuchert.«

Ludger spürte, wie das Jagdfieber ihn ergriff. Endlich hatten sie etwas. Natürlich konnte auch diese Spur ins Leere laufen, womöglich gehörte der Wagen einem alten Ehepaar, das gestern hier wandern war. Oder aber einem Mann, der Krähen die Köpfe abhackte. Und der bereits zwei Menschen getötet hatte.

»Dann ruf die Spurensicherung, sie sollen sofort hier rauskommen. Das kann dauern, aber ich bin auch gleich da, dann können wir …«

»Das habe ich schon gemacht. Und ich habe ihnen auch gesagt, dass ich eine Ahnung habe, was das für ein Wagen war, der hier geparkt hat.«

Ludger runzelte die Stirn.

»Und woher willst du das wissen?«

Er hörte den Finnen kurz auflachen.

»Glaub mir, mit matschigem Untergrund kenne ich mich aus. Im Norden Finnlands ist im Sommer alles feucht, wir haben mit den Autos unserer Eltern Spritztouren durch die Wälder gemacht, Wettrennen über Feldwege. Danach sahen die Karren aus wie durch Scheiße gezogen. Und wir haben sie mehr als einmal irgendwo gegengefahren.«

»Und?« Ludger verstand nicht, worauf der Finne hinauswollte.

»Dort, wo ich herkomme, gab es nur zwei Automarken. Eine russische. Und Volvo. Und die hatten auch dieses Reifenprofil, das ich hier im Matsch erkenne. Und das Öl passt auch, ich habe Unmengen von Zeit unter diesen alten Karren verbracht. Ich tippe also auf einen alten Volvo, ein Kombi, grau lackiert.«

Ludger ballte die Faust. Sie kamen dem Kerl näher.

»Okay, ich bin gleich bei dir.«

Er legte auf, klopfte an den Holzrahmen der Hüttentür und trat in das Halbdunkel.

»Kommen Sie rein, ich bin hier hinten! Ich suche diese verdammte Karte …«

Fehbruck stand mit dem Rücken zu ihm an einem Schreibtisch, der übersät war von Karten, aber auch von Fachbüchern und offenen Notizbüchern mit handschriftlichen Listen. Offenbar hatte das Zeitalter der Digitalisierung diese Hütte im Naturschutzgebiet noch nicht erreicht.

Es roch muffig, auf dem Gasherd der kleinen Küche standen zwei Töpfe. Der Hund hatte sich auf eine rote Decke in einer Ecke gelegt und sich eingerollt.

»Das nenne ich mal eine schöne Sammlung«, sagte Ludger und pfiff durch die Zähne, als er die ausgestopften Tiere an den Wänden entdeckte. Der Kopf eines Rehs zierte die Wand über dem Schreibtisch, auf der anderen Seite waren zahlreiche Vögel zu erkennen. Ludger hatte sich schon als Kind für Vögel interessiert, so dass es ihm nicht schwerfiel, die einzelnen Arten zu erkennen: Heidelerchen und Waldschnepfen. Ein Rotmilan. Ein Baumfalke und daneben ein Kranich mit seinem schlanken Hals.

»Mein Vorgänger hatte Spaß daran, und offenbar hatte er auch Talent. Ich finde es manchmal ein bisschen unheimlich, aber ich komme schon klar. Sie wollten keinen Tee, sagten Sie …«

»Nehmen Sie die Hände vom Schreibtisch.«

»Wie bitte?«

»Die Hände. Ich will Ihre Hände sehen!«

Ludger hatte seine Waffe gezogen, in einer fließenden Bewegung und ohne zu zögern. Sein Atem war ruhig, aber sein Herz hämmerte gegen seine Brust. Der Mann am Schreibtisch hatte den Kopf zu ihm gedreht und sah ihn erschrocken an.

»Was … mein Gott, was ist denn los?«

»Ihre Hände! Nach oben!«

Er hatte bemerkt, dass keine fünfzig Zentimeter neben dem Ornithologen ein Jagdgewehr lag, ein Zielfernrohr war auf den

Lauf geschraubt. Er wollte dem Mann auf keinen Fall die Gelegenheit geben, danach zu greifen.

»Machen Sie einen Schritt auf mich zu, und die Hände gehen nach oben, ich werde es Ihnen nicht noch einmal sagen!«

»Ist ja gut, natürlich! Ich verstehe nur nicht …«

Alexander Fehbruck riss seine Arme hoch und starrte Ludger entsetzt an. Dieser griff nach seinen Handschellen, packte den Mann an der Schulter, drehte ihn mit einem raschen Ruck um und bog ihm die Arme auf den Rücken. Das alles geschah innerhalb von Sekunden.

»Au, verdammt, Sie tun mir weh! Was soll denn das!«

»Hinsetzen.«

Er stieß den Mann auf einen Stuhl und sah ihn auffordernd an.

»Und jetzt erzählen Sie mir alles. Über die Vögel. Über die Krähen. Und vor allem: Erzählen Sie mir, was für ein Mensch Sie sind.«

Der Mann starrte ihn an, verstört und verängstigt.

»Ich verstehe nicht … was soll ich Ihnen erzählen?«

Ludger stellte sich hinter ihn und kniete sich hin, so dass er direkt in das Ohr das Mannes sprechen konnte.

»Das da«, sagte er und deutete auf eine Stelle an der Wand, oberhalb der Eingangstür. »Sie erzählen mir alles darüber. Wirklich alles.«

Der Blick des Ornithologen folgte Ludgers ausgestrecktem Arm bis zu dem Schriftzug, der in roten Lettern auf der Innenseite der Hüttel prangte. Ein Teil der Farbe war bereits abgeblättert, und doch war das, was dort stand, deutlich zu lesen.

Schaut nach oben!

ABGRÜNDE

Es war Bewegung in die Ermittlungen der *Gruppe 4* gekommen, nur wusste noch niemand, wohin das alles führen würde. In ihrem Büro unter dem Dach des Präsidiums saßen Frauke Ibsen und Lucy Chang an ihren Schreibtischen, benutzte Kaffeetassen und Kekspackungen bildeten das Fundament, auf dem sich Aktenmappen und Vernehmungsprotokolle stapelten, aber auch eine halbleere Packung Kopfschmerztabletten und Lucys große Kopfhörer, die sie abgesetzt hatte, weil selbst sie einmal Ruhe brauchte. Frauke hatte ihr bereits vor drei Stunden jegliche Befehle an Herrn Sattmann untersagt, vor allem, nachdem der echte Staatsanwalt in der Tür gestanden hatte.

Er hatte Lucy nur streng angesehen.

»Morgen früh in meinem Büro. Sie und Tuure Salo. Ich denke, ich brauche nicht zu erklären, worum es geht.«

Lucy hatte geschluckt, und Frauke hatte ihr ein Stück Käsekuchen vom Bäcker um die Ecke hingestellt.

»Iss das, hilft immer. Und dann mach weiter, bis morgen früh ist noch Zeit.«

»Aber wir finden nichts!«

»Doch, wir finden etwas. Wir schaffen das.«

»Du solltest nach Hause gehen, Frauke. Es ist auch dein freier Tag.«

»Der ist sowieso schon fast vorbei. Und zu Hause langweile ich mich nur. Los jetzt.«

*

Alles passierte auf einmal und doch zu langsam.

Die Stunden vergingen, und in einer Hütte auf einer kleinen Anhöhe suchten Männer in weißen Schutzanzügen nach Spuren. Sie durchsuchten jeden Winkel, schraubten selbst die Köpfe eines Rehs und eines Marders von der Wand, sie stellten alles auf den Kopf und von dort wieder auf die Beine.

Und fanden: nichts.

»Ich weiß nicht mal, wonach Sie suchen!«

Der Ornithologe saß im Fond eines Kleintransporters, den Ludger und der Finne kurzentschlossen zu einem Verhörraum umfunktioniert hatten. Sie hatten den Verdächtigen wieder von den Handschellen befreit, da er nicht als festgenommen galt. Aber er stand kurz davor. Zumindest schien er das zu glauben, denn er rechtfertigte sich ohne Unterbrechung, aber es führte nirgendwohin.

»Der Spruch steht da schon, seit ich hier arbeite. Ich habe keine Ahnung, fragen Sie meinen Vorgänger ... fragen Sie ... ich weiß es doch nicht! Worum geht es überhaupt?«

Tuure setzte den Ornithologen ins Bild. Daraufhin wurde er blass und still. Irgendwann ging Ludger nach draußen und rief in einem Altenheim an, ließ sich dort mit einem ehemaligen Ornithologen verbinden, der dort seit einigen Jahren lebte. Er war fünfundachtzig und hörte schlecht.

»Der Spruch? Welcher Spruch?«

»*Schaut nach oben!* Dieser Spruch steht doch in Ihrer Hütte an der Wand.«

»Es ist nicht meine Hütte. Der Junge ist jetzt dort, wie heißt er noch ... Maximilian?«

»Alexander. Alexander Fehbruck.«

»Genau. Ein Prachtkerl, er kümmert sich um die Vögel. Aber warum fragen Sie nach dem Spruch?«

»Können Sie mir sagen, ob der von Ihnen stammt?«

»Ich ... ja, das war ich. Warum? Hat sich jemand beschwert?

Die Hütte gehört dem Deutschen Vogelschutzbund, aber ich denke …«

»Nein, das ist in Ordnung, niemand hat sich beschwert.« Ludgers genervter Blick streifte die Anhöhe, wanderte über die kahlen Bäume eines nahen Waldes, in der Ferne waren mehrere geschwungene Hügel auszumachen, ansonsten flaches Land. Die Regenfront, die bereits die Stadt erreicht hatte, würde bald auch hier ankommen.

»Haben Sie diesen Spruch schon mal irgendwo gesehen? Oder wie kamen Sie darauf?«, fragte er.

»Er passt zu unserem Beruf«, sagte der Mann mit heiserer Stimme. »Aber ja, natürlich, er ist mir ja zugeflogen.«

Ludger hielt inne.

»Wie meinen Sie das?«

»Na ja, genau so, wie ich es sage. Es war eine Krähe, ich weiß es noch genau.«

Ludger rannte zum Bus, klopfte an die Scheibe und gab dem Finnen ein Zeichen, rauszukommen. Er schaltete den Lautsprecher seines Handys ein, und mit gebeugten Köpfen lauschten sie den Ausführungen des Mannes.

»Ich weiß nicht mehr, wann es war. Vor fünfzehn Jahren? Vielleicht zwölf. Können auch mehr oder weniger sein, es war jedenfalls Frühling, das weiß ich noch. Wegen der Kraniche, die sind …«

»Was war mit der Krähe?«, unterbrach Ludger ungeduldig.

»Na ja, sie lag direkt vor der Hütte. Tot. Ein Fuchs hat sie erwischt, ich habe ihn noch in den Büschen verschwinden sehen. Der Vogel war bereits hinüber, ich wollte ihn gerade beerdigen, wir haben so einen kleinen Vogelfriedhof neben der Hütte, sie haben es vielleicht gesehen, dort …«

»Und weiter?«

»Also, ich habe dann gesehen, dass er etwas am linken Bein hatte. Einen Zettel, er war daran befestigt, mit einem Gummiband. Ich habe ihn vorsichtig entfernt, und da stand es: *Schaut nach oben!*«

»Und Sie haben sich nichts dabei gedacht?«

Der Mann lachte auf.

»Entschuldigen Sie mal, natürlich habe ich mich gefragt, was das soll. Aber die Krähe konnte ich nicht fragen, den Fuchs auch nicht. Aber ich fand den Spruch sehr schön, er passte zu mir und der Hütte. Deshalb habe ich ihn dort hingeschrieben.«

Ludger überlegte und fragte einen Moment später: »Haben Sie eine Idee, wo die Krähe hergekommen sein könnte?«

Wieder ein Lachen.

»Sie haben keine Ahnung von Krähen, oder?«

»Natürlich nicht.«

»Krähen – beziehungsweise Kolkraben, denn ein solcher war es – schließen sich nach dem Abnabeln von den Eltern zu sogenannten Trupps zusammen. Das heißt, man findet gerade Jungtiere oft in größeren Versammlungen. Aber: Kolkraben entfernen sich vom Ort ihrer Geburt, also vom sogenannten Schlupfort, bis zu zweihundert Kilometer. Das bedeutet, so leid es mir tut, ich habe keine Ahnung, woher der Vogel gekommen sein könnte.«

Eine halbe Stunde später verließen alle Kollegen die Schutzhütte, und Ludger entschuldigte sich bei Alexander Fehbruck für die Härte und die Handschellen. Aber immerhin: Sie hatten jetzt einen klaren Hinweis darauf, dass sie auf der richtigen Spur waren.

»Irgendjemand hat möglicherweise bereits vor vielen Jahren eine Krähe mit dieser Botschaft losgeschickt. Und jetzt tut er es wieder«, sagte er einige Minuten später zu Mila, die er sofort über die neuesten Ergebnisse hatte informieren wollen.

»Gute Arbeit, Ludger«, sagte Mila. »Wir sehen uns im Büro.«

*

Mila stand im Großraumbüro des Callcenters und gab Jakob ein Zeichen. Mit gedämpfter Stimme erzählte sie ihm, was Ludger und der Finne draußen im Naturschutzgebiet, mehr als eine Stunde von der Stadt entfernt, herausgefunden hatten.

»Das ist eine bessere Spur als diese hier, Jakob«, sagte sie. »Wir haben jetzt wirklich etwas in der Hand. Die Botschaft ist vor einigen Jahren erstmals geschrieben worden, und jetzt taucht sie wieder auf. Zusammen mit zwei Toten.«

Jakob nickte, dachte nach.

»Wir müssen diese Botschaft zurückverfolgen«, sagte sie. »Ich weiß, du willst der Verbindung zu diesem Callcenter nachgehen. Aber wir haben nicht genug Kapazitäten, wir müssen unsere Kräfte bündeln. Wir haben die Reifenspuren eines alten Volvo, das genaue Baujahr kriegen wir noch. Und wir haben die Botschaft der Krähe. Da draußen liegt der Schlüssel zu dem Ganzen.«

Immer noch schwieg Jakob.

Hinter ihnen saß Rolf Batschalek in seinem gläsernen Büro. Der Leiter des Callcenters starrte voller Hass in ihre Richtung.

»Es gibt eine Verbindung zu diesem Ort hier, da bin ich sicher.« Jakob sah sie ernst an.

»Aber das wissen wir nicht!«, zischte sie, um nicht von allen anderen gehört zu werden. »Okay, der Student hat über die ein Abo abgeschlossen. Und die alte Frau hat gegen das Callcenter Anzeige erstattet, wegen Betrugs. Aber das führt uns momentan nicht weiter.«

Jakob hatte zwar das deutliche Gefühl, dass hier etwas im Verborgenen lag, das sie herausfinden mussten, aber schließlich gab er nach: »Okay, du hast recht. Wir legen das hier auf Eis und konzentrieren uns auf die Reifenspuren und das Naturschutzgebiet. Aber eins will ich trotzdem noch wissen …«

Sie folgte ihm zurück in das Büro des Chefs, der schwer

atmend auf seinem Stuhl saß, sein beiges kurzärmliges Hemd hatte Schweißflecken unter den Achseln.

»Können wir jetzt endlich wieder in Frieden arbeiten?«, fragte Batschalek genervt. »Es wäre schön, wenn meine Steuergelder für Sinnvolles ausgegeben würden und nicht für aus der Luft gegriffene Anschuldigungen.«

Jakob baute sich vor ihm auf und schaute auf ihn hinab.

»Wir brauchen die Namen aller Mitarbeiter. Und eine Auflistung, an welchen Kundenkontakten sie in den vergangenen Monaten beteiligt waren.«

Batschalek riss die Augen auf.

»Sind Sie verrückt? Wissen Sie, was das bedeutet?«

»Das bedeutet: Bis morgen früh brauchen wir alles, schicken Sie es per E-Mail an diese Adresse. Ist alles in Ordnung mit Ihnen? Sie sehen etwas … mitgenommen aus.«

»Nein, es ist nichts. Ich schlafe nur seit ein paar Tagen schlecht.«

Jakob legte seine Visitenkarte auf den Schreibtisch. »Ich will vor allem wissen, wer den Kunden Ben Richter betreut hat. Und Irene Nowak.«

Batschalek hob die Hände gen Himmel.

»So genau halten wir das hier nicht fest, wir arbeiten aus Sicherheitsgründen mit Pseudonymen.«

»Aus Sicherheitsgründen?« Mila sah ihn voller Verachtung an. »Doch wohl eher, um später zu verhindern, dass ein Kunde Rückfragen stellen kann. Leider ist der Herr XY gerade nicht zu sprechen, aber ich helfe gern. Und wenn ich Sie schon dran habe, wir haben da ein großartiges Angebot. Läuft es nicht genau so ab?«

Sie ging einen Schritt auf ihn zu und legte ihre Visitenkarte neben die von Jakob.

»Suchen Sie sich aus, ob Sie lieber Besuch von uns bekommen oder auch noch von den Kollegen der Wirtschaftskriminalität. Schicken Sie bis morgen früh alles, was wir brauchen. Gern auch schon heute Abend.«

Sie verließen Batschaleks Glaskasten und wollten das Großraumbüro gerade verlassen, als Mila mit einer jungen Frau zusammenstieß, die gerade mit einer Teetasse in der Hand um die Ecke kam.

»Oh, Entschuldigung«, sagte Mila. »Verdammt, jetzt habe ich dafür gesorgt, dass Ihr halber Tee auf dem Teppich gelandet ist, warten Sie, ich hole etwas …«

»Nein, das geht schon. Ist ja nur Tee. Oh, wir kennen uns doch, oder? Sie sind von der Polizei, nicht wahr.«

Mila erkannte die junge Mitarbeiterin, die sie bei ihrem ersten Besuch im Aufzug getroffen hatten.

»Ja, stimmt. Sie sind … Luisa, richtig?«

»Hey, gutes Namensgedächtnis. Oder gelte ich als verdächtig und Sie haben es sich deshalb gemerkt?«

»Gäb es denn einen Grund?« Mila lächelte die junge Frau an.

Sie wurde sofort rot und sichtlich nervös. »Nein! Oh Gott, das war nur so eine dumme Bemerkung, ich bin die vernünftigste Person weit und breit, total langweilig eigentlich, wobei aus der Sicht der Polizei ist das sicher am besten so.«

Mila lachte.

»Nein, langweilig ist auch nicht gut. Jeder von uns hat doch seine Abgründe.«

»Luisa, da bist du ja.«

Der junge Mann, den sie das letzte Mal mit Luisa im Aufzug getroffen hatten, stand jetzt im Gang. Er hatte eine Kaffeetasse in der Hand, sein Headset baumelte an seinem Hals. Er schaute Mila und Jakob freundlich an und wandte sich dann an seine Kollegin.

»Der Chef guckt schon. Du solltest weiterarbeiten.«

Die junge Frau nickte, warf einen kurzen Blick in Richtung des Glasbüros und verabschiedete sich. »Elias hat recht. Zeit ist Geld, sagt der Chef. Und der muss es wissen. Auf Wiedersehen.«

»Tschüss, Luisa.«

Sie wollten gerade weitergehen, als der junge Mann sich an Jakob wandte.

»Darf ich Sie etwas fragen?«

Überrascht drehte sich Jakob zu ihm um.

»Nur zu.«

Der Mann, der sich ihnen bei ihrem ersten Besuch als Elias vorgestellt hatte, wirkte etwas unsicher. Sein weißes Hemd war an einer Seite aus der Hose gerutscht, er trug Sneaker und eine graue Jeans. Jakob fielen seine dunklen Augen auf, seine Gesichtszüge waren weich, fast zart. Allerdings war seine Haut auffallend blass

»Was sind Ihre Abgründe, Herr Kommissar?«

Irritiert runzelte Jakob die Stirn.

»Ihre Kollegin sagte gerade, dass jeder von uns seine Abgründe hat. Da habe ich mich gefragt, welche wohl Ihre sind?«

Jakob dachte über diese seltsame Frage einen Moment nach.

»Sind Abgründe nicht deshalb Abgründe, weil niemand in sie hineinsehen kann?«

»Weil sie zu tief sind?«, fragte Elias.

»Oder zu dunkel«, antwortete Jakob, lächelte dann aber. »Aber ich muss sie enttäuschen, ich kann mit nichts aufwarten. Wir Polizisten führen auch nur ein normales Leben, so wie alle anderen.«

»Ein ganz normales Leben«, wiederholte der Mann leise und räusperte sich dann verlegen. »Ich habe keine Ahnung, warum ich das gefragt habe. Ich muss jetzt auch weiterarbeiten.«

»Und was ist mit Ihnen, Elias?«, fragte Jakob zurück. »Was sind Ihre Abgründe?«

»Ach, vermutlich die gleichen wie Ihre, Herr Kommissar«,

antwortete der junge Mann mit einem Schulterzucken. »Normale kleine Abgründe.«

»Dann schauen Sie nicht zu tief hinein. Und bleiben Sie tapfer hier, Ihr Chef ist wohl eine ganz schöne Herausforderung, nach allem, was wir so mitkriegen.«

»Ach, wenn man ihn so nimmt, wie er ist, dann ist es kein Problem. Auf Wiedersehen.«

Jakob folgte Mila den Gang hinunter. Als er noch einmal zurückblickte, war der junge Mann bereits verschwunden.

DER KÄFIG

»Nicht schon wieder«, murmelte er genervt.

Rolf Batschalek stand in der Küche vor dem Kühlschrank und starrte auf die Stelle, an die er heute Morgen die Bierflasche gestellt hatte. Zwischen der Milch, die längst abgelaufen war, weil er nie Milch trank, und einer Flasche Weißwein, ein Chardonnay. Er hatte mit einem Filzstift den Füllstand markiert. Erst heute Morgen war das gewesen, weil er auf den Schreck einen Schluck Wein hatte nehmen müssen, mit zitternden Händen und direkt aus der Flasche.

Und nun war es wieder passiert.

Die Bierflasche war geöffnet und zur Hälfte ausgetrunken. Und der Pegel der Weinflasche war einige Zentimeter nach unten gewandert.

Jemand bestahl ihn, in seinen eigenen vier Wänden.

Zittrig schloss er den Kühlschrank und schaute sich um. Er hatte alle Lichter angemacht. Draußen war es längst dunkel, und er hielt es nur noch bei Helligkeit in seinem Haus aus. Er war noch nass, war gerade aus der Dusche gekommen, sein Bademantel stand weit offen.

Weil er ein Geräusch gehört hatte.

Mit gehetztem Blick eilte er durch sämtliche Räume.

»Zeig dich!«, brüllte er, aber er bekam keine Antwort. »Ich weiß, dass du hier irgendwo bist!«

Im Haus war es viel zu still. Er schaltete den Fernseher an. Doch das Gemurmel im Hintergrund beruhigte ihn kaum, er ging zur Bar, rannte fast, schenkte sich einen Bourbon ein.

Verdutzt stellte er fest, dass kein Eis mehr da war. Dabei hatte er erst vorhin welches nachgefüllt, weil er gewusst hatte, dass er einen Drink brauchen würde nach diesem Tag. Nicht nur, dass ihm hier im Haus jemand übel mitspielte. Nein, wieder war die Polizei bei ihm im Büro aufgetaucht. Das Wort *Wirtschaftskriminalität* war gefallen.

Er fluchte, griff den gläsernen Kübel und schleudert ihn auf das Sofa.

Sein Herz raste. Er musste die Polizei rufen. Und erneut umsonst. Schon die letzten beiden Male waren die Beamten durch das ganze Haus gelaufen, hatten die Alarmanlage überprüft, die Schlösser untersucht.

Nichts.

Am Tag danach war seine Alarmanlage ausgeschaltet gewesen, und auf dem großen Tisch hatte ein Teller gestanden, mit Krümeln darauf.

Jemand hatte sich dort niedergelassen und von seinem Teller gegessen.

Es musste aufhören. Er betrachtete sich im Spiegel, sah seinen dicken Bauch, die kurzen Beine, er fühlte sich aufgedunsen. Für einen kurzen Augenblick überlegte er, sich eine Prostituierte zu bestellen, sie würde ihn auf andere Gedanken bringen. Aber als er sein schlaffes Glied im Spiegel betrachtete, seinen Brustkorb, der sich hob und senkte, verwarf er diese Idee.

Wurde er krank? Ihm war schwindlig, aber das war auch kein Wunder, es war alles zu viel. Plötzlich schien ihm, als drehte sich der Raum.

Es hatte vor einer knappen Woche begonnen. Sein eigener Hausschlüssel hatte nicht mehr gepasst, er hatte einen Schlüsseldienst rufen müssen. In der Nacht war er aufgewacht und hatte Schritte aus dem Wohnzimmer gehört. Doch als er nachgesehen hatte, war da niemand gewesen. Nur die Kühlschranktür hatte weit offen gestanden.

Einen Tag später stand die Badewanne voller Wasser, als er nach Hause kam. Immer wieder fehlten Dinge im Kühlschrank, die Flaschen in seiner Bar standen nicht mehr da, wo sie hingehörten.

Und dann die Sache mit den Schallplatten. Batschalek hatte eine große Sammlung, sie zierte fast die ganze Wand im Wohnzimmer. Er hatte Musik auflegen wollen, Simon & Garfunkel. Aber als er die Platte aus der Hülle gezogen hatte, war es eine Scheibe der Dire Straits gewesen. In der entsprechenden Hülle fand er dann The Police. Und so ging es immer weiter. Jemand hatte sich die Mühe gemacht, seine Platten neu zu sortieren und dabei in die falschen Hüllen zu stecken.

Da hatte er gemerkt, dass jemand mit ihm spielte.

Kleidungsstücke fehlten mit einem Mal, Rollläden waren am Abend heruntergelassen, nachts gingen Lichter an, er schlief kaum noch. Sein Aftershave war plötzlich leer, und in der Küche fehlten irgendwann alle Gabeln.

Jetzt konnte er nicht mehr. Er war am Ende seiner Kräfte. Ermattet schleppte er sich zum Sofa, sein Blick war seltsam verschleiert, er spürte seine Beine kaum.

»Einfach nur schlafen«, murmelte er und setzte sich, ausgelaugt und bereit, sich der Nacht hinzugeben. Morgen würde alles besser werden. Er würde die Schlösser noch mal austauschen und die Alarmanlage überprüfen lassen. Und er würde Urlaub nehmen, zwei Wochen, irgendwohin, Hauptsache, der Albtraum hatte ein Ende.

Jetzt stöhnte er, alles drehte sich, ihm war schlecht, er spürte, dass er wegdöste. Es war ihm gerade recht. Schlafen, einfach nur schlafen.

Dann hörte er Schritte.

Und sah einen Umriss, direkt vor sich. Dort stand jemand.

»Guten Abend, Herr Batschalek.«

Er fuhr zusammen, wollte schreien, um sich schlagen, aber

es ging nicht. Nicht mehr. Er dachte an den Bourbon, er hatte seltsam bitter geschmeckt …

Der Umriss bewegte sich. Die Polster des Sofas knarzten. Jemand saß jetzt neben ihm. Er versuchte den Kopf zu drehen, versuchte klarer zu sehen. Er schaffte es nicht.

»Keine Sorge, es wird vorbeigehen. Wir werden uns ausgiebig unterhalten können. Ich habe so viele Fragen.«

Er doch auch. So viele Fragen. Wer saß dort? Warum drehte sich alles? Die Polizei, er musste ihnen bis morgen früh die Daten liefern, wie sollte er …

Er spürte eine Hand an seiner Schulter. Jemand richtete ihn etwas auf.

»Kommen Sie, so ist es doch netter. Ich stopfe Ihnen ein Kissen in den Rücken. Und jetzt lächeln, ja? Ich mache ein Foto.«

Er zuckte zusammen, als ein Blitz aufleuchtete, dann das Geräusch einer Sofortbildkamera. Was war los mit ihm, wieso bekam er die Augen nicht auf, ihm war schlecht.

»Warten Sie, hiermit wird es gehen.«

Wieder zuckte er zurück, dann aber gab er nach. Ein kalter Lappen berührte sein Gesicht, er spürte die angenehme Kühle, und für einen Augenblick ging es ihm besser.

»Geht es? Sie werden gleich einschlafen, aber vorher sollten wir uns noch kurz das Foto ansehen, oder?«

Er stöhnte, seine Augenlider zuckten, er sah jetzt etwas besser. Lichtreflexe, ein Umriss, direkt neben ihm. Eine Hand fächerte ein Stück Papier, einen Zettel oder … ein Foto.

»So, es ist fertig. Möchten Sie schauen?«

Schwer atmend zwang er sich, die Augen zu öffnen. Er merkte, dass er seine Beine nicht spürte.

War er gefesselt?

Da war eine Hand. Sie wedelte das Foto trocken, dann hielt sie still.

Das konnte nicht sein. Seine Augen mussten etwas abbekommen haben.

Auf der linken Seite der Aufnahme war er zu sehen, blass, mit geschlossenen Augen, das Gesicht schweißbedeckt, der weiße Bademantel stand offen. Er sah aus wie eine Leiche.

Aber das war es nicht, was ihn so entsetzte.

Direkt neben ihm auf dem Sofa saß ein Mann. Er trug eine graue Hose, ein senfgelbes Hemd und dazu eine Krawatte mit Strickmuster, genau wie die Kleidungsstücke, die bei ihm im Schrank hingen. Sein Gesicht war unrasiert, er hatte ein Doppelkinn, die fettigen Haare hatte er zur Seite gekämmt.

»Was ist das?«, flüsterte er. Er spürte, wie seine Augenlider wieder flackerten.

»Die Frage muss doch eher lauter: Wer ist das?«

Weniger die Frage war es, die ihn bis ins Mark traf. Sondern die Tatsache, dass er die Stimme kannte.

Es war seine eigene.

Mühsam versuchte er, sich umzudrehen, zu der Stimme, die ihm so vertraut war.

Der Mann saß direkt neben ihm. Und lächelte. »Das sind wir«, sagte er fröhlich. »Wir zwei sind da auf dem Foto. Direkt hier auf dem Sofa.«

Er fand keine Worte und merkte, wie er langsam den Halt verlor und zur Seite rutschte. Fort von dem Mann, der die ganze Zeit schon da gewesen sein musste, seit Tagen, vielleicht schon seit Wochen.

»Wir sind es. Wir zwei sind Rolf Batschalek. Und wir führen ein schönes Leben.«

*

Elias sah dabei zu, wie der Körper seines Chefs auf das Sofa sank, wie sich seine Augen verdrehten und er kurz darauf leise zu röcheln begann. Ansonsten war es still im Haus. Er stand auf, ging einige Schritte in den Raum hinein, betrachtete sich im großen Spiegel.

Es war perfekt.

Nächtelang hatte er vor dem Spiegel gesessen, hatte die Perücke perfektioniert, das Polster, das er unter dem Hemd trug. Er hatte sich Watte in die Backen gestopft und stundenlang mit sich selbst gesprochen, bis Batschaleks Stimme ein Teil seiner selbst geworden war.

»Du willst sie doch haben, die geile Schlampe«, sagte er mit der typischen Batschalek-Attitüde, grinste dabei und streichelte das Doppelkinn, das er sich angeklebt hatte. Dann drehte er sich um und betrachtete den Mann, der im Bademantel auf dem Sofa lag.

»Wir haben es doch ganz gut hier, oder?«, sagte er und ging zum Plattenspieler hinüber. »Wir haben alles, was wir brauchen: Der Kühlschank ist voll, die Bar auch. Im Fernsehen kommt bestimmt ein guter Film, wollen wir uns den anschauen? Komm schon, einfach nur auf dem Sofa sitzen, ganz gemütlich. Aber vielleicht erst ein bisschen Musik. Was willst du hören?«

Er zog eine Platte aus dem Regal und lächelte.

»Die hier habe ich übrigens nicht ausgetauscht, ich wollte sie schnell parat haben, für genau diesen Augenblick. Wir lieben diese Musik, oder?«

Kurz darauf erklang die Stimme von Carole King im Haus, und Rolf Batschalek, im gelben Hemd und grauer Hose, tänzelte vor dem Sofa herum.

»I feel the earth move under my skin«, summte er leise mit. »Wie oft habe ich diesen Song gehört, wenn du fort warst. Ich habe gesungen und alles für uns arrangiert. Hast du es bemerkt? Natürlich hast du das! Mir ist aufgefallen, dass es dich ein bisschen nervös gemacht hat, aber nun ist ja alles gut.«

Rolf Batschalek lag im Bademantel auf dem Sofa und antwortete nicht.

»Ich mag es, wenn wir uns unterhalten, bevor unser gemeinsames Leben endet. Ich hoffe, dass du noch mal aufwachst, bevor ich losmuss. Wir hätten noch so viel zu bereden, oder? Aber du musst morgen sehr früh im Büro sein, viel früher als sonst. Weil du nur in deinem Glaskasten, hinter den Jalousien, wirklich lebst. Und schließlich müssen wir noch die Aufgabe erledigen, die Jakob dir aufgetragen hat.«

Es kam keine Antwort, aber das störte Elias auch nicht. Die Musik perlte durch den Raum, und er redete einfach weiter, während er durch das Haus ging, Dinge zurechtrückte, den Fernseher erst ein- und dann wieder ausschaltete.

»Wie findest du Jakob?«, fragte er den Mann auf dem Sofa. »Er hat ein Geheimnis, ist dir das auch aufgefallen? Nein? Doch, ich bin mir ganz sicher. Jakob Krogh hat eine dunkle Seele, wir sind uns nicht unähnlich, wir beide und er. Hast du Hunger? Nein? Aber ich, wir sollten etwas essen, mal schauen, was es noch im Kühlschrank gibt.«

Kurz darauf saß er am Tisch und verschlang eine kalte Pizza. Er trank ein Bier dazu und lehnte sich hin und wieder zurück, um sich im Spiegel zu betrachten.

Alles war richtig.

Es hatte sich gelohnt, dieses Risiko einzugehen, diesen Umweg zu nehmen.

»Ich fühle mich richtig lebendig heute Abend!«, rief er dem Mann auf dem Sofa zu, der sich jetzt ab und zu mit einem Stöhnen bewegte.

»Ah, du wirst wach, das ist sehr gut. Dann kann ich dir noch erzählen, was wir morgen vorhaben, bevor wir ins Bett gehen.«

Er nahm aus einer Schublade einige Kabelbinder und eine Rolle Packpapier, die er dort bereits vor einigen Tagen deponiert hatte. Fröhlich pfeifend richtete er den Mann auf, zurrte Kabelbinder um seine Fuß- und Handgelenke und fesselte ihn an das Metallgestell des Sofas. Schließlich verklebte er Batschaleks Mund mit dem Tape.

Augenblicklich fing dieser wieder an zu stöhnen, rang nach Luft und fand keine. Sein Gesicht lief rot an, die Augen schienen aus den Höhlen zu treten, er bäumte sich auf, versuchte, sich zu befreien, aber vergeblich.

»Durch die Nase, lieber Herr Batschalek. Durch die Nase.«

Erst nach einer Weile gelang es dem Gefesselten, etwas Luft zu bekommen. Er bäumte sich erneut auf, wollte etwas sagen, aber die Worte wurden von dem Tape erstickt.

»Ich hoffe, es ist Ihnen nicht unangenehm, dass ich Ihre Sachen trage«, sagte Elias und stand auf. »Ich finde, wir sehen sehr gut darin aus. Ich bin mir sicher, die ein oder andere Frau wäre nicht abgeneigt, was meinen Sie? Die geilen Schlampen, oder? Die nehmen wir richtig ran, nicht wahr, Herr Batschalek?«

*

Als er endlich wieder Luft bekam, dachte er kurz, er hätte das Schlimmste überstanden. Er hatte geglaubt, ersticken zu müssen, noch immer war ihm schwindlig, der Raum drehte sich vor seinen Augen. Aber als er das Lachen hörte, da verstand Rolf Batschalek, dass dieser Albtraum noch nicht vorbei war.

Es war sein Lachen, das er hörte. Es war seine Stimme, die jetzt zu ihm sprach, die ihn fragte, ob er auch einen Nachtisch wolle. Und es war sein Körper, den er dort sah, in der Küche. Sein Hemd, seine Krawatte. Ja, selbst seine Haare, die wenigen, die er noch hatte.

Er versuchte, die Panik zu unterdrücken. Was wollte dieser Mann, warum sah er aus wie er? Er verstand jetzt, dass er es gewesen sein musste, der ihn in den vergangenen Tagen in den

Wahnsinn getrieben hatte. Er war in sein Haus eingedrungen, in sein Leben.

Und offenbar war er damit noch lange nicht fertig.

»Wir müssen früh ins Bett gehen, Herr Batschalek«, sagte sein Doppelgänger jetzt. »Morgen ist ein großer Tag für uns. Wir müssen alles für die Polizei erledigen. Und ganz nebenbei haben wir ja noch ein Callcenter zu führen, nicht wahr?

Ihm wurde schlecht. Wenn er sich jetzt übergeben musste, würde er ersticken. Der Mann legte ihm eine Hand auf die Stirn.

»Sie schwitzen ja. Warten Sie, ich gebe Ihnen etwas zu trinken.«

Rolf Batschalek japste nach Luft, als der Mann das Tape etwas zur Seite zog und ihm einen Strohhalm in den Mund steckte. Er sog gierig daran. Und dabei sah er dem Mann direkt in die Augen, sein Gesicht war jetzt ganz nah an seinem.

Und da erkannte er ihn.

»Elias?«, zischte er. Die weichen Gesichtszüge unter dem aufgeplusterten Gesicht, die dunklen Haare unter der leicht verrutschten Perücke.

Elias' Blick wurde finster. Und Rolf Batschalek wurde in diesem Augenblick klar, dass er einen Fehler begangen hatte. Eine Hand verschloss seinen Mund sofort wieder mit dem Tape. Er hätte so gerne noch etwas gesagt, sich erklärt, versucht zu sagen, dass er alles tun würde.

Aber es war zu spät.

»Es gibt keinen Elias«, zischte die wütende Stimme neben ihm. »Es gibt nur uns. Und weißt du was? Ich habe mir gerade überlegt, dass du am Ende deines Lebens nicht allein sein sollst. Ist das nicht schön, Herr Batschalek?«

Mit einem Mal hatte er einen bitteren Geschmack im Mund, sein Kopf wurde schwer, die Augenlider auch. Langsam dämmerte er weg. Der Mann neben ihm war aufgestanden und sah auf ihn herab.

Das Letzte, was er hörte, war seine eigene Stimme.

»Ich bin sofort wieder da. Ich muss nur kurz etwas von draußen holen.«

Als er wieder aufwachte, umgab ihn fast völlige Dunkelheit. Er öffnete die Augen, er sah verschwommen.

Es roch unangenehm.

Was hatte ihn geweckt? Ein Geräusch. Er erinnerte sich jetzt wieder, wo er war: auf seinem Sofa. Das Geräusch war von vorne gekommen, von der Tür.

Sie war ins Schloss gefallen. Jemand hatte das Haus verlassen.

Er war allein.

Bleib ruhig, dachte er sich. Denk nach. Hinter seinem Rücken versuchte er, seine Hände zu bewegen, aber sie waren längst taub.

Etwas streifte seine Nase. Es war weich, er zuckte, spürte, wie die Panik in ihm aufstieg.

Was war los? Er kniff seine Augen zusammen, öffnete sie wieder. Langsam wurde sein Blick etwas klarer, auch wenn er nicht wusste, ob das wirklich gut war. Er sah dünne Metallstreben, dahinter dunklen Stoff. Und immer noch wusste er nicht, woher dieser Gestank kam.

Sein Herz raste, ihm war schlecht, und er bekam kaum Luft. Aber der Mann war weg. Der Mann, der aussah wie er, seine Stimme hatte, sein Leben wollte.

Elias.

Er stöhnte auf. Und das war ein Fehler.

Wieder strich ihm etwas über das Gesicht. Er hörte ein Scharren, ein Kratzen auf Metall.

Ein Krächzen.

Etwas lief ihm in die Augen. Eine schleimige Flüssigkeit, es stank jetzt noch mehr. Das Klebeband auf seinem Mund war feucht. Er atmete hektisch, konnte das Stöhnen nicht mehr unterdrücken, auch wenn er wusste, dass er alles nur noch schlimmer machte.

Und dann tauchte aus der Dunkelheit etwas auf, das sein Herz aussetzen ließ.

Ein Schnabel erschien in seinem Sichtfeld.

Zwei dunkle Augen starrten ihn an, dunkler noch als die Schwärze, die ihn umgab. Und doch sah er den Glanz auf der Pupille, sah jedes Detail des Vogels, kleinste Verfärbungen in der Iris, schwarze Federn, die ihn berührten.

Warum war der Vogel so nah? Warum flog er nicht weg?

Und dann verstand er: Weil das Tier nicht konnte.

Weil es eingesperrt war.

In einem Käfig, der auf seinen Schultern befestigt war und in dem sein Kopf steckte. Elias hatte nicht gelogen: Er war nicht allein am Ende seines Lebens.

Ein zweiter Schnabel, ein weiteres Paar Augen musterte ihn. Die beiden Krähen scharrten mit den Krallen, sie pickten nacheinander, schlugen mit ihren Flügeln.

Und Rolf Batschalek fing an zu beten. Zu einem Gott, den er niemals gehabt hatte und den er jetzt mehr brauchte als alles andere.

Einen Gott der Gnade.

Er ahnte jetzt, woher der Gestank kam. Und er wusste auch, was ihm ins Auge gelaufen war, was in seinem Gesicht, in seinen Haaren und in seinen Ohren klebte: Nahrung.

Ein Schnabel sauste auf ihn nieder. Batschalek spürte, wie seine Kopfhaut aufgerissen wurde, wie einer der Vögel ein zweites Mal auf die Stelle pickte, weil er dort etwas zu Fressen finden würde. Vielleicht eine Made, einen Wurm oder ein Stückchen Fleisch.

Keiner konnte seine panischen Schreie hören. Nur die Krähen reagierten darauf, seine letzten Gefährten.

Aufgebracht plusterten sie sich auf, sie hatten Geschmack gefunden an ihrem Festmahl, an seinem Blut.

Er weinte jetzt, stumm und ohne Kraft. Das Salz seiner Tränen drang durch das Klebeband in seinen Mund. Er war dankbar dafür, denn es schmeckte nach Leben.

Er hatte die Augen zugekniffen, um sie zu schützen. Aber als die Krähen jetzt lauthals krächzten, als sie lärmten, als sei der Teufel persönlich in diesem Käfig eingesperrt, da riss er sie auf, nur für einen kurzen Moment.

Die größere der beiden Krähen schnellte mit ihrem Schnabel nach vorn.

Und Rolf Batschaleks Blase entleerte sich auf das Sofa.

DER ZETTEL

Es war gut, ihre Stimme zu hören. Es war gut, das Leben zu spüren, dort draußen, jenseits der grauenhaften Dinge, mit denen Jakob täglich zu tun hatte.

»Bist du gut angekommen? Wie war die Fahrt?«, fragte Mariella.

»Ich bin gut durchgekommen, aber ich habe mich schlecht dabei gefühlt. Es hätte unser Wochenende sein sollen.«

»Es wird andere Wochenenden geben. Wir haben gewusst, auf was wir uns einlassen. Und ich habe gewusst, in wen ich mich verliebe.«

Jakob lächelte und lehnte die Stirn an die kalte Scheibe des Bürofensters. Es war längst dunkel, die Stadt war dabei, ihre Lichter auszuknipsen.

»Ist bei euch auch so schlechtes Wetter?«, fragte er. »Hier ist es nass und ungemütlich, aber noch bin ich im Büro.«

»Ist Mila auch da?«

Er lächelte und überlegte, ob da eine Spur von Eifersucht in ihrer Stimme mitschwang.

»Nein, ich habe sie nach Hause geschickt. Ich musste sie fast zwingen. Wir haben eine neue Spur, und sie wollte eigentlich nicht gehen. Aber sie hat jemanden kennengelernt, und ich habe ihr gesagt, das sei heute Abend wichtiger.«

»Das hast du gut gemacht. Ich würde sie gern mal kennenlernen.«

»Das machen wir bald. Vielleicht könnt ihr mich demnächst mal besuchen, wenn es etwas ruhiger geworden ist.«

»Gute Idee. Filip! Willst du Papa sprechen?«

Er hörte eine müde Kinderstimme im Hintergrund. Kurz darauf war sein Sohn dran.

»Hallo Papa. Ich habe schon meinen Schlafanzug an. Mama sagt, es ist schon viel zu spät.«

»Da hat sie recht. Warum bist du noch wach?«

»Wir haben zusammen Fernsehen geguckt, und Mama ist eingeschlafen! Ich habe sie nicht geweckt, sie soll sich ja auch mal ausruhen.«

Jakob lachte.

»Das hast du gut gemacht. Schlaf gut, Filip. Wir sehen uns bald. Pass auf Mama auf, ja? Du bist der Chef im Haus!«

»Verstanden, Papa. Mama!«

Er hörte Filips nackte Füße auf dem Parkett, dann wieder Mariellas warme Stimme. Er sollte bei ihnen sein. Immer bei ihnen sein.

»Hey. Du solltest jetzt auch nach Hause gehen.«

»Ja, werde ich machen. Ich wollte nur sagen: Ich liebe dich.«

»Ich dich auch.«

Nachdem er aufgelegt hatte, verharrte er für einen Moment vor dem Panorama der nächtlichen Stadt. Er fragte sich, ob der Mann, hinter dem sie her waren, schon auf der Suche nach einem neuen Opfer war. Nach einem neuen Leben, weil sein eigenes offenbar nicht ausreichte. Auf dem Schreibtisch lag die ausführliche Einschätzung von Max Bender, der pensionierte Fallanalyst hatte gute Arbeit geleistet. Dank seines professionellen Blicks hatten sie endlich ein Gefühl dafür bekommen, mit wem sie es zu tun hatten.

Ein unauffälliger, fast schon schüchterner Mensch. Ein Täter, der keine Schuld kannte, weil er überzeugt war, nur das einzufordern, was ihm zustand: ein richtiges Leben. Auch, wenn es nicht das eigene war.

Jakob drehte sich um und ging zu seinem Arbeitsplatz, der

voller gebrauchter Kaffeetassen und unsortierter Unterlagen war. Er setzte sich und starrte auf das Chaos. Er war müde, sein Rücken schmerzte vom langen Sitzen, und er hatte seit heute Morgen kaum etwas gegessen.

Er dachte an Mariella.

An Filip.

An seinen Vater.

Und dann fiel sein Blick auf die Kinderzeichnung, die am Bildschirmrand klebte.

»Wie geht es euch?«, murmelte er leise und beugte sich nach vorn, um die Zeichnung vorsichtig abzunehmen und zu betrachten: das Haus, mit einigen wenigen Strichen gezeichnet. Das Geländer der umlaufenden Terrasse. Dahinter die Wellen.

Mariella und er. Strichmännchen.

Filip selbst, sein Kopf war etwas zu groß geraten.

Seine Familie. Seine Heimat.

»Ich wünschte, ich wäre bei euch«, sagte er mit leiser Stimme und lächelte. »Ich hätte nicht fahren sollen, ich hätte nicht …«

»Jakob, ist alles okay?«

Erschrocken zuckte er zusammen, als jemand zu ihm an den Schreibtisch trat. Es war Lucy, er hatte sie nicht kommen hören, sogar völlig vergessen, dass sie noch hier war. Sie rieb sich die Augen und gähnte laut.

»Mann, ich bin doch tatsächlich auf der Toilette eingeschlafen. Ich habe eine Stunde im Sitzen geschlafen.«

Jakob räusperte sich, sah sie an, schaute dann auf die Zeichnung in seiner Hand.

»Wir sollten jetzt vielleicht beide nach Hause gehen, heute können wir ohnehin nichts mehr ausrichten.«

Behutsam befestigte er das Geschenk seines Sohnes wieder am Rand des Bildschirms und griff nach seiner Jacke.

Aber Lucy hatte offenbar Kräfte getankt, sie schüttelte den Kopf und öffnete eine Dose Energizer.

»Was hast du da gerade gemurmelt?«, fragte sie ihn.

Jakob winkte ab.

»Ach, ich bin einfach übermüdet. Ich spreche schon mit meiner Familie. Willst du wirklich noch bleiben?«

Lucy musterte ihn misstrauisch und zuckte mit den Schultern.

»Na ja, wir sind alle ein bisschen durch. Ich habe eine letzte Sache, dann gehe ich. Zehn Minuten, länger nicht.«

Als Jakob kurze Zeit später die Tür des Büros hinter sich schloss, ahnte er nicht, dass er sich getäuscht hatte. Die *Gruppe 4* würde in dieser Nacht sehr wohl noch etwas ausrichten können. Aber das lag nicht an ihm oder Mila. Auch nicht an den anderen Mitgliedern des Teams, die längst zu Hause in ihren Betten lagen. Nein, es sollte Lucy sein, die im Büro zurückgeblieben war und ein bisschen Kraft getankt hatte, die eine Antwort auf ihre Fragen finden würde.

»Der Strafzettel«, murmelte sie, während sie auf ihren Bildschirm starrte. »Da war doch ein Strafzettel, wo ist der noch mal?«

Sie durchsuchte ihren Schreibtisch, fand nichts und schaute sich um.

»Wo habe ich diesen verdammten Strafzettel hingetan?«

Ihr Blick blieb an Jakobs Schreibtisch hängen. Am Bildschirm. Und an dem Blatt, auf das Jakob gestarrt hatte.

»Was hast du die ganze Zeit gemurmelt?«, fragte sie sich. Sie wollte ihren Gedanken mit dem Strafzettel nicht vergessen, aber da Jakob sich so seltsam verhalten hatte, war ihre Neugierde größer. Sie stand auf, ging hinüber zu seinem Platz und löste den Klebestreifen von dem Papier.

Sie betrachtete es einen Augenblick mit gerunzelter Stirn.

»Jetzt verstehe ich gar nichts mehr.«

SPUREN (II)

Sie sahen ihn. Sie hörten ihn. Er meinte sogar, ihren Abscheu zu spüren, ihre Furcht. Durch die halb geschlossenen Jalousien fühlte er sich mit den Mitarbeitern verbunden, getragen vom ständigen Hin und Her, dem weichen Klangteppich aus Stimmen. Wie ein Bienenschwarm, der seine Anweisungen befolgte.

Es war so einfach, ein schönes Leben zu führen, eines, in dem man gesehen wurde und gehört. Es war noch schöner, noch aufregender, als er es sich vorgestellt hatte, und er genoss es in vollen Zügen.

Er trug einen braunen Cordanzug, dazu ein mintfarbenes Hemd und eine gelbe Krawatte. Er hatte Aftershave benutzt, viel zu viel, er verabscheute es, aber es war dennoch perfekt. Weil sie ihn jetzt auch riechen konnten.

Er war früh in der Firma gewesen, die Putzfrauen waren noch bei der Arbeit, hatte in seinem Büro den Computer hochgefahren und angefangen zu arbeiten. Dienstpläne, Mails an die Zentrale … und nicht zu vergessen: die Liste, die die Polizei von Batschalek haben wollte. Zum Glück hatte sein Chef über diese Anfrage der Polizei so laut geschimpft, dass das ganze Großraumbüro es mitbekommen haben musste.

Jetzt stellte er diese Liste für die Polizei zusammen, er arbeitete gewissermaßen für sie.

Allein der Gedanke machte ihn glücklich, so sehr, dass er beschloss, den Tag so richtig zu genießen. Er rief seiner Sekretärin durch die Scheibe etwas zu, und als sie hereinkam, tat er so, als würde er in seiner Schublade etwas suchen, sein Kopf war durch den Schreibtisch verdeckt.

»Gibt's schon Kaffee?«

Bloß nicht freundlich sein, alles sollte sein wie immer. Rolf Batschalek war ein schlecht gelaunter und tyrannischer Chef, daran würde sich auch heute nichts ändern. Als sie nach fünf Minuten wiederkam, herrschte er sie an, die Tasse auf einen kleinen Tisch neben der Tür zu stellen. Er selbst blieb hinter seinem Bildschirm verborgen.

»Kann ich sonst noch etwas für Sie tun?«

»Gerade nicht. Und sagen Sie der fetten Kuh da draußen, dass sie jetzt genug Pause gemacht hat. Wie heißt sie noch mal – Sandra?«

»Sabine, sie ist erst seit vergangener Woche dabei, sie ist wirklich sehr …«

»… fett. Sie soll weniger essen und mehr telefonieren.«

Die Tür schloss sich, er hörte, wie seine Sekretärin die Luft ausstieß.

»Blöde Kuh«, murmelte er. Mittlerweile mochte er seine Stimme, und er lächelte, während er die Liste für die Polizei fertigstellte.

Es war nicht schwer gewesen, einzelne Zeilen auszutauschen. Er wusste schließlich genau, was sie suchten: einen Namen, der im Zusammenhang mit Irene Nowak und Ben Richter stand. Einen Mitarbeiter, der Kontakt mit ihnen gehabt hatte und den sie befragen würden, weil sie sonst nichts hatten.

Dieser Name war Elias Brunner.

Aber sie würden ihn nicht finden. Weil Rolf Batschalek hier in seinem Büro saß und ihnen einen Schritt voraus war.

Er lehnte sich zurück und genoss die Sonne, die durch das Fenster schien. Er dachte an seinen ursprünglichen Plan, den er hatte verschieben müssen. Zuerst war er wütend gewesen über die Eile, die plötzlich alles durcheinanderbrachte. Aber nun erkannte er, dass die neue Situation nur von Vorteil war.

Er nahm die beiden Visitenkarten in die Hand, die Jakob und

seine Kollegin gestern hier zurückgelassen hatten. Er strich sanft über das feste Papier, betrachtete das Emblem der Polizei.

Jakob Krogh. Der Mann mit dem Geheimnis.

Er würde es lüften, sehr bald.

Und Mila Weiss.

»Wir kennen uns noch gar nicht richtig, Mila. Vielleicht sollten wir das ändern.«

Er speicherte die Liste, die er bearbeitet hatte, neu ab und schickte sie als Anlage per Mail an die beiden Ermittler. Als Betreff wählte er »Freund und Helfer«.

Er wollte gerade seinen Kaffee von dem kleinen Tisch holen, als auf einem der Überwachungsmonitore, die ihn umgaben, etwas Interessantes passierte. Er nahm den Joystick in die Hand und zoomte das Bild heran.

Luisa stand mit einer Kollegin in der Teeküche. Er schaltete den Ton an, denn er hatte schon vor einigen Wochen bemerkt, dass das ganze Büro verwanzt war.

Sie sah müde aus, er konnte sehen, wie sie gähnte. Sie trug eine schlichte Strickjacke und hatte Handgelenkwärmer übergezogen.

»Ich hasse die Frühschicht«, sagte sie zu ihrer Kollegin. »Ich bin einfach kein Morgenmensch.«

»Hat Elias dir nicht beim Wachwerden geholfen?«, fragte die andere mit einem wissenden Lächeln.

»Hey, das geht dich gar nichts an!« Luisa schlug spielerisch nach ihr und zog dann ihren Teebeutel durch ihre Tasse. »Außerdem sind wir noch gar nicht so weit.«

»Verstehe. Kommt er heute nicht?«

Luisa sah auf die Uhr.

»Doch, aber er hat die Schicht am Nachmittag. Was blöd ist, dann sehen wir uns heute nur kurz.«

»Dann macht doch was Schönes am Wochenende. Irgendwie muss man sich ja näherkommen!«

Luisa lächelte.

»Du kennst ihn doch. Er ist nicht so der Draufgänger. Er ist eher schüchtern. Ich mag das, ehrlich gesagt. Typen, die nur mit einem ins Bett wollen, gibt es genug.«

»Aber in dein Bett will er schon auch, oder?«

Wieder schlug Luisa nach ihrer Kollegin, lachte dabei aber.

»Du bist unausstehlich!«

»Und du bist verknallt, also mach was draus!«

Nachdenklich hörte er ihnen zu. Zuerst überlegte er, ob er den Ton wieder abschalten sollte. Dann aber wurde ihm klar, was das Besondere an dieser Situation war.

Es war etwas, das er nicht kannte.

Sie redeten über ihn. Er stand im Mittelpunkt ihres Gesprächs. Und das bedeutete: Er war nicht unsichtbar.

Nicht mehr.

»Vielleicht fahre ich am Wochenende mal mit ihm raus. Ich könnte ihm zeigen, wo ich herkomme, das ist zwar nicht gerade um die Ecke, aber es ist wunderschön dort.«

»Klingt doch nett. Du, ich glaube, wir müssen weitermachen, Batschalek ist heute wirklich miserabel gelaunt.«

»Du hast recht. Bis nachher vielleicht.«

Nachdem die beiden Frauen die Teeküche verlassen hatten, fixierte er noch für einige Augenblicke den Bildschirm, stumm und mit leerem Kopf.

Aber es änderte nichts. Das Gespräch, das er gerade belauscht hatte, änderte nichts.

Er würde seinen Plan durchziehen.

Bis sie ihn alle sahen, nicht nur Luisa.

*

Im vierten Stock des Präsidiums war die *Gruppe 4* an diesem Morgen wieder vollzählig. Einige diskutierten, tauschten Gedanken aus, andere betrachteten die Aufnahmen der beiden Krähenleichen (wie sie sie intern nannten) in Erwartung einer Erleuchtung.

Ludger hatte eine Karte des Naturschutzgebiets auf seinem Tisch ausgebreitet, er betrachtete sie mit gerunzelter Stirn. Gerade erklärte er Frauke, wo sich die Hütte befand, wo die Krähen gefunden worden waren und wo Tuure die Reifenspuren entdeckt hatte.

»Der kürzeste Weg in die Stadt führt über diese Landstraße. Sie mündet später auf eine Schnellstraße, von dort geht es zur Autobahn.«

»Hast du schon Antwort von der Verkehrsbehörde?«, fragte Frauke, und ihr Kollege nickte.

»Ja, da ist nichts. Wäre auch zu einfach gewesen, wenn es ein Foto unseres Mannes gegeben hätte, weil er geblitzt wurde.«

Jakob saß an seinem Rechner, seit einer halben Stunde schon ging er die Liste durch, die Batschalek ihnen geschickt hatte. Das vorläufige Ergebnis war allerdings enttäuschend: Irene Nowak und Ben Richter hatten zwar Kontakt mit dem Callcenter gehabt, aber zu zwei unterschiedlichen Mitarbeitern.

Zwei Frauen, eine davon kurz vor der Rente.

Diese Spur war also offensichtlich doch nicht so heiß, wie er gedacht hatte. Übellaunig warf er einen Blick Richtung Lucy, die ihm heute besonders schweigsam vorkam.

»Hey, ist alles in Ordnung bei dir?«, rief er in ihre Richtung.

»Weiß nicht.«

»Du starrst seit einer Stunde auf diesen Strafzettel. Vielleicht solltest du ihn einfach bezahlen. Er wird sich leider nicht in Luft auflösen.«

Sie lächelte nicht mal.

»Es ist nicht meiner. Und jetzt stör mich nicht, ich denke nach.«

»Das machen gerade alle. Vielleicht sollten wir mehr miteinander reden, manchmal hilft das ja …«

»Lass sie, Jakob«, unterbrach Frauke und reichte ihm eine Tüte mit Croissants. »Das arme Kind macht sich schon genug Sorgen, sie muss mit dem Finnen gleich zu Sattmann. Das wird nicht schön.«

Jakob nickte nachdenklich.

»Das kriegen wir schon hin. Mila und ich reden vorher mit ihm, wir sind mitten in einem Fall, er kann uns die beiden jetzt nicht abziehen, nur um ein Zeichen zu setzen. Diese Krähenmorde müssen aufgeklärt werden. Ganz zu schweigen von den Überfällen auf die Frauen. Ich bin froh, dass bisher keine weiteren dazugekommen sind. Die Polizei im Viertel ist ständig auf Streife, aber die werden auch nicht …«

Ein spitzer Schrei, der alle im Raum zusammenzucken ließ, unterbrach ihn. Lucy starrte jetzt abwechselnd auf Jakob und den Strafzettel.

»Das ist es! Die Polizei, mein Gott, ich wusste es! Ich wusste, dass dieser Zettel mir etwas sagen will. Frauke, komm her, lass dich drücken! Tuure! Alles wird gut! Wir haben das Schwein!«

Völlig entgeistert blickte das Team zu Lucy, die durch den Raum hüpfte, in roten Leggins und einem Oversizepullover mit dem Aufdruck einer amerikanischen Highschool. Zusammen mit dem Waffenholster, das sie um die Hüfte geschnallt trug, sah sie aus wie auf einer Kostümparty.

»Hier, schaut euch das an!«

Sie knallte den Strafzettel auf den großen Besprechungstisch und wartete, bis alle sich gesetzt hatten.

»Was ist damit?«, fragte Mila. Lucy holte tief Luft, bevor sie zu einer Erklärung ansetzte.

»Das hier ist eine Aufnahme von Selma Prolavam, dem zweiten Opfer. Hannah Sandström war das erste, Maja Tschorpik das dritte. Alle Frauen wohnen beziehungsweise wohnten in der Siedlung.«

»Und?«, fragte Ludger skeptisch.

»Selma Prolavam ist geblitzt worden, vier Monate bevor sie überfallen wurde. Sie hat offenbar vergessen zu zahlen. Und hat zwei Mahnungen erhalten. Mittlerweile ist das erledigt, aber der Vorgang ist trotzdem bei mir gelandet, weil wir ja in ihrem Fall ermitteln.«

»Endlich hat mal etwas funktioniert in diesem Haus«, murmelte Frauke.

»Weiter, Lucy.«

Sie wandte sich um und holte zwei Mappen von ihrem Tisch.

»Irgendetwas hat mich stutzig gemacht, ich wusste nur bis eben nicht, was. Aber schaut euch das an: Sie hat trotz zweifacher Mahnung nicht bezahlt. Und dann kommt irgendwann doch mal ein Polizeibeamter vorbei. Und zwar der hier.«

Mila beugte sich vor.

»Janek Müller. Polizeidienststelle 4.«

»Die ist am Rand der Siedlung«, erklärte Jakob. »Ist nicht sonderlich beliebt bei den Kollegen, es ist dort deutlich unruhiger als in anderen Stadtvierteln. Drogen, nächtliche Ruhestörung, auch mal Schlägereien, so was halt.«

»Janek Müller ist Polizist, worauf willst du hinaus, Lucy?«

Aber ihre Kollegin war schon in eine der anderen Akten vertieft, hektisch blätterte sie hin und her. Dann schrie sie auf.

»Hier!«

»Was ist das für eine Akte?«

»Der erste Überfall, Hannah Sandström. Ludger hat in Malmö erfahren, dass sie Anzeige erstatten wollte, gegen die WG über ihr. Wegen wiederholter Ruhestörung. Und jetzt schaut mal, wer die Anzeige aufgenommen hat: Janek Müller.«

»Das ist kein Wunder, ist ja auch sein Streifenbezirk.« Jakob sah sie verständnislos an.

»Ich sage ja auch gar nicht, dass das so verwunderlich ist. Aber es ist eine glasklare Gemeinsamkeit. Aber wartet, ich bin noch nicht fertig.«

Sie schlug die nächste Mappe auf.

»Irene Nowak, die erste Krähentote. Auch Irene Nowak hat vor ihrem Tod eine Anzeige erstattet. Gegen das Callcenter. Und zuvor die Polizei gerufen, weil sie nicht wusste, was sie genau tun sollte. Das ist alles hier protokolliert. Genau wie der Name der Nachbarin, die bei den Gesprächen mit der Polizei dabei war: Maja Tschorpik, das dritte Opfer. Und wieder – hier steht es schwarz auf weiß – ist Janek Müller vor Ort. Er hatte Kontakt zu allen drei Frauen. Er hat zumindest in zwei Fällen ihre Wohnungen gesehen, mit ihnen gesprochen.«

Für einen Moment herrschte Stille. Einige lehnten sich zurück, andere schauten nachdenklich auf die Unterlagen. Lucy ließ ihre Finger über die Tastatur ihres Rechners fliegen, und kurz darauf hatte sie ein aktuelles Foto des Kollegen auf ihrem Bildschirm.

Mila erkannte ihn sofort.

»Ich habe ihn kennengelernt«, sagte Mila. »Als wir in die Wohnung von Maja Tschorpik gerufen wurden. Da stand er mit einem Kollegen draußen, ich musste die beiden ermahnen, ihren Job richtig zu machen.«

Jakob sah Lucy an.

»Das ist zu wenig. Das rechtfertigt niemals die Ermittlung gegen einen Kollegen.«

»Doch, Jakob«, unterbrach Frauke. Sie sprach leise, hielt ihren Kopf gesenkt, sah aber schließlich hoch.

»Das könnte wirklich unser Mann sein.«

»Woher wollen wir das wissen, er …«

»Ich kenne ihn. Und ich kenne seine Geschichte. Und ich glaube, Ludger, du kennst sie auch.«

Ludger nickte: »Ja, ich kenne seine Geschichte. Und die seiner Frau, sie war mit meiner gut befreundet. Janek Müller ist jähzornig, impulsiv und ein wirklicher Egomane. Und er schlägt seine Frau.«

»Es gab in den vergangenen Jahren immer wieder Gerüchte«,

erklärte Frauke. »Es gab zwei interne Ermittlungen gegen ihn, wegen übermäßiger Gewaltanwendung gegen zwei Verdächtige. Der eine war ein Jugendlicher aus der Siedlung, er hat ihn windelweich geprügelt. Der Junge hat später seine Anzeige zurückgezogen.«

Mila und Jakob tauschten einen Blick. Sie wussten, dass das Team eine Entscheidung von ihnen beiden erwartete. Es war ein schrecklicher Verdacht, den Lucy geäußert hatte. Und auch wenn vieles für ihre These sprach: Ein gewaltbereiter Polizist musste kein Triebtäter sein.

Aber Lucy nahm ihnen die Entscheidung ab.

»Ich weiß, wie wir es machen. Aber dafür brauche ich dich, Tuure.«

Doch bevor Lucy zu einer Erklärung ansetzen konnte, wurde die Bürotür aufgerissen und ein Kollege des Dauerdienstes stand atemlos in der Tür.

»Hey, es gibt einen Vorfall im Hanseviertel, ich dachte mir, dass ihr davon wissen solltet.«

Jakob war aufgestanden.

»Was für ein Vorfall?«

»Genaues wissen wir noch nicht. Aber die Kollegen wurden alarmiert: Es geht um zwei Krähen. Die sind aus der Katzenklappe des Nachbarhauses gekommen, und als die Nachbarin gesehen hat, was die Vögel im Schnabel hatten, da hat sie …«

Er kam nicht mehr dazu, seinen Satz zu beenden. Das gesamte Team war bereits in Bewegung.

»Wie lautet die Adresse?«, fragte Lucy.

»Lübecker Straße 15.«

Jakob hielt mitten in der Bewegung inne, denn diese Adresse kam ihm sehr bekannt vor. Sie gehörte dem Mann, der ihm vorhin eine E-Mail geschickt hatte, mit einer Liste, die leider nicht sehr aufschlussreich war.

»Das ist die Adresse von Rolf Batschalek.«

KRÄHEN (III)

Lucy hatte den Tatort als Erste erreicht, dicht gefolgt von Tuure, der ihr mit seiner Motocross-Maschine auf den Fersen geblieben war. Sie hatten einander quer durch die Stadt gejagt, hinter ihnen das Blaulicht auf dem Dach von Jakobs schwarzem Dienstwagen, in dem er mit Mila und Ludger saß. Drei Einsatzfahrzeuge der Polizei standen bereits in der Einfahrt.

»Keiner geht rein!«, schrie Mila in ihr Handy. Kurz darauf stoppte der Wagen mit quietschenden Reifen vor dem Haus mit der Nummer 15. Es war ein großzügiger Bungalow mit breiter Einfahrt. Dichte Hecken schirmten ihn gegen die Blicke der Nachbarn ab, der Vorgarten bestand zum Großteil aus Steinen und einem grauen Plattenweg, der ums Haus herumführte. Die Rollläden waren alle heruntergelassen.

Ein Kollege von der Streifenpolizei kam ihrer Frage zuvor: »Wie waren noch nicht drin, wir haben gewartet«, sagte er geflissentlich und warf dabei einen Blick auf Mila. Jakob konnte sich ein Grinsen nicht verkneifen, offenbar hatte sich bereits herumgesprochen, dass die neue Kollegin keine Schlampereien duldete.

»Gut«, sagte Jakob. »Wir übernehmen. Ihr sperrt bitte die Straße ab, wir brauchen keine Zeugen. Was ist mit den beiden Krähen?«

»Sind hinten im Garten«, sagte der Polizist. »Wir haben einen großen Karton über sie gestülpt.«

»Sie sind nicht weggeflogen?«, wunderte sich Mila, aber der Kollege schüttelte den Kopf.

»Ich hatte das Gefühl, sie wollten, aber irgendwas hat sie

daran gehindert. Ihre Flügel, irgendwas scheint damit nicht in Ordnung zu sein. Sie sehen auch ziemlich mitgenommen aus, sie krächzen ununterbrochen.«

»Sie hatten doch auch etwas im Schnabel, oder?«

Der Kollege wurde während seines Berichts immer blasser.

»Wie bitte?«

»Die Krähen. Sie hatten was im Schnabel, sonst hätte vermutlich niemand die Polizei gerufen.«

»Richtig, es liegt hinten auf der Terrasse, es ist ...«

»Ich wette, ein Auge«, vermutete Tuure, während er seine Waffe zog und sich auf das vorbereitete, was jetzt folgen musste.

Doch der Polizist schüttelte den Kopf.

»Nein, es ist ... es sieht aus wie ein Stück einer Zunge.«

Nach einigen Sekunden, in denen keiner etwas sagte, war es Jakob, der zuerst die Sprache wiederfand: »Tuure und Lucy, ihr geht hinten rein. Mila und Ludger mit mir. Kollegen, ihr bleibt vorerst draußen.«

»Und wehe, die Presse kommt zu nah ran«, sagte Mila, und der Polizist nickte. Er wirkte erleichtert, offenbar war er froh, dass er nicht mit hineingehen musste.

Jakob holte tief Luft. Er hatte das Gefühl, genau zu wissen, was sie in dem Haus erwartete: etwas durch und durch Dunkles.

Sie positionierten sich auf beiden Seiten der Eingangstür. Vor der Katzenklappe zu ihren Füßen lag eine schwarze Feder. Wie ein Mahnmal des Grauens.

»Aufmachen«, befahl Jakob, nachdem er zweimal vergeblich geklingelt hatte. Ein Fachmann näherte sich der Tür in geduckter Haltung und machte sich am Schloss zu schaffen. Sekunden später war der Weg frei.

»Polizei! Wir kommen jetzt rein! Herr Batschalek?«

Mit der linken Hand stieß er die Tür auf und betrat das Haus.

Die Waffe in beiden Händen passierte Jakob den dunklen Flur, der nur von der offenen Tür etwas erhellt wurde. Eine Treppe zu seiner Rechten führte nach unten – vermutlich in den Keller.

»Scheiße, stinkt das hier!«, sagte Mila hinter ihm. Sie hatte ebenfalls ihre Waffe gezogen. Ludger gab ihnen ein Zeichen und ging vorsichtig die Kellertreppe hinunter.

Jakob suchte nach dem Lichtschalter. Als er ihn endlich gefunden hatte, blieb es dennoch dunkel. Er knipste seine Taschenlampe an und hielt sie über den Lauf seiner Waffe. Zwei Stufen führten hinab ins Wohnzimmer, vorbei an einer offenen Küche. Einige Schallplatten lagen auf dem Boden, dunkle Flecken waren zu sehen.

»Hier ist es stockfinster. Er muss die Fenster auch hier zusätzlich abgeklebt haben«, sagte Mila. Sie öffnete eine Tür, hinter der sich eine Abstellkammer verbarg.

»Nichts«, flüsterte sie, und auch Jakob merkte, dass er leise sprach, als bestünde die Gefahr, jemanden aufzustören, der in dieser Dunkelheit verborgen war.

Und dann sahen sie ihn.

»Oh mein Gott.«

Mila war abrupt stehen geblieben und hielt sich entsetzt die Hand vor den Mund.

Jakob spürte, wie sich sein Magen zusammenzog. In seiner gesamten Dienstzeit hatte er etwas Derartiges noch nicht gesehen.

»Ist das … sein Kopf, ist er …«

»Keller sicher!«, hörten sie Ludgers Stimme von unten. Von draußen näherten sich Schritte, offenbar waren Lucy und der Finne auf der Terrasse angelangt. Mila ging mit schnellen Schritten in Richtung der Fenster und machte sich an den Rollläden zu schaffen.

Nach und nach drang Licht in den Raum. Es fiel zuerst auf

den Teppich, auf die dunkelroten Flecken zu Füßen des Mannes. Dann wanderte es Zentimeter um Zentimeter seine Beine hoch, über die Kabelbinder, die tief in sein Fleisch schnitten, weil er in seiner Verzweiflung alles versucht hatte, um sich zu befreien.

Er hatte keine Chance gehabt.

Das Licht erreichte seine Schenkel, wanderte über die Wunden, über die tiefen Kerben in seinem Körper. Als Jakobs Blick auf das Geschlecht des Mannes fiel, musste er sich kurz abwenden. Offenbar hatten die Krähen ganze Arbeit geleistet. Vereinzelt waren Maden und Würmer auf der Haut zu sehen und eine gallertartige Masse.

»Er hat ihn wieder präpariert.«

Doch noch hatte die Dunkelheit nicht alles preisgegeben, und das Schlimmste kam erst jetzt zum Vorschein.

Der Kopf des Mannes steckte bis zu den Schultern in einem großen Käfig. Der Boden fehlte, der Käfig selbst war mit Schnüren und Klebeband an seinen Schultern befestigt worden. Die Klappe stand offen, sie musste aufgesprungen sein, als die Krähen im Innern gewütet hatten.

Und das hatten sie in der Tat.

Jakob machte widerwillig einen Schritt auf das Sofa zu. Er wusste nicht, ob er das alles wirklich sehen wollte: die Schnitte. Die herausgerissenen Haare, die klaffenden Wunden in den Wangen und am Hals. Das linke Ohr, das zur Hälfte abgetrennt war. Eine der Augenhöhlen war blutig und das Auge zerstört, der Mund des Toten stand offen, und ein Teil der Zunge fehlte.

Jakob sah die verzerrten Gesichtszüge, er tippte auf einen Herzinfarkt, der dem Leiden letztlich ein Ende gesetzt hatte.

So oder so: Rolf Batschalek hatte aufgehört zu existieren.

Und vor ihm auf dem Tisch lagen die Buchstaben eines Scrabble-Spiels, ordentlich aneinandergereiht.

Drei Wörter. Eine Botschaft, die sie alle kannten.

Schaut nach oben.

Zehn Minuten später hatten sie sich auf der Terrasse versammelt, Mila hatte eine Schachtel Zigaretten aus ihrer Manteltasche gezogen und rauchte jetzt still, den Blick auf ein Waldstück hinter dem Gartenzaun gerichtet.

Björn Thomsen, der Leiter der Gerichtsmedizin, war bereits eingetroffen. Er hatte nur kurz zu ihnen nach draußen geschaut, auch ihm fehlten wohl die Worte angesichts des Tatorts. Er und seine Männer würden das Haus auf den Kopf stellen.

Wieder war ein Leben genommen worden. Aber diesmal wussten sie, wo es weitergelebt werden würde.

Das Funkgerät, das zwischen ihnen auf dem Gartentisch lag, knisterte.

»Einsatzkommando in Position. Warten auf Befehl zum Zugriff.«

Jakob und Mila hatten nach der Entdeckung von Batschaleks Leichnam nicht gezögert. Zwei Einsatzteams waren zum Callcenter geschickt worden, die Straßen rund um das Firmengebäude waren abgesperrt. Nach ihren Informationen hatte bisher niemand das Gebäude verlassen.

»Ich ruf ihn an.« Jakob sah jedes einzelne Teammitglied an. »Er weiß nicht, dass wir die Leiche gefunden haben. Unser Mann ist vermutlich in Batschaleks Büro und spielt seine Rolle.«

Die anderen nickten, nur Mila blies noch immer stumm ihren Rauch in die Luft.

»Irgendetwas stimmt nicht«, sagte sie.

»Was meinst du?«

Sie schüttelte den Kopf.

»Ich weiß es nicht. Ruf ihn an.«

Jakob holte tief Luft. Und wählte dann Batschaleks Handynummer. Das Freizeichen ertönte, er schaltete sein Handy auf Lautsprecher und legte es auf den Tisch.

»Rolf Batschalek.«

Es war seine Stimme und Jakob konnte nicht anders, als beeindruckt zu sein. Wer auch immer dieser Mann war, er war ein Meister der Verwandlung,

»Hier ist Jakob Krogh vom Polizeipräsidium. Wir waren gestern bei Ihnen.«

»Ja, was kann ich für Sie tun?«

»Ich wollte mich nur bedanken, für die Liste, die Sie uns geschickt haben.«

»Ich hoffe, sie hilft.«

»Das werden wir sehen. Sind Sie im Büro?«

»Ja, selbstverständlich.«

Jakob gab Mila ein Zeichen. Sie nahm das Funkgerät und entfernte sich einige Schritte.

»Zielperson ist im Gebäude. Zugriff.«

»Verstanden. Zugriff bestätigt.«

Jakob wusste, dass in diesem Augenblick die beiden Einsatzkommandos das Gebäude stürmten. Über die Haupttreppe und die beiden Notfalltreppen außerhalb würden sie in den dritten Stock gelangen und dabei niemanden an sich vorbeilassen. Dann würden sie den Mann festnehmen, der sich seit heute Morgen als Rolf Batschalek ausgab.

Und der mindestens drei Menschen getötet hatte, um für einen kurzen Moment ihr Leben zu führen.

»Ach, Herr Krogh?«

»Ja?«

Die Stimme des Mannes war ruhig. Zu ruhig, dachte Jakob mit einem Mal.

»Entschuldigen Sie vielmals. Ich bin schon ganz verwirrt, wie dumm von mir. Ich bin gar nicht im Büro. Ich sitze gerade gemütlich zu Hause auf dem Sofa. Womöglich sehe ich etwas mitgenommen aus, aber machen Sie sich deswegen keine Sorgen.«

»Fuck«, hörte Jakob Lucy flüstern.

Doch der Mann war noch nicht fertig.

»Möchten Sie vielleicht kurz reinkommen ins Wohnzimmer? Ich kann nämlich nur Ihre Füße sehen. Vielleicht möchten Sie mir einmal zuwinken?

Jakob starrte die anderen an, ihm war eiskalt und heiß zugleich. Das alles war ein einziger Albtraum.

»Oben auf dem Küchenregal. Über dem Herd. Genau. Gut sehen Sie aus. Etwas erschöpft vielleicht, aber sonst ganz gut.«

*

Elias blickte auf das Display des Telefons in seiner linken Hand und lächelte. Auf dem Bildausschnitt der zweiten Überwachungskamera, vor Batschaleks Haus, konnte er die Einsatzfahrzeuge sehen, aus denen vor wenigen Augenblicken ein Dutzend Polizeibeamte in das Gebäude gestürmt war. Jenes Gebäude, aus dem er selbst vor zehn Minuten herausspaziert war, keine drei Minuten vor Ankunft der Polizei.

Ein schönes Leben war das eine. Ein schönes Leben zu behalten, etwas ganz anderes.

»Sind sie noch da, Herr Krogh?«

Er lehnte sich an die Brüstung der kleinen Brücke, neben ihm ein Rennrad.

»Ja, ich bin noch da.«

»Ich kann Ihre Enttäuschung förmlich hören, Herr Krogh. Das tut mir leid. Dabei haben Sie doch alles richtig gemacht.«

»Sind wir uns vielleicht schon einmal begegnet?«, fragte Jakob jetzt. Elias konnte die unterdrückte Wut in seiner Stimme hören.

»Das kommt darauf an, wen genau Sie meinen?«

»Sie und mich. Ganz einfach.«

»Aber so einfach ist das nicht, Herr Krogh. Oder darf ich Jakob sagen? Das würde mir etwas leichter fallen.«

»Wie soll ich Sie dann nennen?«

»Ich bin ein Niemand. Und genau das ist das Problem, Jakob. Einen Niemand kann man nicht treffen, einen Rolf Batschalek schon.«

»Aber Rolf ist ja hier, auf seinem Sofa. Er ist tot. Wen also habe ich am Telefon? Einen Verwandlungskünstler, einen Meister des Versteckspiels, aber sicherlich keinen Niemand.«

Elias sah auf seinem Display, wie Jakob sich jetzt direkt vor der Kamera in der Küche positionierte und in sie hineinstarrte.

»Und du, Jakob?«, sagte er, anstatt zu antworten. »Wer bist du? Und was ist dein Geheimnis. Du hast doch ein Geheimnis, oder?«

»Nein.«

»Bist du sicher? Irgendwie glaube ich dir nicht, aber ich werde es schon noch herausfinden. Und wenn es so weit ist, Jakob, dann werden wir uns treffen.«

Er beendete das Gespräch und blickte auf das dunkle Wasser, das träge unter ihm dahinfloss.

»Schade eigentlich«, murmelte er. Er hatte sein neues Leben als Rolf Batschalek durchaus genossen. Aber nun konnte er es nicht mehr führen.

Und es wartete ja ohnehin schon ein anderes Leben auf ihn. Ein ganz besonderes. Das schönste von allen.

Und mit diesem Gedanken warf er das Handy in hohem Bogen in den Kanal, setzte sich auf sein Rennrad und fuhr über die Brücke davon.

TEIL III

VERFOLGUNG

Es war still in der Siedlung. Dunkelheit hatte sich zwischen die Wohnblöcke geschoben. Die letzte Straßenbahn war gerade abgefahren, der Nachtbus würde ausfallen, wie so oft. Und in der einzigen Kneipe weit und breit schenkten sie Schnaps aus, weil der Besitzer Geburtstag hatte. Die Glückwünsche drangen nach draußen, wo Tuure Salo in den Schatten stand und wartete.

Er hatte es nicht eilig. Und er war es gewohnt, dass die Zeit nicht immer schnell verging, dass man manchmal warten musste, bis etwas geschah. So war es in Finnland gewesen, an den langen Tagen, wenn die Dunkelheit nicht vergehen wollte. Und so war es auch heute.

Es war nach Mitternacht, als die Tür der Kneipe sich öffnete und ein Mann herauskam. Er war Mitte dreißig, seine kurzen Haare waren zurückgegelt, er trug eine kurze Daunenjacke und einen weißen Hoodie darunter. Er blickte kurz in die Dunkelheit vor ihm, dann zündete er sich eine Zigarette an. Nachdem er einige Meter gelaufen war, folgte ihm der Finne unauffällig.

Der Mann bemerkte ihn nicht, aber das würde sich ändern. Denn so hatten sie es besprochen.

Sie gingen vorbei an den hohen Wohnhäusern, der Mann vor ihm schien kein rechtes Ziel zu haben. Es wirkte, als würde er sich an jeder Straßenecke spontan entscheiden, wohin er gehen wollte.

Der Finne ließ ihn nicht aus den Augen.

Nach zehn Minuten Spaziergang durch die Dunkelheit und entlang der Straßenlaternen, von denen jede zweite nicht funktionierte, kam dem Mann ein älterer Herr entgegen. Er hielt einen kleinen weißen Zwergpudel an der Leine. Tuure lauschte ihrer Unterhaltung, während er sich hinter einer Häuserecke verbarg.

»Guten Abend, Herr Hoffmann. Sie sind aber noch spät unterwegs.«

»Ach, guten Abend, Janek. Ja, meine Mathilda musste noch mal raus.«

»Sind Sie sicher? Sieht mir eher danach aus, als wäre Mathilda lieber in ihrem Körbchen geblieben.«

»Ja, vielleicht war ich derjenige, der rausmusste. Drinnen ist es so stickig. Und Sie? Ein letzter Kontrollspaziergang? Wir sind froh, dass es sie gibt, Janek. Man hört so einiges über das Viertel, es ist schlimm geworden, wirklich schlimm. Ich gehe auch gleich zurück.«

»Schlafen Sie gut, Herr Hoffmann.«

»Sie auch. Gute Nacht.«

Der Spaziergänger mit dem Hund schlurfte davon, während der Mann in der Daunenjacke sich eine weitere Zigarette anzündete und in die Dunkelheit starrte.

Tuure sah, wie er die Fassaden studierte, in einigen wenigen Fenstern brannte noch Licht.

Ein Auto fuhr die Straße entlang, klein, rot, ein japanisches Modell. Hundert Meter weiter hielt der Wagen am Straßenrand. Nach einigen Sekunden ging der Mann in dieselbe Richtung, etwas zielstrebiger jetzt. Eine junge Frau stieg aus, sie war klein und hatte dunkle Locken, die ihr weich über die Schultern fielen. Sie nahm ihren Rucksack vom Rücksitz und holte zwei Ordner aus dem Kofferraum.

Tuure hielt die Luft an und griff nach seiner Waffe, als er sah, dass sich der Mann von hinten langsam der Frau näherte. Dann aber blieb er stehen und sah zu, wie sie ins Haus ging und die Treppenhausbeleuchtung anschaltete.

Für ein paar Minuten blieb der Mann, den er beschattete, in der Dunkelheit stehen und blickte nach oben. Im zweiten Stock ging jetzt hinter einem der Fenster ein Licht an. Dann schnippte er seine Zigarette auf die Straße – und drehte sich um.

Tuure trat einen Schritt nach vorne, in den Lichtkegel einer Laterne. Er sah, wie der andere zusammenzuckte, ihn anstarrte, keine fünfzig Meter von ihm entfernt.

»Komm schon«, murmelte der Finne, weil er insgeheim hoffte, dass er auf ihn zukommen würde. Aber er wusste, dass das nicht dem Plan entsprach, den Lucy und er entworfen hatten.

Es ging nur darum, dass der Mann ihn sah. Dass er seine Blicke spürte. Er sollte wissen, dass sie da waren.

Tuure merkte sich vorsichtshalber das Kennzeichen des roten Wagens, sie würden auch die junge Frau unauffällig beschatten, zu ihrer eigenen Sicherheit.

Und dann würden sie zuschlagen.

ZWEI NAMEN

Die *Gruppe 4* hatte sich in einem der großen Besprechungsräume im Erdgeschoss des Präsidiums versammelt. Mila und Jakob waren als Letzte dazugekommen, begleitet von Dirk Sattmann. Der Grund, warum sie sich nicht oben in ihren Räumen trafen, saß ebenfalls mit am Tisch: Max Bender. Der pensionierte Polizist und Fallanalyst konnte mit seinem Rollstuhl nicht ohne Hilfe ins Dachgeschoss gelangen – und ihm diese Hilfe anzubieten hatte sich niemand getraut.

»Guten Morgen«, sagte Sattmann, der es gewohnt war, sofort die Gesprächsleitung zu übernehmen. »Ich denke, wir alle wissen, warum wir hier sind, ich halte keine großen Vorreden.«

Mila spürte die Anspannung im Team. Keiner von ihnen hatte in der zurückliegenden Nacht ein Auge zugemacht, nicht nach den Ereignissen gestern. Sie selbst hatte den gesamten Tag mit Absprachen und Koordination verbracht, in Batschaleks Haus, im Callcenter.

»Ich möchte Ihnen zunächst gratulieren, auch wenn sicherlich nicht alles Gold ist, was glänzt. Wahrlich nicht. Dass der Täter uns entwischt ist, dass er mit uns gespielt hat, ist … schlimm. Und wir werden darüber zu einem späteren Zeitpunkt sprechen.«

Mila nahm wahr, dass Jakob kurz den Kopf senkte. Sie wusste, dass er sich die größten Vorwürfe machte, denn er hatte die Befragung im Callcenter fortsetzen wollen, vielleicht hätten sie den Täter dann viel früher erwischt.

Mila atmete langsam aus und hielt ihren Blick auf Jakob gerichtet, der müde und erschöpft aussah. Aber da war noch etwas, unter der Oberfläche, hinter seinem Blick. Als würde etwas an ihm zerren, ihn Kraft kosten. Etwas, das er nicht mit ihr teilen konnte.

Aber jetzt konnte sie sich nicht darum kümmern. Es gab Dringlicheres zu tun. Denn sie wussten jetzt, wer Rolf Batschalek umgebracht hatte. Und Irene Nowak. Und Ben Richter.

Sie hatten einen Namen. Ein Gesicht.

Aber sonst nichts.

»Fräulein Chang, wollen Sie vielleicht anfangen? Und lassen Sie mich vorher kurz betonen: Ich freue mich, dass Ihnen auch mal etwas gelungen ist.«

»Mir gelingt ziemlich viel, Herr Staatsanwalt, ich weiß nicht, was …«

»Lucy. Fang an.«

Jakob hatte sich zu ihr umgedreht und funkelte sie an. Sein Blick war dunkel, die junge Kollegin verstummte sofort. Mila nahm sich vor, mit ihm darüber zu sprechen, sobald der Fall abgeschlossen war.

»Okay«, begann sie zögerlich. »Ich habe mich an den Rechner von Batschalek gesetzt, in seinem Büro. Ist ein verdammtes Kontrollzentrum, kann ich euch sagen, der Kerl hat seine Belegschaft ausspioniert. Ein echter Widerling. Er hatte Kameras überall. Und wenn ich sage überall, dann meine ich das auch.«

Lucy schaltete den Beamer im Raum ein und verband ihren Laptop damit. Eine lange Liste von Namen, Adressen und Telefonnummern erschien an der Wand. Jakob schaltete das Licht aus, so dass sie besser erkennen konnten, was Lucy ihnen zeigen wollte.

»Das hier ist die Liste, die Rolf Batschalek Mila und Jakob gemailt hat. Wir wollten wissen, ob es in den Daten möglicherweise eine erkennbare Verbindung gibt zwischen unseren beiden Opfern Irene Nowak und Ben Richter. Also, ob beide zum

Beispiel vom gleichen Kundenberater im Callcenter kontaktiert wurden.«

Lucy drückte auf eine Taste, und zwei Zeilen wurden farblich hervorgehoben.

»Hier haben wir die beiden.«

»Es sind zwei verschiedene Mitarbeiter«, sagte Ludger. »Also erst mal keine Verbindung.«

»Genau«, sagte Lucy. »Der Punkt ist aber, dass es nicht Batschalek selbst war, der die Liste gemailt hat.«

»Sondern unser Täter, der zu diesem Zeitpunkt bereits eine neue Identität angenommen hatte«, erklärte Mila. »Nämlich die von Rolf Batschalek.«

Lucy tippte wieder auf ihrer Tatstatur herum.

»Also liegt es nahe, dass er die Liste manipuliert hat.«

»Und, hat er?«, wollte Frauke wissen.

Lucy nickte.

»Ja. Ich habe ein bisschen rumgespielt und eine ältere Version der Datei gefunden. Und tatsächlich sieht das Ergebnis dann anders aus.«

Mila warf Jakob einen Blick zu. Sie beide wussten bereits Bescheid und hatten Dirk Sattmann vor zehn Minuten über ihre Ergebnisse informiert. Das restliche Team jedoch sah jetzt gespannt auf das, was Lucy an die Wand warf.

»Voilà. Ich würde mal sagen: Das ist unser Mann. Er hatte beide Opfer angerufen, ist so auf sie aufmerksam geworden. Und er hat die Liste nachträglich geändert.«

Es war kurz still im Raum, weil jedem klar war, dass sie nicht länger im Dunkeln tappten. Sie jagten keinem Geist mehr hinterher. Der Mann, der sich das Leben der anderen nahm, um es für einen kurzen Moment weiterzuführen, war real.

»Elias Brunner«, sagte Dirk Sattmann in die Stille hinein. »Achtundzwanzig Jahre alt, geboren hier in der Stadt, wenn man den Unterlagen im Callcenter glauben kann. Er arbeitet seit drei Jahren dort, hatte vorher mehrere Teilzeitjobs.«

»Er wohnt in der Siedlung, zumindest ist dort eine Wohnung auf seinen Namen gemeldet«, ergänzte Mila. »Ein Einsatzkommando ist auf Abruf, der Block wird bereits beobachtet. Wir werden gleich hinfahren und schauen, ob er dort ist.«

»Aber das ist natürlich sehr unwahrscheinlich«, führte Jakob weiter aus. »Wir gehen davon aus, dass er untergetaucht ist. Er muss annehmen, dass wir ihm auf der Spur sind. Deshalb ist es wichtig, dass wir jetzt schnell handeln. Wir werden gleich die Teams zusammenstellen, wir brauchen den Mann innerhalb der nächsten vierundzwanzig Stunden, jede Minute zählt. Wir suchen auch seine Freundin, Luisa Koppmann, die beiden sind seit Kurzem ein Paar. Auch sie ist derzeit unauffindbar.«

»Ich habe noch etwas«, sagte Lucy, und nicht nur Mila drehte überrascht den Kopf zu ihr. Sattmann blickte die junge Kollegin streng an.

»Was denn, ist es wichtig? Sie haben doch gehört, dass jetzt wirklich keine Zeit für …«

»Es ist wichtig.« Lucy funkelte den Staatsanwalt an. »Ich habe es vor fünf Minuten entdeckt, ich wollte Sie informieren, aber Sie haben die ganze Zeit telefoniert. Und ja, ich kann sehr wohl einordnen, ob etwas wichtig ist. Und das hier ist verdammt wichtig.«

»Na dann.« Mila sah, dass Sattmann sich über Lucys Ton ärgerte, aber in der Sache hatte sie recht. Sattmann behandelte sie von oben herab, vermutlich weil sie eine junge Frau war, dazu mit einem farblich fragwürdigen Klamottenstil und einer ungewöhnlichen Vita. Der Staatsanwalt hatte dazu schon hin und wieder einen bissigen Kommentar abgegeben. Aber jetzt war auch dafür nicht die Zeit.

Lucy klickte die Liste weg und warf dafür ein Video an die Wand.

»Ich habe euch gesagt, dass Batschalek ein krankes Schwein war – entschuldigt, ich weiß, man spricht nicht so über Tote. Aber schaut euch das an: Er hatte wirklich überall Kameras, und die Aufzeichnungen habe ich mir heute Nacht alle reingezogen. Es hat vier Stunden gedauert, es sind siebzehn Stück.«

An der Wand waren jetzt zahleiche Bildausschnitte zu sehen, alle in Schwarzweiß. Die meisten davon zeigten das Großraumbüro aus verschiedenen Blickwinkeln, andere den Eingangsbereich und die beiden Teeküchen.

»Auf der Damentoilette hingen auch welche, versteckt in den Luftschächten. Der Typ hat alle ausspioniert und sich auf seinem Stuhl einen runtergeholt, wenn die Mädels auf dem Klo waren.«

»Lucy!« Frauke sah ihre Kollegin streng an, die beschwichtigend die Hand hob.

»Ist ja schon gut. Aber jetzt passt auf: Ich habe diese Kameraeinstellung lange ignoriert, ich dachte, da kann ja nichts sein. Aber seht selbst.«

Eine Toilettenkabine war zu sehen, von oben. Stimmen waren zu hören, vermutlich aus dem Waschraum davor, jemand benutzte den Wasserhahn. Zwei Frauen unterhielten sich, dann gingen sie offenbar aus dem Raum. Es war kurz still.

Doch nur einen Moment später wurde die Tür wieder geöffnet. Dann schwang die Kabinentür auf und … Rolf Batschalek trat ein.

»Das gibt's ja nicht«, entfuhr es Sattmann. Er zog sich einen Stuhl heran und setzte sich. »Ist das der echte? Oder …«

Lucy schüttelte den Kopf.

»Unten seht ihr die Uhrzeit. Genau zu dieser Zeit haben wir die Leiche auf dem Sofa entdeckt. Nein, das hier ist nicht Batschalek. Aber wartet.«

Man hätte eine Stecknadel fallen hören können im Besprechungsraum. Niemand sagte etwas, während im Video der falsche Rolf Batschalek damit begann, sich auszuziehen. Er löste die Krawatte, zog dann das Hemd aus. Darunter war ein dickes Wams zu sehen, ein Stoffpolster, das um den ganzen Oberkörper gerollt war. Als er es auszog, stieß Frauke einen leisen Schrei aus.

»Der ist ja spindeldürr.«

»Es wird noch krasser«, sagte Lucy leise. Sie sahen, wie Batschalek sich weiter verwandelte, wie er seine Hose auszog und seine schweren Schuhe. Bis er nur noch eine schwarze Boxershort anhatte – und nicht mehr Rolf Batschalek war.

Sondern Elias Brunner.

Mit einer Mischung aus Schock und Ehrfurcht blickten sie auf den jungen Mann, der sich jetzt mehrere Tamponaden aus dem Mund fingerte und sich einen fleischfarbenen Verband vom Hals zog, so dass sein Doppelkinn augenblicklich verschwand.

»Unfassbar«, flüsterte Sattmann. »Der Kerl ist ein Verwandlungskünstler.«

Als Letztes war die Perücke dran, die der Mann behutsam abzog, bevor er sich durch seine dunklen Haare fuhr. Mila erkannte ihn sofort.

»Wir hatten ihn schon«, flüsterte sie. »Zweimal.« Sie schaute zu Jakob und ahnte, dass er das Gleiche dachte.

Überrascht sahen sie, wie der Mann auf die Toilettenschüssel stieg und sich an der Decke zu schaffen machte. Kurz darauf stieg er wieder herunter, in der Hand jetzt einen kleinen Stoffbeutel. Er nahm eine Hose, ein paar Sneaker und einen Pullover heraus und zog sich ohne Hast um. Er wartete kurz, schien an der Tür zu lauschen, ob jemand im Toilettenraum war.

Dann verschwand er nach draußen.

Sie atmeten alle aus.

»Krass«, entfuhr es Ludger, der normalerweise nicht zu Kraftausdrücken neigte. Und auch Max Bender, der bislang geschwiegen und sich stattdessen Notizen gemacht hatte, war sichtlich beeindruckt. Er sah Lucy an.

»Ich brauche die gesamte Aufnahme.«

»Geht klar. Selbst ohne das Zauberwort.«

Bender schnalzte kurz mit der Zunge.

»Das Zauberwort heißt Dreifachmord, junge Kollegin.«

Mila starrte auf die Aufnahme der jetzt leeren Toilette. Das Band lief weiter, aber der Mann war fort.

Elias Brunner.

»Du sagtest, in der Herrentoilette gebe es keine Kameras?«, fragte sie Lucy.

»Nein, klassische Homophobie, würde ich sagen. Jedenfalls hat er nur die Frauen gefilmt.«

»Und Elias Brunner wusste das offensichtlich, er war ja den ganzen Vormittag in Batschaleks Büro, hatte seine Passwörter, hat alles gesehen.«

Sie sah Max Bender an.

»Warum hat er das gemacht? Er wusste, dass er dort gefilmt wird. Er wusste, dass er damit endgültig auffliegt.«

Bender blickte nachdenklich auf die immer noch laufende Aufnahme von der leeren Kabine.

»Er wäre sowieso aufgeflogen«, sagte er schließlich. »Er wusste, dass die Liste ihn verraten würde. Er wusste, dass ihr auch so auf ihn gekommen wärt.«

Alle sahen ihn jetzt an, und Mila bemerkte schnell, dass Bender das gefiel.

Er war wieder im Spiel. Er wurde gebraucht.

»Ich hätte sogar eher vermutet, dass er es noch weiter treibt. Dass er in die Kamera winkt, zum Abschied. Er muss berauscht gewesen sein von dem Gefühl, uns ein Schnippchen zu schlagen. Ich wundere mich wirklich, dass er nicht … «

Bender hielt plötzlich inne und hörte auf zu sprechen.

»Da passiert noch was.«

Überrascht folgten alle seinem Blick und schauten auf die Aufnahme der Überwachungskamera.

»Die Tür geht wieder auf. Er kommt zurück«

Tatsächlich sahen sie jetzt, wie Elias Brunner erneut die Kabine betrat und die Tür hinter sich schloss. Niemand sprach, als er sich umdrehte und genau in die Kamera schaute. Es war ein ausdrucksloser Blick, da war keine Emotion. Kein Lächeln. Keine Freude über den eigenen Erfolg. Aber auch keine Wut und kein Hass.

Elias Brunner war in diesem Moment frei von jeder Gefühlsregung. Und genau das machte den Anblick noch unheimlicher. Dann jedoch geschah etwas, das alles änderte.

Elias hatte ein Blatt Papier dabei und hielt es jetzt in die Kamera.

»Zoomen«, sagte Sattmann, und Lucy vergrößerte den Bildausschnitt, so lange, bis sie alle die beiden Namen lesen konnten, die auf dem Papier standen.

Umrahmt von einem roten Herz.

Mila verstand sofort, wem diese Botschaft galt. Aber Jakob war bereits aufgestanden, er starrte die Aufnahme an, mit einem Blick, der sich mit nichts vergleichen ließ, was sie bisher gesehen hatte.

Es war der Blick eines liebenden Ehemannes und Vaters, der Angst hatte, alles zu verlieren. Weil ein kranker Serienmörder die Namen derjenigen aufgeschrieben hatte, die ihm am meisten bedeuteten, mehr als alles andere auf der Welt.

Mariella und Filip.

FAMILIE (II)

Als Luisa wach wurde, saß er im Schneidersitz auf dem Parkett, eine Teetasse in der Hand, und schaute hinaus in den Garten. Im frühen Morgenlicht saßen einige erste Vögel auf dem Rasen, Amseln, die nach Würmern pickten und nach den ersten Vorboten des Frühlings. Er atmete tief ein, spürte seinen Körper, seine Kraft.

Und seine Entschlossenheit.

Einen Schritt noch.

Und dann würde er leben, für immer.

»Hey, wie lange bist du schon wach?«

Er drehte sich um und lächelte. Luisas braune Haare waren zerzaust, sie trug eines seiner T-Shirts. Die dicke Decke, die sie auf den Teppich vor den Kamin gelegt hatten, hatte sie warm gehalten.

Ohnehin war nicht viel Zeit zum Schlafen geblieben.

»Noch nicht lange«, log er und deutete auf eine zweite Teetasse auf dem Tisch. »Willst du auch einen?«

»Das ist süß«, sagte sie, stopfte sich zwei Kissen in den Rücken und betrachtet ihn, während er durch den Raum ging.

»Du siehst aus, als würdest du dich viel bewegen«, sagte sie. Er lächelte schüchtern.

»Ja«, sagte er. »Ich gehe viel spazieren, das tut immer gut.«

»Ich gehe auch gern spazieren. Da, wo ich herkomme, kann man eigentlich kaum etwas anderes machen. Als Kind habe ich es gehasst, aber heute fühlt es sich gut an, so frei.«

Elias setzte sich auf einen Stuhl und sah wieder nach draußen. Es war vollkommen still, die dicken Hecken schienen alle

Geräusche zu schlucken. Im hinteren Teil des Gartens stand die abgedeckte Hollywoodschaukel, nur ein rostiges Metallbein war zu sehen.

»Ein großartiges Haus hat dein Onkel«, sagte Luisa und sah sich neugierig um. »Ein bisschen altmodisch eingerichtet, aber sehr geräumig. Toll, dass du den Housesitter spielen darfst, während er in den USA ist!«

Elias nickte. »Das mach ich gern. Und er ist mindestens zwei Wochen drüben.« Er versuchte sich an einem schelmischen Lachen, aber es misslang ihm gründlich. Er fühlte sich unwohl, er trug nur Boxershorts.

»Ist dir nicht kalt?«, fragte Luisa und schlug die Decke zurück. Es war eine Einladung.

»Nein, es geht. Ich mag es lieber kalt, und ...«

»Elias, das war keine Frage.«

Irritiert blickte er sie an.

»Nicht? Aber du hast doch gefragt, und ich habe ...«

Sie lachte und stellte ihre Teetasse zur Seite.

»Ich sehe schon, wir müssen einiges besprechen. Aber dafür ist später Zeit. Zwei Wochen in diesem Haus müssen schließlich ausgenutzt werden. Komm her.«

Er sah ihre ausgestreckte Hand und fuhr sich durch die Haare. Dann ging er zu ihr, unter die Decke, die warm war von der Nacht und von ihr. Und als sie ihr T-Shirt auszog und sich an ihn kuschelte, da fiel ihm auf, dass er draußen im Garten gar keine Krähe gesehen hatte.

Sie trauten sich nicht mehr in seine Nähe.

*

»Jakob? Bist du da drin? Ist alles okay?«

Nichts war okay, und sie wussten es beide. Nur dass er noch ein bisschen mehr wusste als sie.

Erschöpft wischte er sich mit dem Toilettenpapier den Mund ab. Er saß mit dem Rücken an die kalten Fliesen einer Toilettenkabine gelehnt, er hatte sich übergeben, gleich zwei Mal. Seine Hände zitterten.

Mariella und Filip.

Umrahmt von einem roten Herz.

»Jakob, mach auf. Komm schon, wir kriegen das hin. Wir kriegen den Kerl vorher, aber ich brauche dich dafür.«

Er schluckte schwer und lehnte den Kopf an die Wand. Er schwitzte, ihm war kalt, und er spürte seinen Herzschlag schwer in der Brust. Schließlich rappelte er sich auf und öffnete die Tür. Mila stand am Waschbecken und schaute ihn besorgt an. Auch sie sah schlecht aus, steckte tief in den Abgründen dieses Falls – aber ihre Familie wurde nicht bedroht.

Sie ging zwei Schritte auf ihn zu und umarmte in kurz.

»Wir kriegen ihn«, flüsterte sie in sein Ohr. »Wir sind unmittelbar davor. Es wird alles gut gehen.«

Er hätte ihr gern geglaubt. Aber er konnte nicht.

Nichts würde mehr gut werden.

»Danke«, sagte er leise und wusch sich das Gesicht, bis er etwas klarer im Kopf war. Als er sich im Spiegel betrachtete, sah er einen ängstlichen Mann. In seinem Bart hatten sich die grauen Haare schlagartig vermehrt, so schien es ihm zumindest. Als sei sein Körper mit der Drohung von Elias Brunner plötzlich gealtert.

So wie seine Seele.

»Ich habe alles in die Wege geleitet«, sagte er zu Mila. »Es sind Kollegen zu meinem Haus unterwegs, Sattmann hat mir freie Hand gegeben und volle Unterstützung zugesichert. Aber im Moment ist alles gut, die Kollegen werden bei ihnen im Haus sein, vielleicht sind sie es schon. Und Mariella und Filip sind wohlauf, Freunde sind gerade da, zum Essen. Sie ruft mich gleich noch mal an.«

Mila sah ihn überrascht an.

»Wäre es nicht besser, wenn sie verreisen würden? Zu ihren Eltern nach Polen vielleicht. Ich meine, der Kerl ist völlig krank, wer weiß, was der sich ausdenkt.«

Jakob schüttelt den Kopf.

»Nein, so ist es gut. Im Haus sind sie sicher. Und die Kollegen machen das schon, sie haben Experten dazugeholt. Ich werde hinfahren, sobald ich kann. Aber du hast recht, wir müssen ihn jetzt schnappen, ich werde …«

»Jakob!«

Mila sah ihn entgeistert an.

»Du fährst jetzt zu deiner Frau und deinem Sohn! Wir werden ihn kriegen, auch ohne dich, ich schaffe das! Wir wissen, wo er wohnt, er ist bereits zur Fahndung ausgeschrieben. Vertrau mir, ich mach das schon. Fahr du ans Meer zu deiner Familie.«

Aber er wollte nicht. Und er konnte nicht.

Und sie würde es nicht verstehen.

»Mila, es bleibt dabei. Es geht mir gut, es ist alles vorbereitet. Mariella und Filip werden beschützt. Und der beste Schutz ist, wenn ich Elias Brunner fasse. Wir hatten ihn zwei Mal, zwei Mal! Er ist hochintelligent, gerissen …«

»Das ist doch Quatsch, Jakob! Ja, wir hatten ihn, aber wir konnten es doch gar nicht wissen! Er war einfach ein kauziger Mitarbeiter des Callcenters, völlig unscheinbar, niemals hätten wir ahnen können …«

»Und jetzt bedroht dieser Kerl meine Familie. Aber ich werde ihn vorher kriegen!«

»Das ist totaler Bullshit!«

Wütend starrte Mila ihn an, er sah ihren Zorn, aber auch ihre Angst. Die Angst, dass noch jemand sterben könnte. Auf die gleiche fürchterliche Art wie Rolf Batschalek.

Sie standen sich gegenüber, ihre Blicke waren finster, und

keiner von beiden wusste, wie sie sich aus dieser Situation befreien sollten. Einer musste nachgeben, sie mussten einander vertrauen.

Jakobs Handy klingelte.

»Das ist Mariella«, sagte er leise, »ich möchte mit ihr sprechen. Allein.«

»Sag ihr, dass du jetzt losfährst.« Milas Stimme war nur noch ein Zischen.

»Mariella vertraut mir. Lass mich telefonieren. Allein. Jetzt.«

Sie funkelte ihn an, das Handy klingelte weiter.

Schließlich drehte sie sich um und verließ den Raum, ohne sich umzusehen. Wutentbrannt warf sie die Tür hinter sich zu.

Jakob, der nun allein im Waschraum zurückgeblieben war, holte tief Luft und nahm den Anruf entgegen.

»Jakob? Ich soll dich zurückrufen. Was ist los?«

*

Luisa lag auf dem Rücken und streichelte die nackte Haut seines Oberarms. Er musste kurz eingeschlafen sein, nachdem sie sich geliebt hatten, draußen war es mittlerweile hell.

Der Vormittag des letzten Tages.

Elias streckte sich und drehte sich zu ihr um. Sie gab ihm einen Kuss auf die Nasenspitze und stand auf.

»Hat er auch eine Dusche, dein Onkel?«

Elias lächelte.

»In dem Gang neben der Küche, die letzte Tür.«

Sie wickelte sich ein Laken um den Körper und sah ihn an.

»Elias Brunner, du bist ein eigenartiger Kerl. Der zurückhaltendste Mann, den ich kenne.« Mit diesen Worten verschwand sie in den Flur.

Als er kurz darauf die Dusche hörte, dachte er an das, was vor ihm lag.

Wärme breitete sich in ihm aus. Er holte tief Luft, dann stand er auf, schlüpfte in seine Kleider und sah auf die Uhr.

Er durfte sich nicht zu sicher fühlen.

Als Luisa nach einigen Minuten zurückkehrte und sich anzog, stand er in der Küche, schmierte Brote und packte sie in eine Tüte.

»Gehen wir wandern?«, fragte sie und fuhr ihm durch die Haare. Ihr braunes Haar war noch feucht, sie roch nach Seife und warmer Haut.

»Du sagtest doch, du gehst gern spazieren. Heute ist ein wunderbarer Tag, endlich mal ein bisschen Sonne. Wir könnten in den Stadtpark, was hältst du davon?«

»Gute Idee!«

Luisa sah aus dem Küchenfenster, vor dem Haus stand ein grauer Volvo.

»Sag mal, ist das der Wagen deines Onkels? Du hast nicht zufällig die Schlüssel dafür?«

Er lächelte in sich hinein, während er eine Thermoskanne vorbereitete.

»Warum fragst du?«

»Ich habe dir doch von meinem Dorf erzählt, von da, wo ich herkomme. Wir könnten hinfahren und am Moor entlangspazieren, was hältst du davon?«

Elias warf ihr einen skeptischen Blick zu. Zumindest wollte er, dass er skeptisch aussah.

»Willst du mir schon deine Eltern vorstellen?«, fragte er, und sie lachte.

»Nein, die wohnen gar nicht mehr dort. Wir müssen ein ganzes Stück fahren bis dahin, eine gute Stunde vielleicht.« Luisa lief aufgeregt in der Küche umher. »Was meinst du?«

»Klar, das machen wir, klingt nach einem spannenden Ausflug. Du hattest sicher ein schönes Leben da draußen auf dem Land.«

»Oh ja, das hatte ich. Und ich kann es kaum erwarten, die Gegend mal wieder zu sehen!«

Während er einen Rucksack packte, den er in der Abstellkammer gefunden hatte, ging sie in den Flur, um ihre Schuhe anzuziehen. Er hörte, wie sie fröhlich vor sich hin pfiff. Dann polterte etwas die Treppenstufen hinab.

»Ach, Mist, mein Schuh!«

Elias erstarrte und hielt den Atem an.

»Hey, darf ich mich kurz hier unten umschauen?«, hörte er Luisas Stimme. »Ich mag dunkle Keller, da entdeckt man manchmal echte Schätze!«

»Nein!«, schrie er und ließ das Messer fallen, das er gerade hatte abtrocknen wollen. Er rannte in den Flur und starrte sie von oberhalb der Kellertreppe an. Luisa war schon einige Stufen hinuntergegangen, um den Schuh zu holen.

»Nicht in den Keller!«, rief er deutlich bestimmter als beabsichtigt.

Luisa schaute erschrocken zu ihm hoch.

»Elias! Ist okay, du brauchst nicht so zu schreien! Was verbirgt sich denn da so Geheimnisvolles, dass ich es nicht sehen darf?«

Er suchte fieberhaft nach einer Erklärung.

»Es ist … mein Onkel. Er hat zur Auflage gemacht, dass niemand in den Keller geht. Es ist … seine Modelleisenbahn. Die ist ihm heilig, wirklich. Da sind wohl überall Sachen verteilt, auch auf dem Boden, deswegen will er nicht, dass …«

Luisa hob beide Hände.

»Hey, kein Problem. Es gibt nichts Langweiligeres als eine Modelleisenbahn. Keine Panik, ich bin schon wieder oben.«

Er atmete langsam aus, als er zurück in die Küche ging. Einige Minuten später standen sie gemeinsam an der Haustür.

»Du fährst! Und ich erkläre dir den Weg«, sagte Luisa mit einem erwartungsvollen Blick zu Elias. »Du wirst sehen, es wird dir gefallen.«

EIN SCHÖNES LEBEN

»Gesichert!«

Jakob und Mila standen gemeinsam mit einer Handvoll Einsatzkräfte im Flur und warteten darauf, dass die Wohnung freigegeben wurde. Sie befand sich im siebten Stock eines der Wohnblöcke am nördlichen Rand der Siedlung. Sie trugen beide eine Schutzweste und hatten ihre Waffen gezogen, auch wenn sie fast sicher waren, dass sie niemanden antreffen würden.

So leicht würde Elias Brunner es ihnen nicht machen.

»Die Wohnung ist leer«, sagte der Einsatzleiter zu Jakob, der daraufhin nickte und gemeinsam mit Mila hineinging. Ein kleiner Flur, links das Wohnzimmer, rechts das Schlafzimmer. Es wurde schnell eng auf den maximal fünfzig Quadratmetern, so dass Jakob die Kollegen bat, kurz draußen zu warten. Langsam ging er durch die beiden Räume, die komplett leer waren, keine Möbel, keine persönlichen Gegenstände. Es war, als habe Elias Brunner hier nie gewohnt.

Erst als er ans Fenster trat, das zur Straße hinausging, mit Aussicht auf die anderen Wohnblöcke, entdeckte er einen Beweis dafür, dass er hier gewesen sein musste.

»Mila«, flüsterte er und wartete, bis sie neben ihm stand. Dann beugte er sich nach vorn und betrachtete den rechteckigen Blumenkasten, der auf dem Fensterbrett stand. Er war mit Erde gefüllt.

»Oh Mann«, sagte sie leise. »Was ist das für ein Wahnsinn?«

Jakob öffnete das Fenster, steckte den Finger in die Erde. Sie war feucht. Jemand war vor nicht allzu langer Zeit hier gewesen und hatte gegossen. Als könnten die drei Krähenköpfe, die auf kleinen Holzpflöcken in der Erde steckten, noch wachsen.

Er fuhr sich über das Gesicht und versuchte, nicht an Mariella und Filip zu denken. Es gelang ihm nicht mal ansatzweise.

»Sie können nach draußen schauen«, sagte er leise. »Auf die anderen Häuser, auf die anderen Menschen.«

Die Köpfe waren mit einem sauberen Schnitt vom Körper getrennt worden, ähnlich den Tieren, die Ludger und der Finne draußen im Naturschutzgebiet gefunden hatten. Ihre Augen waren dunkel, aber mittlerweile matt, die spitzen Schnäbel grau.

»Kolkraben«, sagte Mila. »So langsam werde ich noch zur Ornithologin. Dabei interessiere ich mich eigentlich nicht für Vögel.«

Jakob sah sich ein letztes Mal in der Wohnung um, aber sie gab keine weiteren Geheimnisse preis.

»Er scheint nur selten hier gewesen zu sein. Vielleicht ab und zu, als er Irene Nowak ausgekundschaftet hat. Er ist hier gemeldet, aber es muss noch einen anderen Ort geben. Einen, an dem er wirklich zu Hause ist, wo er alles vorbereitet. Hier im Wohnblock wäre es viel zu gefährlich, da könnte er entdeckt werden.«

Sein Handy klingelte, als Mila und er abfahrbereit im Wagen saßen. Der Finne rief an. Er war genau wie die anderen im Büro geblieben, um etwas über die Vergangenheit von Elias Brunner herauszufinden. Irgendetwas, das ihnen weiterhelfen konnte.

Denn ihnen rannte die Zeit davon, dieses Gefühl hatten sie alle.

»Was gibt's Tuure?«

»Jakob, pass auf. Ich habe auf laut gestellt. Die anderen sind auch da.«

Jakob schaltete seinerseits den Lautsprecher an.

»Schießt los.«

Es war Ludger, der zuerst sprach.

»Wir haben versucht, die Vergangenheit von Elias Brunner zu durchleuchten. Er ist in der Wohnung gemeldet, die ihr gerade durchsucht, aber weiter lässt er sich nicht zurückverfolgen. Es scheint, als sei er plötzlich aufgetaucht, wie aus dem Nichts.«

Mila runzelte die Stirn.

»Aber es muss doch Unterlagen geben, Zeugnisse …«

»Das sind alles Fälschungen«, rief Frauke ihnen zu. »Schule, Ausbildung, Referenzen – alles Fälschungen. Ich habe überall angerufen, nichts von dem, was er im Callcenter vorgelegt hat, stimmt.«

»Und ehemalige Meldeadressen?«

»Auch Fehlanzeige. Er war nirgendwo anders gemeldet beziehungsweise hat Adressen angegeben, die es nicht gibt. Er ist unsichtbar gewesen bis vor einigen Jahren.«

»Wie hat er das angestellt?«, murmelte Mila, aber Jakob hatte für sich bereits eine Antwort gefunden.

»Er hat andere Leben geführt«, sagte er leise. »So wie er es am liebsten macht. Und das bedeutet …«

»… dass es noch jede Menge weiterer Opfer geben könnte«, führte Mila den Satz zu Ende. »Hier in der Stadt, in der Region, in Deutschland oder sogar im Ausland. Wir müssen eine Abfrage starten, wir müssen seinen Weg zurückverfolgen, damit wir wissen, wo er jetzt sein könnte.«

»Das dauert viel zu lange«, erklärte Jakob. Wieder schob sich das Bild von Mariella und Filip vor seine Gedanken. »Wir müssen schneller sein. Sollte es weitere Opfer geben, dann werden wir die ausfindig machen, wenn wir ihn haben.«

Für einen Moment waren alle still.

Die *Gruppe 4* steckte in einer Sackgasse, und sie brauchten jemanden, der ihnen da heraushalf.

Und dieser jemand war Tuure Salo.

»Ich habe eine Idee«, sagte er. »Wenn wir Glück haben, könnte es eine Abkürzung geben.«

»Wie meinst du das?«, fragte Mila skeptisch. Der Finne war weniger für Geistesblitze bekannt als für gute Ermittlungsarbeit vor Ort.

»Wenn wir davon ausgehen, dass sich der Typ irgendwo versteckt, dann hat er sich sicher darauf vorbereitet.«

»Klar, er war bis jetzt immer gut vorbereitet«, bestätigte Lucy. »Leider.«

»Genau. Aber wo könnte er einen geeigneten Unterschlupf finden?«

»Überall?«, sagte Jakob.

»Vielleicht. Vielleicht aber auch dort, wo er seine beiden Opfer Irene Nowak und Ben Richter gefunden hat: In der Kundendatei des Callcenters«

»Aber die Liste umfasst Tausende von Namen, Tuure.« Jakob klang zweifelnd. »Und selbst wenn wir nur die nehmen, die Elias Brunner überredet hat, ein Abo abzuschließen oder etwas zu kaufen, dann sind wir immer noch bei …«

»… zweihundertsechzehn in den vergangenen drei Jahren.« Es war Lucy, die offenbar schnell in der Liste nachgeschaut hatte.

Der Finne schien von der Zahl nicht beeindruckt und fuhr mit seinen Erläuterungen fort.

»Ich habe mittlerweile die Auswertung der Spuren, die wir am Parkplatz im Naturschutzgebiet gefunden haben. Der Wagen, der Öl verloren hat und auch Spuren von Lack und Rost, weil er durch die Büsche gefahren ist. Und es ist, wie ich es vermutet habe: ein grauer Volvo älteren Jahrgangs. Die Kollegen der Spurensicherung haben ganze Arbeit geleistet.«

»Das ist es!«, sagte Mila. »Ihr müsstet die Liste von Elias' Kontakten durchgehen, wir brauchen Halterabfragen für alle zweihundertsechzehn Personen, und wenn wir Glück haben, dann …«

»Das dauert auch ewig«, jammerte Lucy, aber Tuure war noch nicht fertig.

»Es muss genau andersrum sein. Wie viele alte Volvos mit dieser Farbe gibt es in der Stadt und in der Umgebung? Und dann schauen wir, ob ein Halter auf der Kontaktliste von Elias Brunner steht. Das geht viel schneller. Und vielleicht haben wir Glück.«

Jakob ballte die Faust.

»Das könnte funktionieren. Lucy, wie lange braucht ihr dafür?«

»Wenn wir uns alle dransetzen, zehn Minuten.«

»Dann los. Wir fahren mit dem Einsatzteam in die Stadt. Sobald ihr was habt, gebt ihr uns den Namen und die Adresse durch.«

Lucy und die anderen brauchten nicht zehn Minuten, sondern dreizehn. Dann klingelte Jakobs Handy, und der Finne gab ihnen einen Namen und eine Adresse durch.

Alfons Paulus, fünfundachtzig Jahre alt, Abonnementnummer 7315-JP-8.

Lilienweg 17.

Jakob setzte das Blaulicht auf das Dach und beschleunigte.

*

Luisa wirkte glücklich. Sie drehte das Radio lauter, als Elias den alten Wagen von der Schnellstraße auf die Landstraße lenkte. Die Sonne war durch die Wolken gebrochen, die Luft roch bereits nach feuchter Erde. Sie fuhren durch einen Birkenhain und vorbei an Feldern, auf denen dunkel das brackige Wasser stand.

»Ich weiß, es wirkt zuerst ein wenig finster hier draußen«, sagte sie. »Wir kommen gleich zu einem kleinen Deich, dahinter verläuft der Kanal. Als Kinder sind wir immer darin geschwommen.«

»Dafür ist es aber heute wirklich zu kalt«, feixte er, und sie knuffte ihn spielerisch in den Arm.

»Die Gegend wird dir gefallen, ich bin ganz sicher. Es gibt da einen Trampelpfad, der zu einem einsamen Haus führt und dann weiter durch den Birkenwald zum Moor.«

»Hört sich gut an. War das euer Geisterhaus, früher?«

»Geisterhaus?«

»Na ja, jedes Dorf hat doch so ein Haus, in dem es angeblich spuken soll oder mit dem etwas nicht stimmt.«

Sie sah ihn kurz von der Seite an, ernster jetzt.

»Ich weiß nicht. Eigentlich … nein, eigentlich nicht.« Irgendetwas schien Luisa verunsichert zu haben. »Darf ich mir schon ein Brot nehmen?«, fragte sie dann. »Ich hab Hunger. Das kommt davon, wenn man so viel Ausdauersport betreibt wie wir.«

»Ausdauersport?« Irritiert blickte er sie an, verstand dann aber, dass sie ihn nur wieder aufzog.

»Ach so«, sagte er mit einem schüchternen Lächeln und sah, wie sie spielerisch mit den Augen rollte.

Eine halbe Stunde später lenkte er den Wagen auf eine kleinere Straße, die sich erst durch Moorlandschaft schlängelte und schließlich an einem Deich entlangführte. In der Ferne, zwischen dem Deich und einer Anhöhe, lagen mehrere Höfe dicht beieinander. Wie eine Herde, die sich gegen die Gefahren von außen wappnete.

»Dahinten ist es!«, frohlockte Luisa neben ihm. »Du kannst hier links reinfahren, auf den kleinen Parkplatz. Von dort aus gelangen wir durchs Dorf auf die Anhöhe. Man hat dann einen tollen Blick auf die ganze Umgebung.«

»Für ein Dorf sind es aber ziemlich wenig Häuser«, sagte er.

Luisa warf ihm einen gekränkten Blick zu.

»Okay, es ist eher ein Weiler. Aber als Kind kam er mir sehr groß vor. Wir haben damals immer draußen gespielt, es war wie ein riesiger Abenteuerspielplatz.«

Elias parkte den Volvo unter einer Birke und öffnete die Tür. Landluft stieg ihm in die Nase und strömte in seine Lunge, es roch nach Torf und Dünger. In der Ferne flogen einige Krähen tief über die Felder.

Luisa war ausgestiegen und sah sich begeistert um.

»Da sind wir. Hier hat alles angefangen. Mein ganzes schönes Leben.«

ENTSCHEIDUNGEN

Sie sprachen beide kein Wort, während Jakob seinen schwarzen Dienstwagen über den Ring jagte. Mit quietschenden Reifen fuhr er in einen Kreisverkehr und von da aus weiter zur Adresse des alten Mannes, die ihnen der Finne gegeben hatte.

»Langsam, Jakob«, sagte Mila. »Wenn wir tot sind, können wir deiner Familie auch nicht helfen.«

»Wir müssen ihr nicht helfen«, sagte er mit zusammengekniffenem Mund. »Wir nehmen diesen kranken Psychopathen fest, und fertig.«

Sie hatten die Schutzwesten noch an, und Mila überprüfte ihre Waffe, als sie in den Lilienweg einbogen. Sie konnten Lucys schwarze Kawasaki erkennen, daneben den Finnen, der gerade von seiner schweren Maschine stieg. Im Rückspiegel tauchten jetzt die Wagen des Einsatzkommandos auf.

Sie hatten keine Zeit zu verlieren.

»Der Volvo ist nicht da«, begrüßte Lucy sie. Sie zog gerade eine Schutzweste an. »Aber da ist ein relativ frischer Ölfleck in der Einfahrt, gut möglich, dass der Wagen vor kurzen noch hier stand.«

»Na dann, los geht's.« Mila gab dem Einsatzleiter ein Zeichen und atmete tief ein. Wenn sie wieder zu spät kamen, musste sie Jakob zwingen, zum Schutz seiner Familie nach Hause zu fahren. Alles andere war zu riskant.

»Einsatz läuft!«

Nach einer kurzen Besprechung gruppierten sich sechs Polizisten des Einsatzkommandos vor der Tür, vier weitere gingen um das Haus herum.

»Polizei! Aufmachen!«

Einer der Männer schlug mehrfach mit der Hand gegen die Haustür. Sie warteten zehn Sekunden, dann brachen sie die Tür mit einem Rammbock auf und stürmten ins Haus.

Mila folgte ihnen mit erhobener Waffe. Jakob war dicht hinter ihr, danach kamen Lucy und Tuure. Sie hörten die Rufe der Einsatzkräfte

»Gesichert!«

»Hier auch – gesichert«

»Gehen runter in den Keller!«

Mila sah sich im Wohnzimmer um. Sie war zunächst einmal froh, keine Leiche auf dem Sofa vorzufinden. Auch Krähen waren keine zu sehen. Auf dem Teppich vor dem Kamin lag eine große Bettdecke.

»Die haben sich ein schönes Liebesnest gebaut«, sagte Lucy und deutete auf zwei Gläser und Pizzakartons neben der Spüle. »Damit wäre wohl auch geklärt, wo seine Freundin ist, Luisa Koppmann. Sie ist sicher bei ihm.«

»Ich hoffe, freiwillig«, murmelte Mila, als sie von einem Ruf aus dem Keller unterbrochen wurden.

»Fund!«

»Scheiße«, sagte sie und wappnete sich für das Schlimmste, als sie Jakob auf dem Weg zur Kellertreppe folgte.

Zwei Kollegen des Einsatzkommandos kamen ihnen entgegen, einer zeigte mit dem Daumen nach unten.

»Es ist der alte Mann. Und da ist noch ein Raum, der dürfte euch interessieren.«

Im Keller nahm Mila einen beißenden Gestank wahr, sie zog den Kragen ihrer Jacke hoch und versteckte die Nase darin.

»Wehe, er hat wieder Krähen dagelassen«, fluchte sie, konnte aber zumindest was das betraf aufatmen, als sie einen Raum betraten, der offenbar als Gästezimmer gedient hatte. Alfons Paulus lag auf dem großen weißen Bett, vor dem sie jetzt standen. Leichenflüssigkeit hatte sich ausgebreitet, und als sie das Laken hochhoben, das ihn bedeckte, sahen sie, dass der Verwesungszustand schon sehr weit fortgeschritten war.

»Der liegt also schon länger hier«, sagte Jakob. »Aber wenigstens hat Elias Brunner ihm, warum auch immer, erspart, dass er nach seinem Tod von Krähen misshandelt wurde.«

»Vermutlich, weil er es in erster Linie auf das Haus abgesehen hat«, versuchte sich Mila mit einer Erklärung. »Durch seine Telefonate mit Alfons Paulus wusste er, dass der alte Mann abgeschieden und allein in einem großen Haus lebt.«

»Er fühlte sich so sicher, dass er sogar seine Freundin hierhergebracht hat«, sagte Lucy. »In der Küche sind Brotkrumen, die Butter steht noch draußen. Und wenn ihr mich fragt, in den Bettlaken vor dem Kamin wurden noch vor Kurzem nicht nur Zärtlichkeiten ausgetauscht.«

Mila sah Lucy an, und die hob die Hände.

»Sorry, jeder hat so seine Expertise.«

Es war Tuures Stimme, die sie unterbrach.

»Hey ihr. Ich glaube, dass hier wollt ihr sehen.«

*

Sie hatten den Parkplatz hinter sich gelassen und liefen jetzt am Rande des Weilers den Trampelpfand entlang, von dem Luisa erzählt hatte. Er schlängelte sich hier und da zwischen Birken hindurch, die Luft war frisch, und die Sonne schob sich wärmend durch die Zweige. Elias blieb immer wieder stehen und sah sich um. Noch konnten sie nicht über den Deich schauen, aber er roch das Moor dahinter. Sie hatten keine Gummistiefel dabei, sprangen über Pfützen, und ihre Schuhe schmatzten, wenn sie durch das Gras liefen.

»Es gefällt mir hier«, sagte Elias. Er hatte den Rucksack geschultert und machte Fotos mit seinem Handy. Luisa schien glücklich darüber zu sein, dass sie ihm diesen Ort zeigen konnte.

»Es hat hier oft geregnet, als wir Kinder waren«, sagte sie. »Heute haben wir Glück. Schau, da vorne ist ein größerer Felsen, da können wir ein hübsches Foto von uns beiden machen.«

Als sie die Stelle erreichten, umarmte sie Elias. Der streckte sein Handy weit von sich und versuchte, sie beide und die Höfe im Hintergrund einzufangen. Es gelang ihm nur mäßig, Luisa lachte und küsste ihn anschließend.

»Welches war euer Hof?«, fragte er.

Sie zeigte auf ein Gebäude nahe der Anhöhe.

»Dieser dort. Meine Eltern haben ihn vor acht Jahren verkauft, nachdem meine Schwester ausgezogen war, und sich weiter südlich von hier etwas Kleineres gekauft. Im Weiler steht die Hälfte der Höfe inzwischen leer, und die übrigen sind erst ab dem Frühjahr regelmäßig bewohnt. Schau, dort sind wir immer Schlitten gefahren im Winter!«

Luisa deutete auf den Hang hinter ihrem Hof. Er führte etwa hundert Meter sanft bergauf, wo der schwarze Dachstuhl eines Gemäuers zu erkennen war.

»Ist das euer Geisterhaus?«, fragte Elias.

Sie stupste ihn in die Seite.

»Ich sagte doch, wir haben kein Geisterhaus. Da spukt nichts.«

»Aber?«

Er blickte sie neugierig an.

»Ach, das ist eine komplizierte Geschichte. Ich erzähle sie dir, wenn wir oben sind, da ist eine Bank. Aber nur, wenn du mich jetzt küsst, Elias!«

Sie warf sich in seinen Arm und drückte ihre Lippen auf seinen Mund.

»Was für ein schöner Tag, findest du nicht?«

»Ja«, antwortete er. »Wir sollten öfter hierherkommen. Oder noch besser: Wir ziehen hierhin, was hältst du davon?

Sie lachte und warf den Kopf nach hinten, als er sie hochhob. »Du spinnst ja! Du spinnst total!«

*

»Stopp.«

Mila hielt Jakob am Ärmel fest, als er den Raum betreten wollte, zu dem Tuure sie geführt hatte.

»Du fährst jetzt nach Hause.«

Irritiert schaute er sie an. Sie sah, dass sein Blick flackerte, seine Stirn war feucht.

»Wie bitte? Da drinnen ist vielleicht eine Erklärung, ich muss …«

»Ja, vielleicht. Aber nicht für dich. Du fährst jetzt zu deiner Familie.«

»Auf keinen Fall, wir sind hier kurz davor …«

»Jakob! Verdammt!«

Die Kollegen des Einsatzkommandos blickten verwundert zu Mila, als sie ihre Stimme erhob. Natürlich, dies war weder der Ort noch die Zeit für Diskussionen.

Aber es war ihr egal. Sie war es sich und ihrem Kollegen schuldig, und sie hatte die Entscheidung lange genug hinausgezögert.

»Elias Brunner ist nicht hier. Er bedroht deine Familie, und die ist allein, ohne dich, in eurem Haus. Ja, mit Polizeischutz, aber erzähl mir nicht, dass dir das reicht. So gut kenne ich dich, Jakob Krogh, dass ich weiß, was dir wirklich wichtig ist im Leben. Und deshalb fährst du jetzt los, oder …«

»Oder was?«, fragte er und machte einen Schritt auf sie zu. Sein Blick war finster, und ihr wurde klar, wie sehr er sich in diese Situation verrannt hatte. Er atmete schnell, immer noch hatte er seine Waffe in der Hand.

Er wollte Elias Brunner festsetzen, mehr als alles andere auf dieser Welt. Nur dass sie darauf keine Rücksicht nehmen konnte.

Sie zog ihr Handy aus der Tasche.

»Mila, tu das nicht«, sagte Jakob. Aber sie hatte die Nummer bereits gewählt.

»Sattmann.«

»Hier ist Mila Weiss. Jetzt wäre der Moment.«

»Geben Sie ihn mir.«

»Bitte. Lass nicht zu, dass ich …«

»Für dich.«

»Jakob? Hier ist Dirk. Pass auf, ich sage das genau ein Mal. Du fährst jetzt zu deiner Familie. Frau Weiss übernimmt vor Ort. Das ist eine Dienstanordnung. Wenn du dich widersetzt, werden die Kollegen dich in Gewahrsam nehmen wegen Behinderung polizeilicher Ermittlungen. Und Jakob: Sie werden es tun, weil sie sonst Ärger bekommen.«

»Dirk, ihr könnt nicht …«

Aber Sattmann hatte bereits aufgelegt.

Jakob starrte Mila an, die das Handy wieder an sich nahm.

»Das ist doch ein Scherz. Verdammt, wir haben ihn fast! Ich gehe da jetzt rein, und …«

»Tuure: Festnehmen.«

Der Finne legte seine rechte Hand auf Jakobs Schulter, in der anderen hielt er Handschellen. So, wie sie es besprochen hatten.

Und zwar im gesamten Team, schon nachdem Jakob sich das erste Mal geweigert hatte, zu seiner Familie zu fahren.

Jetzt blieb ihm nichts anderes übrig.

»Nimm deine Hände weg!«, schrie er den Finnen an und stieß ihm gegen die Brust. »Ihr spinnt ja alle! Ihr werdet schon sehen, was ihr davon habt!«

Wütend stapfte er durch den Kellergang zurück zur Treppe. Mila sah ihm traurig hinterher.

»Ich verstehe ihn nicht«, sagte Tuure leise. »Es ist doch seine Familie, wie kann er keine Angst haben?«

»Oh, er hat Angst«, erwiderte Mila. »Große Angst sogar. Ich weiß nur noch nicht wovor. Und jetzt lass uns da reingehen, ich hoffe, dass dieser Raum uns sagen kann, wo Elias Brunner gerade ist.«

*

Luisa lag mit dem Kopf auf seinem Schoß und genoss die Sonne mit geschlossenen Augen. Elias hatte den Rucksack neben der Bank abgestellt, die Thermoskanne und die Brote platzierte er auf dem Holztisch davor. Erste Frühlingsvögel waren zu hören.

»Du hast mir nicht zu viel versprochen«, sagte er leise. »Hier aufzuwachsen muss schön gewesen sein.«

»Schön einsam manchmal aber auch«, murmelte sie. »Wir hatten nur uns, sonst war da nichts.«

»Immerhin«, sagte er und betrachtete seine Hand, die sich kurz zu einer Faust ballte. »Ihr hattet einander, das ist viel wert.«

Er sah, dass sie lächelte, während er mit den Fingern um ihren Hals fuhr. Behutsam strich er über die Haut, er spürte ihren Herzschlag unter seinen Fingern.

»Also, erzählst du mir jetzt die Geschichte?« Sein Blick fiel auf das Gebäude, das sich unweit von ihnen gegen den Himmel abzeichnete. Ein Bauernhaus, die Fenster und Türen eingefallen, der Putz abgebröckelt. Aus den Mauern waren Steine herausgebrochen, auf dem Dach fehlten Schindeln.

»Komm schon, ich mag Geistergeschichten!«

»Es ist keine Geistergeschichte«, protestierte Luisa.

Elias beugte sich zu ihr hinab und berührte sanft ihre Lippen mit seinen. Sie seufzte und zog ihn dichter an sich heran.

Schließlich löste er sich von ihr, um Tee in den Deckel der Thermoskanne einzuschenken.

»Du bist unausstehlich! Aber gut, wenn du willst, erzähle ich dir die Geschichte. Sie ist nur nicht sehr spannend.«

Luisa setzte sich auf. Er legte seinen Arm um sie und reichte ihr den Tee.

»Hier, um die Stimme zu ölen. Glaub mir, das hilft.«

»Ich will ja nicht stundenlang erzählen, aber danke.«

Sie nahm einen kräftigen Schluck und begann mit ihrer Geschichte.

»Wir waren sechs Familien. Die Krugs, die Engels, die Meyerlings. Sie wohnten in den drei Höfen, die du dahinten links siehst. Rechts waren die Brehms und die Schulzes. Und hier vorne, dicht am Hügel, lebten meine Eltern, die Koppmanns.«

»Klingt wie eine Aufzählung aus dem Auenland«, feixte Elias, woraufhin sie ihn zärtlich in den Unterarm biss.

»Genauso war es auch«, sagte sie. »Nicht alle hatten Kinder, aber es war immer jemand zum Spielen da. Es gab Hühner und Hunde, die Meyerlings hatten Schafe, draußen auf dem Deich. Es war wirklich ein kleines Bullerbü. Mit einigen Spielkameraden von damals habe ich heute noch Kontakt.«

»Und jetzt wohnt keiner von ihnen mehr hier?«

Er sah, dass sie kurz zögerte.

»Nein, sie haben alle verkauft. Nach der … Sache.«

»Nach der Sache? Es hat also doch gespukt?«

Diesmal knuffte sie ihn nicht in die Seite.

»Nach der Sache mit dem Jungen. Warte kurz, ich muss mich richtig hinsetzen. Mir ist gerade ein bisschen schwindlig.«

*

»Das ist wirklich eine krass kranke Nummer, die der Typ hier abzieht.«

Lucy wusste nicht, wohin sie zuerst blicken sollte. Und wohin besser nicht. Mila ging es ähnlich. Wie es schien, waren sie im dunklen Herzen dieser Geschichte angelangt.

Die Kellerfenster waren abgedunkelt, kein Tageslicht fiel herein. An der Wand gegenüber der Tür stand ein Schminktisch mit großem Spiegel. An dessen Seiten waren Glühbirnen angebracht, ihr warmes Licht ergoss sich in den Raum, als sie den Schalter gefunden hatten.

»Ich wünschte, ich hätte so was zu Hause«, murmelte Lucy, als sie die unzähligen Schminktöpfe sah, die Quasten und Puderdosen. »Nur nicht als Freakshow wie hier.«

Mila wusste, was sie meinte. Mehrere Mannequin-Köpfe standen auf dem Boden, und neben dem Spiegel erkannte sie die Frisur von Irene Nowak, die als Perücke auf einem der Köpfe saß. Seitlich an der Wand waren mehrere Kleiderstangen angebracht, dort hingen Hosen und Blusen, dazu lange Röcke und Strumpfhosen. Etwa ein Dutzend Paar Schuhe stand auf dem Boden, von weißen Sneakern bis zu bequemen Sandalen für Frauen.

»Wahnsinn«, murmelte Mila, während sie im Raum umherging. Sie setzte sich auf den Stuhl vor dem Spiegel und betrachtete sich selbst.

»An was hast du gedacht, wenn du dich verwandelt hast?«

»Mila, guck dir diese kranke Scheiße an.«

Sie wandte sich zu Lucy um … und erstarrte.

In einer dunklen Ecke des Raumes steckten mehrere große Eisennägel in der Wand, jemand hatte sie mit Gewalt in den Stein getrieben. Und dann auf jeden Nagel einen Krähenkopf gesteckt.

Eine kleine Armada schwarzer Vögel starrte auf den Spiegel, dorthin, wo der Mann, den sie suchten, normalerweise saß. Als hätte er die Blicke der Krähen, ihre düstere Ausstrahlung, im Hintergrund gebraucht.

Oder war es etwas anderes?

Mila erinnerte sich an die Worte von Max Bender.

»Eine Strafe für die Krähen.«

Sie mussten ihm dabei zusehen, wie er sich verwandelte, wie er in ein neues Leben schlüpfte.

Aber warum?

Sie stand auf und ging zur Wand, die den Kleiderstangen gegenüberlag. Dort war ein abgedunkeltes Kellerfenster eingelassen, links und rechts davon klebten Zeitungsausschnitte.

Und Fotos von Rolf Batschalek, in seinem Garten, in seiner Küche. Nachts, während er schlief, in seinem Bett. Elias Brunner hatte ihn beobachtet und war in die intimsten Bereiche eingedrungen. Mila schauderte es bei der Vorstellung, jemand stünde nachts unbemerkt an ihrem Bett.

»Es gibt hier keine Fotos von den beiden anderen Opfern«, stellte sie fest. »Entweder hat er sie bereits abgenommen. Oder …«

»Oder es gibt noch einen Ort«, sagte Lucy, die sich über die Zeitungsauschnitte beugte. »Schau mal, ich glaube, hier ist was.«

Mila trat neben sie.

»Hier geht's um einen Brand«, sagte Lucy. »Irgendwas mit einem Bauernhaus. Wo ist das, kennst du die Gegend?«

Mila las den Namen Ortes und schüttelte den Kopf. Sie schaltete die Taschenlampe ihres Handys an und begann die Artikel zu lesen.

*

Luisa hatte ihren Kopf auf Elias' Arm sinken lassen, ab und zu schloss sie die Augen, während sie erzählte.

»In dem Hof hier oben wohnte eine Familie mit einem Sohn. Sie hießen … keine Ahnung, wie hießen sie … ach ja: Vogt. So hießen sie.«

Elias war ganz ruhig, während Luisa sprach.

»Was ist mit den Vogts geschehen. Habt ihr mit dem Jungen auch gespielt?«

Sie schüttelte den Kopf und fasste sich an die Stirn.

»Mir ist so … schwer. Nein, der Junge war nicht lange da. Seine Eltern haben sich getrennt, die Mutter ist mit ihm fortgegangen. Und der alte Vogt ist hiergeblieben. Er war ein unausstehlicher Kerl, wirklich widerlich, ständig hat er uns Kinder beschimpft, wir sollten leiser sein, nicht andauernd rumschreien. Unsere Eltern haben versucht, mit ihm zu reden, aber erfolglos. Irgendwann haben wir ihn nicht mehr ernst genommen. Er hat nur noch wirres Zeug geredet, ist immer dünner geworden. Am Ende hat ihn keiner mehr richtig beachtet. Er war halt da.«

»Und dann?«

Er reichte Luisa noch etwas Tee, weil sie über ein Kratzen im Hals klagte.

»Dann hat er aus Versehen seine Scheune angezündet und ist darin verbrannt.«

Elias sah sie überrascht an.

»Was? Aber das ist ja furchtbar! Ganz grausam! Wie kannst du so ruhig darüber sprechen?«

Sie zuckte mit den Schultern.

»Na ja, wir Kinder waren ihn halt los, so haben wir das damals gesehen. Aber klar, es ist natürlich tragisch. Sehr tragisch.«

Sie murmelte etwas und legte den Kopf wieder in seinen Schoß.

»Was sagst du? Luisa!«

»Ich sagte: Aber nicht so tragisch wie das, was danach passiert ist.«

*

Jakob schrie. Wütend schlug er auf das Lenkrad ein und trat das Gaspedal durch, bis sein Fuß das Bodenblech berührte. Der Wagen röhrte und flog förmlich über den Beschleunigungsstreifen. In letzter Sekunde bremste er ab, ließ einen Lastwagen vorbeiziehen und schoss dann auf die mittlere Spur der Autobahn.

Geblendet von der Sonne suchte er im Handschuhfach nach der Sonnenbrille. Lautes Hupen schreckte ihn auf, beinahe wäre er einem Sattelschlepper vor die Nase gefahren.

»Scheiße!«, fluchte er und versuchte, sich zu beruhigen.

Er musste klar denken.

Sein Handy klingelte. Er hoffte, dass es Mila war, um ihm zu sagen, dass sie den Mann gefunden hatten und er zurückkehren konnte.

Aber es war Mariella.

»Hallo, mein Schatz!« Er sprach laut, um die Fahrgeräusche zu übertönen. »Ich bin auf dem Weg zu euch! Ich denke, es ist besser so, die Situation hier hat sich verändert. Ich fahre, so schnell ich kann.«

»Jakob, bei uns ist alles in Ordnung, das wollte ich dir sagen. Aber ich bin trotzdem erleichtert, dass du kommst«, sagte Mariella. »Und bitte fahr vorsichtig.«

»Habt ihr alles, was ihr braucht?«

»Ja, mach dir keine Sorgen … Filip, nicht jetzt das Spielzeug überall verteilen, hörst du? Wir wollen doch gleich essen!«

Jakob hörte seinen Sohn im Hintergrund etwas brabbeln, er war bockig und schimpfte. Da konnte er nicht anders und begann hemmungslos zu weinen.

Niemals, dachte er sich. Niemals lasse ich zu, dass euch etwas geschieht.

»Ich bin bald da, Mariella«, rief er. »Ich mach jetzt Schluss, damit ich mich aufs Fahren konzentrieren kann. Aber ich beeile mich.«

Er legte auf und wischte sich die Tränen aus dem Gesicht.

»Scheiße, scheiße, scheiße«, sagte er leise, weil er keine Kraft mehr zum Schreien hatte.

Als sein Handy erneut klingelte und er Milas Nummer sah, holte er tief Luft.

Bitte, dachte er. Bitte habt ihn.

Aber sie hatten ihn nicht. Noch nicht.

»Jakob, wir wissen, wo sie sind! Hörst du? Wir wissen, wohin er mit der Frau unterwegs ist!«

»Und wohin?«, fragte er und bremste ab, als er sah, dass er sich einer Ausfahrt näherte.

»Es nennt sich Friedensweiler, es ist eine Ansammlung von Höfen am Rand des Naturschutzgebietes.«

»Warum dort?« Die Ausfahrt kam immer näher. Er fuhr auf den Standstreifen und wartete ab, was Mila zu berichten hatte.

»Wir sind gerade in einem Kellerraum des Hauses. Die Wände sind tapeziert mit Artikeln über diesen Ort. So wie es aussieht, hat sich unser Mann intensiv mit Friedensweiler beschäftigt. Es geht vor allem um eine Nacht vor sechzehn Jahren. Damals ist ein Hof zur Hälfte abgebrannt, der Besitzer kam dabei ums Leben. Und wenn ich es hier richtig lese ... dann gab es damals noch einen Jungen, der in dem Haus gewohnt hat. Nur wusste das niemand, und er ist auch später nie wieder aufgetaucht.«

Jakob blickte aus dem Seitenfenster, sein Atem ging schnell.

»Jakob, unser Mann ist besessen von diesem Ort, er hat alle Artikel durchgearbeitet. Hier hängen auch eigene Aufnahmen, das heißt, er muss oft da gewesen sein. Und hier steht ... warte ...«

»Was steht da?«, fragte Jakob ungeduldig, seine Finger trommelten auf das Lenkrad. Er fuhr sich über das Gesicht, weil er schwitzte.

Er hörte, wie Mila etwas murmelte, wie jemand, der einen Text im Schnelldurchgang las.

»Hier geht es um die Nachbarn. Sie haben nie von einem Jungen gehört, ihn nie gesehen. Ihr Name ist … oh, Scheiße.«

»Was ist?«, rief Jakob aufgeregt. Sein Fuß lag bereits auf dem Gaspedal.

»Koppmann. Die Nachbarn hießen Koppmann. Er hat den Namen mehrmals umkreist. Das müssen die Eltern von Luisa sein. Und hier hinten hängen auch mehrere aktuelle Fotos von ihr.«

»Und was bedeutet das deiner Meinung nach?«

»Das bedeutet, dass Elias Brunner von Anfang an geplant hat, Luisa an diesen Ort zu bringen. Und wir dachten, es handle sich um den üblichen Flirt zweier Menschen, die sich bei der Arbeit kennenlernen.«

»Aber warum sollte er das tun?«

»Aus dem gleichen Grund wie im Fall der anderen: um ihr Leben zu führen. Irgendetwas muss damals in Friedensweiler passiert sein. Jakob, wir fahren da jetzt hin, Lucy und ich. Und bevor du auch nur auf die Idee kommst …«

Jakob beendete das Gespräch und trat das Gaspedal durch.

GEISTER

»Der Junge war gar nicht weg.«

Luisa hatte wieder etwas Farbe im Gesicht. Elias streichelte ihre Wange.

»Es ist so schön friedlich hier«, sagte sie. »Es war schon immer so in Friedensweiler. Alles ruhig und überschaubar. Ich hatte wirklich eine wunderschöne Kindheit. Und du, wie war es bei dir?«

Sie schaute ihm tief in die Augen.

»Ich war oft allein«, sagte er leise. »Aber jetzt erzähl doch mal: Was ist denn damals passiert? Kommen jetzt endlich die Geister?«

Sie lachte und fasste sich dann an die Stirn.

»Ich habe Kopfschmerzen, ich weiß auch nicht, was heute mit mir los ist.«

Sie richtete sich auf und streckte sich ein wenig.

»Der alte Vogt ist in seiner Scheune verbrannt. Das Stroh hat wie Zunder gebrannt, ich weiß noch, wie wir Kinder unten am Hang gestanden und hinaufgeschaut haben. Das dunkle Haus, dahinter die Flammen, es ging alles so schnell. Die Feuerwehr konnte zwar das Haupthaus retten, aber es war komplett unbewohnbar danach.«

Elias stellte sich vor, wie die Flammen am Haus geleckt und gierig nach allem gegriffen hatten: Holz. Stroh. Stein.

Menschen.

»Bei der Durchsuchung hat die Feuerwehr unter dem Dach eine Kammer entdeckt.«

Sie sprach jetzt ganz leise.

»Der Zugang befand sich hinter einem Schrank. Die Kammer war nicht groß, gerade mal Platz für eine Matratze und etwas Spielzeug. Und für einen Eimer, der als Toilette diente.«

Elias nahm sie in den Arm, weil er spürte, dass sie wieder müde wurde. Was jetzt kam, wollte er unbedingt hören. Er musste es hören.

»Ich habe mir die Kammer angesehen. Meine Eltern hatten es mir verboten, aber ich war heimlich dort, später, als alles vorbei war.«

Sie lehnte ihren Kopf an seine Schulter.

»Sie haben gesagt, dass dort drinnen jemand gelebt hat. In der Kammer. Dass er von seinem Vater weggesperrt worden sei.«

»Die Mutter hat ihn also gar nicht mitgenommen?«, fragte er leise.

Sie antwortete nicht.

»Luisa? Komm, ich will das Ende hören.«

»Ich bin so müde.«

»Erzähl mir das Ende!«

Ihr Blick flackerte, ihr Kopf sackte auf seine Brust.

»Es gibt kein Ende«, sagte sie. »Denn da war niemand. Kein Junge. Es ist nur eine Geschichte. Ich glaube, sie haben sich alle getäuscht. Ja, genau. Die Kammer war leer, sie war schon immer leer. Es ist nur eine … Geschichte.«

Elias' Blick schweifte in die Ferne. Über die Anhöhe, die anderen Höfe, den Deich, hinter dem die Moore lagen. Dunkle Vögel zogen vorbei, setzten sich auf die Felder und die Bäume.

»Der Junge, den es nie gab«, sagte er.

»Das klingt schön«, murmelte Luisa an seiner Brust.

»Weißt du, wie der Junge hieß?«

Sie schüttelte den Kopf.

»Nein. Ich wollte es wissen, damals. Aber dann habe ich nicht mehr an diese Geschichte gedacht.«

Elias zog sie noch enger an sich. Er legte seine Finger um ihren Hals und drückte ganz sachte zu.

»Er hieß Elias«, flüsterte er. »Der Junge, den es nie gab: Sein Name war Elias.«

Sie öffnete langsam die Augen.

»So wie du.«

»Ja, so wie ich.«

Er drückte noch ein bisschen stärker, Luisa bewegte sich unter seinem Griff.

»Du tust mir weh.«

Sie versuchte, seine Hände wegzuschieben, aber ihre Bewegungen waren fahrig, unkoordiniert.

»Wollen wir reingehen?«, fragte er leise.

Luisa stöhnte, griff sich an den Kopf.

»Nach Hause? Ja, lass uns fahren, mir ist …«

»Nein. Ins Haus. Das Geisterhaus.«

»Elias, da sind keine Geister. Und ich will da nicht rein.«

»Vielleicht finden wir ja doch einen. Komm, wir schauen nach. Ich halte dich, steh auf.«

Er erhob sich, zog sie hoch, bis sie schwankend neben ihm stand. Ihr verständnisloser Blick ging zwischen dem verfallenen Haus und ihm hin und her.

»Wie kommst du darauf, dass der Junge Elias hieß?«, fragte sie.

Er nahm ihre Hand und führte sie behutsam zu einer vermoderten Holztür, die schief in den Angeln hing. Gestank drang aus dem Inneren.

Sie hielt sich an ihm fest und schnappte nach Luft. »Ich will da nicht rein, Elias. Das Haus … es macht mir Angst.«

Er sah sie an, spürte, wie er immer ruhiger wurde.

»Ich weiß«, flüsterte er. »Ich weiß, dass du Angst hast. Aber das brauchst du nicht. Es gibt keine Geister. Komm, ich helfe dir.«

»Elias, bitte …«

Sie zog ihn in die andere Richtung, aber ihr Widerstand war schwach. Die Wärme ihrer Hand in seiner fühlte sich gut an. Alles fühlte sich gut an in diesem Augenblick.

»Pass auf deinen Kopf auf. Sonst stößt du dich noch an der Mauer.«

Er schob Luisa durch die Tür in einen dämmrigen, feuchten Raum, wo sie sich vorsichtig vorantasteten. Vereinzelt fielen Sonnenstrahlen durch das halb zerfallene Gemäuer.

Luisa hielt sich stöhnend den Kopf.

»Es stinkt hier. Komm, wir haben es jetzt gesehen, es gibt in diesem Haus keine Geister, lass uns gehen.«

Aber Elias ließ nicht los. Langsam schritt er mit ihr durch die Räume.

»Schau mal, hier stehen noch Möbel«, sagte er und wischte etwas Staub von einem halb zerstörten Holztisch. »Hier haben sie sicher ein gutes Leben gehabt, was meinst du?«

»Elias, bitte, ich will nicht mehr. Es ist kalt hier drin, und mir ist furchtbar schwindelig.«

»Gleich, warte, ich will noch sehen, wie es oben aussieht. Sicher hat man von da eine tolle Aussicht.«

Er spürte ihren Widerwillen, aber er ignorierte es und zog sie über eine Steintreppe nach oben.

»Ich bin so müde …«

»Gleich ist es vorbei«, flüsterte er, als sie oben angekommen waren.

Luisa hielt sich die Nase zu, weil der Gestank immer unerträglicher wurde. Sie lehnte sich an ihn und schloss die Augen.

»Es gibt keine Geister«, flüsterte sie. »Damals nicht und heute auch nicht.«

Er strich ihr sanft über das Gesicht.

»Ich weiß, Luisa. Aber es gab etwas anderes, nicht wahr?«

»Was?« Für den Bruchteil einer Sekunde wurde ihr Blick

klar, aber das reichte schon. Elias hatte es gesehen. Dass sie an ihn gedacht hatte.

»Der Junge«, flüsterte er ihr ins Ohr. »Komm, wir sehen uns die Kammer an.«

Vorsichtig gingen sie von Raum zu Raum, über knarzende Holzdielen und alte Teppiche, auf denen Mäusekot verstreut lag. Alles war verkommen, Feuchtigkeit war ins Haus gezogen, in die Mauern, die Dachbalken, durch die vereinzelt etwas Licht fiel.

Sie kamen in einen Raum, der einst ein Schlafzimmer gewesen sein musste. Die Überreste eines Bettes standen an der Wand, daneben ein breiter Wandschrank.

Er bemerkte, dass Luisa zitterte, ihr Körper gehorchte ihr kaum mehr.

»Elias. Ich möchte nicht hier sein. Ich will nach Hause.«

»Gleich. Hast du gesagt, dass der Raum hinter einem Schrank verborgen war?«

Sie starrte ihn verwirrt an und blickte sich dann suchend um, vermutlich nach einem Stuhl, auf den sie sich fallen lassen konnte. Doch Elias wollte nicht, dass sie sich setzte. Er wollte, dass sie ihm half.

»Ja, ein Schrank«, sagte sie leise. »Das haben sie gesagt. Aber da war niemand.«

»Richtig«, flüsterte er ihr ins Ohr und strich ihr dabei über das Haar. »Da war – niemand.«

Ihm wurde warm, als er seine rechte Hand auf das Holz des Schranks legte.

»Ich will nach Hause, Elias.«

»Ich auch.«

Er zwang Luisa, sich neben ihn zu stellen, dann schob er den Schrank langsam zur Seite.

»Tatsächlich«, sagte er zu ihr. »Schau nur.«

Sie standen vor einer kleinen Öffnung, gerade so groß, dass man hindurchschlüpfen konnte. Elias schob Luisa nach vorn, aber sie wehrte sich, soweit es ihr möglich war.

»Ich will nicht!«

Mit einer entschlossenen Bewegung beförderte er sie durch das Loch im Mauerwerk, sie stolperte auf die andere Seite und landete auf dem Boden.

Stöhnend versuchte sie, sich aufzurappeln.

»Elias. Ich … ich habe Angst. Elias, bitte lass uns gehen.«

Er bückte sich und schlüpfte zu ihr in den Raum, stellte sich vor sie und sah auf sie hinab.

»Elias, was ist los? Ich … mein Kopf … du machst mir Angst.«

Er lächelte, als er die aufflackernde Panik in ihrem Blick sah. Sie würde wiederkommen, immer wieder. So lange, bis Luisa nur noch aus nackter Angst bestehen würde.

Er atmete tief ein. Spürte das Glück, das ihn erfasste. Merkte, wie die Leere schwand. Und alles sich fügte.

Endlich.

»Schau dich um, Luisa«, sagte er sanft. »Das hier ist mein Zuhause.«

Und sie schaute sich um, vergaß für einen kurzen Moment ihre Übelkeit, den Schwindel und die rasenden Kopfschmerzen.

Nur die Angst, die vergaß sie nicht.

»Es gibt keine Geister, Luisa«, sagte Elias. »Aber alles andere, das gibt es.«

Und in diesem Moment sah sie es: Krähen.

Unzählige Krähenköpfe starrten sie an, aufgespießt auf rostige Eisennägel. Eine Armada aus toten Augen, Federn und Schnäbeln. Sie rappelte sich auf, drehte sich Halt suchend im Kreis. Einige Köpfe, kaum mehr als Skelette, mussten schon lange in diesem Raum sein, andere waren pechschwarz, das Gefieder glänzte noch.

»Gefällt es dir?«, fragte er.

Luisa antwortete nicht und bewegte sich unsicher durch den Raum. In einer Ecke stand ein Schminktisch, der Spiegel davor war von Glühbirnen umrahmt.

»Elias, ich … bitte, ich will hier raus. Hilf mir, Elias.«

Er führte sie zu einer kleinen Matratze.

»Ruh dich aus, Luisa. Es wird alles gut. Ich bin da.«

Ihr Geist befahl ihr, sich zu wehren. Aber sie schaffte es nicht mehr. Das Laken war so schön kühl und glatt.

»Schau, wenn du den Kopf zur Wand drehst, dann kannst du durch eine kleine Öffnung sehen. Siehst du die anderen Häuser? Schau es dir an, Luisa.«

Sie zitterte, weinte. Und verstand.

»Wer bist du?«, flüsterte sie.

Auf diese Frage hatte er beinahe ein Leben lang gewartet.

»Ich bin Elias«, flüsterte er ihr ins Ohr. »Ich bin der Junge, den es immer gegeben hat.«

VERWANDLUNG (III)

Licht an.

Die Glühbirnen knistern. Surrend erwecken sie die Dunkelheit zum Leben. Ein Kranz aus warmem Licht bildet sich, eine leuchtende Linie gleich einer Nabelschnur, entlang derer ein neues Leben beginnt.

Ein letztes Mal. Es ist doch das letzte Mal, oder?

Elias sitzt auf seinem Stuhl. Ruhig jetzt, sein Herz schlägt langsam, ohne Hast, seine Hände liegen auf dem rissigen Holz des Tisches. Er hört Luisa hinter sich auf der Matratze. Sie stöhnt ab und an, er kann sie nicht daran hindern.

Durch die Öffnung im Dachgebälk dringt ein Sonnenstrahl, so wie damals. Er weiß noch, wie er immer über das Moor geschaut hat, genau von dort aus, wo sich der Spalt immer noch befindet.

Endlich.

An einem Haken neben dem Spiegel hängt ein blaues T-Shirt aus jener Zeit, er hat es behalten. Es ist ihm viel zu klein, aber er nimmt es trotzdem, hält es in der Hand, riecht daran. Und alles kehrt zurück.

Er betrachtet sich im Spiegel, das schmale Gesicht, die hohen Wangenknochen.

»Du hast so schöne Augen«, hat seine Mutter immer gesagt, mit ihrer traurigen Stimme. Bevor sie gegangen ist. Aber nicht so, wie alle denken.

Der Vater hat sie im Wald gefunden, sie hat sich aufgehängt. Seinetwegen. Weil sie nicht mehr konnte. Er hat sie an Ort und Stelle vergraben und nichts gesagt.

»Sie ist weg, wir sind allein. Und ich kann dich nicht gebrauchen.«

Er trägt jetzt etwas auf sein glattrasiertes Gesicht auf, es macht seine Haut weich, wie die eines Kindes.

Er summt ein Lied dabei. Er hat sich den Text damals ausgedacht, als er die Melodie durch die Wand gehört hat. Aus dem Radio des Vaters. Ein Lied über einen Haifisch, es hat ihm gefallen. Aber hier war kein Haifisch.

Nur die Vögel.

Also hat er es umgedichtet, darauf ist er stolz. Weil es so gut passt.

Und die Krähe, die hat Zähne.
Und die trägt sie im Gesicht.

Er summt das Lied, während er sich weiter eincremt, sich pflegt. Er wirft sich einen Kussmund zu, es ist ihm etwas unangenehm, er lächelt verlegen. Das T-Shirt liegt vor ihm auf dem Schminktisch. Er hat so oft gefroren in diesem T-Shirt, hat gezittert, manchmal hat der Vater ihm eine Decke hereingeworfen.

Und Elias hat ein Messer.
Doch das Messer sieht man nicht.

Endlich ist er angekommen. Im Spiegel.

So viele Jahre war da niemand, jetzt erst erkennt er sich selbst.

»Mein Name ist Elias Brunner.«

Auch die Stimme ist jetzt endgültig seine, als wäre sie angekommen nach langer Reise. Immer ist sie ihm fremd vorgekommen, als würde sie nicht zu ihm gehören.

Niemandes Stimme.

Jetzt aber ist sie vollkommen. Jeder Satz. Jedes Wort.

»Mein Name ist Elias Brunner. Ich bin ein Niemand.«

Er betrachtet sein Lächeln, bemerkt die Freude, die in seinen Augen blitzt. Reine, kindliche Freude. Es ist, als würde er alles neu entdecken, die Kammer, die Öffnung im Dach, Luisa, die jetzt endlich bei ihm ist.

Er betrachtet die dunklen Köpfe an der Wand. Die grauen Schnäbel. Die toten Augen.

»Böse Vögel«, schimpft er plötzlich. »Ihr hättet mir helfen können. Habt ihr aber nicht. Jetzt müsst ihr zuschauen, wie ich mir selbst helfe. Weil ich ein großer Junge bin.«

Sie sind durch die Öffnung im Dach gekommen, weil sie das Essen gerochen haben, das sein Vater ihm hereingeschoben hat. Wie viele hat er hier drinnen gefangen, Dutzende? Mehr als das? Er hat sie alle behalten.

Um nicht allein zu sein.

Er räuspert sich, setzt sich gerade hin.

»Mein Name ist Elias Brunner. Ich bin ein Niemand. Gewesen.«

Schon besser. Noch heller, noch freundlicher, voller Leben. Nicht mehr die Stimme eines Mannes, der seine Leere ausfüllen will. Nein, diese Stimme ist sicher und voller Zuversicht.

Und deshalb kann er jetzt laut und deutlich aussprechen, was er damals, allein in dieser Kammer, nur geflüstert hat.

»Mein Name ist Elias. Elias Vogt. Ich bin elf Jahre alt. Darf ich mit euch spielen?«

DER JUNGE

Luisa erwachte mit stechenden Kopfschmerzen aus ihrem Albtraum. Dunkle Geschöpfe hatten sich in ihren Gedanken festgesetzt, sie wollte sie abschütteln, sie loswerden. Krähenköpfe, die auf sie niederblickten, die spitzen Schnäbel leicht geöffnet. Aber die Tiere waren stumm geblieben, kein Krächzen war zu hören gewesen. Nur ihr eigener Herzschlag, schnell und hart.

Sie schwitzte, stöhnend wollte sie sich an die Stirn fassen … aber sie konnte nicht.

Etwas hielt ihre Hand fest, sie konnte sie nicht bewegen. Sie versuchte es mit dem anderen Arm, aber auch das gelang ihr nicht.

Erst da bemerkte sie, dass sie fror.

Sie waren spazieren gewesen, in Friedensweiler, sie und …

»Elias? Elias!«

Sie versuchte, ihre Augen zu öffnen, was nur allmählich gelang. Ihr war etwas übel, alles drehte sich. Sie konnte ihre Beine nicht bewegen, und etwas scheuerte am rechten Knöchel.

Panik stieg in ihr auf, sie wollte sich freimachen. Vergeblich.

»Elias! Bitte, mach mich los! Ich weiß … ich …«

»Hallo Luisa.«

Sie zuckte zusammen, als sie ihn hörte.

Erst jetzt fielen ihr wieder die Krähenköpfe ein, sie waren real, starrten sie von den Wänden an. Als sie ihre Augen endlich geöffnet hatte, sah sie sie überall. Spitze Schnäbel, dunkle Augen, die Blicke tot und starr.

Ein kühler Luftzug kam von der Seite. Sie drehte den Kopf und spähte durch eine schmale Öffnung im Dachgebälk nach draußen. Unten konnte sie die Höfe von Friedensweiler sehen, dahinter den Deich und die Moore.

»Da vorne, da wohnt ihr, Luisa. Der erste Hof. Da spielt ihr immer, vor der Tür. Ich schaue euch zu, wie ihr euch den Ball zuwerft.«

Sie riss die Augen auf, panisch, voller Angst. Es war Elias' Stimme, aber er sprach wie ein kleiner Junge, zu hoch und seltsam melodisch.

»Schau mich an, Luisa. Ich bin hier«.

Er stand zu ihren Füßen, wirkte unsicher, schüchtern, wie ein Kind.

»Elias? Ich verstehe nicht.«

Weil ihre Augen tränten, blieb das Bild unscharf, sie hustete, zerrte an ihren Fesseln, die offenbar im Boden verankert waren.

Etwas an ihm war seltsam. Sie blinzelte mehrmals, schluckte schwer. Sie hatte einen bitteren Geschmack im Mund.

»Was ... was hast du da an, Elias?«

Er schaute an sich hinunter und runzelte die Stirn.

»Warum fragst du? Das habe ich immer an, wenn ich zu Hause bin. Wobei, ich bin ja immer zu Hause.«

Er trug ein blaues T-Shirt mit einer weißen Comiczeichnung darauf, wie es ein kleiner Junge tragen würde. Es war ihm viel zu eng, der Stoff spannte an den Oberarmen. Er musste den Ausschnitt aufgetrennt haben, um den Kopf hindurchzubekommen.

»Endlich sehen wir uns, Luisa.«

Die Panik in ihrem Herzen wurde schier unerträglich.

Der Mann, der vor ihr stand, Elias, hatte alles Erwachsene abgelegt. Wieder sprach er seltsam hoch und sanft.

»Du hast mich gesehen, nicht wahr?«, sagte er leise zu ihr, wie ein Kind, das etwas Verbotenes aussprach. »Du hast meine Hand in der Öffnung des Dachs gesehen. Und du hast zurückgewunken. Ganz vorsichtig, ich habe es genau gesehen. So war es doch, nicht wahr, Luisa?«

Sie musste weinen und antwortete ihm schluchzend. Denn sie wusste, dass es keinen Sinn hatte, ihn anzulügen.

»Ja«, sagte sie, und ihre Stimme klang heiser. »Ich habe dich gesehen. Damals.«

Sie sah, dass er lächelte.

»Du hast meine Nachricht gefunden, nicht wahr? Meinen Zettel.«

Wieder nickte sie, während sie schwer schluckte.

»Weißt du noch, was auf dem Zettel stand? Ich wette, du weißt es noch, Luisa.«

Sie hatte Angst, sie wusste, dass dies hier längst kein Spiel mehr war. Elias war vollkommen wahnsinnig. Und sein Wahn richtete sich einzig und allein gegen sie.

Und natürlich wusste sie noch, was auf dem Zettel gestanden hatte, den sie vor ihrem Haus im Dreck gefunden hatte.

»›Schaut nach oben!‹«, flüsterte sie. »Das stand dort.«

Er schien zufrieden mit ihrer Antwort.

»Ja, das stand da. Und du hast nach oben geschaut. Und du hast mich gesehen.«

Sie nickte, zu schwach, um sich widersetzen zu können.

»Ich habe so viele Krähen geschickt«, sagte er fröhlich. »Ich habe sie gefangen, wenn sie zu mir reinkamen. Die großen, bösen habe ich mit meinem Messer aufgeschlitzt und behalten, ich hatte ja sonst nichts zum Spielen. Gefallen sie dir?«

Sie nickte und zerrte dabei an ihren Fesseln, versuchte, sich loszumachen.

»Einigen habe ich diese Botschaft ans Bein gebunden, das war ganz schön schwierig. Aber die meisten sind viel zu weit fortgeflogen, sie haben mich verraten. Nur diese eine, die ist bei euch auf dem Dach gelandet, aber der Zettel hatte sich gelöst. Ich habe es gesehen. Ich habe dich gesehen, Luisa.«

Elias beugte sich zu ihr hinunter.

»Du hast niemandem etwas gesagt, denn sonst wäre ja jemand gekommen«, flüsterte er. »Ich wollte mit euch spielen, mehr nicht. Ich habe euch so lange beobachtet, ich habe mir ausgemalt, wie es wäre, bei euch zu sein. Du hättest jemanden rufen können, ihnen sagen, dass da oben jemand ist, unter dem Dach. Dass der Junge gar nicht mit seiner Mutter fortgegangen ist und dass er nie rausdarf. Das hättest du ihnen sagen können. Aber du hast nur gewunken. Und dann hast du weitergespielt, mit den anderen.«

Sein Blick war ein einziger Abgrund, und sie war diejenige, die dort hineinstürzen würde.

»Ich hatte Angst«, sagte sie leise, durch ihre Tränen hindurch. »Ich hatte Angst vor dem Haus, vor deinem Vater, ich wollte, dass alles so bleibt, wie es ist. Ich wollte dich nicht bei uns haben. Aber ich habe so oft an dich gedacht. Und nach dem Brand … da dachte ich, du wärst tot.«

Er blickte sie an, ohne etwas zu sagen. Erst nach qualvollen Sekunden fuhr er fort.

»Aber ich war nicht tot, Luisa. Ich war lebendig. Und frei. Ich bin einfach davongerannt, mein Vater hat den Schrank vergessen, vergessen, ihn vor das Loch in der Wand zu schieben, als er gemerkt hat, dass die Scheune brennt. Als er nicht wiedergekommen ist, bin ich fortgerannt.«

Er richtete sich auf.

»Mir ist so kalt«, sagte sie plötzlich. Sie verstand zuerst nicht, warum. Erst jetzt blickte sie an sich hinab.

Und erstarrte. Sie hatte nicht ihre Jacke, ihre Hose, ihre warmen Winterschuhe an. Stattdessen trug sie ein Kleid. Es war weiß mit roten Blumen darauf – ein Kleid, wie das eines Kindes.

»Ich habe dich so lange beobachtet, Luisa. Und ich wusste immer: Eines Tages wird uns nichts mehr trennen.« Er lief jetzt in der Kammer umher, während er sprach.

»Elias, bitte mach mich los! Lass uns reden! Ich war ein Kind, ja, ich hätte etwas sagen sollen, aber ich war mir nicht sicher, ob das wirklich eine Hand war, die ich gesehen habe, und …«

»Du hast zurückgewunken.«

Seine Stimme war jetzt trotzig, als er zu ihr zurückkam. In der Hand hielt er einen großen Eimer. Der Gestank, der von ihm ausging, raubte ihr fast den Atem.

»Ja, ich habe gewunken. Es tut mir leid, es war … ich habe etwas sehr Schlimmes getan, und du hast darunter gelitten. Aber ich habe dich hier nicht eingesperrt, Elias, das war dein Vater! Du musst aufhören, bitte hör auf!«

Die letzten Worte schrie sie, als sie sah, was er aus dem Eimer holte.

Es war ein großer Pinsel, von dem eine braune schleimige Masse tropfte. Fast schon zärtlich begann er, ihre Beine damit einzustreichen, offenbar ohne sich an dem Gestank zu stören.

»Es ist jetzt auch egal, weißt du? Ich möchte gar nicht mehr mit euch spielen. Immer nur den Ball hin- und herwerfen oder über Springseile springen. Nein, ich denke, ich werde jetzt das machen, was du gemacht hast. Denn du hast das Richtige getan. Und ich mache das jetzt auch.«

Sie schluchzte immer lauter, während er sie am ganzen Körper einstrich, sie würgte, als der dicke Pinsel über ihr Gesicht fuhr und über ihre Haare.

Elias war gründlich.

Zum Schluss stopfte er ihr ein Stück Stoff in den Mund, wieder würgte sie heftig.

Sie war kurz davor, ohnmächtig zu werden.

Dann stand er auf, wischte sich die Hände an der Hose ab und betrachtete sein Werk zufrieden.

»Weißt du, was du damals gemacht hast, Luisa?«

Sie schüttelte hektisch den Kopf und versuchte, durch den Stoff hindurch etwas zu sagen.

Aber es war längst entschieden.

»Du bist gegangen, Luisa. Du hast mich zurückgelassen. Und genau das mache ich jetzt auch.«

Mit einem beinahe wehmütigen Lächeln sah er sich ein letztes Mal um, beugte sich zu ihr und flüsterte ihr etwas ins Ohr. Dann drehte er sich um und verließ die Kammer. Als sie schon dachte, er sei endgültig verschwunden, steckte er nochmals den Kopf zu ihr herein. Und so, wie ein Junge sich von seinen Freunden verabschiedete, fröhlich und unbeschwert, so verabschiedete er sich auch von ihr.

»Tschüss, Luisa!«

Dann wurde es still.

Als sie kurz darauf hinter sich ein leises Krächzen hörte, begann Luisa panisch zu atmen.

DAS MÄDCHEN

Jakob hörte die Polizeisirenen, lange bevor er das Blaulicht sah. Er raste eine Straße hinter dem Deich entlang, Schlaglöcher rüttelten ihn durch, und mehr als einmal riss es ihm beinahe das Steuer aus der Hand.

Währenddessen hatte er siebzehn Anrufe von Mila ignoriert.

Irgendwann hatte er das Handy nicht mehr angeschrien, sondern gelächelt über ihre Hartnäckigkeit und den Willen, ihm zu helfen. Aber er wusste besser als jeder andere: Mila konnte ihm nicht helfen, zumindest nicht so, wie sie es sich vorstellte.

Was er wusste, war: Elias Brunner war in Friedensweiler. Dem Ort, aus dem er stammte, genauso wie Luisa Koppmann. Mila hatte ihm per Mail alle Informationen zu den jüngsten Erkenntnissen geschickt, verbunden mit dem Hinweis: »Dann lies wenigstens das vorher.«

Dieser Fall war unglaublich. Elias Brunner, der das Leben anderer führte, weil sein eigenes so verpfuscht begonnen hatte.

Dass Luisa Koppmann sein eigentliches Ziel gewesen war, hatten sie nicht wissen können, und Luisa erst recht nicht. Er dachte an Rolf Batschalek und wollte sich gar nicht ausmalen, wie Elias' Rache diesmal aussehen mochte.

Die Sirenen waren jetzt dicht hinter ihm. Im Rückspiegel seines Wagens zuckte ab und zu Blaulicht. Offenbar war er nicht der Einzige, der mit hoher Geschwindigkeit über die Nebenstraßen jagte.

Aber er würde als Erster vor Ort sein. Und er würde Elias Brunner stellen und seiner grausamen Mordserie ein Ende setzen.

»›Was sind Ihre Abgründe?‹ Diese Frage, bei ihrem zweiten Zusammentreffen im Callcenter, hatte ihn ins Mark getroffen. Er hatte Mühe gehabt, sich nichts anmerken zu lassen vor Mila und den Kollegen.

Er musste Elias finden, bevor er sich damit beschäftigen konnte.

Die ersten Höfe tauchten in einem knappen Kilometer Entfernung auf. Es blieb keine Zeit, sich langsam und unauffällig zu nähern, und das Blaulichtgefunkel tat ohnehin sein Übriges. Wenn Mila richtiglag – und davon ging er aus –, dann war die junge Frau in akuter Lebensgefahr.

Kurz darauf steuerte er seinen Wagen von der Straße über ein Kiesbett in Richtung der Höfe. Er hatte noch immer seine Schutzweste an und sprang mit gezogener Waffe aus dem Wagen.

Es galt, keine Zeit zu verlieren, Mila und die anderen würden in Kürze eintreffen.

In seinem Kopf wirbelten die Gedanken nur so umher: Er musste die junge Frau retten. Er musste Elias festnehmen. Er musste herausfinden, was dieser wusste.

Und plötzlich konnte er nicht einmal mehr sagen, welcher dieser Punkte ihm am wichtigsten war.

Jakob sah hinauf zu der Anhöhe und wusste sofort, wo er hinmusste. Das dunkle Haus stand da wie ein Mahnmal der Einsamkeit.

Er sprintete los, über die feuchte Erde und das Gras, mehrmals rutschte er aus, versuchte sich zu halten, an Wurzeln und an Zweigen.

Mila entdeckte Jakob vom Auto aus. Sie fluchte, weil er nicht auf sie wartete. Schließlich wusste er, dass sie und die Kollegen gleich eintreffen würden. Doch am Ende des Tages hätte sie genauso gehandelt wie er.

»Haltet direkt neben seinem Wagen! Ich will, dass sich alle auf die Höfe verteilen, unser Mann kann überall sein.«

Kurz darauf hielten die vier Einsatzfahrzeuge direkt neben Jakobs Wagen. Mila gab ein paar knappe Anweisungen, dann rannte sie los, Tuure und Lucy dicht hinterher. Jakob war mittlerweile auf der Anhöhe angekommen und verschwand im Haus. Auch sie bezweifelte nicht, dass dort oben der Schlüssel zu ihrem Fall lag. Und, sosehr sie es auch fürchtete: möglicherweise auch das nächste grauenhaft entstellte Opfer. Sie dachte an Luisa Koppmann, diese fröhliche junge Frau aus dem Callcenter. Ohne es zu ahnen, hatte sie sich in einen dunklen Schatten aus ihrer Vergangenheit verliebt. Ein Schatten, der sie jetzt zu verschlingen drohte.

Jakob blieb mit seiner Jacke an einem Vorsprung hängen, als er durch einen Durchbruch in der Wand das Haus betrat. Düsternis umgab ihn, die Luft war feuchtkalt, und es roch modrig. Unter seinen Füßen knackten Holzreste und Unrat.

Seine Waffe fest in beiden Händen, bewegte er sich durch die Räume im Erdgeschoss. Er sicherte Zimmer für Zimmer, hastig leuchtete er mit einer Taschenlampe in dunkle Nischen und Eingänge. Einen Keller gab es nicht.

»Elias!«

Er hatte keine Zeit, sich behutsam zu ihm vorzuarbeiten, er musste sich beeilen. Die anderen würden in wenigen Augenblicken ebenfalls in das Haus eindringen.

»Elias!«

Zuerst hörte er nichts. Dann drang aus dem Obergeschoss das heisere Krächzen einer Krähe zu ihm herab.

»Natürlich«, murmelte Jakob, holte tief Luft und begann mit dem Aufstieg. Im Zeitungsartikel war eine »Kammer unter dem Dach« erwähnt worden. Oben angelangt, konnte er die Krähen deutlich hören.

»Luisa!«

Neben einem beiseitegeschobenen Schrank entdeckte er eine Öffnung in der Wand. Er wollte gerade hindurchklettern, als er innehielt.

Die Krähen waren schneller gewesen als er.

»Jakob? Verdammt, wo ist er?«

Mila und die anderen hatten das Haus durch einen anderen Zugang betreten und mussten sich durch den zerfallenen Teil des Erdgeschosses kämpfen, bis sie die Treppe nach oben entdeckten.

»Hier! Beeilt euch!«

Schwer atmend rannten sie die Treppe hoch. Mila schickte eine Handvoll Stoßgebete gen Himmel, auch wenn sie längst gelernt hatte, dass aus dieser Richtung keine Hilfe zu erwarten war. Sie hörten mehrere Krähen krächzen sowie Jakob, der schrie: »Verschwindet! Haut endlich ab, ihr Mistviecher!«

Als sie den Schrank entdeckten und die Öffnung, konnte Mila nur an eines denken: Sie wusste nicht, ob sie einen weiteren so furchtbaren Anblick ertragen konnte. Aber es blieb ihr keine andere Wahl.

Jakob hielt Luisa im Arm, er saß neben ihr auf der Matratze und hielt sie einfach nur fest. Sie hatte die Arme um ihn geschlungen und weinte hemmungslos.

»Es ist vorbei«, murmelte Jakob. »Es ist alles vorbei. Er ist weg. Es ist alles gut.«

Er blickte Mila und die Kollegen an, die in diesem Moment in die Kammer traten. Entsetzt starrten sie die junge Frau an, deren Haut von einer stinkenden Masse bedeckt war. Immerhin, zumindest äußerlich schien sie unverletzt zu sein.

Lucys Blick fiel auf die Wände und auf die zahllosen Krähenköpfe, die sie anstarrten. Hunderte von Augenpaaren säumten die Seiten der Kammer.

»Bitte sag mir, dass das hier nur ein Albtraum ist, Tuure«, flüsterte sie. Aber der Finne schüttelte nur den Kopf.

Von draußen drang das Heulen der Martinshörner zu ihnen. Und als Jakob durch den Spalt im Dach spähte, konnte er die Sonne sehen, die jetzt flach über dem Moor stand. Einige Birken warfen lange Schatten auf den morastigen Untergrund.

»Hier hat er seine Tage verbracht«, sagte er leise. »Seine dunklen und einsamen Krähentage.«

Mila scheuchte die Vögel aus der Kammer und beugte sich zu Luisa hinunter. Behutsam lächelnd sah sie der jungen Frau in die Augen, in denen noch immer die nackte Angst regierte. Sie griff nach ihrer Hand

»Die erste Krähe war schon an mir dran«, flüsterte Luisa. »Es war … fürchterlich. Ich dachte, dass ich …«

»Es ist vorbei. Dir ist nichts passiert. Wir waren rechtzeitig da.« Sie klammerte sich noch immer an Jakob, schluchzte laut auf. Dann deutete sie zur Öffnung im Dachgebälk.

»Ich habe ihn damals gesehen«, sagte sie leise. »Aber ich habe nichts unternommen.«

Mila und Jakob tauschten einen Blick. Schließlich stand Jakob auf und wollte Luisa aufhelfen, als die junge Frau leise sagte: »Ich soll Ihnen etwas ausrichten. Er hat es mir ins Ohr geflüstert. Sie sind doch Jakob, oder?«

»Was hat er gesagt?«, fragte er mit heiserer Stimme.

Luisa strich sich die Haare aus dem Gesicht, bevor sie antwortete.

»Dass er jetzt unterwegs ist. Er sagte wörtlich: Sag Jakob, ich bin jetzt unterwegs. Zu ihm nach Hause.«

Zehn Minuten später war Friedensweiler voller Polizeifahrzeuge, Krankenwagen und Beamten. Mitarbeiter der Spurensicherung gingen durch das Haus auf der Anhöhe, untersuchten die Kammer, nahmen jeden einzelnen Krähenkopf von seiner Halterung.

Mila wartete an der offenen Beifahrertür des Wagens, als Jakob sich von einer Gruppe Kollegen löste und auf sie zukam.

»Ich fahre allein«, sagte er kurz angebunden.

Mila lächelte.

»Genau.«

Sie setzte sich in den Wagen und beendete damit jede weitere Diskussion. Jakob ließ sich neben ihr auf den Sitz fallen, schnallte sich an und holte tief Luft.

»Wir werden viel Zeit zum Reden haben«, sagte sie, während sie ihn von der Seite betrachtete.

»Ich weiß nicht, was du von mir erwartest, Mila. Elias Brunner – oder Vogt – ist ein Psychopath, der meine Familie bedroht. Deshalb fahre ich jetzt da hin. Niemand zwingt dich, mitzukommen, es sind sicher genug Kollegen vor Ort. Ich habe eine mobile Einsatztruppe dorthin beordert.«

»Halt die Klappe und fahr los.«

Jakob startete den Motor.

»Dann fahren wir jetzt ans Meer.«

DAS LEERE BLATT

Über das Moor drang das Lachen eines freien Mannes. Das Fenster seines Wagens war geöffnet, der kalte Fahrtwind raubte ihm fast den Atem. Elias lachte aus der Tiefe seines dunklen Herzens. Denn dass sein Herz dunkel war, hatte er schon immer gewusst. Dass es Abgründe barg und Stellen hatte, an denen nicht das Leben pulsierte, sondern etwas ganz anderes.

Etwas Besseres.

Er machte das Radio an und steuerte den alten Volvo durch schmale Straßen, entlang der Kanäle und weiten Felder Richtung Autobahn. Seine Hände sausten abwechselnd durch die Luft, malten Bögen und Schwünge, während er aus voller Kehle *Mr. Blue Sky* mitsang. Dann lachte er wieder, so lange, bis seine Augen sich mit Tränen füllten und seine Kehle rau wurde. Aber es machte ihm nichts aus. Er wusste nur, dass er nicht mehr geweint hatte, seit er damals das alte Haus auf dem Hügel verlassen hatte, als Zwölfjähriger, der zum ersten Mal in die Welt hinausdurfte. Er hatte nicht um seinen Vater geweint, der gerade in der Scheune verbrannte, und auch nicht aus Angst vor dem, was passieren würde. Nein, er hatte geweint, weil er diesen Ort so sehr vermissen würde. Die Kammer, die Aussicht auf die anderen Häuser – und die Krähen.

Und jetzt war es vorbei. Elias lachte und sang immer noch, als er auf die Zufahrt zur Autobahn abbog und den Wagen beschleunigte. Die anderen waren ihm mit Sicherheit dicht auf den Fersen. Er hatte die blauen Lichter bemerkt, die über die Felder zuckten, als er Friedensweiler über eine Nebenstraße verlassen hatte.

Er sah buchstäblich vor sich, wie Jakob in der Kammer stand und auf die Krähen starrte.

Und jetzt würde er, Elias, Jakobs Kammer aufsuchen. Er musste schnell sein, vermutlich würde die Polizei das Haus von Jakobs Familie sichern. Aber mit ein bisschen Glück war er als Erster dort.

Und wenn nicht, dann würde er eben warten. Denn wenn er eines gelernt hatte und es perfekt beherrschte, dann war es: warten.

Er kurbelte das Fenster hoch und schaltete das Radio aus. Dann nahm er sein Handy vom Beifahrersitz und wählte eine Nummer, die er vor einigen Tagen herausgesucht und in seinen Kontakten gespeichert hatte.

Das Freizeichen erklang, er hörte ein kurzes Knacken in der Leitung und schließlich die Ansage eines Anrufbeantworters.

Es war die freundliche Stimme einer Frau.

»Dies ist der Anschluss von Mariella und Jakob Krogh. Wir sind derzeit leider nicht zu Hause, ihr könnt aber gerne eine Nachricht hinterlassen.«

Er legte auf und dachte nach. Was, wenn das Haus schon verlassen war? Wenn er nur noch Jakob antreffen würde, dem er hatte ausrichten lassen, wohin er unterwegs war? Vielleicht standen schon die Einsatzfahrzeuge vor dem Haus, und Scharfschützen warteten auf ihn, versteckt in den Dünen.

Erneut wählte er die Nummer. Nach dem dritten Klingeln hob jemand ab.

Und Elias lächelte.

»Guten Abend, Frau Krogh.«

*

Jakob trieb den Wagen durch die einsame Landschaft. Das Auto schlingerte in den Kurven, wenn die Straße matschig war. Er musste das Lenkrad mit aller Kraft festhalten, um nicht zu nah an einen der Gräben links und rechts der Straße zu geraten. Erst nach einer Viertelstunde gelangten sie auf eine breitere Kreisstraße und von dort in Richtung Autobahn.

Mila sagte kein Wort, warf nur ab und an einen Seitenblick auf Jakob. Die vergangenen Tage waren für das gesamte Team eine große Belastung gewesen, aber hier und jetzt zählten nur noch sie beide. Sie konnte nicht sagen, warum sie das übrige Team bis jetzt nicht darüber informiert hatte, wohin sie fuhren.

Elias Brunner, der Mann, den sie von Anfang an gejagt hatten, war nur wenige Kilometer vor ihnen. Er musste davon ausgehen, dass jede Menge Polizei auf ihn wartete.

An dem Haus am Meer, bei Jakobs Familie.

Aber was, wenn er schneller war?

»Ich verstehe nicht, wie du so ruhig sein kannst«, sagte sie.

»Wir werden ihn aufhalten«, sagte Jakob, »ihnen wird nichts passieren.«

»Die Einsatzkräfte, die du bestellt hast, sind ja sicher schon bei deiner Familie, das hast du gecheckt, oder?«

Jakob nickte. »Davon können wir ausgehen, ja.«

Verwundert schaute sie ihn an.

»Davon können wir ausgehen? Jakob, was ist das für eine Auskunft? Verdammt, dieser Psychopath ist unterwegs zu dir nach Hause! Deine Frau und dein Sohn sind in Gefahr, und du weißt nicht genau, wer vor Ort ist und wie viele Beamte das sind? Mal abgesehen von den Kollegen, die du gleich zu Beginn zum Schutz deiner Familie hast abstellen lassen. Das hast du doch, oder?«

Sie starrte ihn an, aber er blieb stumm, sein Blick war auf den Streckenabschnitt vor ihnen gerichtet.

»Ihnen wird nichts passieren«, wiederholte er.

Mila atmete langsam aus.

»Wer leitet den Einsatz?«

»Warum ist das wichtig?«, fragte er. »Ich weiß es nicht.«

»Ist es Opalsky? Leitet er den Einsatz? Das wäre gut, denn er ist der Beste.«

Jakob nickte jetzt.

»Ja«, sagte er rasch. »Es ist Opalsky. Er ist vor Ort.«

Das blaue Licht auf dem Autodach zuckte über die Sträucher am Rande der Autobahn. Vor ihnen weitete sich die Landschaft, die Abstände zwischen den Dörfern wurden größer, der Himmel schien sich nach oben auszudehnen.

Sie näherten sich dem Meer.

Mila biss sich auf die Unterlippe. Sie war sich der Tragweite ihrer nächsten Worte bewusst und hatte Angst vor Jakobs Reaktion.

»Opalsky ist nicht im Dienst«, sagte sie leise. »Er ist auf einer Fortbildung in Wien, er hat mich nach Tipps für ein Hotel gefragt. Das war vor drei Tagen. Jakob, was ist los? Was verheimlichst du mir?«

Krampfhaft umklammerte er das Lenkrad.

»Wir haben noch eine gute halbe Stunde«, sagte er. »Wir werden es rechtzeitig schaffen.«

Mila starrte ihn an. Dann griff sie zu ihrem Handy.

»Ich rufe jetzt Sattmann an. Er ist über alle Einsätze auf dem Laufenden. Er wird mir sagen, welches Einsatzteam bei deiner Familie ist.«

Sie hatte bereits die Hand auf ihrem Display, als sie seinen Blick sah …

»Jakob?«

Aber er sprach nicht, blickte stur geradeaus.

»Es gibt kein Einsatzteam, nicht wahr?«, flüsterte Mila. Jakob hielt den Blick nach vorne gerichtet. Dann schüttelte er den Kopf, gerade so, dass sie die Bewegung wahrnehmen konnte.

»Wir kommen rechtzeitig«, sagte er. Seine Stimme war kaum mehr als ein Flüstern. »Ihnen wird nichts passieren.«

Mila wusste nicht, was sie denken sollte. Sie wusste nur, dass ihr Gefühl sie nicht getrogen hatte.

»Er wird sie umbringen«, sagte sie eindringlich.

Wieder schüttelte er den Kopf.

»Das wird er nicht. Wir werden rechtzeitig da sein.«

Sie wartete einige Sekunden, versuchte sich zu sammeln. Bevor Jakob sie daran hindern konnte, nahm sie sein Handy aus der Halterung am Armaturenbrett.

»Mila, nicht …«

Aber es war zu spät. Die Gesichtserkennung entsperrte das Display, und sie brauchte keine fünf Sekunden, um die Nummer von Jakobs Frau in den Kontakten zu finden und sie zu wählen. Das Freizeichen erklang im Wageninneren.

Als Jakob den Arm ausstreckte, um ihr das Telefon aus der Hand zu reißen, verlor er die Kontrolle über den Wagen, und sie kamen ins Schleudern.

»Scheiße, Mila, bist du verrückt!«

Das Heck brach aus, er griff mit beiden Händen nach dem Lenkrad. In diesem Moment ertönte das Freizeichen.

Dreimal.

Viermal.

»Hallo Jakob!«

Es schien ihr unwirklich, die Stimme von Jakobs Frau zu hören. Sie klang warm, freundlich, ohne jede Sorge.

Mariella Krogh hatte offenbar keine Ahnung, dass ein gefährlicher Serienmörder zu ihr und ihrem Sohn unterwegs war.

»Hallo Mariella. Ich bin es, ich wollte nur …« Jakob hatte den Wagen wieder im Griff und funkelte seine Kollegin an. Aber sie war nicht mehr bereit, sein Spiel mitzuspielen.

»Frau Krogh? Hier spricht Mila Weiss, ich bin Jakobs Kollegin.«

Kurz war es still in der Leitung. Im Hintergrund war ein

Kind zu hören, das ein Lied summte. Es war eine Melodie, die Mila nicht kannte.

»Oh. Das ist aber eine Überraschung. Wie geht es Ihnen?«

Mila blieb einen Moment stumm. Dann sagte sie langsam und deutlich: »Es … es geht mir gut, Frau Krogh. Aber ich muss Sie bitten, mir gut zuzuhören.«

»Ja, natürlich tue ich das. Filip, bist du bitte kurz ruhig?«

»Frau Krogh, ich möchte, dass Sie umgehend alle Türen im Haus abschließen. Machen Sie die Lichter aus und schließen Sie die Rollläden. Haben Sie das verstanden?«

Wieder eine Pause.

»Tu es«, sagte Jakob.

»Natürlich, das werde ich machen. Ich schließe die Türen ab, wir machen alle Lichter aus und schließen die Rollläden.«

»Bitte machen Sie das sofort.«

»Natürlich.«

Mila sah Jakob an, der jetzt schluckte und seine Hände an der Hose abwischte.

»Mariella, wir sind unterwegs zu euch. Ich bin in einer halben Stunde da.«

Diesmal gab es keine Pause, Jakobs Ehefrau antwortete sofort: »Ach, das ist aber schön. Da wird sich Filip freuen. Wie lange wirst du diesmal bleiben?«

»Lange, Mariella. Diesmal bleibe ich lange.«

»Das ist ja fantastisch. Dann werde ich nachher noch einkaufen.«

»Bis später, Jakob. Auf Wiedersehen, Frau Weiss.«

Jakob streckte den Arm aus und unterbrach die Verbindung. Keiner von ihnen sagte ein Wort.

»Ihnen wird nichts passieren«, sagte er nach einer Weile. »Wir sind fast da.«

Aber Mila schüttelte den Kopf.

»Sie hat nicht mal nach dem Grund gefragt«, murmelte sie,

mehr für sich als an ihren Kollegen gerichtet. »Sie hat nicht mal gefragt, warum sie alle Lichter ausschalten soll. Oder ob sie die Polizei alarmieren soll.«

»Wir sind die Polizei, Mila«, sagte Jakob leise.

Sie verließen jetzt die Autobahn und rasten über eine Landstraße. Bald war in der Ferne eine Kirchturmspitze zu sehen, und nachdem sie zwei verlassene Scheunen am Straßenrand hinter sich gelassen hatten, erreichten sie den Ortsrand eines Dorfes.

»Nein, Jakob«, sagte sie leise. »Ich bin die Polizei. Und du wirst mir jetzt sagen, was du bist. Halt da vorne an.«

»Wie bitte? Ich kann nicht anhalten, wir sind fast da, Elias Brunner ist vielleicht schon am Haus!«

»Halt da vorne an! SOFORT!«

Sie schrie jetzt. Jakob starrte sie entgeistert von der Seite an.

»Mila! Ich kann nicht anhalten, meine Familie ist …«

Blitzschnell zog sie ihre Dienstwaffe aus dem Holster und hielt den Lauf an seine Schläfe.

»Anhalten. Sofort.«

»Hey, ganz ruhig, okay? Das ist nicht lustig!«

»Da hast du verdammt recht. Genau dort vorne, da ist eine Haltebucht. Bleib sofort stehen oder ich schieße dir so nah am Kopf vorbei, dass dein Trommelfell platzt. Halt an!«

»Okay! Scheiße! Ich …«

In letzter Sekunde riss Jakob das Lenkrad herum und hielt mir quietschenden Reifen am Straßenrand. Er hob beide Hände, sein Atem ging schnell, und er zitterte.

»Steig aus.«

Sie hatte noch immer ihre Waffe auf ihn gerichtet.

»Verdammt, wir müssen weiter!«

Jakob hieb mehrfach auf das Lenkrad ein, sie spürte, dass er kurz davor war, die Beherrschung zu verlieren. Sie stieß ihre Tür auf und stieg aus. Dann ging sie um den Wagen herum und zerrte ihn ebenfalls auf die Straße.

Mila stieß Jakob vor sich her, er hatte seine Hände wieder heruntergenommen. Sie betraten eine feuchte Wiese, das Gras schmatzte unter ihren Füßen.

»Es ist saukalt hier draußen!«

»Bleib da stehen und dreh dich um.«

»Was soll das? Ich verstehe nicht ...«

Während er sich langsam umwandte, griff Mila mit der freien Hand in ihre Hosentasche und holte ein mehrfach zusammengefaltetes Stück Papier heraus. Immer noch war ihre Waffe auf Jakob gerichtet.

»Nimm ihn«, sagte sie und hielt ihm den Zettel hin. »Falte ihn auseinander und sag mir, was da steht.«

»Wie bitte?« Verdutzt nahm er den Zettel, betrachtete ihn für einen Moment und faltete ihn dann auseinander.

»Ich weiß nicht, was das soll. Wir müssen ...«

»Lies vor!«

Sie sah, wie er die Stirn runzelte, als er auf das Papier starrte.

»Was steht dort, Jakob?«, flüsterte sie. »Sag es mir.«

Er hob den Kopf wieder und hielt den Zettel hoch

»Hier steht nichts. Der Zettel ist leer. Es ist nur ein Blatt Papier. Ich verstehe nicht ...«

Langsam ließ sie ihre Waffe sinken. Sie spürte jetzt die Kälte nicht mehr. Sie sah nur diesen gebrochenen, verlorenen Mann vor sich, hier, mitten auf einem Feld am Rande eines Dorfes.

»Ich verstehe es auch nicht, Jakob«, sagte sie. »Ich weiß nur, dass dies das Blatt ist, das du an deinen Rechner geklebt hast. Lucy hat es mir gegeben. Sie hat mitbekommen, wie du mit dir selbst gesprochen hast. Wie du Filip für diese schöne Zeichnung gedankt hast. Aber da ist keine Zeichnung. Das ist nur ein leeres Blatt. Und ich will jetzt endlich wissen, was auf diesem Papier wirklich zu sehen ist. Und warum du deine Familie nicht richtig schützen willst vor diesem Psychopathen. Er wird ihnen wehtun, Jakob! Verstehst du das? Er wird ihnen wirklich verdammt wehtun.«

Und dann geschah etwas, womit sie am allerwenigsten gerechnet hatte.

Er weinte.

»Nein, Mila. Er wird ihnen nicht wehtun.«

*

Unter den Reifen knirschten feine Kieselsteine, als Elias den Wagen unweit des Hauses unter den Bäumen parkte. Durch die Zweige hindurch konnte er die beleuchteten Fenster sehen, warmes Licht drang nach draußen. Er schloss kurz die Augen und atmete tief ein. Er massierte seinen Nacken, die Fahrt war anstrengend gewesen.

Immerhin hatte er ein nettes Gespräch mit Jakobs Ehefrau geführt.

Sie war zu Hause gewesen. Und sie würde die Grüße von Jakobs altem Freund Elias gern ausrichten.

Als er ein Geräusch wahrnahm, öffnete er die Augen. Die Lichter gingen eines nach dem anderen aus, elektrische Rollläden fuhren nach unten.

Jetzt lag Jakobs Haus vollständig im Dunkeln. Das ohnehin blasse Licht dieses Tages hatte sich bereits verabschiedet. Als Elias das Fenster seines Wagens öffnete, hörte er das Rauschen des Meeres hinter dem Haus. Die Luft war kalt und salzig. Er genoss diesen Augenblick. Er hatte ihre Leben geführt.

Das der alten Frau.

Das des Studenten.

Das seines Chefs.

Und schließlich sein eigenes: seine Vergangenheit, eingesperrt bei den Krähen. Nur dass diesmal das Mädchen mitgekommen war.

Womöglich war sie bereits tot.

Und er war hier.

Weil er nicht hatte widerstehen können.

Wie oft hatte er die Stimme geübt, anhand der Aufzeichnung der Pressekonferenz. Wie oft hatte er sich vorgestellt, sein Leben zu führen.

Er hatte gedacht, dass es nach Luisa keinen Menschen mehr geben könnte, dessen Leben er führen wollte. Aber er hatte sich getäuscht. Er würde immer weitermachen. Weil er es konnte. Und weil er es liebte.

Seine Stimme war leise, aber sie füllte den Innenraum des Wagens dennoch aus. Er betrachtete sein Gesicht im Spiegel.

Natürlich war keine Zeit geblieben für eine Verwandlung. Aber das war diesmal nicht wichtig. Es würde ohnehin wenig Zeit sein.

Aber dafür eine umso schönere.

»Mein Name ist Jakob Krogh. Ich bin Leiter der *Gruppe 4*. Und ich besuche jetzt meine Familie.«

EIN SCHÖNES LEBEN (II)

Kein Geräusch war zu hören, nur sein eigener ruhiger Atem. Elias hatte sich die Kapuze übergezogen und ging ohne Hast durch die Dunkelheit. Er spürte das kalte Metall seiner Waffe im Rücken, er hatte sich die Pistole in den Hosenbund gesteckt, um beide Hände frei zu haben.

Obwohl er fest damit gerechnet hatte, konnte er keine Polizeibeamten entdecken. Womöglich hatten sie die Familie bereits in Sicherheit gebracht. Vielleicht hatten sie die kurze Videobotschaft, die er auf der Toilette des Callcenters aufgenommen hatte, noch gar nicht entdeckt. Die Namen von Jakobs Sohn und seiner Frau, die er in eine von Batschaleks perverse Kameras gehalten hatte.

So oder so, Jakob hatte die Nachricht mit Sicherheit erhalten, und entweder waren sie in wenigen Minuten vor Ort oder sie warteten bereits im Haus.

Er hatte jetzt nichts mehr zu verlieren, er würde es riskieren.

»Du hast ein schönes Haus, Jakob«, flüsterte er. »Wir haben beide ein schönes Haus.«

Er musste zweimal um den flachen Bau herumlaufen, bis er endlich eine Möglichkeit fand, in das abgeschottete Gebäude einzusteigen. Erst auf den zweiten Blick hatte er bemerkt, dass der Rollladen vor dem Kellerfenster nicht vollständig geschlossen war. Ein Blumentopf davor hatte das verhindert.

»Seht ihr, ich komme zu euch.«

Vorsichtig schob Elias die Lamellen nach oben und schlug das einfach verglaste Fenster ein. Die Scherben fielen nahezu geräuschlos ins Innere. Als er kurz darauf den Kopf durch die

Öffnung schob, entdeckte er ein altes Sofa unter dem Fenster. Er ließ sich fallen. Keine Alarmanlage war losgegangen, und auch im Haus hörte er kein Geräusch.

»Dann wollen wir mal«, sagte er fast schon fröhlich und zog die Waffe aus dem Hosenbund. Langsam schlich er von Raum zu Raum. Der Keller war ungewöhnlich leer. Einige Weinflaschen in einem Regal, gestapeltes Brennholz an der Wand, zwei verstaubte Sportgeräte und ein paar Koffer in der Ecke.

Erst als er über die Treppe das Erdgeschoss des Hauses erreichte, beschloss er, seine Taschenlampe zu benutzten. Ihr Schein glitt durch den Raum, der offenbar das Wohnzimmer war. Ansonsten herrschte vollkommene Dunkelheit überall.

Elias fand den Weg zur Küche und leuchtete die einzelnen Schränke an. Aus einem davon nahm er ein Glas heraus. Er füllte es mit Wasser, tröpfelte aus einer kleinen Ampulle, die er aus der Hosentasche hervorholte, Flüssigkeit hinein und sah zu, wie sie sich im Wasser verlor.

»Das wird dir schmecken, Mariella«, flüsterte er und stellte das Glas auf den Esstisch. Anschließend ließ er den Lichtkegel der Taschenlampe durch den Raum nebenan gleiten und betrachtete ausgiebig die Einrichtung. Das Sofa, darüber ein großes Bild, ein Kunstdruck. Er zeigte das Meer, Fischerboote, ihre Segel waren von einem blassen Rotton. In einem Bücherregal entdeckte er Texte deutscher und polnischer Autoren sowie Fachliteratur zur Kunstgeschichte.

»Ich mag unser Wohnzimmer.«

Auf dem Teppich vor dem Sofa lagen einige Bauklötze, auf dem Tisch einzelne Blätter, eindeutig Kinderzeichnungen. Elias erkannte auf einem der Bilder das Haus am Strand, es war nur zur Hälfte fertig.

Er blickte auf die Uhr und streckte sich.

Immer noch keine Polizei, er wunderte sich ein wenig, war ein bisschen enttäuscht, dass sie es ihm so leicht machten.

»Es ist an der Zeit, meine Frau zu suchen.«

Er trat an das Panoramafenster, betätigte den Schalter und ließ den Rollladen nach oben fahren. Nach und nach kam der Strand zum Vorschein, auf den sich jetzt das erste Licht des Mondes gelegt hatte, genauso wie auf das dunkle Wasser davor. Elias stand da und genoss den Ausblick.

»Hier wird es mir gefallen.«

Er stellte sich vor, wie Mariella oben in ihrem Bett lag, starr vor Schreck, weil sie das Geräusch des Rollladens gehört hatte. Womöglich hatte sie Filip bereits zu sich geholt. Es war an der Zeit, sie zu beruhigen.

»Mariella! Ich bin wieder da!«, rief er laut in die Stille hinein.

Er schaltete das Licht im Wohnzimmer an und öffnete auch die Rollläden in den angrenzenden Räumen.

»Schlaft ihr schon? Es ist doch gerade mal früher Abend.«

Niemand antwortete, was ihn ärgerte. Schließlich hatte er Jakobs Stimme perfekt getroffen, selbst die Ehefrau würde keinen Unterschied erkennen. Das Imitieren von Stimmen war seine große Kunst, und er war stolz darauf. Jahrelang hatte er geübt in seiner Kammer, hatte sich Personen ausgedacht und ihre Stimmen auch.

Er hatte es bis zur Perfektion getrieben.

»Schatz, ich bin zu Hause!«

Stirnrunzelnd lief er die Treppe hoch in den ersten Stock, er wollte nicht mehr Verstecken spielen, nicht in seinem eigenen Haus. Er knipste das Licht an und pfiff vor sich hin. Von der Galerie dort oben gingen einige Türen ab. Auf einer davon war eine Kreidetafel angebracht.

Filip.

Vor der Tür lagen eine rote Strumpfhose und ein Plüschhase.

»Hey, Filip, Papa ist da. Wollt ihr mich nicht begrüßen?«

Er öffnete leise die Tür des Kinderzimmers und sah hinein. Aber das Bett war leer. Die Decke unordentlich, am Fußende lag ein Pullover, der Boden war mit Legosteinen übersät.

»Filip? Versteckst du dich etwa?«

Der Junge war nirgendwo.

Immer noch mit der Waffe in der Hand öffnete er die Tür zum Badezimmer, auch hier war alles still.

Also waren sie im Schlafzimmer.

In ihrem Schlafzimmer. Dort, wo er und Mariella ein glückliches Leben hatten, innig beisammen, fernab aller Gefahren der Welt da draußen.

Er legte die Hand auf die Türklinke, drückte sie vorsichtig herunter und schob die Tür auf. Sein erster Blick fiel auf das Bett.

Auf sein Bett. Auf den Nachttisch mit den Büchern. Auf das Dachfenster darüber und die Kissen auf der Tagesdecke.

Das Zimmer war leer.

Überrascht knipste er das Licht an und sah sich um. Sie mussten hier doch irgendwo sein, er hatte mit ihr gesprochen, am Telefon, vor einer Stunde. Er hatte Filip im Hintergrund rufen gehört.

Aber hier war niemand. Das Haus war leer.

»Jakob?«

Ihre Stimme kam aus dem Erdgeschoss.

»Jakob, bist du das?«

Überrascht drehte er sich um, seine Gedanken rasten. Wie hatte er sie übersehen können?

Er zögerte kurz. Dann antwortete er: »Ja, ich bin hier oben. Ich habe euch gesucht.«

Es war exakt Jakobs Stimme, sie war wirklich perfekt. Elias lächelte, als er dem Klang hinterherlauschte. Langsam schloss er die Tür wieder und ging zur Treppe.

»Ich bin in der Küche. Hast du Hunger?«

Jetzt war er vollends verwirrt. Niemand war in der Küche gewesen, nicht Mariella und auch nicht Filip.

»Ja, ich habe wirklich Hunger«, antwortete er. »Was gibt es denn?«

Er hörte ein helles, fröhliches Lachen.

»Fisch und Salat.«

»Wo ist Filip?«, fragte er, während er die Treppe hinunterging.

»Hier bei mir. Er hilft mir beim Gemüse.«

Als er nach unten kam, hörte er das Klappern von Geschirr aus der Küche und Mariella, die Filip etwas erklärte. Dann das Geräusch eines Spielzeugautos auf den Fliesen.

»Wie war dein Tag?«

»Anstrengend.«

»Willst du etwas trinken? Wir haben noch Bier im Kühlschrank, aber holen musst du es dir selbst. Filip, deckst du den Tisch?«

Er hatte jetzt den Durchgang zur Küche erreicht und hielt kurz inne. Er schloss die Augen und hörte den beiden zu, wie sie sich unterhielten. Es war die Melodie eines Lebens, das er nie gehabt hatte. Der Alltag in einem Haus, in einer Küche, Menschen, die sich mochten und die niemals auf die Idee kämen, ihn einzusperren.

»Ich bin zu Hause«, flüsterte er und öffnete die Augen wieder. Hier wollte er sein, an diesem Ort. Er würde ihn nicht mehr hergeben, um keinen Preis.

Dies war sein Haus. Dies war sein Leben.

Er holte tief Luft und ging in die Küche …

Sie war leer.

Keine Mariella. Kein Filip.

Kein Salat auf den Tellern.

Kein Spielzeugauto auf den Fliesen.

»Wir fahren nächste Woche wahrscheinlich zu meinen Eltern, ich habe sie lange nicht mehr gesehen. Vielleicht hast du Zeit, mitzukommen?«

Das konnte nicht sein.

Mariellas Stimme war direkt vor ihm, sie musste an der Spüle stehen, er hörte das Geräusch des Wasserhahns. Sie wusch den Salat. Dann Filips Stimme.

»Papa!«

Schritte, die auf ihn zukamen.

»Was hältst du von der Idee?«

Alles drehte sich.

»Ich … ich weiß nicht«, stammelte er. »Ja, vielleicht.«

Wieder Schritte in seine Richtung. Dann wieder zur Spüle.

»Denk an dein Bier.«

Und dann wurde es still.

Er zitterte, sein Herz klopfte.

Was geschah hier?

Wo war die Frau, die zu ihm sprach? Wo war der Junge, der eben noch den Tisch gedeckt hatte? Er hatte das Klappern der Messer gehört. Aber der Esstisch war leer, nichts stand dort.

Sein Herz schlug hart gegen die Brust.

Und irgendwo in seinem Kopf schloss sich eine kleine Öffnung zwischen den Dachbalken. Eine Öffnung, durch die er die anderen gesehen hatte, das Leben dort draußen. Eine Öffnung, durch die die Krähen gekommen waren, seine einzigen Besucher. Er hatte sie umgebracht, eine nach der anderen, mit bloßen Händen. Aber es waren immer wieder andere gekommen.

Jetzt war diese Verbindung zum Leben abgerissen.

Und er war verloren.

»Hallo, Elias.«

Die Stimme war direkt hinter ihm. Und er erkannte sie sofort.

Es war seine eigene.

Die Stimme von Jakob Krogh.

YUNA

Jakob hielt seine Waffe mit beiden Händen, den Lauf auf Elias gerichtet, der sein Leben hatte führen wollen.

Aber das würde ihm nicht gelingen.

»Langsam umdrehen«, befahl Jakob. Er folgte jeder Bewegung von Elias, bereit, sofort zu schießen. So hatten Mila und er es besprochen: Sie würden nicht zögern, dieser Mann war zu gefährlich.

Allerdings sah Elias Brunner in diesem Augenblick nicht aus wie ein Mann, der zu allem fähig war. Nein, der Mann, der in der Küchentür stand, wirkte hilflos und verloren.

»Die Waffe fallen lassen«, blaffte Mila. Sie stand jetzt seitlich von Jakob und hatte ebenfalls ihre Waffe auf Elias gerichtet. »Sofort fallen lassen!«

Elias drehte sich langsam zu Jakob um und starrte ihn an.

»Wo sind sie?«, flüsterte er. »Wo hast du sie hingebracht? Sie waren hier und …«

»Ich sagte runter damit!« Mila ging einen Schritt auf ihn zu, und Elias ließ seine Waffe auf die Fliesen fallen.

»Sag es mir: Wo sind sie?«

Mila hatte bereits die Handschellen hervorgeholt, aber Jakob gab ihr ein Zeichen.

Vielleicht sollte es genau so sein, dachte er sich. Vielleicht war das der einzig richtige Weg.

Und während sich dieser Gedanke in seinem Kopf festsetzte, spürte er, wie es ihm fast das Herz zerriss.

»Sie sind fort«, sagte er leise. Und dabei zog er sein Handy aus der Hosentasche.

»Aber sie waren doch hier?«, beharrte Elias.

Jakob tippte auf das Display seines Handys.

»Jakob, bist du das?«

Elias zuckte zusammen, als Mariellas Stimme erneut zu hören war.

»Was um alles in der Welt …?« Er drehte den Kopf in Richtung Küche, doch da war nur ein leerer Raum. Es musste versteckte Lautsprecher geben, die den Eindruck vermittelten, es sei jemand direkt nebenan.

»Ja, ich bin hier«, antwortete Jakob. Elias starrte ihn an.

»Ich bin in der Küche. Hast du Hunger?«

Auch Mila war blass geworden. Er hatte ihr vorhin auf dem Feld alles erzählt. Aber es selbst zu erleben war etwas ganz anderes.

Es war verrückt.

Nein: Er war verrückt.

Elias atmete jetzt angestrengt.

»Wie kann das sein? Was ist das für ein Wahnsinn? Wo ist deine Familie?«

Jakob sah ihn an, er spürte, wie sich zum zweiten Mal innerhalb kurzer Zeit eine Tür öffnete. Eine Tür, die er bislang eisern verriegelt und beschützt hatte.

»Du willst das Leben der anderen führen, Elias«, sagte er leise. »Aber dieses hier kannst du nicht leben. Denn es gibt dieses Leben nicht mehr. Es ist vorbei, seit etwas mehr als einem Jahr.«

Mila nickte ihm jetzt aufmunternd zu. Sie hatte ihn in den Arm genommen, draußen auf dem Feld. Er hatte nichts gefühlt.

Und jetzt verriet er seine Familie zum zweiten Mal.

»Meine Frau und mein Sohn sind tot. Im Meer ertrunken. Wir waren gerade erst hier eingezogen, wir hatten noch keine Freunde hier, keine Bekannten. Es war unsere erste Woche.

Mariella und Filip waren mit einem Ruderboot unterwegs. Und ich habe gesehen, wie sie gekentert sind. Aber bis ich draußen bei ihnen war, war es zu spät.«

Jakob liefen Tränen übers Gesicht, Tränen, von denen er nicht mal gewusst hatte, dass er sie noch hatte.

Die Worte kamen, viel mehr Worte noch als vor einer halben Stunde. Er nahm wahr, dass Mila langsam unruhig wurde. Natürlich, sie wollte Elias Brunner festnehmen und den Fall abschließen. Aber er hatte das Bedürfnis, sich zu erklären. Ausgerechnet vor diesem Mann. Womöglich verband sie beide noch mehr, als er angenommen hatte.

»Ich bin jeden Tag hinausgeschwommen, bin getaucht und habe nach ihnen gesucht. Aber sie waren fort. Und eines Tages habe ich beschlossen, dass ich das nicht akzeptiere.«

»Ihre Stimmen«, stammelte Elias. »Sie sind so echt. Auch die Anrufe.«

Jakob trat einen Schritt zur Seite und öffnete eine schmale Tür in der Wand. Dahinter mehrere Festplatten, die mit Kabeln verbunden waren, leuchtende Anzeigen, blinkende Dioden. Es waren mehrere vernetzte Rechner mit unzähligen Anschlüssen und Steckverbindungen, eine summende und perfekt laufende Maschinerie.

Eine künstliche Realität, kontrolliert von leistungsstarken Rechnern.

Jakob wandte sich jetzt an Mila. Das, was er nun zu sagen hatte, war für sie gedacht.

Seine Rechtfertigung.

»Es klingt wie der reinste Wahnsinn, aber es ist heutzutage überhaupt kein Problem, die Toten wieder lebendig werden zu lassen. Das Programm nennt sich YUNA, es kommt aus Japan. Es schafft auf der Basis von vorhandenen Tonaufnahmen und den Stimmen neue Inhalte. So sind Gespräche möglich, auch Anrufe, nicht nur in eine Richtung. YUNA spielt keine bestehenden Aufnahmen ab, sondern konzipiert das, was gesprochen wird, auf Basis der vorhandenen Stimmprofile für jede Situation neu. Dadurch entsteht der Eindruck, die Betreffenden würden eigenständig Fragen stellen, Gespräche führen und auf ihr Gegenüber reagieren. So konnte ich sie bei mir behalten … Mariella. Und Filip.«

Die Hand, in der er seine Waffe hielt, zitterte jetzt. Elias Brunner sah es ebenfalls.

»Nur ihre Eltern in Polen sind eingeweiht, einige engste Freunde auch. Bei der Arbeit haben wir gesagt, sie sei krank, später habe ich YUNA dort anrufen lassen, um zu sagen, dass sie eine Stelle in Deutschland annimmt. Das war's, keiner hat weiter nachgefragt. Es war wirklich, als sei sie noch am Leben, nur eben … abgetaucht.«

Später würde Jakob noch oft an diesen Moment denken. An den Augenblick, als Elias Brunner feststellte, was dieses Leben wert war, das er hatte führen wollen. Als auch er, Jakob, begriffen hatte, was das für ein Leben war.

»Na, sieh einer an. Eigentlich sind wir uns sehr ähnlich. Wir wollen doch beide nur eins: ein gutes Leben führen«, sagte Elias Brunner jetzt mit einem dunklen Unterton in der Stimme.

»Du hast recht«, erwiderte er. »Du willst das Leben der anderen führen. Und ich will meine Familie nicht loslassen. Aber es gibt einen entscheidenden Unterschied. Du hast Menschen umgebracht, auf grausamste Weise. Und das, was dein Vater dir angetan hat, rechtfertigt keines dieser Verbrechen.«

»Hände hinter den Rücken«, befahl Mila. Es war offensichtlich, dass sie genug hatte. »Elias Brunner, Sie sind vorläufig festgenommen wegen des dringenden Tatverdachts, Irene Nowak, Ben Richter sowie Rolf Batschalek ermordet zu haben. Außerdem …«

Aber Elias war schon zu weit weg, um ihre Stimme noch richtig wahrzunehmen. Ein Stimmengewirr umgab ihn. Mariella und Filip. Das Flehen von Luisa in seiner Kammer. Batschaleks Beschimpfungen.

Das und noch vieles mehr. Vor allem aber: das Krächzen eines Vogels. Sein ständiger Begleiter, der jetzt nach ihm rief.

Als Elias über sie hinwegblickte, in Richtung des Meeres, spürte Jakob sofort, dass sie den richtigen Moment verpasst hatten.

»Wir sind gleich, du und ich«, flüsterte Elias.

Und dann stieß er nach vorne, ohne Rücksicht auf die Waffen in ihren Händen.

Ein verzweifelter Aufschrei, eine plötzliche Bewegung. Er rammte Mila, Jakob hörte ein hässliches Knacken. Sie taumelte nach hinten, die Handschellen fielen klappernd zu Boden. Jakob reagierte sofort. Er zielte mit seiner Waffe auf Elias, der sich duckte. Die Kugel traf ihn an der Schulter. Ein Aufschrei, ein kurzes Taumeln, sein Gesicht war schmerzverzerrt, aber er war bereits hinter Mila.

»Elias, nicht!«

Die zweite Kugel streifte ihn an der Hüfte, aber kein Schmerzensschrei war zu hören. Stattdessen das ohrenbetäubende Bersten der Fensterscheibe, als er mit der Schulter voran durch das Glas brach. Scherben stoben nach allen Seiten, Mila ging in Deckung und Jakob konnte nur dabei zusehen, wie ihr Verdächtiger in der Dunkelheit verschwand. Der Strand begann direkt hinter dem Haus.

»Mila!«

Jakob hechtete zu ihr, aber sie schüttelte nur den Kopf, die rechte Hand, die sie vor ihre Nase hielt, voller But.

»Hinterher! Mach schon!«

Dann sprang er durch die zerborstene Scheibe in die Dunkelheit, in Richtung Strand, wo Elias auf ihn wartete.

FÜR IMMER

Jakob sprintete über den feuchten Sand und suchte die Dunkelheit vor sich ab. Wenige Meter vor ihm liefen kleinere Wellen gegen den Strand.

Außer dem Glucksen des Wassers war nichts zu hören.

Doch dann ein Atmen, ein Keuchen direkt hinter ihm.

Im nächsten Augenblick krachte etwas Schweres von hinten auf seine Schulter. Ihm wurde kurz schwarz vor Augen, er taumelte, und seine Waffe fiel ihm aus der Hand. Dann schlug sein Kopf hart auf dem Boden auf. Danach: nichts. Als er wieder zu sich kam, war da zunächst nur Stille.

»So ein vergeudetes Leben!«, hörte er kurz darauf Elias zischen. Als Nächstes schlug etwas, vermutlich eine Holzplanke, mit voller Wucht gegen seinen Bauch, und er spürte Fußtritte, bis er fast das Bewusstsein verlor.

Jakob schlang die Arme um den Kopf, um sich vor weiteren Angriffen zu schützen.

»Ihr führt alle so vergeudete Leben«, hörte er Elias schreien. »Weil ihr nicht wisst, wie es ist, keines zu haben und nur ein Geist zu sein, von dem keiner weiß, dass er existiert.«

Jakob wurde hochgerissen, Elias packte ihn mit erstaunlicher Kraft am Kragen und schleifte ihn über den Sand. Strampelnd versuchte Jakob, sich aus seinem Griff zu befreien, aber er konnte kaum etwas sehen, der Sand brannte in seinen Augen und die Schläge hatten ihm hart zugesetzt.

Sie erreichten das Wasser.

Er spürte die Nässe am Rücken, hörte, wie sich Elias durch das knietiefe Wasser arbeitete.

»Die arme Luisa, sie hatte keine Ahnung, dass ich sie schon seit Jahren beobachte. Das Mädchen, das mich im Stich gelassen hat. Das Mädchen, das mich als Einzige gesehen und nichts unternommen hat! Luisa Koppmann, ich habe sie aus der Ferne immer begleitet, und ich wusste, dass der Tag kommen wird, an dem sich unsere Wege kreuzen. Ich habe ihr heimlich eine Stellenanzeige auf den Tisch im Café gelegt, weil ich wusste, dass sie einen Job suchte. So habe ich sie ins Callcenter gelockt, in meine Nähe. Weil ich gespürt habe, dass etwas passieren muss, dass ich wahnsinnig werde, wenn ich unsichtbar bleibe. Aber in eurem Leben, da kann ich frei sein. In eurem Leben kann ich die Kammer verlassen, bei euch sein, mit euch spielen. Hörst du, Jakob? Dein Leben. Ihr Leben. Euer aller Leben. Ich bin wie ihr, ich gehöre zu euch, so wie ich auch damals zu den anderen Kindern gehört habe!«

Er hielt plötzlich inne, und bevor Jakob begriff, wurde sein kraftloser Körper unter Wasser gedrückt. Er kämpfte, wehrte sich, versuchte, nach ihm zu schlagen, aber es gelang ihm nicht. Sein Blick verschwamm und die Schmerzen vergingen.

Dann wurde es still.

Er dachte an Mariella.

An Filip.

Und an das Meer, das auf ihn wartete. Es wartete seit mehr als einem Jahr. Er musste sich nur treiben lassen, das Wasser würde ihn zu den beiden führen, in die Arme seiner Familie.

Das Brennen in seiner Lunge wurde weniger.

Er würde dort sein, wo er hingehörte.

»Co kochasz, niech darmo.«

»Was du liebst, lass frei.«

»Jeśli chodzi o powrót, to do Ciebie.«

»Kommt es zurück, gehört es dir.«

»Na zawsze.«

»Für immer.«

Mit letzter Kraft stieß er den linken Arm nach oben. Seine Hand fand die Stelle an Elias' Schulter, wo seine Kugel ihn getroffen hatte. Er drückte den Daumen tief ins Fleisch, tief in die Schulter des Mannes, der ihm das Leben nehmen wollte.

Er wusste nicht, woher diese letzte Kraft kam.

Er wusste nicht einmal, ob er es so wollte.

Er wusste nur, dass Mariella es gewollt hätte.

Ein gedämpfter Schrei, er sah, wie der Schatten über ihm zurückwich, wie der Griff seines Angreifers sich lockerte und die Wasseroberfläche immer näher kam.

Als Jakob auftauchte, hörte er die Schüsse.

Elias' Körper wurde brutal zurückgeworfen, er taumelte, fasste sich mit ungläubigem Blick an die Brust. Dann stürzte er neben ihm ins Wasser, wurde von einer Welle erfasst und unter die Wasseroberfläche gezogen. Für einige Momente ließ Jakob den Blick suchend über die aufgewühlte See streifen. Als er sich in Richtung Ufer wandte, sah er Mila, die immer noch ihre Waffe in beiden Händen hielt.

DER DEAL

Graue Schleier lagen über dem Wasser. Nebel hatte sich über die Küste gelegt. Fast bedächtig rollten die Wellen an Land, leckten am Sand. In der Ferne erhob sich ein Fischreiher von einem der Felder hinter den Dünen und schraubte sich hoch in den kalten Himmel.

Sie sprachen nicht viel an diesem Morgen. Ab und zu warf Jakob Mila einen Blick zu, sah, wie der Wind ihr Tränen aus den Augen trieb. Sie trug eine Daunenjacke, auf dem Kopf eine dunkle Mütze, unter der braune Haarsträhnen hervorlugten. Hinter ihnen zeichneten sich ihre Schritte wie eine langer Strich im Sand ab.

Die Ereignisse in Jakobs Haus lagen zwei Tage zurück. Und doch kam es ihm unendlich viel länger vor. Er dachte an den Mann, den das Meer fortgetrieben hatte. Elias Brunner. Elias Vogt.

Der Junge, der immer da gewesen war.

»Fünf Jahre«, sagte er mit rauer Stimme.

»Fünf Jahre allein und eingesperrt in einer Kammer unter dem Dach. Was macht das mit einem Kind? Was soll aus so jemandem werden?«

»Das rechtfertigt seine Taten nicht«, antwortete Mila.

»Natürlich nicht. Nicht aus jedem eingesperrten Kind wird ein Serienmörder. Aber vielleicht kam hier vieles zusammen.«

Sie hatten Ludger mit den Ermittlungen in Friedensweiler beauftragt, und mit Fraukes Hilfe konnte er bereits einige Fakten zusammentragen. Er würde weitermachen, bis sie das ganze Bild hatten und alle Fragen beantwortet waren: Warum hatte damals niemand bemerkt, dass Elias noch in dem Haus wohnte, gehalten wie ein Tier? Wohin war er geflohen, nachdem die Scheune und die Hälfte des Hauses abgebrannt waren? Eine erste Spur führte zu einem Waisenhaus am Rande des Naturschutzgebietes, und es war wichtig, dieser Spur zu folgen. Sie mussten davon ausgehen, dass Elias früher schon gewalttätig gewesen war oder gar gemordet hatte.

Aber nun war es vorbei. Und die *Gruppe 4* hatte ihren ersten Fall erfolgreich abgeschlossen.

»Wollen wir bald zurückgehen?«, fragte Mila. »Das Team hat etwas zu feiern, das sollten wir nicht verpassen.«

Sie gingen noch ein Stückchen weiter, dann blickte Jakob zurück. In der Ferne erkannte er sein Haus nur noch als kleinen Punkt. Die Kollegen hatten es längst verlassen, ebenso Dirk Sattmann, der extra zu ihnen herausgefahren war.

»Gute Arbeit«, hatte er gesagt. »Auch wenn es knapp war: gute Arbeit. Frau Weiss, Sie werden sich im Präsidium melden müssen.«

Mila hatte genickt, sie alle kannten das Prozedere bei Schusswaffengebrauch mit Todesfolge.

»Komm, wir kehren um«, sagte sie jetzt zu Jakob. »Wir können noch was essen unterwegs.«

Aber Jakob blieb stehen.

»Es muss aufhören, Mila«, sagte er leise. »Und es wird aufhören.«

Sie antwortete nicht, sondern betrachtete ihn nur schweigend.

»Mariella und Filip sind tot. Ich darf sie nicht am Leben halten und muss aufhören, mir etwas vorzumachen. Ich darf nicht werden wie Elias Brunner. Außerdem wird es irgendwann auffliegen.«

Mila hatte ihm erzählt, dass sie bei der Betrachtung der Aufnahmen der Kunstausstellung im Internet stutzig geworden war. Erst viel später hatte sie begriffen: Unter dem Bild hatte nicht Mariellas Name gestanden. Sondern der einer gewissen Anastasia Wojcik, Kuratorin der Ausstellung.

Eine völlig andere Frau.

Jakob hatte die vergangenen zwei Nächte im Haus verbracht, hatte auf dem Sofa geschlafen, in seinem Bett, schließlich auch in Filips Kinderzimmer. Mehrmals hatte er die schmale Tür in der Wand geöffnet und die Technik dahinter betrachtet, die ihm echtes Leben vorgegaukelt hatte.

Es war vielleicht krank. Aber seine Trauer war zu groß gewesen und die Lösung, die er gefunden hatte, so unglaublich tröstlich.

Und nun würde es enden.

»Ich verstehe dich«, sagte Mila leise. »Aber so einfach wird es nicht gehen.«

Verwundert blickte er sie an.

»Was meinst du damit? Ich muss sofort aufhören, es ist wahnsinnig. Und es frisst mich auf, es ist zu groß, zu belastend.«

Sie schüttelte den Kopf.

»Du kannst nicht sofort aufhören. Jeder im Präsidium hat mitbekommen, dass du ständig mit Mariella telefonierst. Du sprichst oft von den beiden, alle glauben, dass ihr eine verdammt glückliche Ehe führt. Was willst du den Kollegen erzählen?«

»Die Wahrheit?«

Sie lachte kurz auf.

»Der Leiter der neuen *Gruppe 4* hält seine Familie künstlich am Leben. Er akzeptiert den Tod nicht. Er lügt sein gesamtes Umfeld an. Am meisten aber belügt er sich selbst. Was meinst du, wie lange du als Teamleiter dann noch haltbar bist? Ich sage es dir: gar nicht. Die machen uns den Laden sofort dicht, weil, seien wir ehrlich, Dirk Sattmann dich auf dieser Stelle sehen will. Das ist okay für mich, weil du ein ausgezeichneter Ermittler bist. Und wir kommen gut miteinander aus. Aber du wirst das Spiel noch eine Weile weiterspielen müssen. Versuch, es allmählich zu beenden. Alle sollen das Gefühl haben, dass es nicht mehr so gut läuft. Du fährst kaum noch nach Hause, rufst weniger an. Und schließlich erzählst du, dass ihr euch getrennt habt. Die beiden ziehen nach Polen, und wir können unsere Jobs behalten. Ende der Geschichte.«

Jakob betrachtete die Wellen, die ruhig ans Ufer rollten.

»Ich könnte mit Sattmann sprechen, ihm von Mariellas Tod erzählen. Er wird es verstehen.«

»Nein.«

Ihre Stimme war hart.

»Vergiss mal die *Gruppe 4*. Du wirst nirgendwo mehr einen Job kriegen, wenn das rauskommt. Du wirst als psychisch labil gelten, du …«

»Ich bin psychisch labil.«

»Aber den Grund kenne nur ich.«

»Du hast den Einsatzkräften gesagt, dass Mariella und Filip bei ihren Eltern sind? Dass ich sie gewarnt habe? Und niemand hat nachgefragt?«

Sie schüttelte den Kopf.

»Im Haus hat niemand etwas entdeckt. Das ist die Geschichte: Elias Brunner kam in ein verlassenes Haus und wurde von uns gestellt und getötet. Fertig. Und wir machen weiter, lösen Fälle, spüren Serienmörder auf und retten womöglich weitere Leben. So wie das von Luisa Koppmann.«

Jakob betrachtete Mila, wie sie im Wind stand und ihre Mütze zurechtrückte. Er merkte plötzlich, dass er gerne mit ihr hier an seinem Strand war.

»Komm, wir müssen los«, sagte sie.

Schweigend gingen sie zurück.

Plötzlich fragte Mila in die Stille hinein: »Also, haben wir einen Deal?«

Er überlegt kurz, dann nickte er. Sie atmete tief durch und steckte beide Hände in die Taschen.

»Ich helfe dir, aus dieser Sache unbeschadet rauszukommen. Wir werden das schaffen.«

»Und was tue ich im Gegenzug? Ich meine, bei einem Deal gibt es doch immer zwei Seiten, oder?«

»Du hilfst mir bei meinem Problem. Es ist etwas, das niemand erfahren darf außer dir.«

Nachdenklich sah er sie an.

»Es geht um das Cello«, sagte er leise.

Mila nickte.

»Ja, und es geht darum, für wen ich spiele.«

»Verrätst du mir, für wen?«

Sie schüttelte den Kopf.

»Noch nicht.«

»Warum nicht?«

»Weil es dann kein Zurück mehr gibt. Nicht für mich. Und auch nicht für dich.«

*

»Hört mir zu! Wartet, ich bin nicht fertig!

Lucy stand auf dem großen Besprechungstisch, ein Bier in der Hand, die anderen standen um sie herum. Nicht nur die gesamte *Gruppe 4* war anwesend, auch Kollegen aus anderen Bereichen des Präsidiums waren spontan zu der kleinen Feier dazugestoßen. Die Musik aus dem vierten Stock, die durch das Gebäude wummerte, war nicht zu überhören gewesen.

Lucy gab allen ein Zeichen, ruhig zu sein.

»Hört zu!«, rief sie in den Raum hinein. »Ihr müsst euch vorstellen, wie der Typ da steht, unter der Dusche. Janek Müller, der Kerl war gerade noch draußen bei seinen Jungs auf dem Fußballplatz. Aber jetzt ist er ganz allein, nackt – da lässt sich eine Lucy Chang nicht zweimal bitten!«

Gejohle aus den Reihen der Kollegen, fast jeder hatte ein Bier in der Hand. Jakob und Mila standen etwas abseits und prosteten sich zu.

»Es ist ihr Moment«, sagte Jakob. »Sie hat ihn sich verdient.«

»Nachdem sie zuvor echt Mist gebaut hat.«

»Du hast aber auch immer was zu beanstanden! Freu dich, unser Team ist erfolgreich! Wir genießen das jetzt, alles Weitere wird sich zeigen.«

Lucy machte einen tänzelnden Schritt zur Seite und sprach weiter.

»Der Kerl ist völlig übernächtigt, nervös, gereizt, man kann es ihm ansehen. Er sieht echt fertig aus. Jetzt steht er also unter der Dusche, und plötzlich taucht Tuure neben ihm auf: ein Koloss! Ein Riese! Furchteinflößend! Auf seinen Muskeln der feuchte Wasserdampf, ein Apollo aus der Antike!«

»Ich war angezogen!«, rief der Finne verzweifelt in die Runde, aber die Kollegen johlten bereits lauthals.

Lucy unterbrach sie.

»Und dann kam ich noch dazu – okay, ich war nicht nackt, das hättet ihr wohl gern! Ich hab sein Handy in der Hand, Tuure hält ihn fest. Und auf dem Telefon finden wir alles, was wir brauchen.«

Jakob wusste, dass es ein Schuss ins Blaue gewesen war. Aber der Erfolg hatte ihnen recht gegeben: Sie hatten Fotos aus den Wohnungen gefunden.

Fotos der gepeinigten Frauen.

Hannah Sandström. Selma Prolavam. Maja Tschorpik.

»Er ist sofort zusammengebrochen, er lag da auf den Fliesen und hat geheult. Und darauf trinken wir! Auf Tuure, den Halbgott! Auf alle Frauen, die jetzt sicherer sind! Und auf die *Gruppe 4*. Scheiße, was sind wir gut! Jakob, Mila, auf euch, ich …«

Lucy hatte in ihrer Begeisterung – und vielleicht auch wegen des Alkohols – die Größe des Tisches überschätzt und rutschte mit einem spitzen Schrei vom Tisch.

»Stage-Diving!«, rief jemand, und alle lachten. Eine so ausgelassene Stimmung hatten sie sich auch verdient nach den vergangenen Tagen.

Jakob durchquerte den Raum, um mit dem Finnen anzustoßen.

»Glückwunsch«, sagte er und nahm einen Schluck aus seiner Flasche.

»Danke, Jakob.«

»Und Janek Müller ist also ausgerutscht, ja?«

Der Finne sah ihn aus seinen dunklen Augen durchdringend an.

»Genau. Ich wollte ihn noch halten, aber …«

»Er hat sich zwei Rippen gebrochen, beim Ausrutschen. Ist ganz schön viel.«

»War ein heftiger Sturz.«

»Hm.«

Für einen Moment standen sie nebeneinander und beobachteten die Gruppe, die Lucy jetzt hochleben ließ.

Schließlich warf Jakob Tuure einen Seitenblick zu, prostete ihm zu und sagte leise: »Wenn das nächste Mal jemand ausrutscht, dann bist du raus. Und glaub mir, du bist dann richtig raus. Und jetzt geh feiern, ihr habt es euch verdient.«

Zwei Stunden später stand Jakob vor einem der großen Panoramafenster des Büros und schaute nachdenklich auf die schlafende Stadt. Er wusste nicht, die wievielte Bierflasche er in der Hand hielt. Aber es fühlte sich gut an. Er würde durch den Park nach Hause laufen und so richtig ausschlafen, so lange, bis er alle Erinnerung an die Ereignisse am Strand vergessen hatte.

Er stellte seine Flasche zu den anderen auf den Besprechungstisch und setzte sich. Er starrte ins Nichts, ließ den Gedanken freien Lauf. Atmete langsam aus.

Schließlich nahm er ein leeres Blatt Papier von einem Stapel und griff nach einem Bleistift. Ohne zu zögern, begann er zu zeichnen, schwungvoll und mit sicherer Hand. Als er fertig war, klebte er das Blatt an den Rand seines Bildschirms und betrachtete es.

»So ist es gut.«

Er knipste die Schreibtischlampe aus, zog seine Jacke an und verließ den Raum.

EPILOG

Über dem Haus fliegt eine Krähe. Sie segelt im Halbkreis über den hinteren Teil, da, wo der Schornstein ist und wo das Reet auf dem Dach dringend repariert werden muss. Dunkel sind ihre Flügel, die sie jetzt spreizt, um auf einem Baum zu landen, der an der Grundstücksgrenze steht. Dahinter beginnen die Dünen, wo der Ginster wächst und die Wühlmäuse davonrennen, wenn er mit seinen schweren Stiefeln durch den Sand gestapft kommt.

Argwöhnisch beäugt er den Vogel, der jetzt den Kopf schieflegt. Das Auge ist grau, der Schnabel spitz. Ein Krächzen durchdringt die kalte Luft, in die er hinausgetreten ist, um in Ruhe seine Pfeife zu rauchen.

»Eine Krähe«, murmelt er. »Bringen nie was Gutes, diese Biester.« Er wendet den Blick ab, raucht, geht nach einigen Minuten hinein, zurück ins Haus, wo es warm ist, weil der Kamin bollert.

»Ist kalt geworden«, murmelt er und lächelt seine Frau an. Sie sitzt auf der Bank am Küchentisch und schält Steckrüben, sie will Suppe machen.

»Hast du nachgedacht?«, fragt sie ihn. Er schaut auf ihre Hände, die flink das Gemüse verarbeiten, sie hat schon immer schnelle Hände gehabt. Und heilende auch.

Sie war Krankenschwester, hat vieles gesehen. Mehr als er, der jahrelang zur See gefahren ist, nach Finnland rauf, auch Richtung Eisgrenze, Norwegen und Island.

Er nickt ihr zu, verstaut seine Pfeife auf dem Kaminsims.

»Du hast ja recht«, murmelt er. »Ich rufe Hansen gleich an.

Ein richtiger Arzt muss her, er fiebert immer mehr. Und dann informieren wir auch die Polizei. Du weißt, ich kann die nicht ausstehen, aber ein Mann, der mit vier Kugeln im Körper im Meer schwimmt …«

Sie wirkt erleichtert. Dann schaut sie aus dem Fenster und sieht die Krähe.

»Ich mag die Vögel nicht«, sagt sie.

Er duckt sich, als er in die Stube nebenan geht. Die Räume sind klein und niedrig hier am Meer, damit der Wind besser über die Häuser fegen kann. Er macht das Licht nicht an, der Schein der Kerze reicht ihm aus. Das Bett steht vor dem Fenster, die dicken Decken bilden einen richtigen Berg.

»Wie geht es heute?«, fragte er ins Halbdunkel hinein.

Zuerst kommt keine Antwort.

Dann leise und angestrengt: »Es geht besser.«

Etwas an der Stimme macht ihn stutzig, er weiß nicht, was es ist. Er tritt ans Bett und setzt sich auf einen Stuhl, der seit drei Tagen hier steht.

Der Mann schwitzt, das Kissen ist durchtränkt. Aber tatsächlich sieht er etwas besser aus als gestern. Vielleicht können sie doch auf Hansen verzichten, diesen alten Quacksalber aus dem Dorf. Er mag keine Ärzte. Genau genommen mag er eigentlich gar keine Menschen. Nur seine Frau, die liebt er wie am ersten Tag.

»Schulter, Hüfte. Und zweimal im Oberkörper. Sie haben einen sehr mächtigen Schutzengel, das muss ich schon sagen. Zwei Mal ein glatter Durchschuss, keine inneren Organe verletzt.«

Der Mann schaut ihn an und lächelt schwach. Er ist jung, vielleicht dreißig Jahre alt, sein Haar ist schwarz, und er hat feine Gesichtszüge.

»Ein hübscher Kerl«, hat sie gesagt, das war am zweiten Tag, nachdem sie die beiden Kugel herausgeholt hatten. Seitdem liegt er hier und schläft, isst Suppe und starrt an die Decke. Sie reden leise im Nebenzimmer, aber er kann sie hören, da sind die beiden sich sicher.

»Ich habe Ihnen viel zu verdanken«, sagt der junge Mann jetzt.

Aber der Alte winkt ab.

»Das Meer nimmt und das Meer gibt«, sagt er und streicht sich über den weißen Bart. Er spricht so leise, der junge Mann, und doch ist da etwas …

»Könnten Sie das Fenster öffnen? Ich würde gerne rausschauen.«

Er steht auf, schiebt die schweren Vorhänge zur Seite und öffnet es. Fahles Licht fällt ins Zimmer, der Wind ist zu hören, das Meer. Er schaut hinaus, auf den gewittrigen Himmel, die raue Küste, den Baum und den Vogel darauf.

»Unheimliche Biester«, sagt er, denn so sagt es seine Frau immer.

Der junge Mann setzt sich stöhnend ein Stück weit auf. Er blickt durch den Raum, zur Tür und hinüber zur Küchenecke.

»Kommen Sie näher«, sagt er matt.

Also beugt er sich zu ihm hinab, ganz nah an sein Gesicht, das warm ist und glüht.

»Sie haben ein schönes Leben«, haucht der junge Mann und sinkt zurück in die Kissen.

Er sieht ihn an. Seine Augen sind so dunkel. Wie jene der Krähe draußen vor dem Fenster. Dann flüstert der Verletzte im Bett ihm erneut etwas zu. Und da begreift er, dass es Dinge gibt, die am Grund des Meeres besser aufgehoben sind als an Land.

Aber dafür ist es nun zu spät.